本色古龍

程維鈞 著

古龍小說原貌探究

目錄

探索期

成熟期

衰退期

下篇 代筆考證

古龍小說早期版本封面、報刊資料

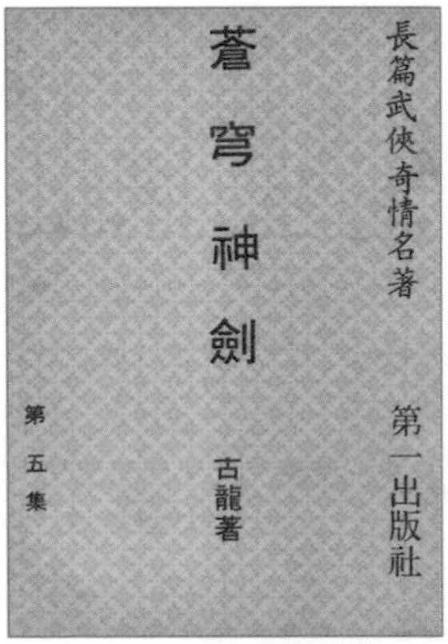

原刊本之一

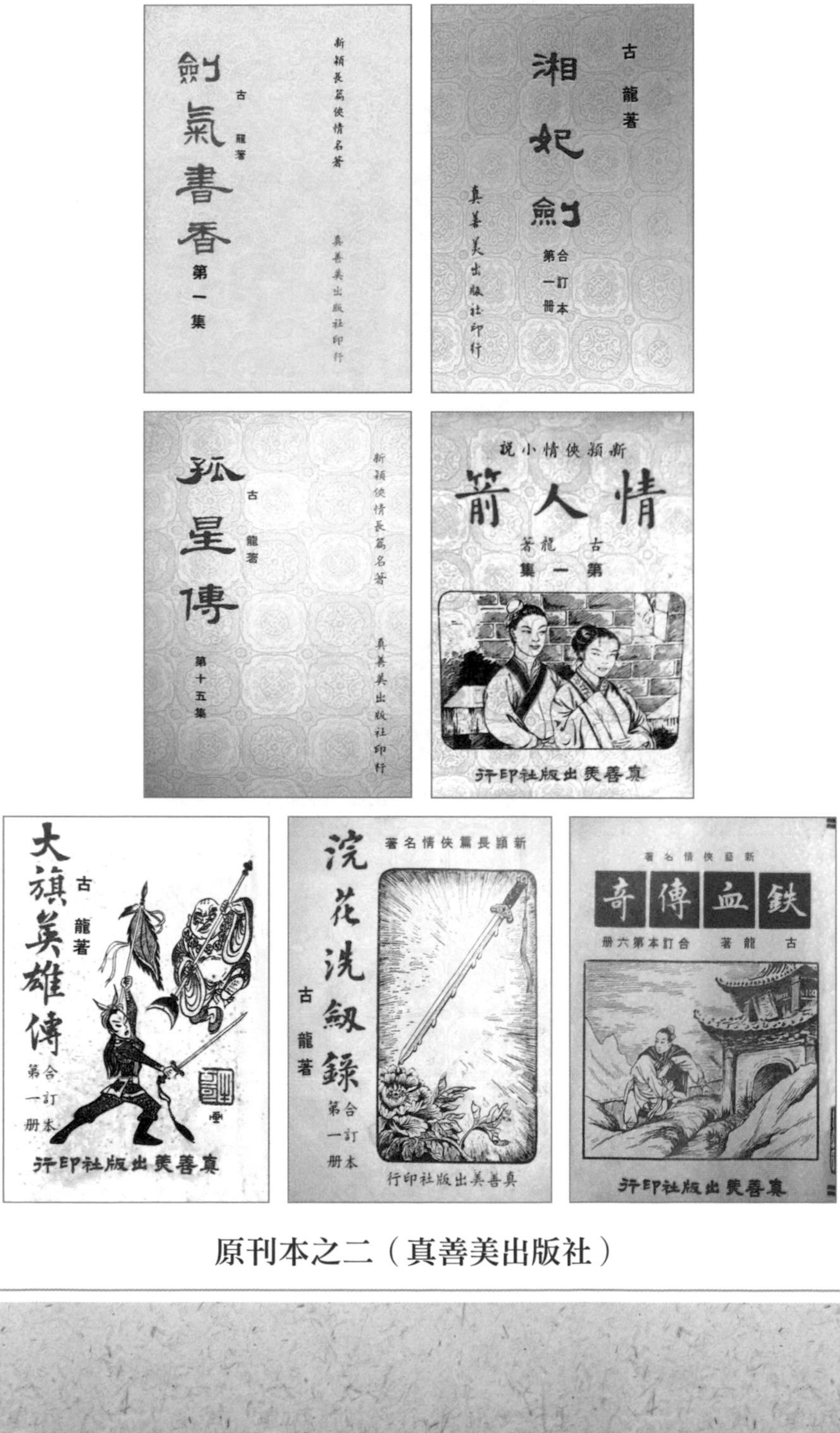

原刊本之二（真善美出版社）

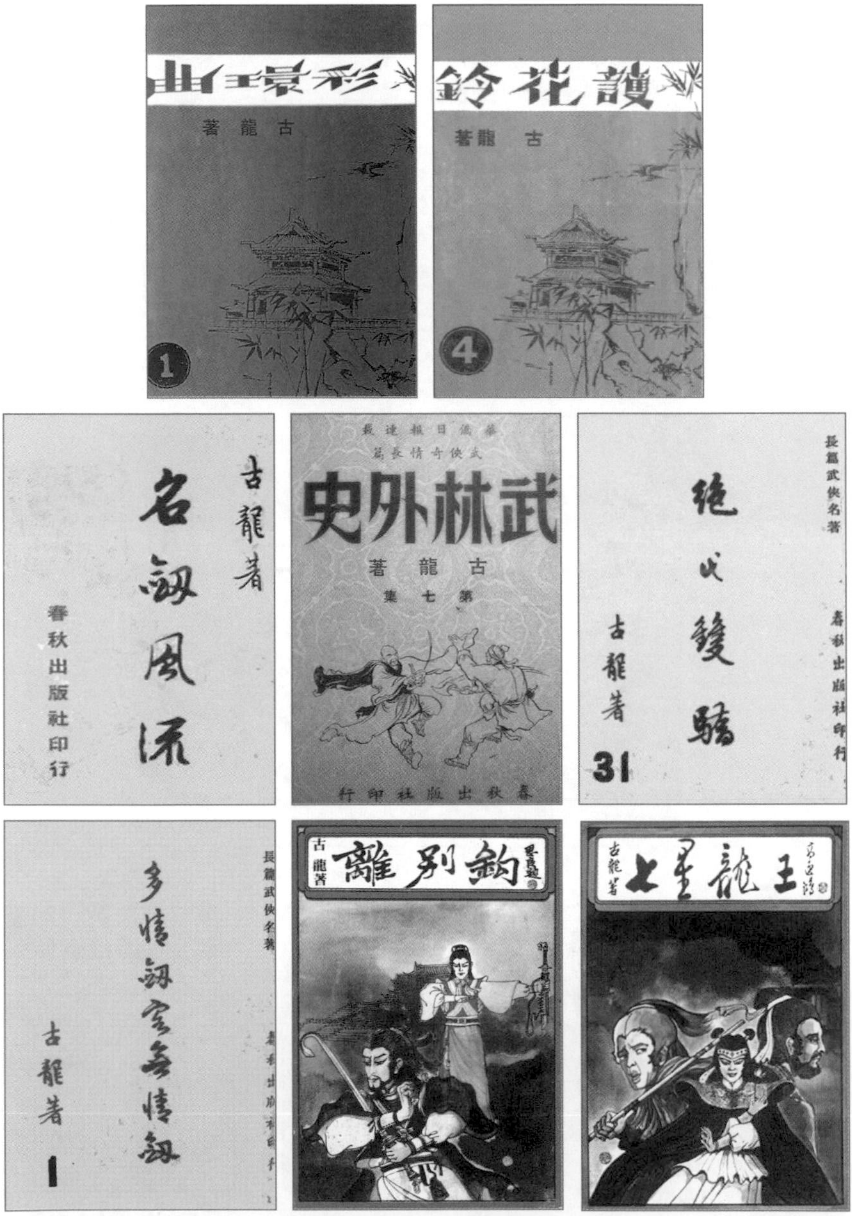
彩環曲
古龍著
1
護花鈴
古龍著
4
古龍著
名劍風流
春秋出版社印行
華僑日報連載
武俠奇情長篇
武林外史
古龍著
第七集
春秋出版社印行
長篇武俠名著
绝代雙驕
古龍著
31
春秋出版社印行
長篇武俠名著
多情劍客無情劍
古龍著
1
古龍著
離別鉤
古龍著
七星龍王

原刊本之三（春秋出版社）

飛刀
見飛刀
古龍
劍神一笑
武俠小說專輯卅七
全一冊
古龍
著
下冊
楚留香新傳之一
午夜蘭花
古龍著
大時代武俠故事之一
獵鷹
古龍著
大時代武俠故事之二
賭局
古龍著

原刊本之四（萬盛出版社）

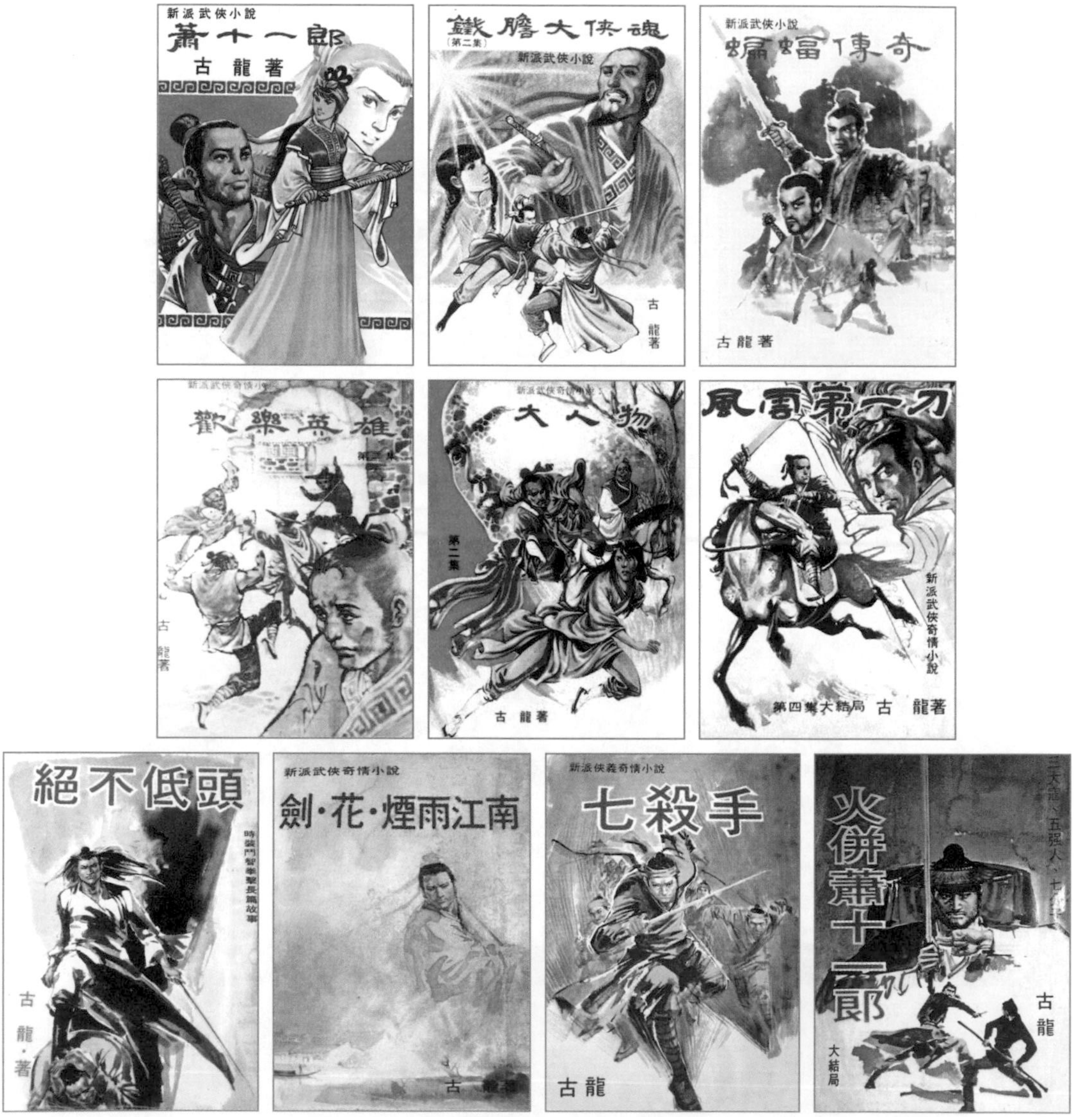

原刊本之五（武俠春秋出版社）

原刊本之六（武俠春秋出版社）

原刊本之七（武俠春秋出版社——陸小鳳系列）

古龍著
怒劍狂花
第一集
古龍著
大旗英烈傳
第二十一集
古龍著
紅塵白刃
第九集
古龍著
風雪會中州
第一集
多情劍客無情劍
第二集大結局
新派武俠小說
古龍著
鬼戀俠情
古龍著

原刊本之八（武林出版社）

流星、蝴蝶、劍
第二集
古龍
新派武俠小說

新派武俠小說
九月鷹飛
第三集大結局
古龍

新派武俠小說
血鸚鵡
上集
古龍

新派武俠小說
白玉老虎
第二集
古龍

新派武俠小說
碧血洗銀槍
古龍

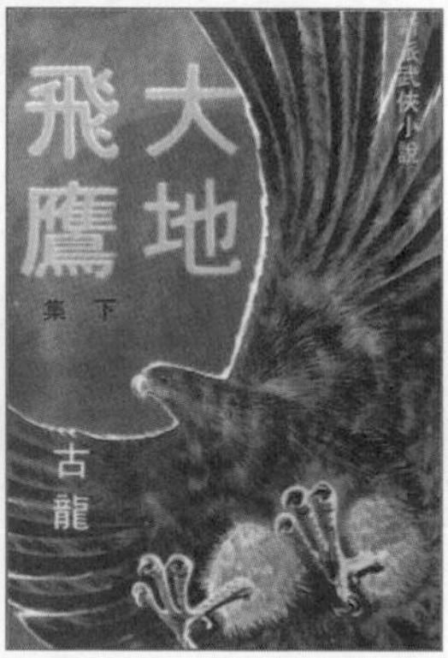
大地飛鷹
下集
古龍

玉劍傳奇
古龍著

原刊本之九（武林出版社）

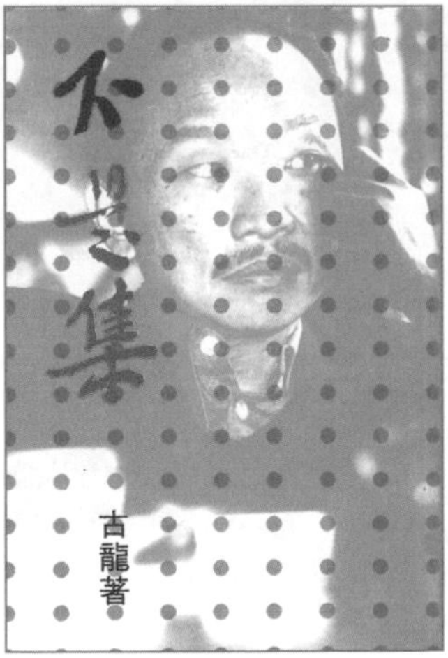

原刊本之十（玉郎出版社、武俠圖書雜誌出版社）

武俠春秋
創刊號
HK$1.50

武俠世界
609
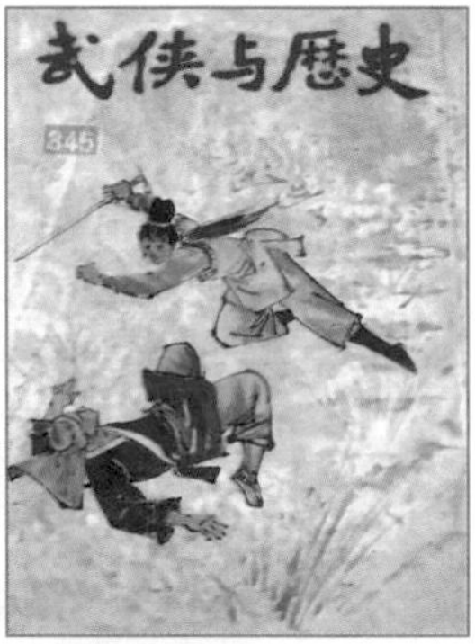
武俠与歷史
345

當代武壇
MARTIAL MAGAZINE
21

武藝
saga
HK$1.50 NT$10.00
4

銀雕

中國時報
古龍

聯合報
萬象
短刀集
賭局

港台部分連載刊物

修訂本之一（漢麟／萬盛出版社）

修訂本之二（華新／桂冠出版社）

上集
遊俠錄
古龍小說專輯 21
第一集
浣花洗劍錄
古龍小說專輯 13
七種武器
古龍小說專輯
長篇武俠奇情小說
天涯明月刀
古龍
上集
蒼穹神劍
第五集
古龍著
香港武功出版社印行
蕭十一郎
第三集
古龍著
新派長篇武俠名著
邊城浪子
第一部
古龍小說專輯
陸小鳳
古龍著
新派長篇武俠名著

翻印本之一

鐵血大旗門
古龍著
金刀情俠
古龍小說專輯
第三部
鐵血傳奇
新派長篇武俠名著
第一集
古龍著
武林外史
第六集
古龍著
新派長篇武俠名著
鳳凰東南飛
古龍著
兩雄相遇
長篇武俠奇情小說
古龍著
古龍
武林外史
第一冊
古龍
經典武俠叢書
風鈴中的刀聲
上冊

翻印本之二

古龙著
铁血大旗
（上）
古龙著
一剑镇神州
上
古龙著
第一部
武林外史
绝代双骄
呔！
楚留香傳奇
血海飘香
古龙著
古龍著
海天出版社
多情劍客無情劍
上集
盗帅楚留香故事之二
蝙蝠傳奇
萧十一郎
古龙著
大人物
古龙著

早期簡體本之一

（台湾）古龙著
欢乐英雄
边城浪子
台港澳小说名家
七种武器
长生剑 孔雀翎
古龙 著
第一册
华文出版社
陆小凤传奇
古龙著
第一部
白玉老虎
七杀手
古龍 著
古龙 著
魔王天鹰
台湾
七星龙王
古龙武侠精品集
2
英雄无泪
全本
（台湾）古龙
十大武侠小说家之首古龙先生绝笔
猎鹰·赌局
（上）（台湾）
古龙著

早期簡體本之二

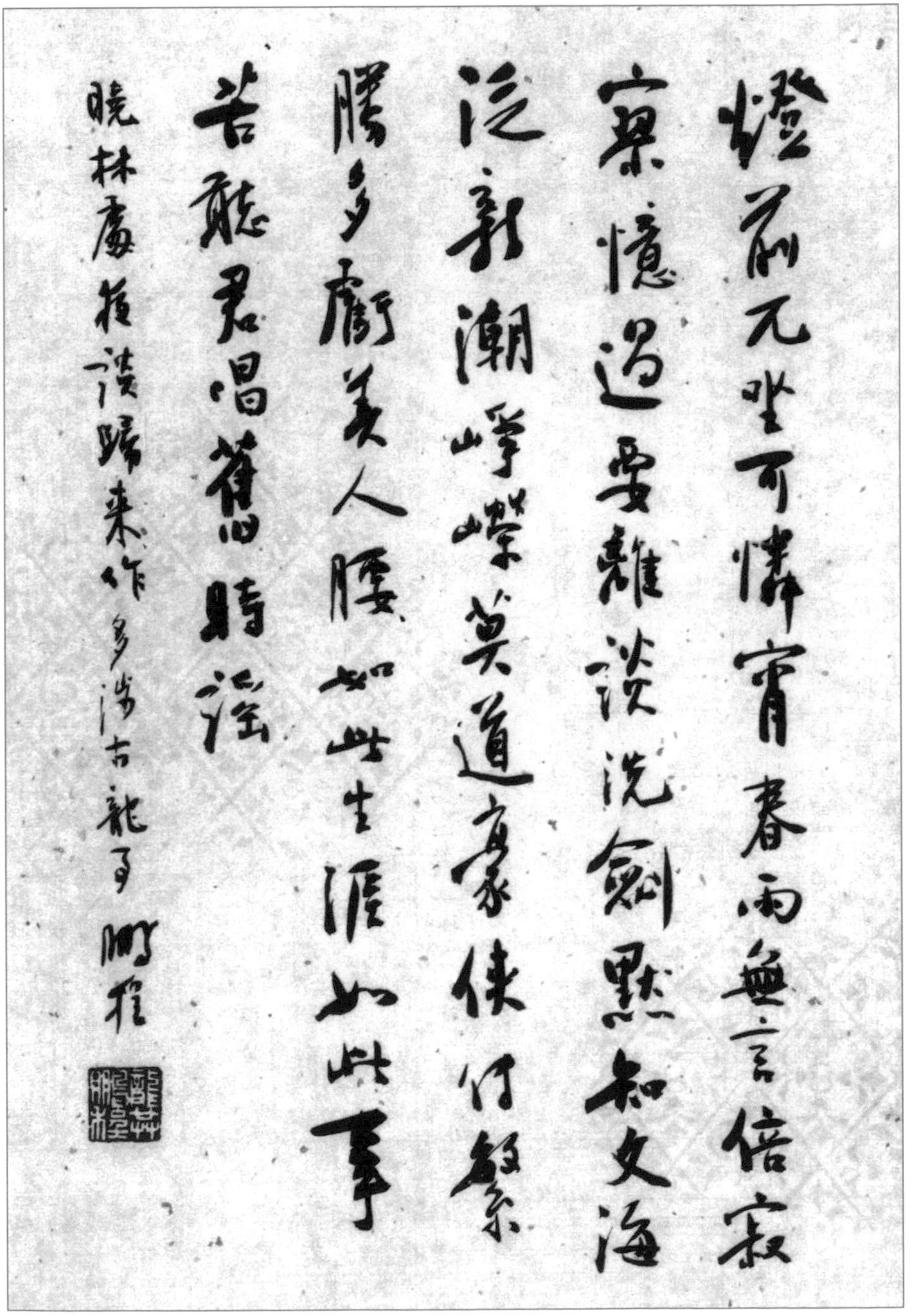

題詩

曉林處夜談歸來作多涉古龍事

中華武俠文學學會創會會長·台灣佛光大學創校校長 **龔鵬程**

推薦序

溯源探看古龍的靈氣——《本色古龍》非同凡響

著名作家・文化評論家 陳曉林

古龍的作品吸引、鼓舞、振奮了無數讀者。如果說，武俠小說曾經被許多囿於傳統觀念的學院中人或文壇大老視爲不登大雅之堂的通俗讀物，那麼，至少金庸和古龍等名家那些膾炙人口的作品，早已打破了人們的刻板印象。那些膾炙人口的作品，不但使得武俠文學的地位大爲提高，而且其中若干精華著作儼然已具有經典的地位。金庸作品改編的影視、網遊、動漫在兩岸三地一播再播，文本還進入了大陸高中教材，可謂風靡一時。近年來，古龍作品受大眾矚目和喜愛的程度也與日俱增，同樣開始在影視、網遊、動漫的世界炙手可熱。由於金、古的作品風格迥異，恰可形成交光互映的對照組，倒也爲武俠文學的發展平添趣話。

古龍作品的魅力之謎

對金庸作品加以評鑒、詮釋、引申的學者文人不計其數，文獻俱在，早已蔚爲大觀。至於古龍，由於英年早逝，生活狀況和經濟條件也不容許他像金庸那樣一再修訂自己的作品，故而一般人對古龍作品雖多會感到不期然的投緣與喜愛，但肯花時間真切地體會箇中的底蘊與深意者，卻未必甚多。事實上，多年來我一直認爲古龍作品的魅力儼然是一個待解的謎，值得有心人一層層地去解析。我也相信，隨著所謂高雅文學與通俗文學之界際逐漸消泯的大趨勢，未來一代代喜好古龍小說的有心人仍將對重新審視和破譯這個謎，保持恆久的興趣。

就我自己而言，我覺得古龍小說的藝術魅力之謎，其核心在於他筆下不時流露出來的「靈氣」。古龍的朋友們都知道，他的生活和小說中都充盈著令人怦然心動的血氣與俠氣。旺盛昂揚的血氣，顯然與他那放蕩不羈的浪子行徑、隨處留情的多變心曲、唯美是尙的浪漫事蹟，是息息相關的。而他與生俱來的豪氣，則顯現在他豪爽亢直的性格、以酒會友的熱情，以及迎難而上、寧折不彎的俠義，他之自幼喜讀武俠小說，而終於以武俠創作爲平生志業，或即種因於此。然而，能將天賦性情中稟有的血氣與豪氣，透過一枝孜孜寫作的彩筆，轉化並昇華爲偌多沁人心脾、豁人耳目的妙句佳篇，則有賴於古龍在藝術表達上的經營。

靈氣四射的古龍手筆

有些喜愛古龍作品的朋友常會說：是不是古龍本人的手筆，一看便知；任何仿冒、代筆之作，均無所遁形。我覺得，這正是因爲古龍作品不但造句清麗、詩意盎然，而且往往具有一股只可意會、難以言傳的靈氣拂面而來，令人眼前一亮。

這股靈氣，尤其在成熟時期的古龍作品中，抒寫女性言行舉止時最能看出其妙處。一般評家往往推許他若干名著中所刻畫的男主人公，以爲畫龍像龍，唯妙唯肖，其實，如《武林外史》中的朱七七、白飛飛，非但各有曼妙迷人的風姿與性情，而且恰形成鮮明的對比，《蕭十一郎》中的風四娘、沈璧君，《名劍風流》中的林黛羽、朱淚兒，《楚留香》中的蘇蓉蓉、李紅袖、金靈芝、張潔潔，《小李飛刀》中的林詩音、孫小紅、林仙兒，《陸小鳳》中的上官飛燕、薛冰、葉雪，哪一個不是活色生香，宜喜宜嗔？又哪一個不是令人心動神馳，卻又訝然失驚？

倪匡曾贊嘆：「古龍作品的人物，簡直一個個要從書中跳來」，極言古龍作品之生動好看。我則以爲，這正是因爲古龍作品常有一股靈氣流淌於字裡行間所致。古龍主要代表作中，抒寫男女主角及特定配角、反派要角時往往都展現出靈氣，而男女互動時所折射的靈氣甚至更爲輝耀迷人。

求新求變的藝術錘鍊

古龍作品的靈氣，其實是他在藝術追求上千錘百鍊、苦心孤詣的表徵，而不是只憑文學天份即可以信手拈來的收穫。他曾掬誠告示：「作爲一個武俠小說的作者，其內心的辛酸苦辣，是很難爲人了解的。他得留意選擇自己寫作的故事，既不能流於荒謬，更不能失之枯燥；敘事選擇得要不離主題，人物創造得要極不平凡；寫兒女纏綿之情，唯恐稍帶猥褻；寫英雄白刃之鬥，更恐失之殘暴。」足見他在從事創作的時候，已自覺地警惕到世人對傳統武俠小說有其不易揚棄的成見；但他既以因緣際會，走上了武俠創作的道路，復因內心對俠氣人物與俠義故事的由衷投契，遂有意要爲提升武俠小說的文學水準、賦予武俠小說以精神深度而寫作。正是鍥而不捨的錘鍊，使他化腐朽爲神奇，讓作品凝聚和煥發出靈氣。

其實，縱使是創作力極其豐沛的文學名家，一般在自己成熟時期風格定型之後，大抵也都只在題材、技法或延伸視域方面尋求更上層樓；然而古龍卻獨樹一幟，他在創作生涯中無休無止的求新求變，明明到了成熟期，他的作品已獲得各方普遍的激賞，來要求簽約以改編爲影視的金主絡繹於途，他只消繼續發揮原有幾個系列作品的主旨和人物，即可以在金庸封筆之後穩居武俠文壇第一人，但他完全不以既有的成果爲滿足，仍在書房裡苦思如何撇開過往所有的故事情節、表達方式，乃至精神風貌而另闢蹊徑，竟至長夜爲之殫心竭慮。也因此，即使對於古龍晚期的作品，各方評價不一，但古龍作品的靈氣一直未嘗消失，則屬顯而易見。

人性深度與俠義精神

技法的精進，內涵的拓深，風格的塑造，境界的提升，評論者若是肯用心解析，在古龍作品的演進過程中是可以相當明晰地勾勒出來的；然而，作品中靈氣的來龍去脈，卻往往有神龍見首不見尾之概。

古龍曾再三強調，經過了多年筆耕，他的作品已在朝著探索人性、挖掘人性的方向堅持行進，而且永遠肯定人性的光輝：「有一點卻是我可以肯定的，在我們這一代的武俠小說中，還是有一種不屈不撓，永不屈服，永不向邪惡低頭的精神存在，而這種精神正是工業社會中最缺少的一種。」這其實就是古龍作品所探尋、所發闡的俠義精神，以現在流行的詞語來表達，亦即「正能量」。

因此，我不免覺得，古龍作品字裡行間所透顯的靈氣，或許就是他的生命體悟、藝術才華、俠義理念融合了這種正能量，所展現出來的文學效應。

作品靈氣是恆久魅力

我曾引述國學大師王國維在其《人間詞話》中評量晚唐著名詞人溫庭筠、韋莊、李後主的一段雋語：「溫飛卿之詞，句秀也；韋端己之詞，骨秀也；李重光之詞，神秀也」，來形容古龍作品與其他武俠名家的區別。

「神秀」，其實就是一種精神上、美學上、意念上的恆久魅力。其他名家當然也有清詞麗句的傑作，也有結構奇巧的故事，然而，論及情節、對白和文字間簡直層出不窮、令人悠然心會的靈氣，卻是古龍獨擅勝場的絕活。這或許是出於我對文字異乎尋常的敏感所累積成的一種偏見，但古龍作品對我能形成了重讀多少遍都甘之如飴的魅力，除了風義平生師友間的情誼之外，「古龍靈氣」確是一大原因。

然而，由於古龍當年撰寫和發表他的作品時，絕大多數稿子都是先在報紙或雜誌連載，隨後才由不同的出版社自行結集連載稿付印出書，嗣後又因諸出版社輾轉交替，而因武俠小說只被當作休閒讀物，以致報紙、雜誌編輯在處理時往往漫不經心，出版社人員在編校時更常錯舛叢出，甚至妄行增刪，以致不同讀者所看到不同時期、不同版本的古龍作品，往往出現不同的錯漏或訛誤，令人氣結。

在這種狀況下，古龍的主要作品猶自能讓廣大讀者在閱覽時，自然而然地感受到掩抑不住的靈氣流淌在字裡行間，則其佈局、伏筆、轉折的清暢與奇魅，誠然更值得細細探研。但若不能深究這些作品在古龍撰成稿件、寄出發表時的真貌，或至少最接近真貌的版本，則我們如今討論古龍作品的真諦與靈氣，終不免隔靴搔癢。

十年磨劍，本色古龍

正因如此，當我看到這部《本色古龍——古龍小說原貌探究》的樣稿時，內心的喜悅委實是難以描述的。

「十年辛苦不尋常」，深具古典文學素養的程維鈞先生由於喜愛古龍作品，不惜花費十年以上時間，窮蒐冥索，旁徵博引，全面還原古龍各部作品的文本原貌，指出各出版社文本上的優劣，並細心考證與解答作品相關的種種疑惑。有了這部《本色古龍》，我確信，關於「古龍靈氣究竟是如何形成的？」這個既抽象、又真切的問題，終於有了一個可以溯源探看的入口。

我素來相信，古龍作品不但是當今武俠小說史上的一個寶藏，也終將是現代中華文學史上的一塊豐碑。未來，一代又一代對俠義精神和文學創作感到興趣的有心人，都會在生命中某個時期展讀某部古龍作品；而在去年流行民歌手兼創作者鮑柏・狄倫（Bob Dylan）獲得諾貝爾文學獎之後，區隔所謂高雅文學與通俗文學的畛域大幅消融的趨勢更加明顯。由於古龍作品無可遮蔽的重要性，未來，一代又一代研究古龍其人其文的學術菁英，均將視程維鈞的這部《本色古龍》爲不可繞過的奠基之作。

古龍能有這樣盡心盡力的隔代知音，實也足堪浮一大白了！

推薦序

發揚俠義精神，推廣古龍文化

「古龍著作管理發展委員會」會長 鄭小龍

古龍，原名熊耀華，祖籍江西南昌，求學時期與家人來到台灣，他是知名的武俠文學家，是電影公司的老闆、編劇、導演，也是電視劇的製作人。當然，對我而言，更是我的父親。

我是鄭小龍，古龍的長子，一九六七年出生於台北縣瑞芳鎮，我出生前後的那段日子，也是父親創作力最旺盛，並與文壇雅士們相處最頻繁的時期，《絕代雙驕》、《楚留香傳奇》、《多情劍客無情劍》、《蕭十一郎》、《流星・蝴蝶・劍》等等中後期名作，就是在那段期間完成的。

先父江湖性格濃厚，仗義，愛酒，眾人皆知，正因這樣的性格才能創造出這麼多的武俠文學；但也因這樣的性格，他不夠愛惜身體，以致不幸英年早逝，得年四十七歲。

父親過世後，當時在作品的版權問題上，家族間及與一些版權持有者間發生過些許不同意見。自己雖是長子，但年少時期對父親的作品並無太多涉獵與想法。而隨著年齡的增長，自己意識到必須承擔的責任，所以需要將父親的作品做更有效的整合及發揚，讓所有作品都能通過正式、合法的授權重現於世，也讓相關的改編作品，如影視、動漫、電玩等都能再度與大眾接觸，從而推廣「古龍武俠文化」。

在這樣的信念驅動下，我們於二〇〇六年成立了「古龍著作管理發展委員會」，委員會成員涵蓋了古龍家族所有的親人，目前由我擔任會長，並請父親生前好友、風雲時代出版社社長陳曉林老師協助處理相關出版事宜。委員會成立的意義，是要釐清父親所有的版權，並通過古龍著作的進一步推廣，讓武俠精神能持續發揚光大。

經過多年的努力，委員會現已整合並收歸絕大多數古龍作品的版權，透過合理、公平與理智的處理，讓所有親人能獲得父親的庇蔭，相信父親如能看到這樣，必然當是欣慰的。

人生很多事不是自己可以選擇的，所謂「子不言父過」。無論所有讀者心目中的古龍是「大俠」也好，是「浪子」也罷，都希望讀者能以開闊的胸襟、正面樂觀的態度來看待古龍的生平，將主要的精力放在研究他的作品和求新求變的創作歷程上。

最後，謝謝程維鈞先生對於父親作品的熱愛，程先生不惜花費十餘年的心血，潛心研究家父作品並完成《本色古龍——古龍小說原貌探究》這本大作，默默付出不求回報，這樣的「俠義精神」令人深感敬佩。大作通過還原家父各部作品的文本原貌、指出各出版社文本上的優劣、考證解答與作品相關的疑惑，讓海內外所有古龍的支持與愛護者，能夠對其作品有更深一層的認識。畢竟，忠於原著的古龍作品，才是推廣「古龍武俠文化」的基礎。當然，我們也會繼續努力，將父親的作品更完美的呈現在各位的面前。

鄭小龍，古龍長子，「古龍著作管理發展委員會」會長，連續五屆參加世界警消柔道大賽並四次奪冠，柔道六段，曾任馬英九先生隨扈，現為警察專科學校專任柔道教官

推薦序

漫道學人多讜論，且看豪傑出民間

台灣師範大學國文系教授　林保淳

投身入武俠小說研究，細細數來，也有二十五個年頭了。儘管我仍舊一本初衷，「隻眼獨具」地認定武俠小說及武俠研究的意義與價值，且孜孜矻矻地戮力墾闢這一塊荒蕪已久的苗圃，也爲其間辛勤耕耘後繽紛綻放的若干美麗的花朵而私心竊喜著；但我深心裡卻始終覺得是孤獨而寂寞的，頗有幾分黃霑詞、顧嘉煇曲、鄭少秋唱的《楚留香》主題曲中，「千山我獨行，不必相送」的蒼涼與悲壯。

想當初，燕太子丹爲荊軻在易水設宴餞行，滿座衣冠似雪，白衣相送，任誰也知道，荊軻所將踏上的，是一條永遠的不歸之路，易水風蕭浪寒，關中路迢道遠，一卷地圖，一柄匕首，一顆頭顱，所可惜的是，隨行者竟只有一個無膽無識的秦舞陽！孤獨是蒼涼的，寂寞也往往顯得悲壯，但荊軻不會回首，也無須回首，因爲這是他自己選擇的路，他的宿命。

在研究武俠二十五個年頭後，我越發清楚地知道這是我的必歸之處，只是踽踽獨行，缺乏志同道合者相伴相攜，風雪寂寥，四顧茫茫，無論是台灣或是大陸，學界玩票、歌德者多，而肯實心任事者寥寥可數，是最大的憾事。

這幾年來，有機緣與有別於刻板學界的熱衷於武俠文化者相聚相會，才赫然發現，原來草莽中自有豪傑，而有心有力者，民間正不乏人。這使得我一如《莊子》書中曠居幽谷的野人般，聞跫音而欣喜雀躍，津門談藝、杭州論劍、香江壯遊，幾次聚會，聆聞高見，拜讀大文，更爲其間洋溢著的無比武俠熱情而感動，這是我參與十數次的學院武俠會議中無法感受到的。

明末曹學佺有聯語，「仗義每從屠狗輩，負心多是讀書人」，其實，屠狗輩未必實指屠狗宰牛的人，而是指不會像讀書人拘牽於名份、地位，因而循循縮縮，明知其可爲應爲而不敢奮力一擲，死生以之的一般平凡人。

這群平凡人，大抵在社會上各有其不同職分，各安於士農工商百業，所不同的是，他們向慕俠客風範，且願意爲他們所仰望的俠客精神黽勉而爲——當然，這多半是受到他們自幼至長所喜聞樂讀的武俠小說濡染而得。武俠小說中的俠客，仗義而行，意氣激蕩，傾蓋可以訂交，杯酒足以盡歡，不必劍氣崢嶸，卻是書香蘊藉，這是當代的俠情，也是他平凡中的不凡之處。

相較於保守拘謹的學者，他們可能弱於深層的推理與宏觀的分析，但不賣弄理論書袋，以樸實穩當見功夫，廣閱叢書，剖析毫芒，卻又是一般執定一書，便縱橫讜論，炎炎詹詹者所不能及，尤其是，方今學界以論文數量爲考量，發文爲論，多半以升等、考評爲念，平心而論，冷靜有餘而熱情不足，而這群平凡人，無一人具有學界背景，自無如許的負擔與壓力，反而全部由一股無以名之的熱情所驅動，不計毀譽，不懼譏嘲，廣蒐博覽，只願俠稗能流傳百世；研墨拈筆，但求立說可告慰平生。而其敘論之精嚴，論證之詳確，相較於學者，亦不遑多讓。

我始終認爲，這群平凡的人，雖無顯赫的學歷，但卻對他們所心儀的武俠說部研究紮下了深穩的根基，其功可媲美於清代考據學的學者，程維鈞的《本色古龍——古龍小說原貌探究》就是具有代表性的一部著作。

維鈞是我去年在杭州與俠友聚會時認識的，但他的筆名「讓你飛」我則聞名已久，也讀過他幾篇有關古龍武俠小說考訂的文章，頗覺獲益良多。但始終不知他對古龍武俠小說下工夫之久、用心力之勤、蒐版本之廣，以及討論之如此全面。

維鈞生平酷愛文學，尤其鍾情於詩詞與小說。他的古典詩歌，韻味深長，不輸時下的老師宿儒；而小說創作與評論，則屢獲佳評與獎項。與古龍結緣，當在他年輕的那段歲月，而自二〇〇五年始，他開始於閒暇之餘，悉心探究古龍小說的版本問題，在「古龍武俠論壇」中嶄露頭角，一鳴驚人。十多年來，涓滴匯成巨流，終於統整出這部大作，這對古龍，乃至於武俠小說的研究，都可以說是破天荒的一次嘗試，相信是絕對有功於士林及武林的。

研究武俠小說，最大的困擾及難度，來自於武俠作品的考訂，關鍵原因在於在一九八〇年之前，社會對於武俠的評價不高，從作者到出版社，斷稿代筆、狗尾續貂、魚目混珠、改頭換面、肆意刪節、校勘粗糙等弊端，不勝枚舉，就連一直致力於「求新求變求突破」的新派泰斗古龍，這些問題也在所難免。

當古龍作品歷經時間考驗，成爲文學經典之後，愈來愈多的學者和讀者，在評價其藝術價值的同時，亦開始對其作品的版本差異、文本原貌、代筆部分等進行更深層次的探求，但屢屢受到上述問題的影響而舉步維艱。

二〇〇五年，葉洪生先生與我合著的《台灣武俠小說發展史》，面對這些困難，雖曾力圖解決，但是，我們手頭的原始資料有限，始終未能詳加析辨，因此，很多懸而未決的問題，只能暫時羅列俗說，聊備一格，擬留待修訂本出版後，再據實改訂。

維鈞這本《本色古龍》，引據了我們當初無法得見的台灣、香港、大陸，乃至東南亞地區的版本，包括連載於報紙、雜誌的刊本，各不同出版社出的原刊本、修訂本、再版本等，考鏡其源流，說明其異同，揭示其原貌，並據此向讀者推介了其中最佳的版本，對代筆作品亦作了嚴謹的考證，既翔實又豐富，是非常難能可貴的一部著作。

本書中精到的評介不可勝數，聊舉古龍一書爲例。有關《絕代雙驕》的內容，龔鵬程在其講座《司馬翎——武俠小說的現代化歷程》中，就曾提到過他採訪古龍時，古龍親口向他說了其中有部分是有人代筆，後來古龍將代筆部分用一個「夢」解決的事；時隔多年後，華志中所拍攝的《向大師致意——古龍》紀錄片中，則是倪匡現身說法，證實了此事。但多數的讀者，除非擁有當時倪匡所主編的《武俠與歷史》雜誌，否則是完全無法得知此事經緯的。維鈞參照了春秋、武藝、桂冠等刊本，與前二版本互考，並參照了網路俠友于鵬、顧臻的考訂，對此事及倪匡代筆的部分（數萬字）一舉廓清，同時也將桂冠本大幅刪節的問題披露無遺，從中不但可以看出維鈞考據工夫的細密與謹慎，更無形中透露出民間研究者豐沛的研究潛力，以及他們絕不秘技自珍，願意與俠友分甘同味的俠客精神。因爲，維鈞不過是名普通的上班族，是絕對沒有如此豐厚的經濟能力，足以蒐購到如是之多的小說版本資料的，這些難得珍貴的資料，多是民間俠友慷慨無私的提供，相較於學界的褊狹心態，無疑更令人傾倒。

《本色古龍》中的許多論見，都是我相當肯定、贊同的，因爲既能振葉以尋根，又能觀瀾而索源，有本有據，要讓人不信服都很困難。其中雖有少部分的論斷，與我個人意見頗爲相左，如對於《劍神一笑》此書，究竟可否納入古龍真品，我是持較保守的看法的，但這點相左，正不妨各是其是，畢竟，學術探討，本就應有容納百川的開放態度，如此才能有更精彩迭現的新見出現。

總而言之，《本色古龍》的寫作與出版，實在是值得喝采的一次壯舉。而我，得有機緣能爲此書作序，當然也附驥尾而有榮焉。

林保淳，台灣師範大學國文系教授，曾任中華武俠文學學會會長，與葉洪生先生合著《台灣武俠小說發展史》

自序

十年磨一劍，今日把示君

作者 程維鈞

一

暢銷不衰的文學著作，都會有不同的版本。非但年代、裝幀、印刷、紙張、字體有差別，甚至文本內容都會增刪、修改、變化。

在長時間的流傳過程中，一部名著甚至會衍生出幾十種不同版本。《紅樓夢》就是個很典型的例子。

古龍小說呢？

古龍小說本身當然是非常受歡迎的，也已暢銷了足足半個多世紀，而且每一次再版都能重新引發熱潮。

古龍小說不但可讀、耐讀，寫的雖然是武俠，但卻有著極高的藝術成就和文學價值，甚至可以寫進中國文學史。

在這一點上，無數學者和批評家已經給過古龍足夠高的讚譽，當然用不著我再來多話。

我要說的是古龍小說的版本，更具體一點說，就是文本。

× × ×

二〇〇六年的某個春夜，我的書桌前攤開著兩套《邊城浪子》（原名《風雲第一刀》），一套是農村讀物出版社一九八八年版，一套是珠海出版社一九九五年版。同一部作品的兩種版本，在文字、章節、分段、情節分隔符等方面竟然存在巨大的差異，閱讀感受可謂天差地別。

我寫了篇詳細的文章，附上書影，發到「古龍武俠論壇」上，並特意用了個很吸引眼球的標題：稀世珍本——農村讀物一九八八版《邊城浪子》賞析（附珍貴後記）。

這篇文章引發的熱議，至今還讓我難忘。農村本（承自香港武俠春秋本）原汁原味、細緻入微的閱讀感受爲大家所認同，相比之下，經過刪改後的珠海本（承自台灣漢麟本）則大爲失色了。

從那一刻起，大家才意識到古龍小說版本、尤其是文本內容的重要性。

從那一刻起，我漫長艱辛，也充滿快樂滿足的文本研究之路開始了。

二

我們如今讀到的每一部古龍作品，相較其原稿面貌，或多或少都經過了增刪和修改，有些已面目皆非、原味盡失，有些改動雖然不大，但丟失了一些頗具研究價值的東西。

不幸的是，有些作品在初刊時就已被出版社和編輯擅自作了改動。

當然這不能完全歸咎於出版社和編輯，因爲在那個年代，武俠小說的地位本來就不高，沒有誰想到古龍小說日後會歷久彌新，成爲流行文學中的經典。另一方面，經作者授權以後，編輯也可以對文本進行一定的修改潤色。

但是隨心所欲的大肆刪改就是另外一回事了。

古龍作品尤其是後期佳作，在章節、分段、情節分隔符的設置上均非常講究，文字精練靈動，內涵豐富，一改動則意境全失。

幸運的是，還是有少數原刊本反映了作品的原貌，讓我們能通過文本考據，挖掘出原汁原味的古龍小說。

× × ×

我很難用言語來形容這種考據工作的繁瑣和艱辛，雖然我心裡很清楚——如魚飲水，冷暖自知。

每部古龍小說都在台港兩地出版過多次，有少則三四種、多則七八種版本，其中有原刊本，有修訂本，還有翻印本和再版本，要想瞭解它們的文本面貌，就得一種一種地去收集去查閱，缺一種都不行。

那個時候，從大陸購買台版古龍書是件很困難的事。但是沒有台版古龍書，研究文本就等於紙上談兵。

爲此我在某家Ｃ２Ｃ平台上找到了一位代購台版書的賣家，讓她從台灣拍賣網站替我拍下書，發給她在台灣的朋友，集中裝箱後，再海陸聯運發過來。書輾轉到我手裡，常常需要一個月左右的時間。

就這樣，我一本一本地瞭解台版古龍書的面貌。

然後我再用同樣的方法去收集港版。一些港版古龍書的價值，也是那個時候開始被發現的。

還有浩如煙海的大陸本，也是研究不可或缺的環節，也需要去瞭解。

此外，有些書解決不了的問題，只能寄希望於各種報刊的早期連載，要找尋它們，就需要更多的時間和精力了。

而收集僅僅是研究的第一步。

× × ×

好不容易將所有的版本資料都收集得差不多了，才開始下一步——分析比對。

記不清楚有多少次，深夜燈下的我，像練武般雙手齊出，翻動書頁，一行行、一字字地比對，這個時候就恨不得能像書中的武林高手那樣，一隻手頂幾隻手用，讓我可以拍書影、敲鍵盤，記錄比對出的文本差異。

對各種版本的文本差異進行匯總和分析，考據出最能反映古龍原稿面貌的版本，整理出文本延續的脈絡。這是第三步，也是最費腦力的一步。

然後才是撰文總結，圖文並茂地發佈在論壇上，讓大家一目了然。

於是，便有了「古籍溯源」、「代筆考證」系列文章的問世。這些文章，就是《本色古龍——古龍小說原貌探究》的雛形。

三

還原各部古龍小說之原貌，正本清源，解析疑義，區分代筆，並在台港本、大陸本的選購收藏上提供一定的指引。

——我一直認爲這是一件前人沒有做過，卻極有意義的事，這也是我寫作和出版《本色古龍》的目的。

兩岸三地的古龍小說出版者，在校對原則上，大多遵循的是故事的可讀性、流暢性、邏輯性，最缺乏的是對於古龍文字的尊重。很少有出版社會花時間精力去找來早期的版本參校。目前就連版權方提供的文本，都已非復當年原貌。

不僅如此，古龍小說每一次再版，文本都會遭到修改增刪，甚至一些情節都會被改動，離作品原貌已經越來越遠。

還原古龍小說原貌已經到了刻不容緩的時候。這件事如果現在不做，以後做起來就會更加困難。

× × ×

時間接近二〇一七年九月廿一日、古龍先生三十二周年忌辰的時候，修訂了無數遍的《本色古龍》終將塵埃落定了。

這個時候，距離我開始版本研究，已十年有餘。

歷史上有無數個十年，一九六七至一九七六年是其中的一個，在這個十年裡，古龍寫出《楚留香》和《陸小鳳》，寫出了《蕭十一郎》和《流星・蝴蝶・劍》，寫出了《多情劍客無情劍》和《風雲第一刀》，寫出了《七種武器》和《歡樂英雄》，寫出了《白玉老虎》和《三少爺的劍》。

我呢？我只不過將幾乎所有的古龍小說版本都仔仔細細研究了一遍，寫了這本書而已。

這當然是比都不能比的。

這兩者唯一的共同之處，也許只有兩個字——熱愛。無論要做好做成什麼事，這兩個字都是必不可少的。

《七殺手》的主人公柳長街，是一個武功高強卻默默無聞的小捕快，他說過：「一個人活在世上，做的事若真是他想做的，他豈非就已應該很滿足？」

我喜歡這句話，非常喜歡。

上篇

原貌探究

人在江湖
身不由己

古龍

綜述

源流：原刊本與修訂本

文本是古龍小說版本的核心，直接關係到小說的藝術價值。古龍一生寫了七十餘部武俠小說，每部都有數種版本，要想對其文本進行比對歸納，釐清源流，品評優劣，實非易事。爲方便比對和理解，筆者將這些版本按文本面貌分爲原刊本和修訂本兩大類。

一．原刊本

是指初版的古龍小說，出版時間與創作時間同步或稍晚。絕大多數古龍小說，台港兩地分別有原刊本出版，台灣主要以小薄本的形式出版，[1] 香港則爲連載結集本，兩者文本面

1 台灣武俠小說早期出版形式，每部作品由十幾至幾十冊不等的單行小冊組成，每冊六七十頁，視作者寫作快慢而定，平均每隔一兩週出一冊，隨寫隨出，一部作品需要數月甚至數年才能出齊。品質良莠不齊，排版時大多將對話者與對話分成兩段，故全書頁數較其他版本多。部分小薄本在重印時會數冊合併裝訂，內容不變，封面標「合訂本」。

貌不盡相同。並非所有原刊本都能反映作品原貌。

第一／四維出版社（台灣）

《蒼穹神劍》、《殘金缺玉》、《月異星邪》

國華／清華出版社（台灣）

《劍毒梅香》

海光出版社（台灣）

《遊俠錄》

中庸／華源出版社（台灣）

《飄香劍雨》、《神君別傳》

明祥出版社（台灣）

《失魂引》、《無情碧劍》（《劍客行》）

簡介：均爲卅六開本小薄本。這幾家出版社雖出版（或印行）的古龍作品較少，且均爲早期作品，但不乏收藏和研究價值。其中《神君別傳》曾佚失數十年，而《蒼穹神劍》和《飄香劍雨》比修訂本多出大幅內容（實乃修訂本刪節所致），使這些原刊本（包括重印本和翻印本）成爲收藏首選。《殘金缺玉》之原刊本（包括重印本和翻印本）至今未見露面。

真善美出版社（台灣）

成立於一九五〇年，是台灣第一家專業的武俠小說出版社，在出版界中素以製作嚴謹、品質優良著稱，手握古龍七部小說的著作權[2]。於一九六〇年至一九六八年出版：

《劍氣書香》、《孤星傳》、《湘妃劍》、《情人箭》、《大旗英雄傳》、《浣花洗劍錄》、《鐵血傳奇》（《血海飄香》、《大沙漠》、《畫眉鳥》）

簡介：均爲卅六開本小薄本。排版精良、印刷清晰、配圖精美，文本基本保持作品原貌，但所出版均爲古龍早中期作品，此點甚爲可惜。其中《劍氣書香》曾佚失數十年。

春秋出版社（台灣）

成立於上世紀五〇年代，出版多部古龍中後期作品，聲名遠播，期間還創辦了《武藝》雜誌[3]。於一九六二年至一九七八年出版：

《彩環曲》、《護花鈴》、《武林外史》、《絕代雙驕》、《名劍風流》、《多情劍客無情劍》、《俠名留香》（《借屍還魂》、《蝙蝠傳奇》、《桃花傳奇》）、《蕭十一郎》、《歡樂英雄》、《流星・蝴蝶・劍》、《大人物》、《離別鈎》、《七星龍王》

簡介：除《七星龍王》、《離別鈎》是廿五開本連載結集本外，其餘均爲小薄本。文本基本保持作品原貌，但部分作品存在編輯亂擬標題、隨意分章斷節、排版粗糙等問題。

南琪出版社（台灣）

成立於一九六五年，起初出版二三流武俠小說，後古龍與春秋出版社一度拆伙，期間南琪趁機而起，出版多部古龍後期名著。於一九七三年至一九七八年出版：

---

2 真善美出版社買斷了古龍七部武俠小說的著作權，依法保護期限至二〇三五年九月廿一日止。

3 創刊於一九七一年五月，春秋出版社旗下雜誌，專門刊登名家和新秀的武俠小說，創刊之初古龍曾任主編，香港環球圖書雜誌出版社代理海外經銷。

《邊城浪子》、《大遊俠》（陸小鳳系列）、《九月鷹飛》、《火併》（《火併蕭十一郎》）、《武林七靈》（七種武器系列，合刊《長生劍》、《孔雀翎》、《七殺手》、《碧玉刀》）、《多情環》（合刊《多情環》、《霸王槍》、《血鸚鵡》、《吸血蛾》）、《天涯・明月・刀》（合刊《天涯・明月・刀》、《拳頭》、《三少爺的劍》）、《白玉老虎》、《圓月・彎刀》、《大地飛鷹》

簡介：除《大地飛鷹》外，均爲小薄本，有篡改書名、胡亂合刊之陋習，而文本更是普遍存在編輯亂擬標題、隨意分章斷節、排版粗糙等諸多問題，彰顯其二三流出版社的作派。故其版本雖年代久遠，但以文本論，筆者認爲收藏價值較低。

萬盛出版社（台灣）

原爲漢麟出版社的經銷商，後在上世紀八〇年代接手漢麟成爲出版商，除多次重印漢麟的「古龍小說專輯」外（詳後），亦出版了古龍晚期創作的幾部小說。於一九八一年至一九八五年出版：

《飛刀，又見飛刀》、《劍神一笑》、《午夜蘭花》、《風鈴中的刀聲》、《獵鷹》（合刊《獵鷹》、《群狐》）、《賭局》（合刊《賭局》、《狼牙》、《追殺》、《海神》）

簡介：均爲廿五開本結集本，文本基本保持作品原貌。

武林出版社（香港）

香港著名武俠出版社，隸屬於環球圖書雜誌出版社。作品一般先在旗下的《武俠世界》[4]連載，再行結集出版。於一九六三年至一九八一年出版了大量古龍作品，但一九七六年

4 創刊於一九五九年三月，環球圖書雜誌出版社旗下雜誌，專門刊登名家和新秀的武俠小說，歷史悠久，影響廣泛，至今仍在發行。

以降，有以台港出版社（如武俠春秋、春秋等）原刊本爲底本再版並改動文本之嫌，故真正的原刊本數量並不多，計有：

《怒劍狂花》（《情人箭》）、《大旗英烈傳》（《大旗英雄傳》）、《紅塵白刃》（《浣花洗劍錄》）、《風雪會中州》（《武林外史》）、《多情劍客無情劍》（《多情劍客無情劍》上部）、《鬼戀俠情》（《借屍還魂》）、《流星·蝴蝶·劍》、《九月鷹飛》、《狼山》（《拳頭》）、《血鸚鵡》、《白玉老虎》、《碧血洗銀槍》、《大地飛鷹》、《玉劍傳奇》（《新月傳奇》）

簡介：均爲卅六或四十開本，其中《怒劍狂花》、《大旗英烈傳》、《紅塵白刃》爲小薄本。連載時慣用編輯自擬的舊式標題（捨棄古龍原稿新式標題），並破壞原著章節結構，而結集時又沿襲此陋習，如《流星·蝴蝶·劍》、《九月鷹飛》等，故在保持作品原貌上不及武俠春秋本。此點在後期有所改善，乃誕生《白玉老虎》、《碧血洗銀槍》、《大地飛鷹》等精品版本。

武俠春秋出版社（香港）

香港著名武俠出版社，隸屬於鶴鳴書業公司。作品一般先在旗下的《武俠春秋》[5]和《當代武壇》[6]雜誌連載，再行結集出版（亦有少數先出版後連載）。於一九七〇年至一九七六年出版了大量古龍作品，幾乎囊括了所有的後期名著，且絕大多數爲原刊本，計有：

《蕭十一郎》、《鐵膽大俠魂》（《多情劍客無情劍》下部）、《蝙蝠傳奇》、《歡樂英雄》、《大人物》、《風雲第一刀》（《邊城浪子》）、七種武器系列（《長生劍》、《孔雀翎》、

5 創刊於一九七〇年一月，武俠春秋出版社旗下雜誌，專門刊登名家和新秀的武俠小說，與《武俠世界》同為港台及東南亞地區最具影響力的專業武俠小說雜誌。

6 創刊於一九七二年六月，武俠春秋出版社旗下雜誌，主要介紹中外武術、武術界人士及武林時事。

《碧玉刀》、《多情環》、《霸王槍》)、陸小鳳系列(《陸小鳳》、《鳳凰東南飛》、《決戰前後》、《銀鈎賭坊》、《冰國奇譚》、《幽靈山莊》、《武當之戰》、《隱形的人》、《女王蜂》)、《絕不低頭》、《劍・花・煙雨江南》、《火併蕭十一郎》、《七殺手》、《天涯・明月・刀》、《拳頭》、《三少爺的劍》、《刀神》(《圓月・彎刀》)、《英雄無淚》

簡介：均爲卅六開本結集本，無論在文字、章節、分段、情節分隔符等方面，武俠春秋本均遵從或基本遵從古龍原稿，極少擅自改動，讀來原汁原味。因而同樣的作品，武俠春秋本超越台灣春秋、南琪等本，成爲原刊本中最優秀、最珍貴的版本之一，是古迷們競相收藏的經典。關於該本，筆者將在所涉及的作品中作詳盡分析。

武俠圖書雜誌出版社〔香港〕

《七星龍王》

玉郎出版社〔香港〕

《賭局、狼牙、追殺》、《紫煙、群狐》、《銀雕、海神》

簡介：這兩家出版社雖只出版了四部古龍小說，但卻頗具亮點。前者出版的《七星龍王》是研究者重點關注的版本之一，後者與《海神》合刊的《銀雕》，從未在台灣結集出版過，曾佚失數十年，現已成爲稀世珍本。此外，玉郎還出版過古龍散文集《不是集》，刊有古龍墨寶和手寫序言，也異常珍貴。

二・修訂本

是指以原刊本為底本，文本經過修改、增刪，與原刊本或作品原貌有不同程度差異的古龍小說。與金庸的親筆修訂不同，古龍的修訂本大多出自出版社編輯之手，古龍親筆修訂的極少，並常以專輯或合集形式出版。

漢麟／萬盛出版社（台灣）

漢麟出版社成立於一九七二年，由古龍好友、作家兼出版家于志宏創辦，一九七七年至一九八〇年推出「古龍小說專輯」，將原先的卅六開本小薄本改良為廿五開本大厚本，先後修訂出版了三十餘部古龍小說。萬盛接手漢麟成為出版商後，重印該專輯數次（《鐵血大旗》、《怒劍》、《浣花洗劍》除外），並修訂出版了《殘金缺玉》，按專輯次序羅列如下：

《蕭十一郎》、《天涯・明月・刀》、《邊城浪子》、《楚留香傳奇續集》（《借屍還魂》、《蝙蝠傳奇》、《桃花傳奇》）、《九月鷹飛》、《武林外史》、《圓月・彎刀》、《歡樂英雄》、《火併蕭十一郎》、《血鸚鵡》、《劍・花・煙雨江南》、《大人物》、七種武器系列（《長生劍》、《碧玉刀》、《孔雀翎》、《多情環》、《霸王槍》）、《名劍風流》、《七殺手》、《英雄無淚》、《鐵血大旗》、《怒劍》、《浣花洗劍》、《新月傳奇》、《飄香劍雨》、《失魂引》、《蒼穹神劍》、《月異星邪》、《遊俠錄》、《絕不低頭》、《殘金缺玉》

簡介：均為廿五開本，封面由名家繪圖題字，裝幀精美、冊數適中、閱讀方便，專輯推出後深受市場歡迎，對古龍小說的推廣有著不可磨滅的功績。但同時漢麟出版社也對文本動了各種「手術」：章節重設、文字刪改、段落合併、情節分隔符刪除等等。雖然有少數作品修訂尚算成功（如《蕭十一郎》、《蝙蝠傳奇》），但大部分修訂後的面貌與作品原貌相去甚遠，很多作品甚至面目全非。如早期的《蒼穹神劍》、《飄香劍雨》，被大幅刪節並篡改結尾，後期代表作《風雲第一刀》、《桃花傳奇》等則被篡改得原味盡失。原刊本中一些明顯的訛誤（如錯排），漢麟本卻並沒修正過來。因今傳本大多承自漢麟本，故讀者讀到的很多古龍作品已非原貌。筆者承認漢麟的功績，但平心而論，就文本而言，大部分漢麟本可謂是「金玉其外，敗絮其中」。

華新／桂冠出版社（台灣）

成立於一九七四年，初爲華新出版，後桂冠經銷，後桂冠圖書公司接手華新負責出版經銷。一九七七年至一九七九年出版「古龍小說專輯」計七部（其中華新出版前三部），該系列多次重印，十分暢銷。按專輯次序羅列如下：

《楚留香傳奇》（《血海飄香》、《大沙漠》、《畫眉鳥》）、《白玉老虎》、《流星・蝴蝶・劍》、《三少爺的劍》、《絕代雙驕》、《多情劍客無情劍》、《碧血洗銀鎗》

簡介：均爲廿五開本，封面由名家繪圖題字（《碧血洗銀鎗》除外），精美大氣。其中《絕代雙驕》爲古龍親筆修訂，《楚留香傳奇》、《白玉老虎》、《多情劍客無情劍》基本維持原刊本面貌，其餘改動較大，段落合併、情節分隔符刪除等問題非常嚴重，極大地影響了閱讀感受。

春秋出版社（台灣）

一九七八年至一九七九年，出版下列修訂本：

《護花鈴》、《彩環曲》、陸小鳳系列（《陸小鳳傳奇》、《繡花大盜》、《銀鉤賭坊》、《決戰前後》、《幽靈山莊》、《鳳舞九天》）

簡介：均爲廿五開本，封面由名家繪圖題字，精美大氣。對原刊本改動不大。

南琪出版社（台灣）

一九七四年至一九七九年，出版下列修訂本：

《風雲男兒》（《孤星傳》）、《金劍殘骨令》（《湘妃劍》）、《憤怒的小馬》（《拳頭》）、《劍毒梅香》、《劍客行》

簡介：大多爲廿五開本，對原刊本改動較大，其中《金劍殘骨令》和《風雲男兒》還出過小薄本，文本和真善美原刊本亦有差異，歸爲修訂本範疇。

三・原刊本與修訂本主要差異

●文字

文字（包括標點）是文本中最重要的一環，幾乎每部古龍小說，原刊本與原刊本之間，原刊本與修訂本之間，修訂本與修訂本之間，都存在著不同程度的文字差異，哪些文字是作品原貌，哪些是編輯後改，需要仔細辨別與考證。

原刊本：比較尊重原著，基本上作者怎麼寫，出版社就怎麼刊，但也有少數原刊本在一些細節上被編輯作了改動。

修訂本：文字的篡改隨處可見，甚至有大幅的刪節，尤以漢麟本和南琪本爲最，極大地破壞了作品原貌。當然有些改動是針對原刊本中的明顯訛誤，按編輯意圖使之合理順暢，但嚴謹的做法，應該結合其他的原刊本（如果有的話）進行參校。

●分部與章節

古龍後期作品大多採用分部式架構，如《流星・蝴蝶・劍》分「第一部　流星」、「第二部　蝴蝶」、「第三部　劍」；《天涯・明月・刀》分「第一部　天涯」、「第二部　刀」、「第三部　明月」；《三少爺的劍》分「第一部　名劍」、「第二部　浪子」等等。有些分部開頭還另有引言。每部分若干章，配有長短不齊的新式標題，每章又分（一）（二）（三）等小節。分章（節）大多處於情節或時空轉換之際。這些都是古龍新派文體的組成元素，爲古龍精心設置，不可缺少。

原刊本：此點武俠春秋本、部分武林本和部分萬盛本做得較好，部、章、節均基本保持原貌。另一部分武林本採用編輯自擬舊式標題，與新派文風不符。春秋、南琪則存在分部不全、分章混亂、小節缺失、自擬標題（或與原稿新式標題混雜）等諸多問題。

修訂本：多數在春秋、南琪等原刊本基礎上，對章節進行重新劃分，雖然總體比原刊本要整潔合理一些，但依然遺留了一些問題。少數以武俠春秋本爲底本，章節基本保持原稿風貌。

●情節分隔符

古龍作品中常用「××　××　××」、「×　×　×」、「□　□　□」、「●　●　●」、「※　※」等情節分隔符，有時以空一行代之（大陸本多見），此乃古龍小說（尤其是中後期）一大特色和技巧。情節轉變、時空切換、畫面交錯、特寫強調、畫外音等技巧手法都需要這種分隔符來配合，爲古龍創作時精心設置，是文本不可缺少的一部分，其重要程度絕不亞於文字。倘若刪除或遺漏，文體美感和閱讀快感將大打折扣。

原刊本：多爲「××　××　××」和「×　×　×」，大部分原刊本較完整保留情節分隔符。

修訂本：多爲「□ □ □」。除春秋修訂本對情節分隔符保留較好之外，漢麟、華新／桂冠、南琪等都有一定程度的刪減，部分作品甚至被刪除大半。

● 分段

古龍後期作品文句簡潔，基本上一句一段，有如電影分鏡，明朗清晰，讀起來沒有大段落的壓力感，並根據情節需要運用長短句交錯的技巧，按照古龍的說法，「長句讀來如浩蕩大河一瀉而來，突然以短句相接，猶如一把劍把水截斷，可以收到波瀾大起大落的特殊效果」。少許的併段可能對語意和閱讀影響不大，但大幅的併段則肯定不可取。當然，將小薄本中對話者與對話硬生生分成兩段的內文一律接回，並不屬於這裡所說的併段情況[7]。

原刊本：併段較少，存在於少數台灣小薄本、武林本和武俠春秋本中。

修訂本：漢麟、華新／桂冠、南琪等修訂本都存在大幅併段，尤以漢麟本爲最。筆者研究漢麟本時發現，其大部分作品的排版有一個規律：每一章均在右頁結束，而下一章均從左頁開始。從機率上來看，這是不可能的。進一步細究後發現，每一章尤其是在接近結尾時，會出現很多自然段的合併。原來，漢麟爲了統一在左頁起章，排版時刻意合併段落，使每章被強制在右頁結束。由於今傳本大多承自漢麟本，所以讀者經常會讀到莫名其妙的大幅併段。「併段」之症始於漢麟。

7 葉洪生、林保淳《台灣武俠小說發展史》（遠流出版公司，二〇〇五年六月）：乘改版之便，將舊書中說話者與道白硬生生拆成兩段的內文一律接回編排，整合為一段文字，以節省篇幅。這種撥亂反正的做法雖出於成本考慮，亦符合社會大眾的閱讀習慣與需求。

台灣小薄本雖然也有左頁起章的習慣，但因爲分章隨意，所以無須併段。若恰逢上一章在左頁結束，也會在下一頁（即右頁）安放廣告，保持下一章從左頁開始。

綜上，古龍小說的修訂本在裝幀、印刷、紙張等方面遠超原刊本，但這只不過是表面功夫，其文本上的修訂卻大大破壞了古龍小說的原貌，雖能滿足一般讀者的需求，但於那些對文本要求稍高的讀者和研究者來說，則是一種不負責任的做法（甚至是噩夢）。同時，一部分原刊本本身也存在著不尊重原稿的問題。幸好，另一部分尚存於世的優質原刊本，能讓我們通過比對，瞭解古龍小說的原貌。

延續：重印本、翻印本、再版本和簡體本

隨著時間的流逝，當年初版的原刊本、修訂本存世數量日漸稀少。市面上常見的是各種重印本、翻印本和再版本，其文本有的承自原刊本，有的承自修訂本，有的忠實翻印，有的改頭換面，可謂五花八門，魚龍曼衍，情狀紛繁複雜。歸納起來，大致分爲以下幾類：

一．重印本

所謂重印，就是對初版的原刊本或修訂本進行重新印刷後再次上市出售，封面或有改變，但內文版式保持不變，只在版權頁上注明「再版」、「二刷」等字樣。很多原刊本和修訂本都有過重印，如古龍早中期作品的小薄本，後期作品的武俠春秋本，萬盛、華新／桂冠、春秋等出版的修訂本等等。其中萬盛接手漢麟成爲出版商後，重印漢麟出版的「古龍小說專輯」數次，封面和內文版式均保持不變。一九八九年至一九九一年，萬盛又推出「古龍武俠精品集」袖珍本（革新版），對涉及「古龍小說專輯」的書目，除了縮小開本、統一封面、改變冊數外，內文版式依然保持不變，亦相當於重印。

若以文本價值論，重印本和初版的原刊本或修訂本是一模一樣的，但存世數量要比後者多，爲研究提供了便利。

二．港澳翻印本

上世紀七八十年代，港澳地區大肆翻印古龍小說，並冠以各種杜撰的出版社和版權頁，如「華新」、武功、「桂冠」、快澤／壽山、中原／精武／春秋、毅力、「真善美」、「萬盛」、武藝、時新……等等，其中以「華新」、武功、「桂冠」、快澤／壽山規模最大，翻印了台港兩地幾乎所有正式出版的古龍小說。

據研究，快澤與壽山，中原、精武與春秋都同屬一家翻印商，僅是「版權頁」不同。這些翻印本所用底本新舊混雜，最多的是漢麟、華新／桂冠等修訂本，其次是武俠春秋、武林、真善美、春秋等原刊本，也有同一作品翻印多種版本的情況，其種類高達數百種，存世量較大。翻印本大多對原版進行「忠實複製」，除了開本（大多爲卅二開本）和字體變小外，內文版式甚至封面都和原版一模一樣，相當於未經授權的重印本。少數會對封面作一些處理，或對章節、標題作一些改換。

這些翻印本的出現，本是利益所驅，但因其版式和文本大多忠於原貌，反倒保存了一些珍貴文本，如「華新」本《天涯・明月・刀》（翻印自武俠春秋本）、「武功」本《邊城浪子》（翻印自武俠春秋本）、「武功」本《陸小鳳》（翻印自《武俠與歷史》[8]連載）、毅力本《鐵血傳奇》（翻印自真善美本），中原／精武／春秋等本也大多承自武俠春秋本或武林本，故研究價值較高。在原刊本稀缺的情形下，這些翻印本爲後世的古龍版本研究提供了寶貴的資源。事實上，筆者的原貌探究，很大一部分就是從這些翻印本順藤摸瓜，方有所作爲的。

三・台港再版本

真善美、萬盛、萬象、皇鼎、皇佳、久博、文天、裕泰、瑞如、環球等台港出版社都曾再版過古龍小說。如真善美於一九八〇年、一九九五年、二〇〇一年至二〇〇二年，再

8 由金庸創刊於一九六〇年初，主要刊登武俠小說和歷史小說。

版除《劍氣書香》外的六部作品；萬盛於一九九七年開始推出「古龍經典系列」，再版古龍作品共卌五部；萬象於一九九一年、一九九二年和一九九五年分別推出「現代武林」系列、「小武林」系列和「古龍藏珍集」，再版古龍作品共十八部。這些再版本的文本皆從原刊本或修訂本延續而來，與重印本和翻印本不同的是，再版本均經過重新錄入排版，除版式裝幀變換外，文句脫漏、訛誤之處也因此增多，再加上編輯的修改（如皇鼎、皇佳曾大幅篡改《七星龍王》，真善美擅自增加大量無用的情節分隔符），致使文本離原貌越來越遠，故總體研究價值不高。

一九九六年至二〇〇三年，香港天地圖書有限公司推出古龍作品集，幾乎包羅了古龍的所有作品，僅《劍毒梅香》、《劍氣書香》、《飄香劍雨》、《神君別傳》、《銀雕》、《財神與短刀》未出版。其文本來源較爲混亂，有來自修訂本的，也有來自原刊本的，還有來自翻印本的，而有些翻印本會對章節、標題等作細微改變，天地圖書也照搬不誤。

一九九七年至二〇〇五年，台灣風雲時代出版公司推出「古龍作品新編全集」，幾乎包羅了古龍的所有作品（《劍氣書香》、《銀雕》、《財神與短刀》等佚作除外）。二〇〇六年至今陸續推出「古龍精品集」共八十冊。這兩套作品集在台港等地影響較大。但新編全集文本大多以修訂本（或其再版本）爲底本，沒有遴選參校優質的原刊本，恢復已被篡改的文字、章節、分段和情節分隔符，反而按出版社意圖進一步改動，將之劃爲十二大系，刻意分部，部分作品再次重劃章節，有些改動文字和情節（如《七殺手》結尾）。而後出的古龍精品集，則改動更多。如此做法，只能離作品原貌越來越遠，故稱風雲時代本爲「新修本」，亦不爲過。當然，有一些作品，如《絕不低頭》、《新月傳奇》等，風雲時代本糾正了原刊本和修訂本錯排的文字，應是不可忽視的亮點。

四・大陸簡體本

簡體本將正體字轉化爲簡體字後錄入排版，無疑屬於再版本中的一種。大陸引入古龍小說最早可以追溯到上世紀八〇年代中期。《蕭十一郎》、《多情劍客無情劍》、《楚留香傳奇》、《陸小鳳》、《七種武器》等代表作被爭相出版單行本，十分暢銷，引爆了大陸古龍小說熱潮。

這些大陸本絕大部分承自「華新」、武功、「桂冠」等港澳翻印本，故其文本內容也是五花八門，新舊混雜。例如同爲《邊城浪子》（《風雲第一刀》）一書，農村讀物出版社（一九八八年二月）是從武功本簡化而來，也就是說延續了武俠春秋本的原貌，而四川文藝出版社（一九八八年二月）則是從「華新」本簡化而來，所宗的是漢麟本的修訂面貌。從港澳翻印本到大陸本，使得古龍小說的文本變得更爲複雜。

一九九五年三月，珠海出版社推出「古龍作品集」，發行兩萬套。作品集共五十九冊，幾乎包羅了古龍的所有作品，僅《劍毒梅香》、《劍氣書香》、《神君別傳》、《銀雕》、《財神與短刀》未出版。這是大陸首次推出古龍作品集，其影響程度之大之廣，遠勝之前零星出版的單行本，古龍小說熱潮被再度掀起。

一九九八年，珠海社再版「古龍作品集」，另出「續補古龍作品集」共計八部，但除《劍毒梅香》外，其餘均爲古龍弟子丁情、申碎梅以及其他作者撰寫，不能視作古龍作品。

二〇〇五年八月，珠海社又推出六十六冊的「繪圖珍藏版」，重新排版製作，每冊有若干插圖，並將《續補古龍作品集》中的《劍毒梅香》正式收入。二〇〇九年，珠海社再版

「繪圖珍藏版」，封面與二〇〇五版不同。

這四版作品集，文本基本一致（個別作品除外，如《大旗英雄傳》），但來源和香港天地本一樣混亂，加之校勘疏忽，珠海本存在大量錯字漏句、刪除情節分隔符等問題，故只適合普通閱讀，不值得收藏。

二〇〇一年十月，太白文藝出版社推出「新版古龍全集」，共五十三冊，幾乎包羅了古龍的所有作品，僅《劍氣書香》、《神君別傳》、《銀雕》、《財神與短刀》未出版。二〇〇三年，又推出精裝本全集。兩版文本基本一致，均從台灣風雲時代本（新編全集）簡化而來，故承襲了其「新修本」面貌。

太白文藝本的校勘品質要在珠海本之上，但分冊隨意，如二〇〇一出版的《楚留香傳奇》共四冊八個故事，第一冊包含《血海飄香》和《大沙漠》的絕大部分內容，剩餘幾十頁則分在了第二冊中，十分彆扭。此外，還將後期作品中的（一）（二）（三）等小節號悉數刪除，用雙空行代之，與單空行（情節分隔符）並存，導致視覺凌亂。總之，太白文藝本的大部分作品也只適合普通閱讀，收藏價值不高。

二〇〇九年一月，當代世界出版社推出「古龍真品集」，標注「真善美授權典藏本」字樣，出版了除《劍氣書香》外的六部作品，文本承自真善美再版本（一九九五年）而並非原刊本。但真善美再版本存在多處漏句和訛誤，當代世界本依樣搬之，故其文本面貌亦不足爲憑。

二〇一三年五至七月，朗聲圖書有限公司推出「古龍精品集」，由中山大學出版社出版（以下簡稱「朗聲本」），出版了由真善美授權的七部作品，其中《劍氣書香》係大陸首次出版。值得稱道的是，朗聲本編輯在校對《楚留香傳奇》時，參考了真善美原刊本、《南洋商報》[9]連載、華新本等其他文本，通過比對，修正了真善美再版本（一九九五年）中明顯的訛誤，而並非編輯擅自修改。這是兩岸三地出版社編輯首次參考多種文本，進行真正意義上的「校訂」。

二〇一三年四至九月，讀客圖書有限公司推出「古龍文集」，由河南文藝出版社出版（以下簡稱「讀客本」），共七十二冊，不含真善美握有著作權的七部作品。其中《神君別傳》係大陸首次出版。讀客公司打出的廣告是「歷時兩年，對照古龍小說的種種版本，精心編輯而成的權威珍藏版」、「史上最值得收藏的古龍文集」，但據筆者電話採訪和親自查閱，讀客本依然沒有參考當年原刊本，而僅僅是比對了台灣古龍著作管理發展委員會[10]提供的文本（已非復當年原貌）、大陸的珠海本等，根據編輯自己的判斷「修改了錯別字、病句，對一些對話進行了調整，使得更符合邏輯」。如此只是隔靴搔癢，文本品質得不到本質的提高。

簡言之，前期的大陸本承自港澳翻印本，故文本上呈現出修訂本和原刊本混雜的格局，且多爲單行本。隨後市場被珠海本和太白文藝本壟斷，以作品集的形式爲讀者熟知，文本大多爲修訂本或「新修本」。而近幾年，當代世界、朗聲、讀客推出的作品集，又再次引起了新老古迷的關注，但文本總體依舊不敢恭維，僅朗聲本讓人看到一絲希望。

---

9 一九二三年在新加坡創刊，是馬來西亞歷史最悠久的華文報紙之一。一九八三年與《星洲日報》合併成為《聯合早報》和《聯合晚報》。古龍多部後期作品於此報連載。

10 二〇〇六年成立，由古龍三子鄭小龍、葉怡寬、熊正達共同管理，結束了古龍逝世二十年來小說和影視版權異常混亂的局面。但委員會搜集整理的古龍作品文本已非復當年原貌。

意義與說明

古龍小說在華文世界裡擁有龐大的讀者群體。作爲原刊本誕生地的台港地區，原刊本數量日漸稀少，僅舊書店或網路偶現踪影，讀者所見多爲各類再版本，尤其是風雲時代和天地圖書的古龍作品集，與古龍小說原貌有較大差距。現行大陸簡體本大多源自台港修訂本或「新修本」，文本面貌更不容樂觀。總之，古龍小說原貌僅爲兩岸極少數研究者或收藏家知曉。所以，通過考據來正本清源，對指引廣大讀者瞭解古龍小說原貌，進一步體會古龍小說的魅力，有著非同尋常的意義。

以下是對上篇「原貌探究」的說明：

● 本篇爲文本方面的專業考據，對版權（授權與否）、裝幀、印刷、紙張等文本之外的其他因素，基本不作評價。

● 絕大部分台灣原刊本由十幾至幾十冊不等的小薄本組成，稱爲「集」；修訂本一般稱爲「冊」。爲便於理解，統稱爲「冊」。

● 各類版本對章回有著不同的稱謂，有的稱「章」，有的稱「回」，有的直接列標題。爲便於理解，統稱爲「章」，各章名稱統稱爲「標題」。

● 作品早期連載情況將在各書「版本延續」條目中注明，數年後的重複連載不再注明。連載面貌一般不單獨分析，有特別價値或與結集本有較大差異者除外。

●武林出版社向武俠春秋、春秋等本跟進的版本，屬於再版本範疇，文本面貌一般不單獨分析，有特別價值者除外。

●文中提及的港澳翻印本，如「華新」、武功、「桂冠」等均指書背所印之「出版社」，因翻印本屢有書背、封底、扉頁、「版權頁」標識不同的情形，故統一以書背爲準。

●「今傳本」，指流傳至今的，最貼近原刊本或修訂本面貌的版本，包括重印本、翻印本和未經編輯改動的再版本。今傳本可能只有一種，也可能有多種。

●「↓」表示後者是前者的重印本或翻印本，「⇩」表示後者是前者的再版本。

●書中引文全部遵從各本原貌（明顯錯訛處以注標示），爲整齊美觀，引文中的情節分隔符統一用「× × ×」，小節號統一用「（一）（二）（三）……」。

●秉承文本盡可能忠於原貌的原則，對每一部古龍小說的收藏提出建議，台港本收藏次序爲：先在原刊本和修訂本中給出選擇建議；若原刊本或修訂本難覓，則選擇其重印本或翻印本；若重印本和翻印本仍難覓，則選擇未經編輯擅自改動、校對嚴謹的再版本；一般不推薦有改動的再版本和「新修本」（有糾正原刊本或修訂本明顯訛誤者例外）。大陸本收藏次序爲：選擇文本忠於原刊本或修訂本的早期單行本；若文本不夠理想，再在珠海、太白文藝、當代世界、朗聲、讀客等本中擇優選擇。

以上部分說明也適用於下篇「代筆考證」。

蒼穹神劍

已知首載

台灣第一本（一九六〇年，十四冊、四十章）

作品簡介

古龍武俠小說處女作，講述熊倜苦練「蒼穹十三式」爲父報仇，並與仇人義女夏芸相愛的故事。

從《蒼穹神劍》開始，古龍的創作進入早期，即試筆期。這個時期的作品無論結構、人物、情節和武打套路均未脫傳統武俠小說的窠臼，但語言的書卷味和文藝腔十足，從中可看出古龍具備了一定的文學素養。

此書一至七冊爲古龍親筆，八至十四冊爲正陽代筆，代筆疑從第廿六章「腥風血雨　辣手摧花；鞭影征塵　壯士失劍」開始。

文本延續

原刊本：台灣第一本↓台灣第一本（一九七七年二

月，十八冊、四十章）↓港澳翻印本（武功甲本，六冊，合刊《十二長虹》[11]）

修訂本：台灣漢麟本（一九七九年三月，一冊、十章）↓台灣萬盛本[12]↓港澳翻印本↓（武功乙本，一冊；「華新」；快澤／壽山）⇩簡體本（中國旅遊，一九九三年二月）

原貌探究

一、關於代筆

二〇一二年，《十二長虹》書影現身網路，該書一九六一年一月由第一書社出版，作者正陽，書前有一則啓事（標點爲後加）：

> 古龍先生為本社撰寫之《蒼穹神劍》，至第七集因事冗未克執筆，由本社促請正陽先生續寫第八至第十四集暫告一段落。現經本社敦促正陽先生就《蒼穹神劍》一書原有人物精心別撰《十二長虹》一書，格調新穎，情節離奇，而寫情處尤擅纏綿悱惻之致，今《十二長虹》出版伊始，特為讀者鄭重介紹。第一書社敬啟

此爲《蒼穹神劍》代筆（合著）的實證。古龍於〈新歲獻辭〉一文（一九六一年二月，《飄香劍雨》第六冊）中提到「蒼穹有七」，進一步佐證了古龍只寫了前七冊。但由於《蒼穹神劍》原刊本至今未見真身，筆者手頭的第一本乃一九七七年二月重印本，由萬盛經

---

11 港澳地區另見中原本、武陵本《擎天一劍》和「大美」本《怒劍狂花》（署名秦紅），內容完整，但版式與第一本不同，分章和標題在第一本基礎上改頭換面，極為混亂。為防混淆，文本面貌不納入分析。

12 指萬盛接手漢麟後重印的版本，包括封面和內文版式均與漢麟一致的「古龍小說專輯」，一九八九年至一九九一年的「古龍武俠精品集」袖珍本（革新版），不包括一九九七年後的再版本「古龍經典系列」。其餘書目同。

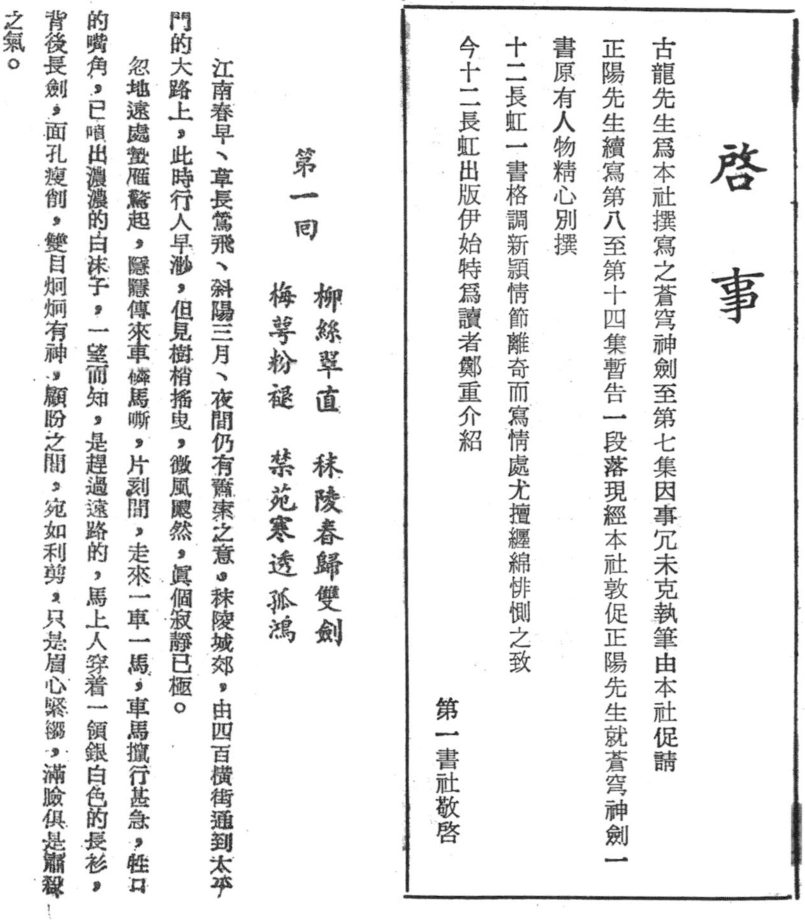

啓事

古龍先生爲本社撰寫之蒼穹神劍至第七集因事冗未克執筆由本社促請正陽先生續寫第八至第十四集暫告一段落現經本社敦促正陽先生就蒼穹神劍一書原有人物精心別撰

十二長虹一書格調新穎情節離奇而寫情處尤擅纏綿悱惻之致

今十二長虹出版伊始特爲讀者鄭重介紹

第一書社敬啓

第一回 柳絲翠直 秣陵春歸雙劍
梅萼粉褪 禁苑寒透孤鴻

江南春早、草長鶯飛、斜陽三月、夜間仍有蕭索之意。秣陵城郊，由四百橫街通到太平門的大路上，此時行人早渺，但見樹梢搖曳，微風颼然，眞個寂靜已極。

忽地遠處數雁驚起，隱隱傳來車轔馬嘶，片刻間，走來一車一馬，車馬攏行甚急，牲口的嘴角，已噴出濃濃的白沫子，一望而知，是趕過遠路的，馬上人穿着一領銀白色的長衫，背後長劍，面孔瘦削，雙目炯炯有神，顧盼之間，宛如利剪，只是眉心緊縐，滿臉俱是肅殺之氣。

此時銀輝滿地，已是中夜，萬籟無聲，馬蹄踏在地上的聲音，在寂靜中分外刺耳，馬上的銀衫客把繮繩微微一緊，側臉對着趕車的那人說：「老二，輕些，此刻已近江寧府的省城，要小心些才是。」

趕車的也是個遍體銀衫的中年漢子，身材略胖，面如滿月，臉上總是帶着三分笑容，聽

蒼穹神劍 三

▲第一書社重印本《蒼穹神劍》開篇和《十二長虹》原刊本書前啟事

銷，共十八冊，均署名古龍，章數亦爲四十章，可見重印時拆分成十八冊的可能性較大。那麼問題來了，正陽到底是從哪一章開始代筆的呢？

以筆者之見，全書行文至第廿六章（重印本誤標了兩次）中段，夏芸中陰煞掌重傷，熊倜爲其按摩療傷，但無法治癒，爲此熊倜欲送她回落日馬場休養，之後應由正陽代筆續完。雖然古龍早期作品風格不明顯，但也有其特有的書卷味和文藝腔，而廿六章以後文筆迥異，語句粗糙，熊倜和夏芸對話頻繁用「倜！」「芸！」相稱（廿六章前古龍從不如此稱呼）。至於廿六章之前是否也有代筆成分，筆者不能肯定，只能等原刊本現身後方能定論。

二、經比對，第一本與漢麟本的文本面貌存在巨大差異。

●漢麟本存在大幅刪節和改寫。

第一本行文至第廿六章中段，即疑似代筆起點處，對應漢麟本則爲末章近結尾處，正是兩本情節分野處。

第一本餘下近十五章的情節爲：熊倜在護送夏芸回家途中，貫日劍失竊，並遇銀杖婆婆授調治夏芸傷勢之法，夏芸身體日漸復原。寶劍白馬亦失而復得。兩人北上太行山，遇仇不可等天陰教徒，引發惡鬥，熊倜大破八卦遊魂陣，夜探龍鳳峪，與已投奔在天陰教下的薩天驥交手，將其殺死，熊夏二人由此反目。

熊倜在找尋秋雯師徒時，結識俠女青魄仙子，幫助熊倜從天陰教手中救出東方瑛和因愛慕尚未明而背叛天陰教的朱歡，並救出秋雯師徒和尚未明。

之後，峨眉山之行，熊倜奪回倚天劍，交回恩師毒心神魔手中。完成最後一樁身外事後，熊倜萬念俱灰，別無牽掛，在終南山子午谷中，欲拔劍自刎在夏芸面前。

上述十餘萬字情節，漢麟本悉數砍去，並篡改成數百字的結尾：熊倜在護送夏芸回家途中，巧遇仇家薩天驥，並得知夏芸爲薩天驥之義女。熊倜與其決一死戰時，卻誤殺夏芸。最後熊倜以身殉情。

兩本結尾文字：

熊倜已陡然拔出倚天劍，他積蘊已久的悲憤沉鬱的心情，控制不住自己的行動，以豪放的笑聲語調說：

「芸，你不肯動手，我來履行我的諾言吧！」

他猛然橫劍向他自己咽喉刎去，青魄仙子極神速的一掌，向他臂腕上推出一股勁力！熊倜的手臂顫抖了一下。

鮮血自熊倜的胸前激射而出，這少年全身抽搐着，徐徐倒在地上了！

伴以三聲驚呼，少女伏在熊倜的身上，哀哀悲號起來！

哭聲震動了山谷，佐以塞外愚夫的兩聲長嘆！

蒼穹神劍的唯一傳人——熊倜，就此死在他的愛侶——夏芸的面前麼？造物者不應安排這樣悲慘的結局吧！

天地含悲，風雲變色，似乎子午谷中，被一層悽悽慘慘的陰霾愁氛所籠罩，而杲杲的紅日，卻正送來無限的光明！

——第一本

夏芸已經死了，江湖還有何歡樂？

他淒然一笑，抬頭望天，天色忽然轉晴，露出一抹藍色。

大地又復甦了，然而，對他來說，並不代表任何意義。

於是——

他縱身一跳，跳入夏芸左邊的墳坑內。

他拿起貫日劍，向自己脖子上一抹——

在雨後新霽湛藍天空下，兩個新墳默默堆在大地上，新墳中間，刻着兩行字：

亡妻芸
亡夫倜　之墓

——漢麟本

可見，第一本正陽所寫結尾只是說熊倜胸部受傷，並未說其必死（據《十二長虹》，熊倜確實未死）。而漢麟本不但寫死了熊倜，連愛侶夏芸也一同陪了葬。當然，漢麟本的做法也佐證了筆者第廿六章之後代筆的觀點。

漢麟本將代筆篇章一刀斬去並改寫結尾，尚可理解，或許本就得到了古龍的許可。但對廿六章之前的古龍親筆文字，漢麟本也進行了不同程度的刪改，有刪幾個字的，有刪幾句話的，甚至有一下子刪除幾百上千字的，這就讓人大感意外了。例：

秦淮河花舫笙歌，聚六朝金粉，此時已是子夜，但尋歡逐樂的公子闊少仍未散盡，熊倜走到河邊，看見畫舫如雲，燈火通明，他年紀太小，自是不知這是何等所在，心中暗忖道：「這些一定是富豪人家的遊船，記得以前我家也有的。」轉念又想道：「我家以前有許多書僮，年紀也都和我差不多大，我不如到上面去求求他們，也許他們會收留我。」

熊倜向前走了一陣，看到每隻船上都掛着塊牌子，上面寫着名字，有些船燈火仍亮，裡面有喧笑之聲，有些船卻已熄了燈火，他又覺膽怯起來，不知上那條船好，走了一會，他看見有一隻船停在較遠之處，不像別的船那樣一隻連着一隻，而且燈火仍然亮着，他就走了過去。

劃線部分（熊倜的心理描寫）被漢麟本刪除。在古龍後期的成熟佳作裡，我們幾乎看不到直接描寫心理的文字，人物的心理完全通過語言神態動作表現。但《蒼穹神劍》是古龍的早期作品，這些心理描寫又是契合其早期文風的。從早期到後期，我們可以看出古龍文風從生澀到成熟的漸變過程，這是一個作家必經的歷程。漢麟本如此大幅刪改，若不對其揭露糾正，將會給後世的古龍研究帶來偏差。

又如第一本第七章結尾處（漢麟本第四章結尾處），飄然老人取得成形首烏後，帶熊倜離開，第八章講述飄然老人將熊倜帶至一個崖洞，傳授其絕世武功，四年內未出洞半步，其中穿插了若馨、若蘭被煙花客蹂躪的不幸遭遇。這章內容被漢麟本完全捨棄，只在第五章用「熊倜跟著飄然老人，隱居在泰山，已經苦練了四年的武功」、「朱若馨早就受不了煙花客的摧殘，自殺而死」兩句話敷衍過去，而在原作中，若馨根本就沒死，是後來見到熊倜後，感覺愧對熊倜才自盡的。

●第一本共四十回（章），典型的舊式對仗標題，例：

第一回　柳絲翠直　秣陵春歸雙劍
　　　　梅萼粉褪　禁苑寒透孤鴻
第二回　劍影鞭絲　蒼星銀月殞落
　　　　風住塵香　孤鴻落花飄零
第三回　金粉笙歌　多少酸辛往事

淡煙橫素　幾許別離情緒……

古龍親筆部分分章大多處於情節或時空轉換之際。例：

想到這裡，戴夢垚不禁長嘆了口氣，仰首望天，只是東方漸白，已近黎明，於是他回顧正在趕着車的陸飛白，嘆道：「嗳！總算又是一天。」

第二回　劍影鞭絲　蒼星銀月殞落
風住塵香　孤鴻落花飄零

車進太平門，只見金陵舊都，氣勢果是不凡，時方浸晨，街道上已是熱鬧非常……

漢麟本大幅刪改後，將全書重劃爲十章，第一本的兩章大約是漢麟本的一章，但從中段被大幅刪改後，已無法對應。另撰四字或五字標題，如「星月雙劍」、「勤修苦練」、「愛情的幼苗」、「英雄識英雄」，分章亦大多處於情節或時空轉換之際。該本僅見幾個情節分隔符，應爲修訂時添加。

收藏推薦

作爲古龍的武俠小說處女作，《蒼穹神劍》有著舉足輕重的研究意義。漢麟本除將代筆部分捨棄、篡改結尾之外，對古龍親筆部分也進行了大肆刪改，與原刊本面貌大相徑庭。原刊本（包括重印本和翻印本）極其罕有，一般讀者難窺原貌。而今傳本大多承自漢麟本，讓不明就裡的讀者認爲古龍的處女作原貌即是如此，實乃漢麟之過也。

釋疑解惑

問：處女作對作家而言至關重要，為何古龍在處女作中就出現代筆？

答：眾所周知，古龍創作武俠小說最初的動機是糊口。爲了多賺錢，改善物質生活，加上才思敏捷，下筆快速，古龍在一九六〇年至一九六二年之間開稿高達十四部。但畢竟精力有限，四處開花難免照應不全，這十四部作品中，除《蒼穹神劍》之外，《劍毒梅香》、《殘金缺玉》、《劍氣書香》、《飄香劍雨》、《劍客行》、《護花鈴》均有代筆或草草收尾的情況，比例高達一半。

古龍在〈不唱悲歌〉[13]一文中如是寫道：

> 那時我才十八九歲，寫的第一本小說叫「蒼穹神劍」。
>
> 那是本破書，內容支離破碎，寫得殘缺不全，因為那時候我並沒有把這件事當做一件正事。
>
> 如果連寫作的人自己都不重視自己的作品，還有誰會重視它？

因古龍寫稿屢屢半途而廢，一度被眾出版社封殺，到了一九六三年，只有真善美一家在陸續出版他的小說。寶劍有雙鋒，這也使得古龍一改過去粗製濫造、多多益善的寫作陋習，精心構思，全力以赴，終於走上正軌，寫出了《情人箭》、《大旗英雄傳》、《浣花洗劍錄》等中期名作。

13 刊於《離別鉤》，春秋出版社，一九七八年十月。

劍毒梅香

已知首載

台灣國華／清華本（一九六〇年六至七月，國華出版、清華印行一至四冊、一至十四章，署名古龍；一九六〇年十二月至一九六一年，清華出版五至十五冊、十五至四十章及尾聲，署名上官鼎）

作品簡介

慘遭暗算的「七妙神君」梅山民，收父母雙亡的辛捷爲徒，授其武功。若干年後，辛捷以「七妙神君」之名重出江湖，爲二人復仇。此書由古龍、上官鼎合著，古龍僅撰寫了前四冊共十四章。

文本延續

原刊本：台灣國華／清華本↓港澳翻印本（「華新」）

修訂本：台灣南琪本（一九七八年九月，二冊、十五章）↓港澳翻印本（武功；「桂冠」，名《劍毒梅香》和《河洛一劍》）⇩簡體乙本（海南人民，一九八八年五月，名《河洛一劍》；中州古籍，一九九三年二月）

原貌探究

國華／清華本和南琪本差異如下：

▲國華／清華本《劍毒梅香》從第五冊開始署名「上官鼎」

●國華／清華本一至四冊署名古龍，第四冊結尾處文字爲「他們夫婦兩人，仍在說笑著，根本將海盜來襲的事，看得太平淡了」。從第五冊（第十五章）開始，作者改署上官鼎，所以此書應爲古龍、上官鼎合著。南琪本上下兩冊均署名古龍，造成混淆。

●國華／清華本共四十回（章），採用舊式對仗標題，例：

第一回　神君稱七妙　十三州裡盛傳韻事
第二回　昧心施一擊　二十年後難見故人
第三回　雙煞施毒手　束翼雙雕有翼難展
　　　　奔牛發狂蹄　未死孤鴻生死誰知
　　　　幽谷散神功　蓋代奇人頓成凡子
　　　　密室傳絕藝　浩浩江湖再尊神君
……
第九回　情思冉冉　此心有寄
　　　　江水悠悠　伊人無蹤
第十回　三鬥天魔　拳毒掌妙
　　　　初逢玉女　目眩心傾
第十一回　此君原偽　無端得禍
　　　　彼生通真　有女懷春
……

自第十五回（章）「島上奇遇」（此時已為上官鼎代筆）起改成四字標題，直至結束。古龍親筆部分分章大多處於情節或時空轉換之際。

值得注意的是，國華／清華本在第廿一回（章）「泰山大會」出現首個情節分隔符，直至結尾都有，但此時作者已為上官鼎。

南琪本將國華／清華本合併爲十五章，分別對應後者的十五冊，以「一」、「二」、「三」……「十五」代之，起止點與國華／清華本各冊一一對應，即「五」之後爲上官鼎所著。國華／清華本十五冊中包含的四十個標題，在南琪本中被悉數刪除。

● 南琪本個別字詞有改動。如將「清境」改爲「仙境」，「從何而來」改爲「從何處來」，對早期作品而言，影響不大。

收藏推薦

國華／清華本與南琪本除了章節設置外，其他文本差異不大，但國華／清華本的獨特價值在於釐清了流傳多年的「上官鼎代筆」問題，使合著情況一目了然，國華／清華本極其罕有，有條件的可收藏「華新」翻印本，當然南琪一脈亦可選擇。簡體本大多承自南琪本，如海南人民、中州古籍等本。

釋疑解惑

問：該書古龍為何只寫了四冊十四章？

答：有兩種說法。

一說古龍寫《劍毒梅香》中途，曾要求清華出版社調高和先付稿費，但被拒絕，因此只寫了四冊，古龍就停筆轉寫《湘妃劍》和《孤星傳》。對此，古龍亦直言不諱，「那我只好替別人寫了，錢很重要，尤其是在窮的時候[14]」。因此，《劍毒梅香》的出版，整整中斷了五個月，直到上官鼎續寫，才恢復出版。

---

14 陳融〈江湖・女人・酒——古龍的武俠與感情世界〉，《時報周刊》二五〇期，一九八二年。

二說古龍當時耽擱了交稿時間，清華出版社便逕自找人代筆。陳曉林曾為此詢問過古龍：是否因讀者對上官鼎接寫的反應不差，心高氣傲的你為了讓武俠出版界「小吃一驚」，故意再另開路徑，出來別別苗頭？古龍的回答是：當初對清華出版社只因他略為耽擱了交稿時間就逕自找人代筆，確有不滿；但既然上官鼎接得不差，他也就樂觀其成了。[15]

由此可見，這兩種說法其實本是一回事，即古龍嫌清華開出的稿費太低，要求對方調高稿費，但被拒絕，於是古龍拖延了交稿日期，導致出版社找人續寫。

問：《劍毒梅香》續集與《劍毒梅香》是什麼關係？作者是誰？

答：《劍毒梅香》續集又名《長干行》，上官鼎著。上官鼎接手古龍完成《劍毒梅香》後，反響不錯，遂另撰《長干行》，人物情節雖與《劍毒梅香》有關聯，但基本獨立。後來有些出版社將《長干行》冠以古龍之名出版，實際上該書完全是上官鼎的作品。

---

15 陳曉林〈古龍的遊戲之作：神君別傳〉，《劍毒梅香》附錄，風雲時代出版公司，二〇〇九年八月。

殘金缺玉

已知首載

香港《南洋日報》連載（一九六〇年，起止日期不詳，未刊完）

作品簡介

十七年前身受重傷的武林魔頭殘金毒掌重現江湖，而相國公子古濁飄行踪飄忽，行事古怪，被疑為殘金毒掌的傳人。

古龍首開懸疑之風的作品，但故事沒有講完便戛然而止。

文本延續

原刊本：台灣第一本（一九六〇年出版一至四冊，後不詳[16]）

修訂本：台灣萬盛本（一九八一年六月，一冊、九章）↓港澳翻印本（「華新」）⇩簡體本（北岳文藝，一九九四年十月）

原貌探究

因台灣第一本至今未能露面，故暫無法比對文本之異同。

16 古龍於〈新歲獻辭〉一文（一九六一年二月，《飄香劍雨》第六冊）中提到「殘金得續」，故推測完成時間應在一九六一年。

萬盛接手漢麟後，除重印漢麟出版的古龍小說外，另外出版了七部古龍小說，此書是其中之一。萬盛本共九章，均爲五字標題，如前三章爲「驚聞殘金掌」、「含羞胭脂透」、「掌發鏢客亡」，分章均處於情節或時空轉換之際，每章有少量情節分隔符。而古龍在《孤星傳》中才開始使用情節分隔符，故應爲萬盛本修訂時添加。

萬盛本行文至「於是，一切又歸於死寂，大地也沒有因著這三個金色人影的出現而有絲毫變動，蒼穹，像潑了墨似的，是一種微現光澤的黑色。嗯，黑色，黑色後面不總是隱藏著許多秘密？」便戛然而止，故事尙未終結，亦可看作開放性結局。

收藏推薦

目前萬盛本爲唯一選擇。今傳本均承自萬盛本，故選擇餘地較大。簡體本可選北岳文藝本。

釋疑解惑

問：傳《殘金缺玉》中有部分文字為他人代筆，是否屬實？

答：二〇〇九年十一月，古龍研究者陳舜儀發帖指出萬盛本第六章「謎一樣的人」自「看倌，你道程垓所見的道士尹志清和叫化子在酒館中搏鬥，以生命來決勝負，究竟是有什麼過節，是否關及於江湖間的恩怨」至「尹志清聽說，便躺回地上，但口中仍然是稱謝不迭，道：『霍老爹，你救活了我，我怎樣謝你才好？』」三千餘字與故事主幹毫不相干，此後亦無下文，而且文字相對老套（如「看倌，你道」），多屬帶場性質，不排除在香港《南洋日報》連載時曾由他人短暫代筆。

筆者查閱萬盛本後，發現此言不差。增文位置爲：

但古濁飄與殘金毒掌之間到底有無關連？若有，那麼有何關連？玉劍蕭凌[17]之父飛英神劍蕭旭何事北來？又為何行踪詭秘？殘金毒掌行事為何忽善忽惡？又為何在金刀無敵黃公紹屍身上找不到金色掌印？難道除了真的殘金毒掌外，還有一個是假冒的嗎？

還有殘金毒掌百年來行踪倏忽，幾次已被武林確定身亡，但事隔多年，又為何忽然出現？若說是他人假冒的，但又為何身法武功絲毫未變？而且還仍然是斷指斷臂，甚至連秉性也一成未改呢？

這些疑團正如抽絲剝繭，真相究竟如何，要慢慢才解得開。

（此處增文三千餘字）

× × ×

瞬息之間，八步趕蟬程垓心中疑雲叢生，思潮互擊，眼角轉瞬處，古濁飄已將蕭凌橫抱了起來，他不禁一笑忖道：「其實這些事，又與我何干？我何苦來苦苦琢磨。」

心中微覺舒坦，跟着古濁飄穿入那片竹林，眼光動處，心頭又是一凜。

增文部分講述道士尹志清和叫化子在酒館中搏鬥，身受重傷，爲「七星劍」霍無涯所救，云云，確實與全書情節全無關聯，很顯突兀。將之去掉，上下文反倒連接緊密順暢。

筆者亦認爲，此段增文應非古龍所寫，極有可能是接稿不及，臨時由他人代筆了一段。保留觀點，以待實證。

---

17 原文誤為「蕭劍」。

鄭重介紹古龍先生俠情長篇

「殘金缺玉」「月異星邪」

名作家古龍先生繼「蒼穹神劍」「劍毒梅香」後，另二部長篇俠情巨著，已將問世。

「殘金缺玉」乃古龍先生第三部之力作，離奇詭異中不失細緻俠情，現已由香港「南洋日報」逐日連載

「月異星邪」乃古龍先生最新之力作，情文並茂，令人讀之於痛快淋漓外，更覺滿腹溫馨猶有回甘。此二書均由本社高價購得版權，陸續發行，望讀者諸位拭目以待之。

▲第一重印本《蒼穹神劍》第九冊中刊登的《殘金缺玉》和《月異星邪》廣告

劍氣書香

已知首載

台灣真善美本（一九六〇年十月，一冊、一至三章，署名古龍；一九六三年二至四月，二至八冊、四至廿四章，署名陳非）

作品簡介

武林中兩大絕頂高手魏靈飛、龍靈飛（即北靈、南靈）比武二十年來不分勝負，最後兩敗俱亡，去世前分別將武功傳給王一萍和向衡飛，讓其繼續比試。

此書由古龍、上官鼎合著。古龍僅撰寫了第一冊共三章。

文本延續

原刊本：台灣真善美本 ⇩ 簡體本（朗聲，二〇一三年七月）

原貌探究

真善美本僅第一冊署名古龍，結尾處文字爲：「他無意地一抬頭，突然看見上面有光射出來，於是他大喜，一縱身，伸手搭住屋緣，就著那空隙向內一望，登時半邊身子都發麻了。」從第二冊（第四章）開始，作者改署陳非。雖然古龍親筆只佔了很小的篇幅，但我們依然將之歸爲古龍、陳非合著的作品。

真善美本共廿四回（章），採用舊式對仗標題，例：

第一回　風颯木立　秀出於野
　　　　書吟劍影　靈鍾乎中
第二回　嘯雨揮風　掌如龍矣
　　　　行雲流水　步亦靈哉
第三回　輕嗔薄怒　益增其媚
　　　　蝕骨消魂　另有用心
……

分章多處於情節或時空轉換之際。

朗聲本以真善美本爲底本，文字、分章、標題等都完全一致，保持了作品原貌，但是沒有注明與陳非合著，算是一點不足。

收藏推薦

由於台港地區尚未再版，目前朗聲本是唯一選擇。

作品釋疑

問：《劍氣書香》是如何被挖掘出來的？

答：該書曾「佚失」數十年，甚至連真善美出版社負責人宋德令都表示雖然持有該書的版權合約，但並未見過此書。近年在台灣出版商兼收藏家顏顏雲、學者林保淳等人的努力下，該書才得以出土（僅台灣行字本上冊），並於二〇〇六年九月重刊在大陸《今古傳奇・武俠版》上。但因底本只有上冊，至「王一萍向那人身上掃了一眼，禁不住連皺眉頭」就沒有了下文，僅爲真善美原刊本的十章。

直至二〇一二年，許德成才發現了《劍氣書香》真善美原刊本的踪影，該書其實並未佚失，而是好端端地收藏於國家圖書館（台北）內，經查看，發現該本僅第一冊（三章）署名古龍，斷稿約兩年多才繼續出版剩餘七冊（廿一章），署名陳非，故古龍親筆部分僅爲第一冊。也就是說，《今古傳奇》十章中，僅前三章爲古龍所作。

隨後，許德成與宋德令溝通，正式授權朗聲圖書有限公司，由中山大學出版社出版《劍氣書香》簡體本，《劍氣書香》全本面貌從此爲世人所知。

此外，二〇一三年六月，由香港春秋書店翻印的《劍氣書香》全本亦現身孔夫子舊書網。

劍氣書香

第一集

古龍 著

第一回

風颯木立 秀出於野
書吟劍影 靈鍾乎中

已經是三月了。

但是在北京，你仍然絲毫也聞不出一些春天的氣息，剛剛解凍的泥土，被昨夜遲來的風雪一蓋，使你走上去的時候，會有一種奇怪的感覺，再加上些斷落在地下的枯枝，更變成行路者的一種痛苦了。

這是一座並不算太小的院子，繞過上面蓋滿了青苔，而青苔上又蓋着些積雪的假山，是一道朱紅的門，雖然門上那曾經是燦爛的油漆，已不再燦爛，甚至還有些剝落了，但是這院子，這門，仍然給人們一種富麗的印象，顯然地，這院子，這門，都屬於一個非常富裕的人家的。

進了院子，繞過假山，和一片雖然在寒冷的天氣裡仍可看得出夏日蓮香荷綠的池塘

▲真善美本《劍氣書香》第一回

遊俠錄

已知首載

台灣海光本（一九六〇年十一至十二月，八冊、八篇）

作品簡介

小說主要篇幅講述白非、石慧二人如何連袂江湖並產生情仇糾葛的故事。首尾部分交代遊俠謝鏗兩度爲父報仇的情節。從《遊俠錄》開始，古龍逐漸注重了蒙太奇手法在小說中的運用。

文本延續

原刊本：台灣海光本↓港澳翻印本（「華新」）⇩簡體甲本（花城，一九九三年二月）

修訂本：台灣漢麟本（一九八〇年三月，一冊、八章）↓台灣萬盛本↓港澳翻印本（武功）⇩簡體乙本（太白文藝，二〇〇一年十月；讀客，二〇一三年九月）

原貌探究

雖然從已知首載來看，《遊俠錄》的時間（一九六〇年十一月）要稍晚於《湘妃劍》（一九六〇年九月二十日）和孤星傳（一九六〇年十月），但全書僅用一個月就出版完畢，而《湘妃劍》和《孤星傳》直到一九六三年才刊完，所以我們一般把《遊俠錄》列於《湘妃劍》和《孤星傳》之前。

海光本和漢麟本差異如下：

●海光本每冊一篇，共八篇，四字篇名，如前三篇爲「恩怨分明」、「際會風雲」、「千蛇之會」，篇末大多有類似「欲知後事如何，請看……」的章回體銜接套語。每篇下設若干插題（小標題），如第一篇「恩怨分明」下設「夕陽古道」、「無影之毒」、「黑鐵神掌」、「恩仇互結」、「各有心事」、「劫後餘生」、「終有一鬥」、「天龍七式」、「虎躍龍騰」、「雖生猶死」共十個插題。

書末有「古龍附言」：

「遊俠錄」這本書是一個嘗試，裡面有些情節承合的地方，是仿效電影「蒙太奇」的運用，但是這嘗試成功嗎？

「遊俠錄」結束了，真的結束了嗎？

其實放眼天下，又有什麼是成功了的？什麼是結束了的？

寥寥幾十字，但頗具研究價值，說明古龍求新求變的創作探索，早在《遊俠錄》時就開始了。

這些插題也應爲古龍嘗試蒙太奇手法所設。例：

就在這土原崩落之際，童瞳的土窰外一條灰色人影，沖天而起，身法之驚人，更不是任何人可以想像得到的。

塵土迷漫，砂石飛揚，[18]大地成了一片混沌，塵土崩落的聲音，將土窯裡居民的慘呼，都完全掩沒了。

劫後餘生

大劫之後，風聲頓住，一切又恢復靜寂了。

只是先前的那一片土原，此時已化為平地，人跡渺然，想是都埋在土堆之下了。

「劫後餘生」小標題的插入，就起到了類似電影中鏡頭切換的作用。

縱觀全書，雖然有些插題設置得比較牽強，並沒有完全起到情節承合、時空轉換、畫面交錯等作用，與後期作品相差較大，但依然可以看出古龍在這方面的嘗試和努力。

《台灣武俠小說發展史》中提到陸魚在《少年行》中首開「母章子題」之先河，從而影響古龍。但《少年行》出版時間（一九六一年七月至一九六三年一月）明顯晚於古龍的《湘妃劍》和《遊俠錄》，究竟誰影響了誰，不言自明。

● 漢麟本與海光本文字差異細微，改「篇」爲「章」，共八章，標題不變，但刪去了所有插題和書末的「古龍附言」，用情節分隔符代替插題，並依據情節需要略作增減，處理得當。

此外，漢麟本亦對分章略作調整，使每章結尾均處於情節或時空轉換之際，並刪去了海光本篇與篇之間的銜接套語，甚爲合理。

---

18 原文此處無標點，依文法加逗號，漢麟修訂時亦加逗號。

收藏推薦

作爲古龍首部嘗試蒙太奇手法的作品，保留插題和附言的海光本有著不可忽視的研究價值。港澳「華新」本忠實翻印自海光本，在海光本難覓的情況下，是較好的選擇。

當然，漢麟本微小的改動，對於閱讀來說，並沒有造成太大的影響，某些分章甚至比海光本更爲合理。簡體本有承自海光本的花城本，亦有承自漢麟本的太白文藝、讀客等本，均可選讀。

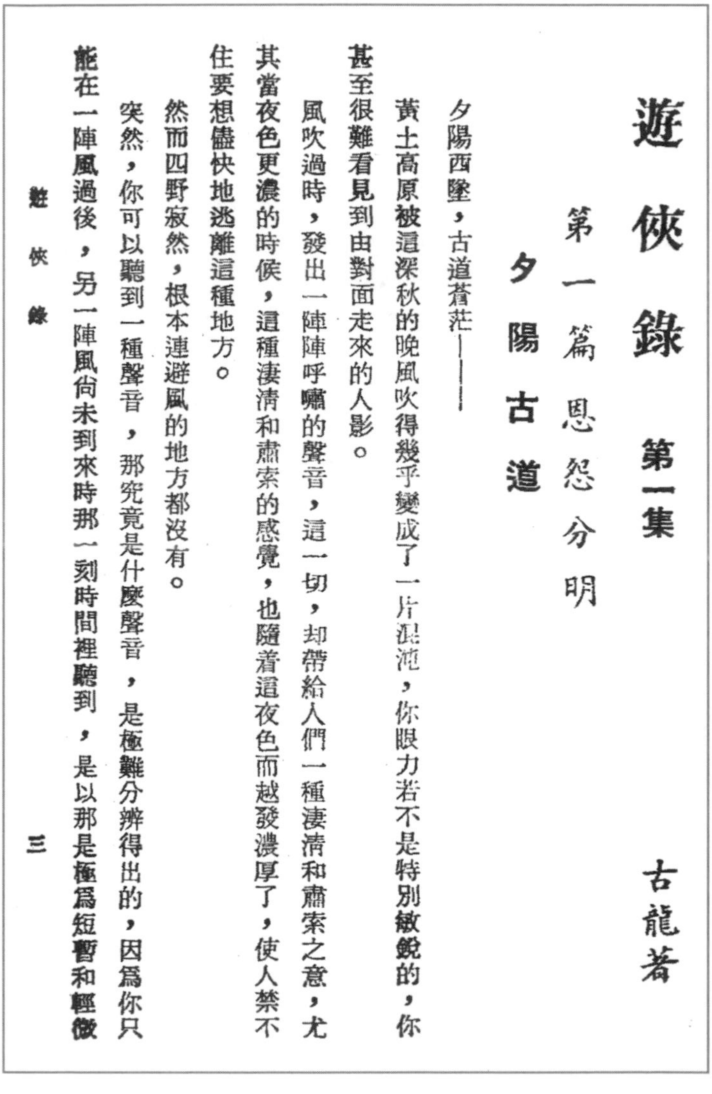

遊俠錄 第一集

古龍著

第一篇 恩怨分明

夕陽古道

夕陽西墜，古道蒼茫——

黃土高原被這深秋的晚風吹得幾乎變成了一片混沌，你眼力若不是特別敏銳的，你甚至很難看見到由對面走來的人影。

風吹過時，發出一陣陣呼嘯的聲音，這一切，却帶給人們一種淒清和蕭索之意，尤其當夜色更濃的時候，這種淒清和蕭索的感覺，也隨着這夜色而越發濃厚了，使人禁不住要想儘快地逃離這種地方。

然而四野寂然，根本連避風的地方都沒有。

突然，你可以聽到一種聲音，那究竟是什麼聲音，是極難分辨得出的，因爲你只能在一陣風過後，另一陣風尚未到來時那一刻時間裡聽到，是以那是極爲短暫和輕微

遊俠錄 三

是以當人們第一眼看到他時，他所帶給人們的感覺，是極不相稱的。

試想一個有着暮年人的身軀和面貌，却有一對年青人的眼睛，那在別人的心目中，會造成一種怎麼樣的印象呢？

謝鏗努力地收攝着自己的神智，他知道此刻他須要應付一個極爲奇特的遇合，只是他自己却無法推測這種遇合究竟是禍是福罷了。

無影之毒

謝鏗的目光是深遽的，前額是寬濶的，這表示了他的智慧是慷慨。

然而此刻他卻迷惘了——

沉默了許久，那老人用一種極爲奇特的目光望着他，目光中像是他對這被他冒着狂風救回來的年青人，竟有些恐懼。

誰也無法解釋他此時的情感，他以前做錯過一件事爲了這件事，他離開了他所熟悉的地方，拋棄了他原有的名聲和財富，來到這荒涼而凄冷的地方，一躭就是二十多年。

▲海光本《遊俠錄》中採用了「母章子題」的設置

湘妃劍

已知首載

台灣《上海日報》連載（一九六〇年九月二十日至一九六一年二月廿四日，未刊完）

作品簡介

講述仇恕爲父報仇，最後憑自己的義舉獲得眾人敬佩，而仇人則眾叛親離的故事。其中穿插了仇恕與毛文琪（仇人之女）、慕容惜生兩位女子的情感糾葛。

文本延續

原刊本：

台灣真善美本（一九六〇年十月至一九六三年七月，十五冊、四十四章）↓港澳翻印本（毅力）↓台灣真善美本（一九九五年七月，再版本）⇩簡體甲本（當代世界，二〇〇九年一月；朗聲，二〇一三年五月）

修訂本：

台灣南琪甲本（一九七四年十月，十六冊、四十八章，名《金劍殘骨令》）⇩簡體乙本（華藝，一九九三年九月，名《神劍情俠》）

台灣南琪乙本（一九七九年一月，二冊、四十八章，名《金劍殘骨令》）⇩港澳翻印

本（「華新」；「真善美」；武功[19]、「漢麟」，名《金劍殘骨令》）⇩簡體丙本（中外文化，一九八八年二月）

原貌探究

一、真善美本和南琪兩種修訂本差異如下：

●真善美本共四十四章，四字標題，如前三章爲「亂刀分屍」、「劍影鞭絲」、「年華如夢」，分章大多處於情節或時空轉換之際。每章下設若干插題，如第一章「亂刀分屍」下設「萬流歸宗」、「七劍三鞭」、「是非難判」、「情竇初開」、「一觸即發」、「靈蛇詭異」、「滿腹溫馨」、「心如刀割」、「亂刀分屍」、「肢斷骨殘」共十個插題。此點與同期出版的《遊俠錄》相似，應爲古龍嘗試蒙太奇手法所設。縱觀全書，很多插題設置得比較牽強，有些甚至分在了連貫的對話和動作中間，效果適得其反，但依然可以看出古龍在這方面的嘗試和努力。

●南琪甲乙兩本和真善美本文字差異細微。南琪甲本章節重分，標題重擬，如前三章爲「七劍三鞭」、「不得善終」、「找仇生事」，且分章處全部割裂情節，有改頭換面、規避版權之嫌。南琪乙本則乾脆以「一」、「二」、「三」……「四八」來代替標題。兩種南琪本均無插題，以情節分隔符代之，並略作增減。

二、一九九五年的真善美再版本經過重新錄入排版後，比原刊本多了一些脫漏和訛誤。此外，編輯在每章開頭增添一段「引言」，如第一章「亂刀分屍」是：

19 另有翻印自台灣文天本（一九八三年三月）的武功本，名《湘妃劍》，文本屬真善美一脈的再版本，但編輯改動較大，略過不談。

「今日你我兄弟既然將這廝除去，武林中不知有多少人要撫掌稱快，你我大家將這廝亂刀分屍，一人將去一塊，帶給武林中的弟兄們看看，也讓大家心裡歡喜。」

這些引言在再版的六部作品中均存在。相對而言，《湘妃劍》是其中改動較小的一部。

收藏推薦

真善美原刊本插題過多，使閱讀受到一定影響，南琪兩本分章極爲粗糙，但對插題的處理尚算得當，所以三本可以說各有優缺點。真善美原刊本（包括翻印本）、南琪甲本均極稀有，故可選擇南琪乙本一脈。簡體本中，當代世界、朗聲等本承自真善美再版本，保留完整插題；華藝本和中外文化本分別承自南琪甲乙兩本，亦可選讀。

孤星傳

已知首載

台灣真善美本（一九六〇年十月至一九六三年一月，十五冊、六十章）

作品簡介

出身鏢局世家的裴珏，幼年時父親遇害，漂泊江湖，遇奇人異事後練成絕世武功，最後找出幕後真凶，並與心上人檀文琪聚首。

本書中古龍首次使用「情節分隔符」這一獨特的文本符號[20]，即用「×× ×× ××」、「× ×」、「□ □ □」等，發揮情節轉變、時空切換、畫面交錯等作用。從《孤星傳》到遺作《銀雕》、《財神與短刀》，情節分隔符一直伴隨著古龍那別具一格的文體，給讀者帶來了美妙的閱讀感受。

文本延續

原刊本：

---

20 《湘妃劍》和《孤星傳》幾乎同時創作和發表，《湘妃劍》原刊本僅在臨近結尾時有幾個情節分隔符，可忽略不計。亦可佐證其完稿時間稍早於《孤星傳》。

台灣真善美本↓港澳翻印本（毅力[21]）⇩台灣真善美本（一九九五年五月，再版本，文本有改動）⇩簡體甲本（當代世界，二〇〇九年一月；朗聲，二〇一三年五月）

修訂本：

台灣南琪甲本（一九七四年二至十月，十五冊、四十五章，名《風雲男兒》）↓港澳翻印本（文武創作，名《武林霸主》）⇩簡體乙本（花城，一九九三年二月，名《武林霸主》）

台灣南琪乙本（一九七九年一月，二冊、十五章，名《風雲男兒》）⇩簡體丙本（花山文藝，一九九三年十月，名《風雲男兒》）

原貌探究

一、真善美本和南琪本差異如下：

● 真善美本共六十章，四字標題，如前三章爲「中州一劍」、「匆匆七年」、「歷經滄桑」，分章均處於情節或時空轉換之際，非常合理。由於此書創作時間跨度較大，原刊本直到第卅三章「豪雄對立」才出現第一個情節分隔符：

> 就在他心中方自有一絲不幸的感覺升起的時候，他突然聽到了檀文琪的語聲，他雖是寬容而忍耐的，但檀文琪那些無情的言語，卻像是無數根尖針，一根根血淋淋的插在他心裡！
>
> 於是，他茫然地走入了大廳。

---

21 另有翻印自台灣文天本（一九八二年九月）的武功本和「桂冠」本，名《孤星傳》，文本屬真善美一脈的再版本，但編輯改動較大，略過不談。

此刻，他茫然站在大廳裡，只覺自己的情感，平生第一次真正地被別人傷害了——因為愛情刺傷人心，遠比其他任何事都來得容易——這種內心的創痛，和方才他對自身的悲哀又絕不相同——雖然這兩種俱都刻骨銘心的痛苦。

×　×　×

第二個出現在第卅五章「武林大事」：

這一切都是值得興奮，足以轟動的事；但天下武林中人真正的興趣，竟大多不在這些事上。

他們的興趣在……

×　×　×

九月已至，盛暑卻仍未去！

秋風乍起，萬里穹蒼，一碧如洗。

●南琪甲乙兩本和真善美本文字差異細微，個別字詞有改動，如改主角「裴玨」為「裴玉」，情節分隔符基本一致。南琪甲本章節重分，標題重擬，如前三章為「幪面刹星」、「龍形八掌」、「歷經滄苦」，且分章割裂情節，有改頭換面、規避版權之嫌。南琪乙本進一步將全書分為十五章，每章大致相當於甲本的三章，並以「一」、「二」、「三」……「十五」來代替標題，分章處同樣割裂情節。

二、一九九五年的真善美再版本經過重新錄入排版後，比原刊本多了一些脫漏和訛誤，並增添各章「引言」，修改了少數標題（如第一章改為「蒙面殺手」），這些尚可理解。但再淸新，所有不愉快的事，都似乎漸漸變得淡了，終於像一縷輕煙般，被晚風吹散。

對於悲哀、不幸與仇恨，他特別容易忘懷，這或許因爲他還年靑，又有着一顆樂觀、善良而仁慈的心。

他悄悄走入了「浪莽山莊」，令他驚異的是，莊門外雜亂的車馬，此刻竟都着了魔似地安靜，大廳的門前，又擁擠着那麼些人。他奇怪，不知道這大廳之中，究竟發生了什麼不幸的變故。

就在他心中方自有一絲不幸的感覺升起的時候，他突然聽到了檀文琪的語聲，他雖是寬容而忍耐的，但檀文琪那些無情的言語，卻像是無數根尖針，一根根血淋淋的插在他心裏！

於是，他茫然走入了大廳。

× × ×

孤星傳 五七五

▲首個情節分隔符出現在真善美本《孤星傳》第卅三章「豪雄對立」

版本在全書中加入了大量原刊本中不存在的情節分隔符。根據上下文情節，這些增加的分隔符，有些是合理的。例：

這孩子對自己方才的判斷，又覺得不太確定了，暗忖：「這大概不是檀大叔，怎會剛回來馬上就出去的？」

他午夜夢回，頭腦可是昏昏地，也不多去思索了，又走回房裡。

× × ×

第二天北京城裡可沸騰起來了。

原來自河南趕來的名鏢頭中州一劍歐陽平之竟在荒郊斃命，胸脅間中了對方一掌，連胸骨都完全碎了。

但絕大部分是完全沒必要的。

例一：

「兩百個踢完了，該輪到你啦！」她走到裴玨身側，將毽子遞給他，說道：「要是你踢不到兩百個，看我今天可饒你。」

× × ×

裴玨臉上突然掠起一絲奇怪的笑容，道：「假如我踢到了呢？」

例二：

「龍形八掌」檀明一手捋鬚，神色間似是被這番真誠感動，微嘆一聲，嘴巴泛起一絲慈祥的笑容，沉聲道：

「令尊早故，老夫自然要為故人盡一份心意，只恨老夫終年忙於雜務，未曾對你們多加關照……唉！」

他長嘆一聲，倏然住口，目光閃動之意，似乎十分歉然。

×　×　×

裴玨心中更是感激，雙目淚光瑩然，吶吶地說不出話來。

卻見檀明面上笑容突地一斂，立刻換作一片冰冷的殺氣。

這種妄增分隔符的情形，在一九九五年再版的六部作品中，除《楚留香傳奇》和《湘妃劍》外，剩餘四部《孤星傳》、《情人箭》、《大旗英雄傳》、《浣花洗劍錄》均未能倖免。

收藏推薦

真善美原刊本（包括翻印本）反映了作品原貌，但極為稀有。南琪兩本分章極為粗糙，但情節分隔符與真善美原刊本基本一致。後出的真善美再版本擅自在文中增添大量不必要的情節分隔符，破壞了作品原貌。而真善美出版社提供給當代世界和朗聲的底本正是此再版系列。所以，即使大陸這兩個版本的編輯，再兢兢業業地校勘，所呈現的也已非復原貌了。簡體本中另有承自南琪甲本的花城本和承自南琪乙本的花山文藝本，與當代世界本、朗聲本各有優缺點，讀者可自行酌選。

飄香劍雨

已知首載

台灣中庸／華源本（一九六一年一至二月，中庸出版、華源印行一至六冊；一九六一年三至四月，華源出版七至九冊，後不詳；共十二冊、九十五章）

作品簡介

名滿江湖的鐵戟溫侯呂南人在妻子背叛自己、改嫁武林惡勢力「天爭教」教主蕭無後，結識了一幫武林正道好友，化名「伊風」踏上爲自己復仇、爲武林除害之路。

文本延續

原刊本：台灣中庸／華源本↓台灣浪淘本（一九七五年八月，十二冊、九十五章[22]）⇩台灣萬象本（一九九一年，三冊、九十六章）⇩簡體甲本（讀客，二〇一三年九月，與續集合刊）

修訂本：台灣漢麟本（一九七九年一月，一冊、十四章）↓台灣萬盛本↓港澳翻印本

---

22 港澳翻印本中有「華新」、毅力、飛龍，內容同中庸／華源本，但較後者短少九章，剩餘標題也有不少誤植，可能為避免版權糾紛而改頭換面，為防混淆，文本面貌不納入分析。

（「華新」乙本，一冊）⇩簡體乙本（太白文藝，二〇〇一年十月，與《蒼穹神劍》合刊，標題有改動）

原貌探究

除《蒼穹神劍》外，《飄香劍雨》是另一部被漢麟出版社篡改得面目全非的早期作品。中庸／華源本和漢麟本差異如下：

●中庸／華源本寫到孫敏和韋傲物夜探正義幫便戛然而止，加上一段堂而皇之的說理草草結束。漢麟本行文至十至十二章（對應中庸／華源本四十一至六十四章），開始大幅縮寫，很多情節皆被略去。

最後兩章（十三、十四章）砍去了中庸／華源本六十五至九十五章的全部情節，自撰結尾，稱薛若璧為稱霸武林假扮成天爭教教主蕭無，與呂南人（伊風）決鬥，死在自己丈夫手裡，結局實屬荒唐無稽。漢麟本總計刪節近十二萬字。

兩本結尾文字：

大地永恆地沒有一絲變化，人類卻時刻地在變化著，只是這一切變化只不過是人海中一連串小小的泡沫，開始和結束，在永恆的宇宙中，都不過是剎那間的事情罷了！

所以，既然如此，我這小小的故事的開始與結束，不更加渺小和可笑了嗎？

所以，既然如此，我要說：「世上任何一件沒有結束的事，其實也可以說是已經結束，世上任何一件結束了的事，其實卻也可以說是沒有結束，因為結束與不結束，[23] 這其間

23 原文誤為「。」

的距離，真是多麼可憐而可笑地短暫呀！」

——中庸／華源本

薛若壁伸出無力的手，握住呂南人的右手，微弱的道：「我只想稱霸武林，不但做天下第一美人，還要做天下第一奇人。」

呂南人痛苦的道：「唉！你何必呢？」

薛若壁苦笑道：「要不是你，我就成功了，我……」

薛若壁嘴巴忽然合上，眼睛也合上，一切靜止。

靜寂中，響起呂南人淒苦的聲音：「若壁！若壁！」

呂南人抱起薛若壁，無視於群眾，漠然走在茫茫的雪花中。

——漢麟本

所幸的是，台灣中庸／華源本一脈經由萬象再版後延續下來，故今傳本出現完本和刪本共存的情形。因萬象本較中庸／華源本多分出第三章「敵暗我明」，故今傳甲本共有九十六章。

●中庸／華源本共九十五章，四字標題，如前三章爲「鐵戟溫侯」、「隱跡潛踪」、「華山之陰」，分章大多未處於情節或時空轉換之際，全書未見情節分隔符。漢麟本大幅刪改後，將全書重劃爲十四章，改爲長短不一的新式標題，如前三章爲「隱跡的方法」、「俠者的胸懷」、「奇人奇事」，與早期文風終究有些不搭，分章亦未全部處於情節或時空轉換之際。該本僅見幾個情節分隔符，應爲修訂時添加。

收藏推薦

台灣中庸／華源本反映了作品原貌，而漢麟本大肆刪節和篡改，孰優孰劣，不言自明。所幸大部分今傳本承自萬象再版本，作品原貌得以延續，避免了像《蒼穹神劍》一樣的命運。簡體本可選讀客本。

釋疑解惑

問：《飄香劍雨》續集與《飄香劍雨》是什麼關係？是否為古龍作品？

答：一九六四年十月至一九六五年一月，華源出版《飄香劍雨》續集，共十二冊、卅六章，署名古龍。續集敘述《飄香劍雨》主角呂南人之子阮偉（呂偉）闖蕩江湖的經歷，所以正續兩書分別講的是父子兩代人的故事。後來有些出版社將正續兩書一同出版或合刊，統一冠以古龍之名。現在幾乎公認續集並非古龍作品。

首先，《飄香劍雨》正集是標準古龍式的草草收尾（往往用一套似是而非的理論來掩飾），讓古龍再回過頭來續寫，可能性微乎其微，而且續集發表於三四年後，那時古龍正埋頭專心寫作《情人箭》、《大旗英雄傳》、《浣花洗劍錄》等幾部長篇，根本無暇來替幾年前的早期作品寫續集，否則古龍也不會讓《大旗英雄傳》草草收尾了。

其次，《飄香劍雨》續集的文風中規中矩，四平八穩，語言寡淡，情節少有出彩之處，而此時古龍創作已屆中期，情節精彩，語言生動，遠超過《飄香劍雨》續集的水準。

古迷「尋花」曾提出續集可能為溫玉所作：與溫玉的《劍玄錄》文風相近；二書的主人公阮偉（呂偉）與芮瑋是諧音；續集裡有個簡少舞，《劍玄錄》裡有個簡召舞，二書都涉及到洞庭君山，而且簡家都是名門大家；且華源發行人正是溫玉父親芮金源。

因缺乏實證，代筆者未能定論。

新歲獻辭

古龍

匆匆歲暮，又始新春，倏然一年，彈指間過，所以望者，值此新歲，能爲諸君，稍娛双目。蒼穹有七，劍毒有四，孤星零落，書香只一，遊俠雖全，湘妃未三，飄香劍雨，一巴掌矣，零零落落，深致歉意，殘金得續，神君有別，稍强人意，諸書都全，才對得起，新的一年，加工加急，讀者諸君，恭賀新禧，古龍拜年。

▲古龍〈新歲獻辭〉，刊登於中庸／華源本《飄香劍雨》第六冊（一九六一年二月），古龍當時的創作進度一目了然

月異星邪

已知首載

香港《新聞夜報》連載（一九六〇年，起止日期不詳）

作品簡介

講述卓長卿藝成下山，欲報親仇，並與仇人弟子溫瑾相愛的故事。

文本延續

原刊本：台灣四維／第一本（約一九六一年七至十二月，先由四維出版、第一印行，後由第一出版，共十冊，分楔子、五十五章）↓港澳翻印本（飛龍）

修訂本：台灣漢麟本（一九七九年七月，一冊、十七章）↓台灣萬盛本↓港澳翻印本（「華新」；武功）⇩簡體本（寧夏人民，一九九一年四月；中國旅遊，一九九三年五月）

原貌探究

四維／第一本和漢麟本差異如下：

● 四維／第一本共五十五章，四字標題，分章大多處於情節或時空轉換之際，全書未見情節分隔符。

● 漢麟本文字較四維／第一本無明顯差異，將全書重劃為十七章，除第一章「人奇獸異」對應四維／第一本的「楔子　人奇獸異」外，其餘每章均合併了四維／第一本三至四章內容，如第二章「蕪湖大豪」就包含了四維／第一本的「蕪湖大豪」、「黃衫少年」、「三卷畫軸」共三章的內容，並在涉及情節或時空轉換之際的分章處，用了情節分隔符進行標示。這應該是該書漢麟本一個值得肯定的地方。

收藏推薦

漢麟本雖然對四維／第一本的章回進行了合併，但適當運用了情節分隔符進行了標示，故對閱讀影響不大。目前四維／第一本（包括翻印本）已難覓影踪，漢麟本爲唯一選擇，簡體本可選寧夏人民、中國旅遊等本。

神君別傳

已知首載

台灣華源本（一九六一年二至五月，三冊，分楔子、十一章）

作品簡介

該書接續《劍毒梅香》前十四章情節，講述辛捷漂流到一個荒島，結識未諳世事的少女咪咪，並巧遇殺父仇人「海天雙煞」的故事。

文本延續

原刊本：台灣華源本 ⇩ 台灣風雲時代本（二〇〇九年八月，與《劍毒梅香》合刊，精品集）⇩ 簡體本（讀客，二〇一三年九月，與《劍毒梅香》合刊）

原貌探究

前文已述，《劍毒梅香》寫到第四冊十四章時，古龍曾因故擱筆，由上官鼎續完（詳見《劍毒梅香》書目）。古龍後來撰寫的《神君別傳》，接續《劍毒梅香》前十四章情節，兩者合併，成爲完整的、純古龍版的《劍毒梅香》。

古龍在該書楔子中將前十四章情節作了大致回顧，並言：「這些，我告訴你也許是多餘的，因爲你很可能比我更清楚地知道這些。此刻，我只不過是在提起你的回憶罷了。那麼，此刻——」再接第一章進入正題，重撰與上官鼎續寫部分迥異的情節。

神君別傳 第一集

古龍著

楔子

此章原承先　重提舊事言七妙
彼文非繼後　再續新章話神君

海天無際，一片煙波浩瀚。

朝霞雖過，但在那水天相接之處，仍然留着那種多彩而絢麗的雲采，燦爛得這浩瀚壯觀的東海，泛起片片金鱗。

一艘製作得極其精巧的三桅帆船，風帆滿引，由長江口以一種超越尋常的速度，乘風而來。船身駛過，在這一片宛如金鱗的海面上，劃開一道泛湧着青白色泡沫的巨大的痕跡。

你若是常在水面上討生活的，你就可以看出，這船的製作，是極其精巧的。甚至那其中每一片木塊互相之間，都配合得那麼佳妙。就像是一件非常完美的結合體，令人除了賞心悅目之外，還有「隨便再大的風浪，這船都能安穩行駛」的感覺。

▲華源本《神君別傳》楔子

華源本共十一回（章），採用舊式對仗標題，例：

楔子　此章原承先　重提舊事言七妙
　　　彼文非繼後　再續新章話神君
第一回　無意逢生機　一閃刀光解重穴
　　　　有心怯敵膽　屢施身手懾群雄
第二回　生死窄一線　卻喜絕地得生路
　　　　海天遙千丈　但悲何處是歸程
……
第八回　滿穴無光　咤叱喪膽
　　　　鐵鍊中分　瑲瑯驚魂
第九回　濃煙漫山　俠士有命
　　　　清風拂島　倩女無蹤
第十回　難得輕舟　終難自去
　　　　且別孤島　卻易傷懷
第十一回　天網雖疏而不疏　鯨波千丈　難渡雙煞
　　　　　恩仇已了復未了　雲天萬里　易念伊人

分章大多處於情節或時空轉換之際，全書未見情節分隔符。

風雲時代本（精品集）以華源本爲底本再版，文字、分章、標題等均未加改動，保持了作品原貌。

收藏推薦

風雲時代本（精品集）延續了華源本的原貌。簡體本中僅有讀客本可選。

釋疑解惑

問：《神君別傳》是如何被挖掘出來的？

答：此書自台灣華源初版後，曾佚失數十年，近年才在台灣出版商兼收藏家顏顏雲、學者林保淳等人的努力下出土。二〇〇九年八月，台灣風雲時代出版《劍毒梅香》時，附上了《神君別傳》，此書才得以重新和讀者見面。

問：古龍為何想到重新續寫《劍毒梅香》？

答：有兩種說法。

一說《劍毒梅香》被上官鼎接續後，古龍十分懊悔，因爲他對書中的「七妙神君」這一人物太過喜愛，念念不忘，不甘心就這樣被上官鼎「改寫」，故重新操刀。

二說華源出版社老闆故意激古龍，「並出重酬要他就《劍毒梅香》的故事另出機杼，但篇幅不能長，並須自成格局。古龍認爲這是一項挑戰，又看在重酬份上，便花了十天時間寫成《神君別傳》」。[24]

筆者較爲認同第二種說法。

---

24 陳曉林〈古龍的遊戲之作：神君別傳〉，《劍毒梅香》附錄，風雲時代出版公司，二〇〇九年八月。

劍客行

已知首載

香港《武俠天下》[25]連載（一九六一年七月八日至不詳，一期至不詳）

作品簡介

講述少年展白背負父親被五個結義兄弟密謀殺害的血海深仇，闖蕩江湖，學成絕世武功，終報父仇，並與惡勢力抗爭的故事。

此書疑今傳各本第十章以後由上雲龍代筆。

文本延續

原刊本：台灣明祥本（一九六三至一九六四年八月，廿一冊、六十五章，名《無情碧劍》）↓港澳翻印本（「華新」、毅力，均名《奪命青蚨鏢》）⇩簡體甲本（西藏民族，一九八六年十二月；華岳文藝，一九九〇年二月。均名《奪命青蚨鏢》，署名金庸）

修訂本：台灣南琪本（一九七九年十二月，二冊、六十五章）↓港澳翻印本（武功）⇩簡體乙本（江蘇文藝，一九九三年二月，標題有改動）

25 創刊於一九六一年七月八日，隸屬於鶴鳴書業公司，但流通不廣。

原貌探究

該書在《武俠天下》雜誌創刊號首載時，名爲《劍客行》，今見最早結集本是一九六三年至一九六四年八月出版的明祥本，名《無情碧劍》，是否存在更早的以《劍客行》命名的明祥本，尚待考證。

明祥本和南琪本差異如下：

●明祥本《無情碧劍》共六十五章，七字標題，如前三章爲「翩翩濁世佳公子」、「安樂公子最風流」、「無情碧劍起風波」，分章大多未處於情節或時空轉換之際，全書未見情節分隔符。該本結尾處有如下附言：

「無情碧劍」至此告終。謝謝諸位讀者愛護，並祝福諸位讀者，有展白的福氣，逢凶化吉，遇難呈祥，有着神仙般的快樂與幸福！

請諸位讀者，本愛護作者之心，閱讀作者下一部作品「夜雨秋燈」！保證比此書更加精彩！（全書完）。

一九七五年八月重印的浪淘本名爲《劍客行》，無結尾附言，但港澳翻印本「華新」和毅力卻保留了此附言。

●一九七九年出版的南琪本，分章同明祥本，以「一」、「二」、「三」……「六五」來代替標題。文字基本保持不變，但無附言。在文本延續過程中，不知從何本起（代考）改爲長短不一的新式標題，如前三章爲「保鏢的少年」、「追風無影」、「他爲何自刎」，與早期文風終究有些不搭。分章和文字亦均保持不變。

收藏推薦

雖然明祥本與南琪本僅在標題和結尾附言上有區別，但是我們不可忽視該附言的研究價值。簡體本可選江蘇文藝、華岳文藝等本。

釋疑解惑

問：為何《劍客行》與古龍同期作品相比，情節、文筆、可讀性相差懸殊？是否為代筆？

答：二〇〇八年十月，筆者在古龍武俠論壇發帖，指出《劍客行》疑絕大部分是他人代筆，因就算古龍早期作品，也有早期特有的風格，而此書自十章以後無論情節文筆都有如兒戲，粗鄙不堪。

有兩個很明顯的代筆特徵，一是自十章起，每章結尾處都以「……」結束，古龍從無此標點使用習慣。二是自十章起，象聲詞到處氾濫，什麼「叮叮」、「嗡嗡」、「轟轟」、「蓬蓬」、「砰砰」，動起手來好似開火打仗，粗糙已極。

論壇古迷討論後認爲：第十章以後情節發展非常無趣，男主角展白最後居然一夫五妻，女性角色好稱展白爲「展哥哥」，男女間親熱時皆是「我愛你」、「愛死你」叫個不停，情欲描寫太過露骨，象聲詞濫用，以及每章結尾處都是「……」，等等，均不似古龍手筆，風格與前十章差異明顯。同期的《孤星傳》、《湘妃劍》之水準要遠超《劍客行》，即便是虎頭蛇尾的《殘金缺玉》也比《劍客行》有趣味的多。故《劍客行》應疑存有代筆。

上述明祥本結尾附言提及的《夜雨秋燈》一書，一九六五年一至十月由明祥出版，作者爲上雲龍，該書和《劍客行》疑似代筆部分風格極爲相似。但上雲龍究竟是誰？坊間亦有署名曹若冰的《夜雨秋燈》，曹若冰是否就是上雲龍？因缺乏實證，代筆部分和代筆者均未能定論。

失魂引

已知首載

台灣明祥本（一九六一年十月至一九六二年六月，九冊、卅六章）

作品簡介

京城才子管寧與書僮在遊山時，發現四明山莊上的一場血案，大批武林人士身亡，書僮也被神秘老人所殺。深受打擊的管寧決心查出血案的兇手。《失魂引》是古龍繼《殘金缺玉》後，再次將懸疑推理元素引入的武俠小說，情節完整。

文本延續

原刊本：台灣明祥本↓港澳翻印本（武功，名《終南三怪》；大眾）

修訂本：台灣漢麟本（一九七九年一月，一冊、十一章）↓台灣萬盛本↓港澳翻印本（「華新」；武功）⇩簡體本（河北，一九八七年十二月；哈爾濱，一九九四年）

原貌探究

明祥本和漢麟本差異如下：

● 明祥本共卅六章，標題爲「四二」和「二四」格式（除末章外），例：

分章大多未處於情節或時空轉換之際，全書未見情節分隔符。

● 漢麟本將全書重劃爲十一章，改撰長短不一的標題，如「翠袖與白袍」、「如意青錢」、「車座下的秘密」等新式標題，雖然簡潔靈動，但與早期文風終究有些不搭，分章大多仍未處於情節或時空轉換之際。該本後半部見少量情節分隔符，應爲修訂時添加。

收藏推薦

除分章和標題外，明祥本與漢麟本幾無差異。簡體本可選承自漢麟本的河北、哈爾濱等本。

▶「華新」、武功等一些港澳翻印本，除了縮小開本（卅二開本）外，封面、內文版式均與原版一模一樣，僅在書背、封底和「版權頁」上作細微改動。圖為漢麟本（左）和「華新」本《失魂引》封面

彩環曲

已知首載

台灣《自立晚報》連載（一九六一年十月十六日至一九六二年九月十八日）

作品簡介

一座密林中的鐵屋，因爲絕世美女石觀音和價值連城的寶藏，引無數江湖大豪入屋探險，均有去無回。初入江湖的柳鶴亭，決心揭開鐵屋之謎，卻因愛上石觀音師妹陶純純，而陷入了一個驚天陰謀中。

文本延續

原刊本：台灣春秋甲本（一九六二年六月，十一冊，分楔子、五十五章）↓台灣春秋本（香港胡敏生書報社發行）

修訂本：台灣春秋乙本（一九七八年九月，一冊，分楔子、十一章）↓港澳翻印本（「華新」；武功；桂冠，名《天武風雲》；快澤／壽山）⇩簡體本（花山文藝，一九九二年八月）

原貌探究

春秋甲本分楔子和五十五章，四字標題，如前五章爲「羅衫俠少」、「簫鼓齊鳴」、「風聲鶴唳」、「銅燈之秘」、「翠閣白骨」，分章大多未處於情節或時空轉換之際，全書僅少數幾個情節分隔符。

春秋乙本修訂自甲本，大致將甲本每五章合併成一章，共十一章，標題亦取自原刊本，如第一章「羅衫俠少」包含了原刊本前五章的內容，文字、情節分隔符等保持不變。

收藏推薦

春秋修訂本除章數規律性合併、標題改動外，其餘均保留了作品原貌。若原刊本難覓，選修訂本亦足夠。今傳本均承自修訂本，簡體本可選花山文藝本。

護花鈴

已知首載

台灣春秋本（一九六二年十月，廿一冊、四十四章）

作品簡介

講述「不死神龍」弟子南宮平揭開南宮家族關於「諸神島」的秘密，並與「孔雀妃子」梅吟雪相愛的故事。本書成功塑造了梅吟雪這一讓讀者魂牽夢繞的女主角，情愛描寫讓人津津樂道，可惜虎頭蛇尾，疑春秋修訂本最後三章由高庸代筆。

文本延續

原刊本：台灣春秋甲本↓台灣春秋本（一九七四年，名《諸神島》）↓台灣春秋本（香港胡敏生書報社發行）↓港澳翻印本（武功甲本，五冊，名《諸神島》，缺引言；武藝）

修訂本：台灣春秋乙本（一九七八年六月，二冊、廿二章）↓台灣皇鼎本↓港澳翻印本（「華新」；武功乙本，三冊，名《諸神島》；桂冠，名《丹鳳神龍》；快澤／壽山）⇩簡體本（雲南人民，一九九四年十一月；花城，一九九七年三月）

原貌探究

春秋甲本第一章前有一句引言，武功甲本在翻印時遺漏：

——生與死，愛與憎，情與仇，恩與怨。這其間的距離，在叱咤江湖，笑傲武林[26]的人們眼中看來，正如青鋒刃口一般，相隔僅有一線。——

正文共四十四章，四字標題，如前四章爲「生死之間！」、「神龍不死？」、「金龍密令」、「神棺之謎」，分章大多未處於情節或時空轉換之際。春秋甲本在第十章「飛槍走劍」才開始出現首個情節分隔符，直至結尾都有。之所以前九章情節分隔符缺失，筆者推測有兩種可能：一是古龍原稿如此，二是編輯一開始認爲分隔符可有可無，便將其刪除。其中第二種可能性較大。

春秋乙本修訂自甲本，引言不缺，大致將甲本每兩章合併成一章，共廿二章，標題亦取自原刊本，如前兩章爲「生死之間！」、「金龍密令」，包含了甲本前四章的內容。文字、情節分隔符等保持不變。

收藏推薦

春秋修訂本除章數規律性合併、標題改動外，其餘均保留了作品原貌。若原刊本難覓，選修訂本亦足夠。今傳本大多承自修訂本，簡體本可選雲南人民、花城等本，流傳較廣的海天本（一九八八年五月）結尾少了七千餘字，一度令讀者莫名其妙，究其源頭是港澳翻印本中的另一種「華新」本，結尾處同樣少了七千餘字。

26 原文誤作「虎林」，春秋修訂時糾正。

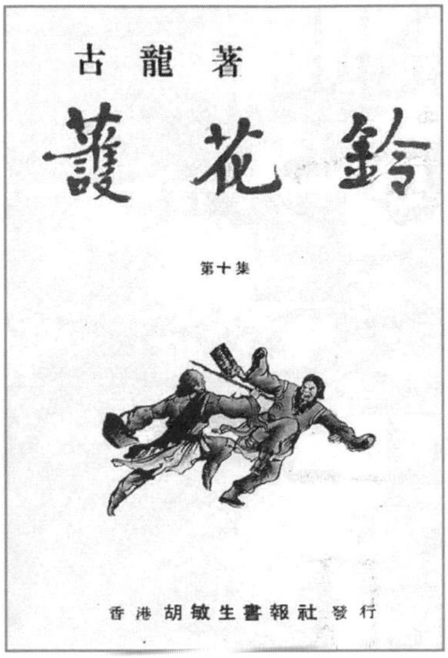

▶香港胡敏生書報社發行的《彩環曲》、《護花鈴》，保持了春秋原刊本的文本面貌

釋疑解惑

問：《護花鈴》人物情節頗為精彩，但結尾倉促，虎頭蛇尾，是否存在代筆？

答：春秋修訂本第十九章描寫至南宮平、梅吟雪在荒島上與得意夫人苦鬥之下生命垂危，爲狄揚夫婦、葉曼青所救，返回中原，筆觸細膩委婉。但之後文筆丕變，最後三章書中大小人物如任風萍、龍布詩、南宮永樂、司馬中天、孫仲士、郭玉霞、石沉、幽靈群丐、戰東來、南宮常恕、魯逸仙、帥天帆……等等，似走馬燈樣輪番上台，很多情節沒有展開就匆匆收尾，最後，梅吟雪爲顧全大局而屈就「群魔島」少島主，與南宮平竟成永別。文筆相對粗糙，濫用驚嘆號，描寫上也是連場打鬥，斬首斷肢，異常血腥。而直至結尾，「護花鈴」這一貫穿全書之信物亦再未被提及。故修訂本最後三章爲代筆，已爲很多讀者認同。

值得指出的是，雖然代筆部分有諸多缺點，但好歹算有個完整的結尾，而且從代筆者急於把前面所有的伏線和人物作個了斷來看，至少說明他仔細讀過古龍的親筆部分，只是限於能力，無法完成得更好而已。

該書以往傳言由秦紅代筆續完，但二〇一六年七月秦紅在臉書中否認，說高庸曾告訴他由其續完，待考。

古 探索期

情人箭

已知首載

泰國《世界日報》連載（一九六三年二月四日至一九六四年十月八日，名《怒劍狂花》）[27]

作品簡介

父親喪生於情人箭下的展夢白爲報父仇浪跡江湖，結識眾多前輩高人，習得一身高超武藝，最終在眾友幫助下，揭破情人箭後隱藏的驚天陰謀。

從《情人箭》開始，古龍的創作進入中期，即探索期。中期作品大多展示了風起雲湧的江湖畫卷，篇幅長，場面大，人物多，故事紛繁複雜，情節曲折生動，開始注重人物的塑造和人性的刻畫，但總體上依然屬舊派武俠小說的風格。

27 顧臻、于鵬〈古龍「海外」別樣紅〉，二〇一一年五月一日，《品報》電子刊第十一期。本書涉及到東南亞報紙連載的情況，大多參考過此文。

文本延續

原刊本：

香港《武俠世界》連載（一九六三年二月廿三日至一九六四年九月五日，一八八至二六八期，名《怒劍狂花》）[28]↓香港武林本（一九六三年四月至一九六四年九月，二十冊，分八十章、後記，名《怒劍狂花》）↓港澳翻印本（「桂冠」，名《情人箭》和《巾幗梟雄》）⇩簡體甲本（今日中國，一九九三年六月，名《絕代梟雄》）

台灣真善美本（一九六三年四月至一九六四年八月，廿六冊，分小引、五十二章、後記）↓港澳翻印本（「華新」、「真善美」，均缺後記）⇩簡體乙本（中國工人，一九九三年五月，缺後記）

修訂本：

台灣《大華晚報》連載（一九七九年五月廿九日至一九八一年二月十六日，名《怒劍》）↓台灣漢麟本（一九七九年十二日，三冊，分楔子、廿六章、後記，名《怒劍》）↓港澳翻印本（武功、「桂冠」，均名《怒劍狂花》）⇩簡體丙本（黃河，一九九〇年二月，名《怒劍狂花》）

其他早期連載：

台灣《小說世界》（一九六三年三月十五日至一九六四年六月十五日，一四〇至一七六期，名《怒劍狂花》，未刊完）

---

28 顧臻、于鵬〈「港古」溯源——香港三大武俠雜誌與古龍小說〉，二〇一六年十月一日，《品報》電子刊第卅六期。本書涉及到《武俠世界》、《武俠春秋》、《武俠與歷史》連載與結集的情況，大多參考過此文。

新加坡《民報》（一九六三年三月至一九六四年九月二十日，名《怒劍狂花》）

原貌探究

一、關於序言

《情人箭》是古龍第一部中期作品，也是古龍爲數不多親筆修訂的作品之一。這從序言〈一個作家的成長與轉變〉[29]中可以窺見。古龍在文中寫道：

> 中期寫的是「武林外史」、「大旗英雄傳」、「情人箭」、「浣花洗劍錄」、「絕代雙驕」，有最早一兩篇寫楚留香這個人的「鐵血傳奇」。
>
> ……
>
> 所以我才想到要把那些故事改寫，把一些枝蕪、荒亂、不必要的情節和文字刪掉，把其中的趣味保留，用我現在稍稍比

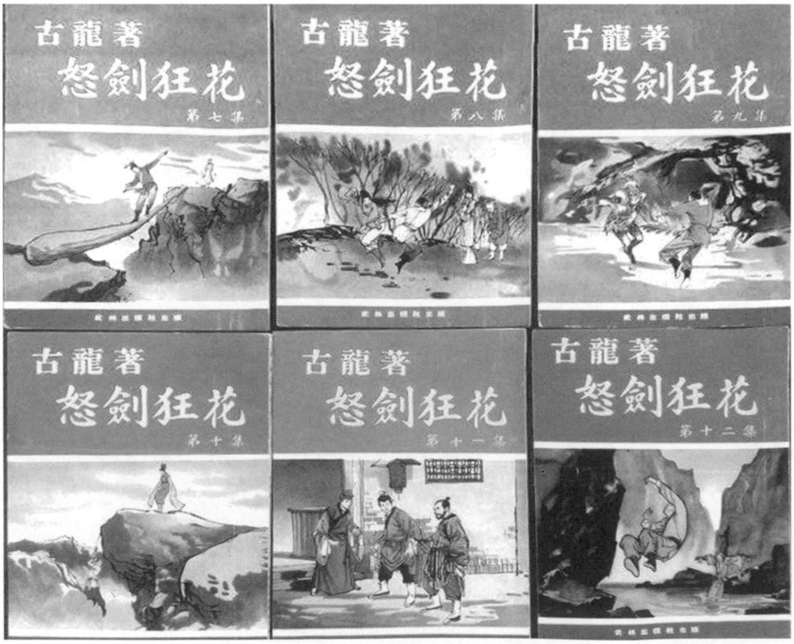

▲武林本《怒劍狂花》小薄本，每冊封面都有精美繪畫

29 一九七九年四月十二日和一九七九年五月廿九日，古龍在《中華日報》和《大華晚報》分別發表〈一個作家的成長與轉變——我為何改寫「鐵血大旗」〉和〈一個作家的成長與轉變——寫在重寫「怒劍」之前〉，兩者實為同一篇文章，僅將文中的書名置換，其餘文字不變。

較精確一點的文字和思想再改寫一遍。

……

所以我一直想把這幾部書保留，作為我改寫的嘗試。這幾部書之中當然也有一些值得保留的價值。

這一部「怒劍」就是其中之一。

二、在談論修訂本之前，先比對兩種原刊本的差異：

●真善美本分小引、五十二章、後記，首次使用長短不一的標題，如前五章爲「死神帖與情人箭」、「恨滿長天」、「山巔晨霧濃如煙」、「斷腸迷離風和雨」、「不白之冤」，概括情節比較準確，雖以四字爲主，古典氣息尚濃，但已略具新式標題的雛形。武林本分八十章、後記，採用編輯自擬的舊式標題，均爲七字，如前五章爲「驚心動魄情人箭」、「天愁地慘死神帖」、「血淚墳前誓復仇」、「凄迷夜色逢奇女」、「黑玉盒慈母遺言」。兩本分章大多未處於情節或時空轉換之際，情節分隔符基本一致。

●真善美本、《武俠世界》連載、《小說世界》連載均有一段「小引」，武林本和真善美各再版本中均無，全文不長，轉引如下：

故老相傳，千百年前，亙古來一直風雲動盪的武林，突地像死一般沉寂了下來，在這一段短暫的時期中，武林間的恩仇、名利、意氣之爭，都無聲無息地漸漸減少，江湖間的遊俠，草澤中的豪士，縱是聲名赫赫之輩，也都突然消聲匿跡，於是白山黑水間再難常見長槍鐵騎的豪客雄風，大江南北也極少有劍影鞭絲的俠士風流，這是為了什麼？

● 全書文字差異比比皆是。

例一：

孫玉佛含笑道：「尊夫人的傷已無礙了麼？」吳七大笑頷首，孫玉佛道：「若是如此，晚輩們自該共祝三杯……」

林軟紅茫然望着西方的雲霞，喃喃說道：「共祝三杯……」忽覺一陣悲思從中而來，連續不可斷絕。

——武林本

孫玉佛含笑道：「尊夫人的傷已無妨了麼？」吳七大笑頷首，孫玉佛道：「若是如此，晚輩們自該共祝三杯……」忽覺一陣悲思從中而來，連綿不可斷絕。

——真善美本

例二：

展夢白心頭一震，滿閣中人俱都長身而起，只見樓外那一片雪浪般的蘆荻之上，如飛掠來兩條勁裝少年。

林軟紅驚道：「嶗山三雁，怎地……」

——武林本

展夢白心頭一震，滿閣中人俱都長身而起，只見樓外那一片雪浪般的蘆荻之上，如飛掠來兩條勁裝少年。

這兩人竟是以「草上飛」的輕功，飛掠在這一片蘆荻上。

林軟紅驚道：「嶗山三雁，怎地……」

——真善美本

可見兩本各有漏句，應爲校對失誤。只有兩本結合，才能最大程度地體現作品原貌。

三、漢麟本是一個需要著重討論的版本。

《大旗英雄傳》、《情人箭》、《浣花洗劍錄》這三部作品，分別改名爲《鐵血大旗》、《怒劍》、《浣花洗劍》，一九七九年十一月至一九八〇年一月由漢麟出版社出版。

但是，《台灣武俠小說發展史》稱「實則除了書名之外，並未改寫內文」。翁文信《古龍一出，誰與爭鋒：古龍新派武俠的轉型創新》[30]中亦寫道：

細究兩種版本，可以發現並非真有修訂情形，而是因為版權問題才衍生修訂版的說法。當

30 風雲時代出版公司，二〇〇八年十一月。

▲漢麟出版社出版的《鐵血大旗》、《怒劍》、《浣花洗劍》

時漢麟出版社想為古龍出版大開本武俠舊作，選擇了上述三書，為避與真善美出版社之間的版權糾紛，於是就由古龍撰寫新序，以修訂本的名義重新出版。其實所謂修訂不過是古龍在書前寫了修訂說明，並且就原先明顯的校對錯誤予以改正而已，內容並無真正的修訂可言。

然筆者經仔細比對，發現漢麟之修訂並非名不副實，其文本與真善美本確實存在以下差異：

●漢麟本在真善美本基礎上重劃爲廿六章，有楔子（即真善美本中的小引）和後記。標題風格與真善美本類似，如前五章爲「情人與死神」、「江南秋色濃如血」、「不白之冤」、「壯哉劍雄」、「箭雨煙鶴」。值得稱道的是，調整後分章均處於情節或時空轉換之際，閱讀感受較佳。

●全書文字有不同程度的改動，此爲修訂之重點。

例一：

秋色未深，杭州城外，一溪宛然，忽爾窮塞，忽而開朗，沙明水淨，岸遠林平，山岫含煙，清光滴露，兩岸桑竹遍野，水上漁歌相聞，三五茅舍人家，七八小舟來往，點綴着這夢一般的西溪風光。

款乃一聲，樹陰下穿出一條烏篷淺舟，搖船的是一個褐衣短髮的拙壯漢子，船首卻傲然卓立着一個錦衣佩劍的弱冠少年。

溪上清風，吹起了他淺藍羅衫的衣袂，卻吹不散他眉宇間含蘊的重憂，他深沉而明亮的目光，出神地凝注着岸上的紅葉，於是連紅葉也禁不住他這利劍般銳利的目光，顫抖着垂下了頭。

秋色未深，杭州城外，一溪宛然，兩岸桑竹遍野，水上漁歌相聞，三五茅舍人家，七八小舟來往，點綴着這夢一般的西溪風光。

——真善美本

款乃一聲，樹陰下穿出一條烏篷淺舟，搖船的是一個褐衣短髮的精壯漢子，船首卻傲然卓立着一個錦衣佩劍的少年。

溪上清風吹起了他淺藍羅衫的衣袂，卻吹不散他眉宇間含蘊的重憂。

——漢麟本

例二：

她只望「叔叔」會多問她幾句話，那知「叔叔」卻如此匆匆地走了，看來竟對她如此冷淡而陌生。

幸好在她伶仃的身軀中，卻有一顆堅強的心，她雖然如此渴望溫情，但她寧願孤獨，也不願乞求憐憫！

——真善美本

她只望叔叔會多問她幾句話，那知叔叔卻如此匆匆的走了，看來竟對她如此冷淡而陌生。

但她有一顆堅強的心，雖然如此的渴望溫情，卻寧願孤獨也不願乞求憐憫。

——漢麟本

●漢麟本將真善美本中多處合併的段落分離開來，雖更符合古龍後期寫作習慣，但因早中期作品尚未形成獨特古龍文體，亦無後期作品之高遠意境，故閱讀感受差別不大。

由此可見，漢麟本對章節、文字、分段均有不同程度的改動。修訂後分章更爲合理，文字更爲簡潔，確實如古龍所言「把一些枝蕪、荒亂、不必要的情節和文字刪掉，把其中的趣味保留，用我現在稍稍比較精確一點的文字和思想再改寫一遍」。

文本優劣，或許見仁見智；版權問題，亦不在本書探討之列。但內文改動卻是板上釘釘的事實。若論查閱版本之便利，在台灣可謂近水樓台，文本之差異，只要稍加留意，皆能看出。何以眾多評論家皆得出內文並無改動之結論？甚至以此指摘古龍，造就以訛傳訛的不良影響。筆者藉此考證還古龍一個清白。

收藏推薦

雖同爲原刊本，但真善美本和武林本還是存在文本差異，可共同收藏，比對閱讀。漢麟本由古龍親自操刀修訂，個人還是比較推薦的，故有條件的古迷可三本同收。簡體本中，中國工人本、今日中國本、黃河本分別承自真善美本、武林本、漢麟本。如《孤星傳》條目所述，真善美一九九五年再版本擅自在文中增添大量不必要的情節分隔符，且無「小引」，導致當代世界本和朗聲本存在相同問題，故不推薦收藏。

大旗英雄傳

已知首載

台灣《公論報》連載（一九六三年五月廿六日至一九六四年二月廿九日，後不詳）

作品簡介

以「鐵血大旗門」與「五福聯盟」世代結仇爲故事背景，分述大旗弟子鐵中棠、雲錚兩人截然不同的生命歷程。

《大旗英雄傳》氣勢宏偉，情節精彩，成功塑造了鐵中棠這一智勇雙全、忍辱負重的人物形象，與《浣花洗劍錄》、《武林外史》、《絕代雙驕》並稱爲古龍中期「四大名著」。

文本延續

原刊本：

香港《藍皮書》連載（一九六三年六月廿一日至一九六五年九月十一日，名《大旗英烈傳》）→香港武林本（一九六三年七月至一九六五年九月，廿一冊、六十三章，名《大旗英烈傳》）→港澳翻印本（中原，名《大旗英烈傳》；「桂冠」，名《鐵血大旗門》和《大旗英烈傳》；「真善美」，名《大旗英雄傳》）⇩簡體甲本（花山文藝，一九九三年八月，名《鐵血大旗門》）

台灣真善美本（一九六三年九月至一九六五年十月，三十冊、六十章）⇩台灣真善美本（一九八〇年七月，再版本）↓港澳翻印本（武功；快澤／壽山）

修訂本：

台灣《中華日報》連載（一九七九年四月十三日至一九八〇年十月廿一日）↓台灣漢麟本（一九七九年十一月，三冊、四十二章，名《鐵血大旗》）↓港澳翻印本（「華新」，名《鐵血大旗》）⇩簡體乙本（中國文聯，一九九〇年五月，名《鐵血大旗》）

其他早期連載：

泰國《世界日報》（一九六三年七月十二日至一九六五年，署名華龍，名《大旗英烈傳》）

原貌探究

一、真善美本和武林本文字差異細微，主要在於章節設置：

真善美本共六十章，標題長短不一，以四五字爲主，如前五章爲「西風展大旗」、「驟雨洗鐵劍」、「柔情弱女子」、「鐵血好男兒」、「脂粉陷阱」。武林本共六十三章，採用編輯自擬的舊式標題，均爲五字，如前五章爲「西風展大旗」、「雨林顯奇能」、「荒寺演空城」、「絕路困英雄」、「一步一驚魂」。兩本分章大多未處於情節或時空轉換之際，情節分隔符基本一致。

二、漢麟本經過古龍親筆修訂後，面貌同真善美本很不相同：

● 漢麟本在真善美本基礎上重劃爲四十二章，標題風格與真善美本類似，如前五章爲「西風展大旗」、「司徒笑的笑」、「生難死易」、「空谷幽蘭」、「死神寶窟」，調整後分章大多處於情節或時空轉換之際，此外，古龍還將大部分章像後期作品一樣，劃分（一）（二）

（三）等小節，用於區分情節，方便閱讀。

●全書文字有不同程度的改動，但結尾沒有續寫。

例一：

秋風更急，黑暗中急地掠來一條人影，身法輕捷、來勢如電，目光四掃一眼，瞥見這面大旗，慘白的面色，更為之一變，倏然停住身形，面向這迎風招展的大旗，脫下衣衫，解開髮辮，赤身散髮，緩緩跪了下去，跪在那孤獨地迎風招展於荒原中的大旗前，只見他劍眉星目，神情俊朗，但神色間卻又帶着一種不可掩飾的悲哀與憂鬱。

他筆直地跪在旗下，宛如石像般動也不動，只聽身後左方，突地響起一陣急遽的馬蹄聲，劃破了四下無邊沉重的寂靜，接着身後右方，也有一陣蹄聲響起，一個蒼老雄渾的語聲喝問：「來了麼？」左方一人大喝道：「在這裡！」

——真善美本

黑暗中卻來了一個人，身法輕捷，來勢如電，見到這面大旗時，立刻脫下衣衫，解開髮辮，赤身散髮，緩緩跪了下去，跪在那孤獨的迎風招展於荒原中的大旗前，神色間帶着種不可掩飾的悲哀與憂鬱。

他筆直的跪在旗下，石像般動也不動，靜寂中卻忽然響起一陣急遽的馬蹄聲，一個蒼老雄渾的語聲喝問：「來了麼？」

「在這！」

——漢麟本

例二：

原來那時鐵中棠墮下懸岩，所得的安息並不長久。

經過一段暫短的暈眩後，他耳邊突地響起一陣歌聲。

歌聲嬌美清悅，反反覆覆地唱着[31]：

「你姓甚名誰是那裡人，為什麼一直暈沉沉，但望你快些醒一醒，要知道我等呀等，等的是多麼急人？」

鐵中棠心頭又驚又奇，霍然張開眼來。

只見一個長髮少女，盤膝坐在他身畔，仰首望着壑上的青天，曼聲而歌，彷彿已唱得出神。

——真善美本

鐵中棠墜下懸崖，經過一段短暫的暈眩後，耳畔忽然響起一陣歌聲。

歌聲嬌美清悅，反反覆覆的唱着：「你姓甚名誰？是那裡人？為什麼一直暈沉沉，但望你快些醒一醒，要知道我等呀等，等的是多麼急人！」

一個長髮少女，盤膝坐在鐵中棠身畔，仰首望着壑上的青天，曼聲而歌，彷彿已唱得出神。

——漢麟本

31 原文誤作「聽着」。

● 漢麟本將真善美本中多處合併的段落分離開來，雖更符合古龍後期寫作習慣，但因早中期作品尚未形成獨特古龍文體，亦無後期作品之高遠意境，故閱讀感受差別不大。

由此可見，漢麟本對章節、文字、分段均有不同程度的改動，情況與《怒劍》頗爲相似。

收藏推薦

雖同爲原刊本，但真善美本和武林本還是存在文本差異，可共同收藏，比對閱讀。漢麟本由古龍親自操刀修訂，個人還是比較推薦的，故有條件的古迷可三本同收。但是真善美原刊本並沒有重印本或翻印本，只能選擇比較接近原刊本的一九八〇年再版本，一九九五年再版本擅自在文中增添大量不必要的情節分隔符，導致當代世界本和朗聲本存在相同問題，故不推薦收藏。簡體本中，有承自武林本的花山文藝本和承自漢麟本的中國文聯本可選，尚未發現承自真善美原刊本的簡體本。

第二章 司徒笑的笑

一

鐵中棠和雲錚騎術精絕，那兩匹健馬更是萬中選一的良駒。

奔行不久，他兩人便已將另外十餘騎全都拋在身後。

鐵馬騎士遙呼：「你兄弟快走，我們擋住追兵！」

於是後面的馬奔行更緩。

冷一楓、盛大娘，兩條人影縱身一掠，便已追上了最後的一匹鐵馬。

冷一楓身軀凌空，一掌擊向馬上人的後背，他掌力雖不以威猛剛烈見長，但凌空下擊，亦有雷霆萬鈞之勢。

盛大娘右手扣住一把銀針，左手鶴頂拐杖凌空刺出，杖頭鶴首急點馬上人靈臺、命門雙穴。

這兩人左右夾擊，威勢是何等强猛，想不到馬上人却笑了，偏身鑽下了馬腹。

他的身法又輕鬆又漂亮，以騎術而論，中原武林已無他的敵手。

盛大娘厲叱：「那裏走！」

鐵杖急沉，直擊馬背，她掌中的這一條拐杖是南海寒鐵所鑄，一杖打實了，鐵人鐵馬也受不了。

「盛大姐，杖下留情！」

盛大娘手腕回挫，「懸崖勒馬」，硬生生撤回了杖上的力道。

第二章 司徒笑的笑　一九

▲漢麟修訂本《鐵血大旗》，章節、文字、分段均有不同程度改動

浣花洗劍錄

已知首載

台灣《民族晚報》連載（一九六四年六月至一九六五年七月，後不詳）

作品簡介

故事從東瀛劍客白衣人挑戰中原群雄，尋求武道真諦開始，以方寶玉最終學藝歸來，戰勝白衣人爲終結，主角方寶玉的成長歷程貫穿始終。

《浣花洗劍錄》的成功之處，是引入了簡單但凌厲的「迎風一刀斬」、「無招勝有招」等武學理念並加以發揮，從而成爲古龍小說中武打招式化繁爲簡、一招而決的開端。

文本延續

原刊本：

香港《武俠世界》連載（一九六四年九月十二日至一九六六年五月廿八日，二六九至三五八期，名《紅塵白刃》）↓香港武林本（一九六四年十一月至一九六六年六月，十九冊、七十九章，名《紅塵白刃》）↓港澳翻印本（中原，名《紅塵白刃》;「桂冠」，名《一劍鎮神州》和《浣花洗劍錄》）⇩簡體乙本（農村讀物，一九八八年七月，名《一劍鎮神州》）

台灣真善美本（一九六四年十月至一九六六年五月，三十冊、六十章）↓港澳翻印本

（「華新」、毅力，均有增列減頁）[32] ⇩ 簡體甲本（工人，一九八八年四月，名《江海英雄》）

修訂本：

台灣漢麟本（一九八〇年一月，名《浣花洗劍》，三冊、卅三章）

其他早期連載：

香港《新報》（約一九六四至一九六六年，名《紅塵白刃》）

新加坡《民報》（一九六四年九月二十日至一九六六年三月十五日，後不詳，名《紅塵白刃》）

泰國《世界日報》（一九六四年十月九日至一九六六年八月八日，名《紅塵白刃》）

南越《遠東日報》（約一九六四至一九六六年，名《星河洗劍錄》）

原貌探究

一、真善美本和武林本文字差異細微，主要在於章節設置：

32 指在翻印時，每頁翻印的文字比原刊本多出幾列，致使全書總頁數減少，但文本和版式基本不變，亦可視同忠實翻印。

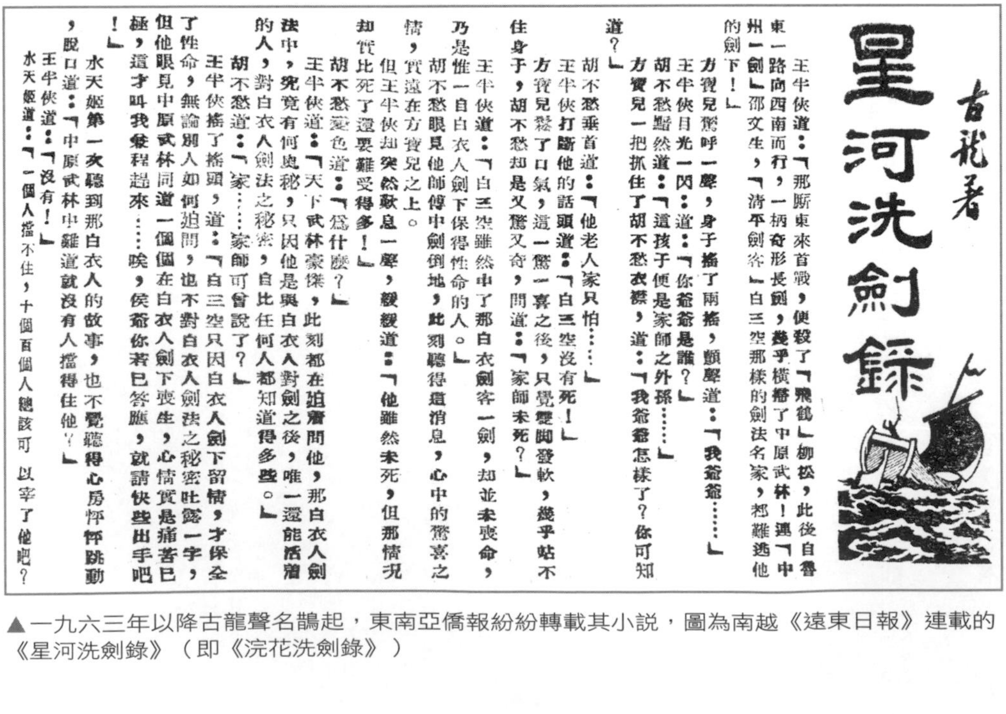

星河洗劍錄

古龍著

王半俠道：「那廝東來首戰，便殺了「飛鶴」柳松，此後自魯東一路向西南而行，一柄奇形長劍，幾乎橫掃了中原武林！連「中州一劍」邵文生，「清平劍客」白三空那樣的劍法名家，都難逃他的劍下！」

方寶兒驚呼一聲，身子搖了兩搖，顫聲道：「我爺爺……」

王半俠目光一閃，道：「你爺爺是誰？」

胡不愁黯然道：「這孩子便是家師之外孫……」

方寶兒一把抓住了胡不愁衣襟，道：「我爺爺怎樣了？你可知道？」

胡不愁垂首道：「他老人家只怕……」

王半俠打斷他的話頭道：「白三空沒有死！」

方寶兒鬆了口氣，這一驚一喜之後，只覺雙腳發軟，幾乎站不住身子，胡不愁卻是又驚又奇，問道：「家師未死？」

王半俠道：「白三空雖然中了那白衣劍客一劍，卻並未喪命，乃是惟一自白衣人劍下保得性命的人。」

胡不愁眼見他師傅中劍倒地，此刻聽得這消息，心中的驚喜之情，實遠在方寶兒之上。

但王半俠卻突然歎息一聲，緩緩道：「他雖然未死，但那情況卻實比死了還要難受得多！」

胡不愁變色道：「爲什麼？」

王半俠道：「天下武林豪傑，此刻都在追着問他，那白衣人劍法中，究竟有何奧秘，只因他是與白衣人對劍之後，唯一還能活着的人，對白衣人劍法之秘密，自比任何人都知道得多些。」

胡不愁道：「家……家師可曾說了？」

王半俠搖了搖頭，道：「白三空只因白衣人劍下留情，才保全了性命，無論別人如何追問，也不對白衣人劍法之秘密吐露一字，但他眼見中原武林同道一個個在白衣人劍下喪生，心情實是痛苦已極，這才叫我發程趕來……唉，侯爺你若已答應，就請快些出手吧！」

水天姬第一次聽到那白衣人的故事，也不覺聽得心房怦怦跳動，脫口道：「中原武林中難道就沒有人擋得住他？」

王半俠道：「沒有！」

水天姬道：「一個人擋不住，十個百個人總該可 以宰了他吧？」

▲一九六三年以降古龍聲名鵲起，東南亞僑報紛紛轉載其小說，圖為南越《遠東日報》連載的《星河洗劍錄》（即《浣花洗劍錄》）

真善美本共六十章，四五字標題，如前五章爲「一劍動江湖」、「飛傳神木令」、「四海驚絕色」、「傲嘯勝王侯」、「錦帆起風波」。武林本共七十九章，採用編輯自擬的舊式標題，均爲七字，如前五章爲「六尺青鋒震江湖」、「江湖魔頭黑吃黑」、「追魂奪魄神木令」、「纖腰欵擺賽飄風」、「彷如劉阮上天台」。兩本分章大多未處於情節或時空轉換之際，情節分隔符基本一致，前幾章均有缺失。

二、漢麟本《情人箭》、《大旗英雄傳》經過古龍親筆修訂後，面貌同真善美本有較大差異，那麼，《浣花洗劍錄》情況又如何呢？經筆者比對，發現漢麟本相對真善美本，幾乎隻字未改。所不同的只有章節和分段：

● 漢麟本在真善美本基礎上重劃爲卅三章，標題風格與真善美本類似，均爲五字，如前五章爲「一劍動江湖」、「四海驚絕色」、「傲嘯勝王侯」、「錦帆起風波」、「千里下戰書」，調整後分章大多處於情節或時空轉換之際。漢麟本還對原刊本前幾章缺失的分隔符根據情節作了適當添加（非一九九五年真善美再版本的全書大量添加）。

● 漢麟本將真善美本中多處合併的段落分離開來，雖更符合古龍後期寫作習慣，但因早中期作品尚未形成獨特古龍文體，亦無後期作品之高遠意境，故閱讀感受差別不大。

所以，漢麟本的《浣花洗劍》，並未經古龍親筆修訂，只是出版社的普通修訂而已。

收藏推薦

真善美本、武林本以及漢麟本，僅是章節和分段上的差異，文字上幾乎完全相同，擇一收藏即可。簡體本中，工人本承自真善美本，農村讀物本承自武林本，尚未發現承自漢麟本的簡體本。

武林外史

已知首載

台灣《華僑日報》連載（一九六四年九月十四日至一九六六年四月四日，未刊完）

作品簡介

講述少年俠客沈浪與汾陽首富之女朱七七、柔弱可憐的孤女白飛飛、亦正亦邪的才子王憐花、豪爽仗義的遊俠熊貓兒之間亦敵亦友的情感衝突，以及與一代梟雄快活王鬥智鬥勇的傳奇經歷。

該書情節跌宕，人物鮮明，寫情寫義，落英繽紛，是古龍中期作品中膾炙人口的名篇。沈浪也是古龍筆下第一個浪子遊俠形象。

文本延續

原刊本：

台灣春秋本（一九六五年二月至一九六七年二月，出版七至四十四冊，前不詳，共四十四冊、八十八章）↓港澳翻印本（毅力，有增列減頁）

香港武林本（一九六五年一月至不詳，廿四冊，名《風雪會中州》）

修訂本：

台灣漢麟本（一九七八年四月，四冊、四十四章）↓台灣萬盛本↓港澳翻印本（「華新」；武功：「桂冠」，名《武林外史》、《江湖的故事》、《風雪會中州》；快澤／壽山）⇩簡體本（貴州人民，一九八八年七月，名《風雪會中州》；寶文堂，一九八九年六月）

原貌探究

一、春秋本和武林本文字差異細微，主要在於章節設置：

春秋本共八十八章，四字或五字標題（前廿二章爲四字，後六十六章爲五字），如前四章爲「風雪漫中州」、「燃燈溯秘辛」、「纖手燃戰火」、「揚長入死城」。武林本未見全本，故章數不明，採用編輯自擬的舊式標題，均爲五字，如前四章爲「仁義莊上聚七雄」、「血灑衡山爲奪寶」、「豔女風采驚四座」、「落拓少年護嬌花」。兩本分章大多未處於情節或時空轉換之際，情節分隔符基本一致。

二、漢麟本在春秋本基礎上修訂，大致每兩章合併成一章，共四十四章，標題亦取自原刊本，但均調整爲五字。如前二章爲「風雪漫中州」、「纖手燃戰火」，包含了春秋本前四章的內容。第十二章爲「峰迴又路轉」，包含了春秋本第廿三章「柳暗花明」和第廿四章「峰迴路轉」的內容。

漢麟本將快活王座下的「四伯」改爲「四使」，個別字句有改動，對閱讀影響不大。

例一：

朱七七道：

「喂。」

沈浪道：

「嗯。」

朱七七道：

「你倒是説話呀，你倒是走呀，咱們可不能老是站在這兒吧，祠堂裡縱有埋伏，陷阱，咱們好歹也得去瞧瞧呀。」

——春秋本

朱七七道：「喂。」

沈浪道：「嗯。」

朱七七道：「倒是走呀，咱們可不能老是站在這兒吧，祠堂裡縱有埋伏，陷阱，咱們好歹也得去瞧瞧呀。」

——漢麟本

例二：

左公龍冷冷道：

「在經過方才那種事後，金兄還開心的出，這倒當真不容易。」

——春秋本

左公龍冷冷道：「在經過方才那種事後，金兄還能開心，這倒當真不容易。」

——漢麟本

漢麟本情節分隔符基本保持不變，但在合併章節時，對某些處於情節或時空轉換之際的換章，漢麟本並沒有加以

處理（如添加情節分隔符），而是直接接下文。這應該說是漢麟本的一個小小的缺憾。

如春秋本第卅九章「極惡之徒」結尾爲：

> 小玲轉了轉眼波，突也笑道：
> 「有人回來，只怕我們也早就走了……」放低聲音道[33]：「幸好他兩人的銀子，還都在這裡。」

第四十章「酒樓奇遇」開頭爲：

> 雪，又在落着。

兩者明顯處於場景轉換之際，而漢麟本直接將其合併（見第二十章「罪大惡之極」），並未作任何處理。

收藏推薦

春秋本和漢麟本差異不大。今傳本大多承自漢麟本，除章節規律性合併、標題和個別字句有改動外，基本保留了作品原貌。在原刊本難覓的情況下，漢麟本亦是不錯的選擇。簡體本可選寶文堂、貴州人民等本。

33 原文誤作「九」，漢麟修訂時糾正。

▲許多名家都曾為古龍小説封面題字繪圖，如張大千、黃君璧、陳定山、臺靜農、高逸鴻、沈葦窗、陳繼龢、王王孫等，其中龍思良有「古龍御用封面畫家」之美譽。圖為部分小説封面

絕代雙驕

已知首載

香港《武俠與歷史》連載（一九六六年二月四日至一九六九年三月廿八日，二七四至四二九期）

作品簡介

孿生兄弟花無缺、江小魚父母被移花宮主殺害，兩兄弟分別被安置在移花宮和惡人谷。二人長大後，移花宮主屢次安排二人仇殺未果，最後被小魚兒識破，兄弟得以相認。

《絕代雙驕》承前啓後，風格漸新，是中期作品的集大成者，也是古龍小說中篇幅最長、情節最豐富的小說。全書高潮迭起，詼諧幽默，令人笑中帶淚，對人性善惡的闡述更有著極妙的辯證思想。

文本延續

原刊本：

台灣春秋本（一九六六年九月至一九六九年二月，六十四冊、一二八章）↓港澳翻印本（毅力，名《絕代雙嬌》，有增列減頁）

修訂本：

台灣桂冠本（一九七七年八月，四冊、一二八章）↓港澳翻印本（「華新」；武功；「桂

冠」；快澤／壽山）⇩簡體本（江蘇文藝，一九八七年六月）

其他早期連載：

台灣《公論報》（一九六六年二月至一九六七年一月卅一日，後不詳，名《絕代雙嬌》）

香港《武俠春秋》（一九七六年四月一日至一九七八年一月一日，二七四至三三九期，冠名「最新修訂本」）

台灣《武藝》（一九七七年四月七日至不詳，二〇四期至不詳，冠名「原著真本」）

原貌探究

因此書涉及到古龍親筆修訂等問題，故將相關連載納入分析。

●《武俠與歷史》連載比其餘連載和結集本多出倪匡臨時代筆部分數萬字。

龔鵬程在其講座《司馬翎——武俠小說的現代化歷程》中說道：

> 當年古龍就曾跟我講，他寫《絕代雙驕》，寫到小魚兒被打落山谷，被很多高手追捕。這時候古龍有事情不能寫了，而報社很著急，於是就找倪匡代筆。倪匡給很多人代過筆，大家都知道他幫金庸代過，《天龍八部》中很多段落都是他代的。他也給司馬翎代過筆，他寫得非常快，真是快筆。這次，他就替古龍代，結果一寫，寫了十萬字。古龍回來以後，不知道故事發展到哪裡去了，不知從何寫起。於是古龍就說，小魚兒做了一個「夢」，這樣一來，那十萬字就「沒有」了。

經武俠研究者顧臻、于鵬查證，倪匡代筆部分出於《武俠與歷史》，對應今傳本大概是從第廿五章「死裡逃生」末，即小魚兒將第一塊翡翠扔出洞外開始，其代筆情節大體爲：小魚兒被獻果神君打暈，醒來後與小仙女一起翻上懸崖，驚走了獻果神君，小仙女竟一反常態，對小魚兒百依百順，二人便在懸崖頂上的木屋中過夜。云云。古龍回來後，大約發現情節發展離原來的思路相差太遠，便想方設法將倪匡代筆部分圓成了一個夢：「小魚兒腦筋漸漸清醒，才知道自己是做了一場夢。」與今傳本相符的段落出現在「此後，他每天越丟越多，只丟得獻果神君臉發青，眼睛發綠，嘴裡不停地喃喃嘀咕……」之後。

《武俠與歷史》連載的標題與其餘版本不同，爲舊式對仗，如「殘陽古道　美婦產麟兒」、「出拳剛烈　證明非謊語」、「妙語連珠　句句皆陷阱」等。

● 春秋本結集出版時，將倪匡代筆的數萬字捨去，其餘文字不變。春秋本共一二八章，四字標題，如前五章爲「名劍香花」、「刀下遺孤」、「第一神劍」、「赤手殲魔」、「惡人之谷」，而十一章、十六章、十九章標題竟然同爲「弄巧反拙」，可見擬定時較爲隨意，分章半數處於情節或時空轉換之際。全書情節分隔符完整。

● 冠名「最新修訂本」的《武俠春秋》連載在二七四期刊有古龍〈從絕代雙驕到江湖人一點感想〉一文，其中寫道：

> 據說有些人很喜歡絕代雙驕，可是我自己總覺得，這本書寫得太幼稚。
>
> 所以現在我希望能把這本書裡比較幼稚的地方刪除，讓這本書成為一本不太幼稚的武俠小說。
>
> 所以現在才會有這本不太幼稚的絕代雙驕。
>
> ……

【前文提要】小魚兒和小仙女翻上了懸崖，驚走了「獻蕖神君」，小仙女竟一變常態，對小魚兒百依百順。二人便在懸崖頂上的木屋中過夜。

第廿七回 妙語連珠 句句皆陷阱

一陣陣冷風襲體，小魚兒覺得週身冷得發抖，他好似又回到了慕容山莊的冰窖裏，四面都是堅硬的冰塊，發出刺骨的冷氣，小魚兒掙扎着，想爬起來練功禦寒，但是四肢一點力道也用不上。

雙手僵硬得動彈不得，兩隻脚也一點不聽使喚，小魚兒心想：這一次真死定了，又給慕容九關到冰窖裏，不凍死也要餓死！

他用盡了吃奶的力氣，想掙扎，却是手和脚都好像不屬於他所有，他想喊，偏是喊不出聲來！

突然，「拍」一聲脆響，小魚兒只覺面頰上一陣痛。心想：小仙女又發脾氣了，女人就是這麼變幻莫測。好端端的不聲不响就是一記耳括子，這樣的女人還是惹不得。他探手一抓，什麼也沒有抓到。

但是，面頰上又是一下劇痛，這一下比先前還要重，小魚兒只覺得這一痛，四肢自然的活動了。他一睜眼，眼前昏暗得什麼都看不到。不僅臉頰上感覺痛得發燙，半邊身子都覺得有點麻痺酸痛，自已竟是睡在冰冷、堅硬而凹凸不平的石頭上。

小魚兒揉一揉迷糊的睡眼，翻身座了起來，藉着朦朧曙光，只見「獻蕖神君」抱膝坐在那隻裝珠寶的鐵箱上，不知在跟誰生氣。

小魚兒四週一打諒，自已睡的並不是山頂上的木屋，也不是小仙女在向他發脾氣。自已仍然睡在那個上不着天，下不着地的石洞中。冰冷堅硬的石頭，和洞外吹進來陣陣陰風，真好似又回

—5—

▲《武俠與歷史》三〇五期，連載《絕代雙驕》的開頭部分，古龍回來了，所以小魚兒的夢也醒了

修訂後的「絕代雙驕」，只希望能將一些不必要，不成熟，不滿意的刪去。

雖言之鑿鑿，但經比對，「最新修訂本」在文字上與春秋本並無差異。

●《武藝》二〇四期控告《武俠春秋》前者侵權，並開始連載「原著真本」。文字亦同春秋本。

●桂冠本的分章和標題同春秋本，未作任何更改（包括三次「弄巧反拙」），情節分隔符也與各本保持一致。但是，桂冠本存在大量刪節，分佈在全書各處。略舉幾例（劃線部分被桂冠本刪除）。

例一：

> 燕南天雙足一蹬，方自掠到車頂，竟又箭也似的竄了出去，雙掌如風，當頭向一個藍衫道人擊下。
>
> 他眼見這幾個人話也不說，便下如此毒手，此刻下手自也不肯留情，這雙掌擊下，力道何止千鈞！
>
> 那道人衣袂鬚髮都被這股掌風帶起，身形也幾乎站立不穩，大驚之下，反手一劍撩出。
>
> 這一劍看似輕描淡寫，其實他能自這如山掌風下揮出一劍，劍上至少也得有二、三十年的火候。
>
> 他只道這一劍縱然不能傷敵，最少也可自保，那知他劍勢還未完全展出，手腕突然一緊，長劍竟已到了別人手裡！

好道人，居然臨危不亂，身形一閃，竟能自燕南天掌風下穿了出去，燕南天也忍不住脫口道：「好！」

隨着這一聲「好」，掌中劍已削向旁邊站着的一人。

燕南天號稱天下第一名劍，這一劍揮出，是何等聲勢！劍風激蕩中，竟似隱隱挾有雷霆之聲。

那人本待舉劍迎上，但心念一轉，面色突然大變，身形後仰，竟不敢招架，向後倒竄而出。

燕南天劍光竟似綿綿不盡，竟跟着身子追去。

很明顯，劃線文字刪除以後，燕南天奪劍的情節沒了。燕南天雙掌擊下之後馬上就變成用劍了，讀者完全不明所以。

例二：

兩人一騎，策馬狂奔，兩人俱是滿頭大汗，都已將面具取了下來，那小白馬已跑到嘴角流出了白沫，小魚兒掏出塊手帕，輕輕替牠擦着，輕輕道：「小白菜，辛苦你了，抱歉抱歉！……」

鐵心蘭瞧着他，突然失笑道：「真奇怪，你對馬兒竟比對人好得多。」

小魚兒道：「因為馬對我也比人對我好得多。」

鐵心蘭嘆了口氣，幽幽道：「誰對你不好，我……」

小魚兒道：「你對我好，我走不動時，你能背着我跑幾十里路麼？我心裡煩悶時，你能閉着嘴不說話麼？」

鐵心蘭呆住了，苦笑道：「你說的話，為什麼總是教人聽得哭笑不得。」

小魚兒大笑道：「所以我也不如馬，你若對這匹馬好，牠就絕不會拋下你走，更不會說些難聽的話讓你難受。」

鐵心蘭咬着嘴唇，真恨不得咬他一口。

只見前面有個小小的山村，此刻雖然只不過曙色初露，但這山村的屋頂上，卻已嫋嫋升起了炊煙。

例三：

三姑娘瞧着他背影去遠，猶自呆呆的出神，只覺心中泛起一股滋

少婦道：「我……我動了胎氣……只怕……只怕已……快要……」

她話還沒說完，江楓已慌得亂了手脚。

少婦斷聲道：「你快將車子趕到路旁……快……快……快！」

江楓手忙脚亂的將車子趕到路旁長草裡，健馬不住長嘶着，江楓不停地抹汗，終於一頭鑽進車廂裡。破了的車門，被長衫擋了起來。

車廂裡傳出斷續的語聲：「玉郎，我好怕……怕得要死……」

「沒……沒有什麼好怕，你安心……馬上就沒事了。」

「我還是怕，玉郎，你握住我的手……握緊……」

「我……我的手也發軟！你忍耐些，忍耐些……」

然後，車廂中突然傳出嬰兒嘹亮的哭聲。

過了半晌，又聽到江楓狂喜呼道：「兩個……是雙胞胎……」

又過了兩盞茶時分，滿頭大汗，滿面興奮之色的江楓，一頭鑽出車廂，但目光所及，整個人却又被驚得呆住了！

方才鼠竄而逃的黑面君，司晨客，此刻竟又站在車

▲《武俠春秋》二七四期上的《絕代雙驕》連載，文字同春秋原刊本一致，並非「最新修訂本」。桂冠本刪除了花月奴生產時與江楓的對話

味，也不知是愁，是喜，竟是她平生從未感覺過的。

她終於完全成了一個女人。

只因她此刻的感覺，唯有懷春的少女才會有的，一個女人若未經這種感覺，她簡直算不得一個女人。

此刻夜已轉殘，正是城市中最寂靜的時候，街道上寂靜無人，青石板在夜色中閃閃發光。

小魚兒匆匆奔回那藥鋪。

上述二例中被刪文字雖不影響情節，但加入了作者對人生、情感的感悟，讀來也頗有趣味。

如果說《武俠春秋》之「最新修訂本」是個噱頭的話，桂冠本則是名副其實的「修訂本」了。問題來了：桂冠本出版與《武俠春秋》連載大致處於同期，是否桂冠本才是古龍修訂的版本呢？

筆者委託許德成就此事向華新／桂冠負責人賴阿勝詢問，賴阿勝回覆，因此書當年並未由其本人經手，所以他沒有看到稿件內容，但桂冠絕對沒有自行修改過《絕代雙驕》任何一個字，內文都是依照古龍提供的稿件。

由此可以推斷，真正由古龍親自操刀的「最新修訂本」，就是這個桂冠本，而非《武俠春秋》連載本。

收藏推薦

《武俠與歷史》連載爲首載，獨有倪匡代筆文字，具有一定的研究價値。桂冠本對原刊本進行了大幅刪節，已證實爲古龍親筆修訂。雖然縱觀全書，被刪文字對故事情節影響不大，但還是有著中期作品獨有的趣味。所以即使桂冠本爲古龍親筆修訂，原刊本依然有著不容忽視的價値，有興趣的讀者亦可收藏。

今傳本大多承自桂冠本，簡體本可選江蘇文藝本，此本在上世紀八九十年代多次重印（封面和冊數不同），十分暢銷。

名劍風流

已知首載

台灣春秋本（一九六七年六月至一九六八年八月[34]，一至卅四冊，後不詳，共四十冊、八十章）

作品簡介

「先天無極派」掌門人俞放鶴於家中遭人毒手，其子俞佩玉親眼目睹父親慘死卻無力相助，後「俞放鶴」再度現身，並登上武林盟主的寶座。俞佩玉歷經九死一生，最終查清這一疑案。

注重運用懸疑恐怖手法，是該書的一大特色。漢麟本最後二章由喬奇代筆（詳見本書下篇〈最後全都亂了套——《名劍風流》〉一文）。

文本延續

原刊本：台灣春秋本↓港澳翻印本（毅力）

---

34 胡正群在〈破繭之作，露業奠基——《名劍風流》創作前後〉（刊於《名劍風流》，風雲時代出版公司，二〇〇八年六月）中提到該書動筆於一九六一年，陸續寫了六年。動筆時間存疑，但陸續寫完當是事實。

修訂本：台灣漢麟本（一九七八年八月，三冊、四十章）↓台灣萬盛本↓港澳翻印本（「華新」；武功：桂冠，名《名劍恨》和《墨玉夫人》；快澤／壽山）⇩簡體本（文化藝術，一九八八年五月）

早期連載：香港《明報》[35]（約一九六七至一九六九年）

原貌探究

春秋本和漢麟本差異如下：

● 春秋本共八十章，標題大多爲四字（少數三字和七字），如前四章爲「禍從天降」、「浪跡天涯」、「龍虎風雲」、「絕大陰謀」，分章大多未處於情節或時空轉換之際。全書情節分隔符完整。

● 漢麟本在春秋本基礎上修訂，大致每兩章合併成一章，共四十章，標題亦取自春秋本，均爲四字，如前二章爲「禍從天降」、「龍虎風雲」，包含了春秋本前四章的內容，且情節分隔符保持一致。漢麟本僅個別字句有改動（不排除是錄入校對失誤），不影響閱讀。例：

——春秋本

朱淚兒道：「叫我不說話，簡直比死還難受。」

她說的倒真是老實話，海東青和鐵花娘幾乎忍不住要笑出來，只不過此時此刻又實在笑不出。

35 一九五九年由金庸創辦，是香港最有影響力的報紙之一，曾連載多部金庸和古龍小說。

朱淚兒道：「叫我不說話，簡直比死還難受。」

朱淚兒說的倒真是老實話，鐵衣娘忍不住要笑出來，只不過此刻實在笑不出來。

——漢麟本

收藏推薦

春秋本和漢麟本差異不大。今傳本大多承自漢麟本，除章節規律性合併、標題和個別字句有改動外，基本保留了作品原貌。在原刊本難覓的情況下，漢麟本亦是不錯的選擇。

簡體本可選文化藝術本。

楚留香系列（一一三）：血海飄香、大沙漠、畫眉鳥

已知首載

台灣真善美本（約一九六七年至一九六九年[36]，共卅三冊、九十九章，總書名《鐵血傳奇》。《血海飄香》，一至九冊、一至廿七章；《大沙漠》，十至廿一冊、廿八至六十三章；《畫眉鳥》，廿二至卅三冊、六十四至九十九章）

作品簡介

古龍代表作之一，楚留香系列前三部，包含以下三個故事：

《血海飄香》：海上漂來一具具屍體，據查是死於神水宮的天一神水。與此同時，天一神水被盜，神水宮的人懷疑是楚留香所爲。楚留香經歷鬥智鬥勇，終於挖出真凶。

《大沙漠》：蘇蓉蓉等三位女伴疑被劫持，楚留香聯合好友胡鐵花和姬冰雁深入大漠解救，卻捲入到龜茲王朝篡位的風波之中，並與武功高強的女魔頭石觀音放手一搏。

《畫眉鳥》：石觀音之徒柳無眉身重劇毒，唯有神水宮主人水母陰姬方能解之，爲逼楚

---

36 今見原刊本（合訂本、重印本）標示的初版日期有兩種（一九六七年一月和一九六七年三月），但按常理而言，小薄本初版時不可能一次性出完，故全集真實的初版日期，當在一九六七年至一九六九年間。

留香出手相救，柳挾持了蘇蓉蓉等三人。爲救女伴，也爲自證清白，楚留香毅然前往神水宮。

古龍成功塑造了楚留香這一經典遊俠形象，並將武俠、推理、冒險、驚悚等各種題材共冶一爐，也成功開創了武俠小說獨立成篇、合而爲一的系列創作模式。

文本延續

原刊本：

台灣真善美本↓港澳翻印本（毅力，總書名《鐵血傳奇》）↓台灣真善美本（一九九五年四月，再版本，總書名《楚留香傳奇》）⇩簡體甲本（當代世界，二〇〇九年一月；朗聲，二〇一三年五月，校訂本。總書名均爲《楚留香傳奇》）

修訂本：

台灣華新本（一九七七年一月，共三冊，總書名《楚留香傳奇》。《血海飄香》，一冊、廿七章；《大沙漠》，一冊、卅六章；《畫眉鳥》，一冊、卅六章）↓台灣桂冠本[37]↓港澳翻印本（「華新」，總書名《鐵血傳奇》和《楚留香傳奇》；武功，總書名《楚留香傳奇正集》；「桂冠」，總書名《楚留香傳奇正集》和《風流楚香帥》，一至三冊；快澤／壽山，總書名《楚留香傳奇》）⇩簡體乙本（雲南人民，一九八八年七月，總書名《楚留香傳奇》）

早期連載：

新加坡《南洋商報》（總書名《鐵血傳奇》。《海上傳奇血海飄香》，一九六七年五月廿

37《楚留香傳奇》為華新出版的第一部古龍小說（其餘兩部為《白玉老虎》和《流星・蝴蝶・劍》），桂冠接手華新後，重印了這三部，封面和內文版式未作任何改動。

九日至十一月十一日；《大沙漠》，一九六七年十一月十一日至一九六八年六月廿九日；《畫眉鳥》，一九六八年六月廿九日至一九六九年三月廿三日）

南越《遠東日報》（一九六七年十月至一九六九年八月七日，名《碧血金虹》）

原貌探究

一、真善美本和華新本差異如下：

●真善美原刊本有一前言，在華新本和真善美再版本中都未保留。轉引如下：

自古以來，每一代都有他們的傳奇英雄，傳奇故事，這些英雄的聲名與精神永遠不死，這些故事的刺激與趣味，也永遠存在——

蝙蝠公子、畫眉鳥、血衣人、石觀音……以及「盜帥」楚留香，這些人正都是亂世武林中的傳奇人物，每個人正都帶有濃厚的傳奇色彩。這些人不但在他們自己的時代裡創造了歷史，而且也為後世武林開拓了局面，他們的事蹟，直至千百年後，猶可令人熱血奔騰，熱淚滿腮。

當時的武林，動盪而不安，每一年，每一月，甚至每一日，都會發生些激動人心的故事，這些故事或恐怖，或離奇，或緊張，或冶艷，卻幾乎都是圍繞着這些人物發生的，是以每一故事，乍看雖有它們的獨立性，但有了這些相同的人物貫穿其間，每一故事便都微妙地連繫起來，正如一根長線，貫穿起許多粒多采的珍珠一般。

如今，為了紀念那些精神永遠不死的人物，我便要寫下他們那些趣味永遠存在的故事，並且盡力將這些故事，連綴成一部瑰麗而奇詭的傳奇史篇。

古龍：一九六七、三、二十九於台北。

這是古龍首次給自己的作品寫前言，實可看作古龍欲大展宏圖的「新武俠宣言」。從前言可以窺見，古龍在動筆之時，已經有了《借屍還魂》和《蝙蝠傳奇》的構思，事實上，《鐵血傳奇》在新加坡《南洋商報》連載時，也刊登了這兩個故事。但隨著古龍與真善美合

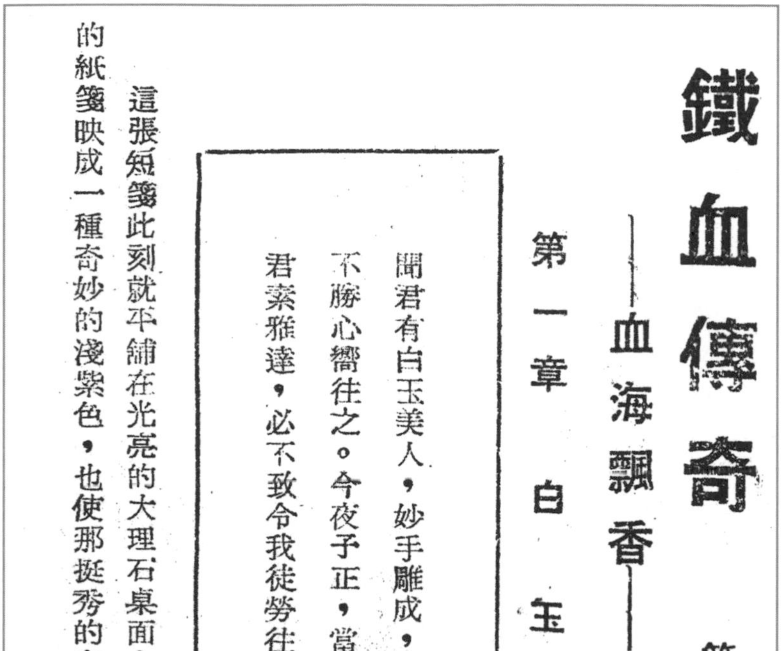

鐵血傳奇　第一集

古龍著

—血海飄香—

第一章　白玉美人

聞君有白玉美人，妙手雕成，極盡妍態，不勝心嚮往之。今夜子正，當踏月來取，君素雅達，必不致令我徒勞往返也。

這張短箋此刻就平鋪在光亮的大理石桌面上，自粉紅紗罩裡透出來的燭光，將淡藍的紙箋映成一種奇妙的淺紫色，也使那挺秀的字跡看來更飄逸瀟洒，信上沒有具名，却

五

▲開篇中那張著名的短箋，在真善美原刊本中就用線框了起來，後續版本大多沿用。當然從文法來説，這個框是無須加的，只須引用即可

作的中止，真善美僅出版了前三部故事，《借屍還魂》和《蝙蝠傳奇》後由春秋出版。

今之所稱《鐵血傳奇》，一般僅指真善美出版的《血海飄香》、《大沙漠》、《畫眉鳥》三部。

●在《鐵血傳奇》中，古龍又一次使用了長短不一的標題，如《血海飄香》前五章爲「白玉美人」、「海上浮屍」、「天一神水」、「一百十三號」、「三十萬兩」，概括情節非常準確，雖尚以四字爲主，但已略具新式標題的雛形。分章大多未處於情節或時空轉換之際。全書情節分隔符完整。

華新本的分章、標題、分段、情節分隔符均與原刊本保持一致，但文字由於是重新錄入加之校對不細，存在不少訛誤。一九九五年真善美再版本的脫漏、誤改也是比比皆是。

二、這裡須重點提一下《南洋商報》連載，與真善美原刊本有著一樣的「前言」，但正文有諸多異文，如真善美本中的「迎風一刀斬」，《南洋商報》連載中《血海飄香》作「逆雲一刀斬」，到《大沙漠》又改作「迎風一刀斬」。如濟南一處地方叫做「南圩門」，連載正確，而真善美編輯或許不識濟南風物，以爲「圩」是個錯字，便改成了「南城門」。再如《畫眉鳥》結尾處，各本皆是「忽然發現未碰見的一雙大眼睛正在瞬也不瞬地望著他」，令讀者困惑多年。而《南洋商報》連載揭開了這一「謎團」：「未碰見」三字實爲「宋甜兒」之誤。真相從此大白於天下，可見文本原貌考據是何等重要。雖然《南洋商報》連載也有刪節訛誤等缺陷，但比對真善美原刊本，可在一定程度上起到相互糾錯的作用。

收藏推薦

真善美原刊本基本反映作品原貌，而《南洋商報》連載亦有不容忽視的價值。華新本承自真善美原刊本，除少卻「前言」外，還存在一些校對失誤。真善美再版本亦存在多處漏句和訛誤。當代世界本以真善美再版本爲底本再版，自然離原貌越來越遠。朗聲本的底本雖亦是真善美再版本，但編輯同時參考了真善美原刊本、《南洋商報》連載、華新本等其他文本，通過認真比對，修正了真善美再版本中明顯的訛誤，這是兩岸的出版社編輯首次參考原刊本等多種文本，進行真正意義上的「校訂」。故目前爲止，朗聲本《楚留香傳奇》是相對最接近原貌的版本，值得收藏。

釋疑解惑

問：古龍在〈一個作家的成長與轉變〉中寫道：「中期寫的是『武林外史』、『大旗英雄傳』、『情人箭』、『浣花洗劍錄』、『絕代雙驕』，有最早一兩篇寫楚留香這個人的『鐵血傳奇』。」而《鐵血傳奇》共有三篇，作為楚留香系列的一部分，應劃歸為古龍的中期還是後期作品？

答：整個楚留香系列的創作，從第一部《血海飄香》到最後一部《午夜蘭花》，跨度有十五年之久，作爲楚留香系列前三部的《鐵血傳奇》，無論語言、技法還是意境，雖然有向後期過渡的趨勢，但總體而言還是中期風格，故應劃歸古龍的中期作品。之後創作的其他楚留香故事，則劃歸爲後期或晚期作品。

第二部：畫眉鳥

蘇蓉蓉黯然道：「這也許是因爲柳無眉一直以爲自己中了毒，所以身心一直受着折磨，疑心，本就可以殺得死人的。」

李紅袖長長嘆了口氣，道：「無論怎麼說，柳無眉並沒有騙我們…………」

宋甜兒道：「你們想，李玉函是不是眞的會一直在那裡等着她醒來呢？他………他未免太可憐了。」

說着說着，她目中又流下淚來。

蘇蓉蓉柔聲道：「無論多麼深的傷痛，日子久了，也會漸漸淡忘的，否則這世上只怕有一半人要活不下去了。」

她說的不錯，無論多麼深的悲哀和痛苦，日久也會淡忘的，「忘記」，本就是人類所以能生存的本能之一。

胡鐵花忽然用力一拍楚留香的肩頭，道：「你的心事已了，又戰勝了天下第一的神水宮主，你還有什麼不開心的？爲何總是悶悶不樂的坐在那裡，連酒都不喝？」

楚留香苦笑着，沒有說話？

胡鐵花道：「我知道你是覺得錯怪了柳無眉，所以心裡很難受，可是，這也不能怪你，無論如何，她總不是因你而死的。」

楚留香長長嘆了口氣，舉杯一飲而盡。

李紅袖嘆了口氣，道：「無論如何，我們此行都算相當順利的，唯一的遺憾只是黑大姐我想不到她的脾氣竟那麼拗，畢竟還是不辭而別了。」

胡鐵花展顏笑道：「無論如何，不開心的事總算都已過去，現在我們總應該想些開心的事，做些開心的事了吧，我……」

他語聲忽然頓住，眼睛也發了直。

一個青衣少女托着個大木盤盈盈走了過來，她長得雖然不醜，但也絕不能算太美，只不過臉上却始終帶着種神聖不可侵犯的模樣，「砰」的，將木盤上的酒壺重重擱在胡鐵花面前，一扭頭就走了回去，連眼角都沒有瞟胡鐵花一眼。

楚留香見到胡鐵花失魂落魄的模樣，也不禁笑了：「你是不是又想在這裡住下來了？」

胡鐵花摸着鼻子，又呆了很久，忽然發現宋甜兒的一雙大眼睛正在瞬也不瞬地望着他：

胡鐵花仰面大笑道：「愚我一次，其錯在人，若是能同樣騙到我兩次，就是我自己的錯了，你想我怎麼會再上這種當？」

（六一一）

▲《南洋日報》連載的《畫眉鳥》結尾，揭開了令讀者困惑多年的「未碰見」迷團

成熟期

多情劍客無情劍

已知首載

香港《武俠世界》連載（一九六八年十二月廿八日至一九六九年十二月六日，四八八至五三七期）

作品簡介

古龍代表作之一，分上下兩部。上部寫身懷飛刀絕技的李尋歡重返中原，遇上少年劍客阿飛、江湖第一美人林仙兒、昔日愛侶林詩音等人，並被牽涉進「梅花盜」一案，幾經轉折，終於水落石出。下部寫李尋歡被捲入林仙兒、龍嘯雲、上官金虹等人的江湖鬥爭之中，最終戰勝邪惡，並與孫小紅結伴退隱江湖。

《多情劍客無情劍》是古龍作品中最著名的一部，具有極高的藝術價值，許多學者和評論家將之品評爲古龍小說第一。從此古龍的創作進入後期，即成熟期。這個時期的作品數量最多，品質最高，幾乎篇篇都是精品，代表了古龍「新派武俠」的真正風格和水準。

文本延續

原刊本：

上部，香港《武俠世界》連載↓香港武林本[38]（一九六九年夏季至冬季，二冊、廿三章）↓港澳翻印本（精武；一鳴）

下部，香港《武俠春秋》連載（一九七〇年三月五日至一九七一年二月十日，五至四十五期，名《鐵膽大俠魂》）↓香港武俠春秋本（一九七〇年九月至一九七一年四月，三冊、六十八章）

台灣春秋本（一九六九年五月至一九七一年二月，共卅四冊、九十章。上部，一至十三冊、一至廿五章；下部，十三至卅四冊、廿六至九十章）

修訂本：

台灣桂冠本（一九七七年九月，三冊、九十章）↓港澳翻印本（「華新」；武功；「桂冠」，名《多情劍客無情劍》和《小李飛刀》；快澤／壽山）⇩簡體本（人民文學，一九八八年十二月，名《無情劍》；海天，一九九一年十二月；學林，一九九四年二月，名《風雲第一刀》）

其他早期連載：

南越《遠東日報》（一九六九年八月八日至不詳，名《劍網情絲》，即上部）

南越《建國日報》（一九七〇年十二月至一九七一年十二月十日，名《鐵膽大俠魂》，即

---

38 武林出版社於一九七八年春季和夏季重出四冊本，書名分別為《小李飛刀》和《多情劍客無情劍》，包含上下兩部，文本面貌與春秋本基本一致。

下部）

原貌探究

一、春秋本和香港分部結集本在文字、分段、情節分隔符上基本一致。兩本差異主要在於章節設置：

●春秋本上部的標題還停留在舊式的四字或五字，如前五章為「飛刀與快劍」、「海內存知己」、「寶物動人心」、「美色惑人意」、「風雪夜追人」。但從下部開始，變為長短不一的新式標題，如「要人命的金錢」、「女巨人」、「生死之間」、「突然想通了」、「蛇足」等等，從二字到七字不等，該長則長，該短則短，重效果而不重形式，令人耳目一新。《情人箭》中新式標題的雛形，在《多情劍客無情劍》中得以定型。之後的古龍作

▲古龍小説在香港武俠雜誌連載時，每期都配以名家插圖。圖為《多情劍客無情劍》上下兩部分別在《武俠世界》和《武俠春秋》連載時，由董培新和陳海虹繪製的插圖

品，原稿均爲新式標題。春秋上下兩部分章大多仍未處於情節或時空轉換之際，甚至處於人物對話之間，多少影響了閱讀感受。

武林本（即上部）沿用《武俠世界》連載中編輯自擬的舊式標題，如前五章爲「刀賽強矢劍如龍」、「瑞雪飄飛血輕流」、「美人寶甲穿腸酒」、「小刀鐵拳青魔手」、「月影西斜人將去」。分章處與春秋本不同，但大多亦未處於情節或時空轉換之際。

武俠春秋本（即下部）亦爲長短不一的新式標題，但與春秋本不盡相同。分章處亦與春秋本不同，處於與非處於情節或時空轉換之際的情況各占一半。爲此，筆者調閱《武俠春秋》雜誌，發現因涉及篇幅和排版，有時當期連載未能刊完一整段情節，下期續載時開頭必放置一標題，如八至十期的「苦茶」、「小李飛刀」、「辮子姑娘」等，有些是古龍原稿中就有的，因連載需要挪動至開頭位置，有些是編輯添加的。總之在結集時編輯未將這些標題調整至正確位置或刪除，導致情節割裂。

●有些分章處，春秋本有類似「上回書說到」的章回體銜接套語，而武林本和武俠春秋本無，應爲編輯添加，現舉二例（劃線部分爲銜接用語）。

例一：

林詩音道：

「我不管你對她怎樣，只要你答應我的要求。」

李尋歡將面前的酒一飲而盡，喃喃道：

「不錯，我是個無藥可救的浪子，我若去找她，就是害了她……」

第十三章　無妄之災

李尋歡聽了林詩音的話，將面前的酒一飲而盡，喃喃道：
「不錯，我是個無可救藥的浪子，我若去找她，就是害了她……」
林詩音道：「你答應了我？」
李尋歡咬了咬牙，道：
「你難道不知道我一向都很喜歡害人麼？」

例二：

李尋歡點了點頭，道：
「是免不了的。」
上官金虹道：
「今天……」

第七十章　是真君子

上官金虹因獨子被殺，異常氣忿，要和李尋歡決一死戰，並把決戰日期定在今天……
李尋歡打斷了他的話，道：
「無論什麼時候我都奉陪，只有今天不行。」

二、桂冠本修訂自春秋本，但除了版式外，文本面貌保持不變（少數校對差錯除外），亦可視作再版本。今傳本大多承自桂冠本。

收藏推薦

武林本與春秋本差異細微，桂冠本與春秋本文本一致，故此書在選擇上餘地較大，除了春秋、武林、桂冠各本，其餘港澳翻印本均可擇一收之。此書簡體本眾多，只要排版校對精當，均可選擇，筆者推薦海天本（一九九一年十二月二版），修正了一版的情節分隔符遺漏、錯別字等一些問題。

釋疑解惑

問：《風雲第一刀》是否為《多情劍客無情劍》的別名或原名？

答：不是。《風雲第一刀》是《邊城浪子》之原名，《武俠春秋》連載和結集時均名《風雲第一刀》，後才被更名爲《邊城浪子》（詳見《風雲第一刀》條目）。

問：為何《風雲第一刀》在坊間被認為是《多情劍客無情劍》的別名或原名？

答：此誤始於上海學林出版社。一九九四年，該社推出「台港新派武俠小說精品大展」，胡正群撰寫總序〈神州劍氣升海上——簡述台港武俠小說的興起、沿革與出版〉，其中寫道：

> 於是，他寫出了《風雲第一刀》。上半部一九六八年連載於香港《武俠世界》，下部易名《鐵膽大俠魂》，連載於一九六九年創刊的香港第四本武俠雜誌——《武俠春秋》，一九七〇年出單行本時將上下部兩部合併，改名為《多情劍客無情劍》。（此名雖有詩意，但將第一主角「小李飛刀」換成「劍客」卻不夠妥當，故上海學林出版社將其恢復原名。）

然據查，台港從未以《風雲第一刀》之名出版過《多情劍客無情劍》，書名中的「劍客」原指阿飛。上部最早連載於《武俠世界》時即名《多情劍客無情劍》，隨後春秋本開始陸續出版小薄本，亦名《多情劍客無情劍》，並非胡正群所說合併時改名。在《武俠春秋》上連載的下部《鐵膽大俠魂》晚於春秋本，可見《鐵膽大俠魂》才是後改的名。經學林社與胡正群之誤導後，《風雲第一刀》一名在大陸流傳開來，後珠海等本也沿用此名。

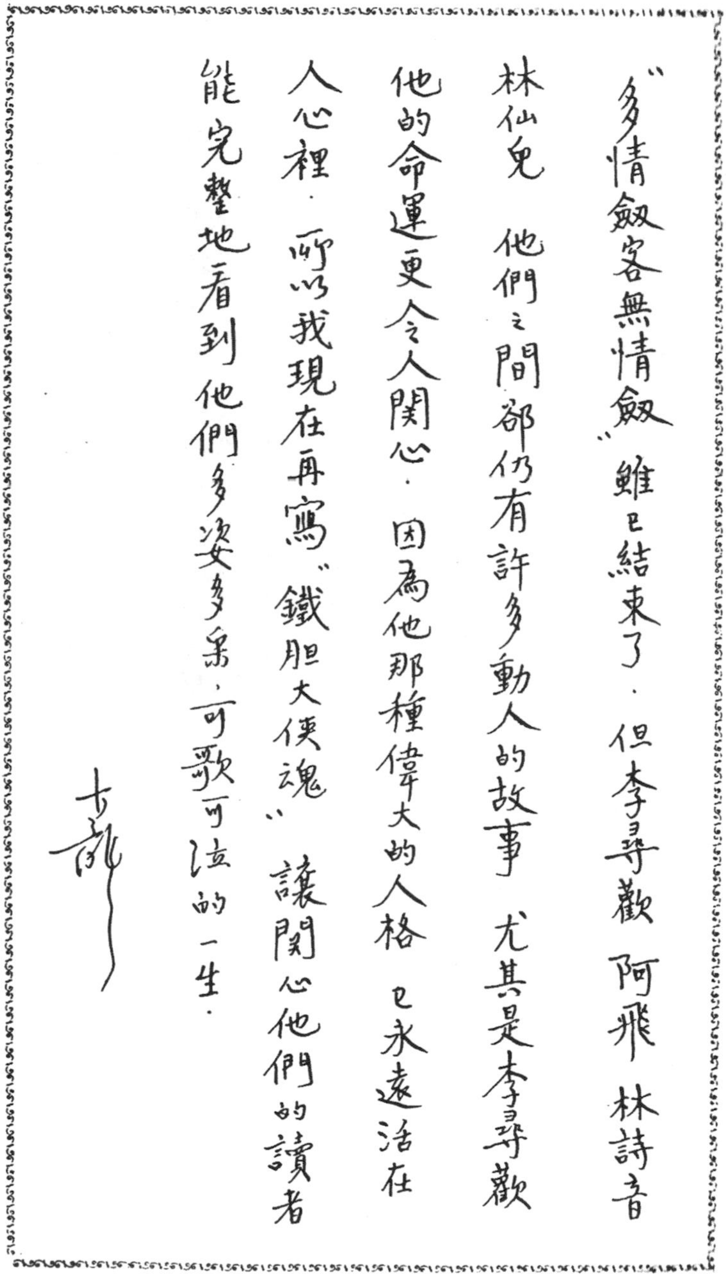
"多情劍客無情劍"雖已結束了．但李尋歡 阿飛 林詩音 林仙兒 他們之間卻仍有許多動人的故事 尤其是李尋歡 他的命運更令人關心．因為他那種偉大的人格 已永遠活在人心裡．所以我現在再寫"鐵胆大俠魂" 讓關心他們的讀者能完整地看到他們多姿多采．可歌可泣的一生．

古龍

▲《多情劍客無情劍》下部易名《鐵膽大俠魂》在《武俠春秋》連載時，刊有古龍親筆説明（第五期封二）

楚留香系列（四—五）：借屍還魂、蝙蝠傳奇

已知首載

新加坡《南洋商報》連載（總書名《鐵血傳奇》。《借屍還魂》，一九六九年三月廿四日至十一月三日；《黃衣人與鐵仙姑》即《蝙蝠傳奇》，一九六九年十一月四日至十一月八日，未刊完）

作品簡介

古龍代表作之一，楚留香系列之四和之五。

《借屍還魂》：兩對武林世家戀人為逃避父母的逼婚，假裝去世後交換了靈魂並復活，以求與自己相愛的人在一起。楚留香從中扮演了偵探角色。

《蝙蝠傳奇》：傳聞蝙蝠島可以買到江湖上的各種秘密，比如華山派的劍訣「清風十三式」，比如近年來屢屢作案的大盜名單等。楚留香和胡鐵花等好友前往一探究竟，卻在茫茫大海上遭遇一連串的兇殺。

在此兩部故事中，古龍將推理元素進一步發揮，文風也漸趨成熟。

文本延續

原刊本：

台灣春秋本（一九六九年十月至一九七一年二月，共廿二冊、四十四章，總書名《俠名留香》[39]。《借屍還魂》，一至七冊、一至十三章；《蝙蝠傳奇》，七至廿二冊、十四至四十四章）→港澳翻印本（文武創作社，總書名《俠名留香》）

香港《武俠世界》連載（一九六九年十一月十五日至十二月廿七日，五三四至五四〇期，名《鬼戀俠情》）→香港武林本（一九六九年冬季，一冊、十四章，名《鬼戀俠情》，與《黑蜘蛛》、《生死結》合刊）[40]→港澳翻印本（「華新」，名《蝙蝠傳奇》，第一冊）⇩簡體甲本（中國華僑，一九九三・十，名《蝙蝠傳奇》，第一冊）

香港《武俠春秋》連載（一九七〇年十月廿一日至一九七一年二月廿四日，廿九至四十七期，名《蝙蝠傳奇》）→香港武俠春秋本（一九七一年三至四月，二冊、卅一章，名《蝙蝠傳奇》）→港澳翻印本（「華新」，名《蝙蝠傳奇》，二至三冊，缺序；「南琪」；大南，名《買賣人頭》）⇩簡體甲本（中國華僑，一九九三年十月，名《蝙蝠傳奇》，一至二冊）

修訂本：

台灣漢麟本（一九七八年一月，共三冊，總書名《楚留香傳奇續集》，一至二冊、卅五

---

39 一九七二年五至六月，春秋又出版《俠名留香》廿三至廿七冊，即《桃花傳奇》，因與《借屍還魂》、《蝙蝠傳奇》的文本延續情況差異較大，故分開論述。

40 《黑蜘蛛》、《生死劫》均係短篇偽作。

章，均名《蝙蝠傳奇》，實含《借屍還魂》、《蝙蝠傳奇》兩部）↓台灣萬盛本↓港澳翻印本（武功，總書名《楚留香傳奇續集》，一至二冊；「桂冠」，總書名《楚留香傳奇續集》一至二冊和《風流楚香帥》四至五冊；快澤／壽山，名《蝙蝠傳奇》）⇩簡體乙本（太白文藝，二〇〇一年十月，與《大沙漠》、《畫眉鳥》、《桃花傳奇》合刊）

其他早期連載：

南越《遠東日報》（《遊俠春秋》即《借屍還魂》，一九六九年十一月廿七日至不詳；《蝙蝠劫》即《蝙蝠傳奇》，不詳至一九七二年四月十一日）

原貌探究

一、關於序言

武俠春秋本《蝙蝠傳奇》開篇有古龍〈「楚留香」這個人〉的序，其中寫道：

> 楚留香的故事，我只寫過五篇，有：
> 「血海飄香」、「大沙漠」、「畫眉鳥」、「鬼戀俠情」，和這篇「蝙蝠傳奇」，若還有第六篇，恐怕就是別人冒名寫出來的了。

這個序在春秋本《俠名留香》裡沒有，在修訂後的漢麟本中有，但文字又有不同：

> 楚留香的故事，我只寫過五篇，有：
> 「血海飄香」、「大沙漠」、「畫眉鳥」、「蝙蝠傳奇」和「桃花傳奇」，若還有第六篇，恐怕就是別人冒名寫出來的了。

很明顯，前者的序是原文，那個時候古龍還沒有創作《桃花傳奇》，而漢麟出修訂本時，《桃花傳奇》已經出版，所以編輯就修改了原文，將《借屍還魂》併入《蝙蝠傳奇》，並將《桃花傳奇》納入所謂的「五篇」之中。今傳本大多承自漢麟本，給讀者造成《借屍還魂》（《鬼戀俠情》）並非楚留香系列中單獨一篇，而是附屬於《蝙蝠傳奇》的錯覺。

二、春秋本和武林本、武俠春秋本在分段、情節分隔符上基本一致，其差異如下：

●春秋本標題均爲四字，如前五章爲「借屍還魂」、「陰森詭秘」、「興師問罪」、「專程拜訪」、「明槍易躲」，較爲老套隨意，且分章大多未處於情節或時空轉換之際，多少影響了閱讀感受。

武林本《鬼戀俠情》將連載時的七字標題改爲四字，如前五章爲「借體還生」、「進退維艱」、「劍快心狠」、「貌美人嬌」、「偷襲秘窟」，與春秋本分章處不同，但大多亦未處於情節或時空轉換之際。武俠春秋本《蝙蝠傳奇》採用長短不一的新式標題，如「燃燒的大江」、「玉帶中的秘密」、「死客人」、「客人死」、「死神的影子」，新派特色濃郁，概括準確生動，分章處與春秋本不同，但並非全部處於情節或時空轉換之際。爲此，筆者調閱《武俠春秋》雜誌，發現因涉及篇幅和排版，有時當期連載未能刊完一整段情節，下期續載時開頭必放置一標題，如「心懷鬼胎」、「第八個人」等，有些是古龍原稿中就有的，因連載需要挪動至開頭位置，有些是編輯添加的。總之在結集時編輯未將這些標題調整至正確位置或刪除，導致情節割裂。

●春秋本和武林本、武俠春秋本在文字上僅有微小差異。如武林本《鬼戀俠情》開篇少一句引言：「這不是鬼故事，卻比世上任何鬼故事都離奇可怖。」另舉兩例：

新派武俠奇情中篇

蝙蝠傳奇

古龍・文
崔成安・圖

前文提要：上回書至海濶天的大船上，不到一天，竟然死去了九人，這些人，全都死在硃砂掌下。繼而，連海濶天也失了踪，事態越發嚴重。

楚留香與胡鐵花一夥，明明知道兇手就在船上，但又苦無一點蛛絲馬跡可尋。衆人皆疑雲疑雨，人人自危。此時，衆人着眼之點，全落在丁楓之血衣上，丁楓正接受衆人盤詰……

第八個人

丁楓道：「若有人想嫁禍於我，偷了我的衣服穿上再去殺人，這種事本就常見得很，有何奇怪？何況……」

他冷笑着接道：「那人若是和我同屋住的，要偷我的衣服，正如探囊取物，更一點也不奇怪了。」

勾子長怒道：「你自己做的事，反來含血噴人？」

丁楓冷笑道：「含血噴人的只怕不是丁某，而是閣下。」

勾子長霍然長身而起，目中似已噴出火來。

丁楓却還是聲色不動，冷冷道：「閣下莫非想將丁某的血也染上這件衣服麽？」

▲《武俠春秋》卅五期連載《蝙蝠傳奇》，開頭放置標題「第八個人」，割裂情節（處於人物對話之間），結集出版時依樣照搬，未作調整

例一：

（**分章**）

胡鐵花聽了楚留香的分析恍然道：「所以她一見丁楓的面，就緊張得很，明明不能受氣的人，居然也忍得住氣了，為的就是知道自己做錯了事。」

楚留香道：「正因為如此，所以丁楓才會故意替她掩飾。」

胡鐵花笑了笑，道：「只可惜他無論怎麼樣掩飾，縱能瞞得過別人，也瞞不過我們，天下有幾件事能瞞得過香帥的？」

例二：

胡鐵花覺得奇怪極了，來不及翻身下馬，已大呼道：「好小子，原來你們都已找到了，也不招呼我一聲，害我跑了那麼多冤枉路，真不夠意思。」

上述引文劃線部分春秋本有，武俠春秋本無。可見，春秋本添加了章與章之前的銜接套語，而武俠春秋本刪掉了一些編輯認爲「可有可無」的字句。

三、漢麟本的《借屍還魂》在春秋本基礎上修訂，重新分章，全部採用新式標題，如前五章爲「借屍還魂」、「施家莊的母老虎」、「唐突佳人」、「天下第一劍」、「刺客」，且分章均處於情節或時空轉換之際。《蝙蝠傳奇》在武俠春秋本基礎上修訂，上述二例文字與後者相同。標題亦取自後者，並將各章結尾全部調整至情節或時空轉換之際。

不過，漢麟本有少許情節分隔符的遺漏，並有多處併段，尤其在每章接近末尾處尤爲常見，這是漢麟修訂本一個很大的通病，使得每章被強制在右頁結束。漢麟此舉可能爲了起章時所謂的整齊美觀和節省紙張，卻因小失大，損壞了作品原貌，影響了閱讀感受。

收藏推薦

對《借屍還魂》而言，春秋本和武林本差異不大，標題都爲編輯自擬；《蝙蝠傳奇》，春秋本勝在文字更原始，而武俠春秋本勝在採用古龍新式標題，所以兩者也是各有千秋。「華新」翻印本《蝙蝠傳奇》合刊了武林本《借屍還魂》和武俠春秋本《蝙蝠傳奇》，簡體本中有中國華僑本一脈相承，強力推薦。

漢麟本的章節修訂非常成功，勝過原刊本，雖有併段，好在不算頻繁。今傳本大多承自漢麟本，簡體本中早期的雲南人民、安徽文藝、中國藏學等本均存在各種問題，後期的太白文藝本相對較好。

釋疑解惑

問：金靈芝在《蝙蝠傳奇》中與原隨雲一起葬身大海，為何在《桃花傳奇》開篇中又復活了？金靈芝到底有沒有死？

答：從《桃花傳奇》的連載日期、前言以及「注」來看，確實創作在《蝙蝠傳奇》之後，但古龍同時開稿多部作品是常態，不排除古龍在完成《蝙蝠傳奇》結尾之前，已經先寫了《桃花傳奇》的開篇，所以這應該是古龍的一個疏忽。而金靈芝確實死了，《蝙蝠傳奇》結尾處寫得很清楚：

> 海浪已將原隨雲和金靈芝的屍體捲走，也不知捲到何處去了。

一些讀者猜測後來金靈芝被楚留香等所救，實則不然。因爲在《午夜蘭花》中古龍又重提了金靈芝死去的事實：

胡鐵花和金靈芝的交情更不同，也許就因為這原故，所以楚留香就和金靈芝比較疏遠一點。

不幸的是，金靈芝後來死了。

有些再版本（如風雲時代精品集、讀客本）修改了《蝙蝠傳奇》和《午夜蘭花》，在《蝙蝠傳奇》結尾添加如下文字：

驀然回首，楚留香彷彿瞥見遠方啓航處的海面上，有一個小小的光影在載浮載沉。正待凝眸細察，耳邊卻是胡鐵花顫聲在問：「會……會不會是金靈芝並沒有死，只是閉氣暈了過去？」

楚留香毫不猶豫，轉過艇舵，讓小艇向那光影駛了過去。

而在《午夜蘭花》中，又將「不幸的是，金靈芝後來死了。」改成了「楚留香在蝙蝠島上呵護過的東三娘，後來不幸死了。」

這些做法無非是爲了「確保」金靈芝沒死，雖然出發點是好的，但卻沒有必要。小小的失誤並不妨害作品整體的藝術價值，改動之後反倒不是原貌了，而且改後也沒有加上任何說明。

蕭十一郎

已知首載

香港《武俠春秋》連載（一九七〇年一月廿五日至十月十四日，一至廿八期）

作品簡介

古龍代表作之一。被武林惡勢力「逍遙侯」誣爲大盜的蕭十一郎，因數度搭救沈璧君而使兩人互生情愫，但天差地別的身分及沈已嫁連城璧的事實，使蕭十一郎只能將愛深埋心底，蕭、沈、連三人陷入了情仇的糾葛之中。

《蕭十一郎》情節曲折，結構合理，寫蕭十一郎和沈璧君之間的患難真情，尤爲盪氣迴腸感人肺腑。

文本延續

原刊本：

香港《武俠春秋》連載↓香港武俠春秋本（一九七〇年七至十二月，三冊、五十五章）↓港澳翻印本（精武，最後幾頁翻印自春秋本）

台灣春秋本（一九七〇年七至十一月，十四冊、七十三章）↓港澳翻印本（武功；武藝，名《蕭郎劍俠》；威武，名《十二長虹》）

修訂本：

台灣漢麟本（一九七七年十二月，一冊、廿五章）↓台灣萬盛本↓港澳翻印本（「華新」、「桂冠」）⇩簡體本（北方文藝，一九八六年七月，缺後記；太白文藝，二〇〇一年十月，與《火併蕭十一郎》合刊）

原貌探究

一、關於後記

《蕭十一郎》首載於《武俠春秋》創刊號頭題，可見古龍當時聲名之隆。武俠春秋本結尾附古龍〈寫在蕭十一郎之後〉一文，春秋、漢麟出版時改爲〈寫在蕭十一郎之前〉，內容不變。古龍在文中寫道：

> 「蕭十一郎」卻是一個很特殊的例子，「蕭十一郎」是先有劇本，在電影開拍之後，才有小說的，但「蕭十一郎」卻又明明是由「小說」而改編成的劇本，因為這故事在我心裡已蘊釀了很久，我要寫的本來是「小說」，並不是「劇本」。小說和劇本並不完全相同，但意念卻是相同的。[41]

二、武俠春秋本和春秋本差異如下：

---

41 春秋本《名劍風流》一九六八年的若干分冊中有「割鹿刀（正集稿中）」之廣告，「割鹿刀」即《蕭十一郎》醞釀期間之初名，證實古龍在構思時「要寫的本來是『小說』」。故雖小說發表在後，卻不該視為「改編」自劇本，反而劇本才是根據小說腹稿改編而成的。

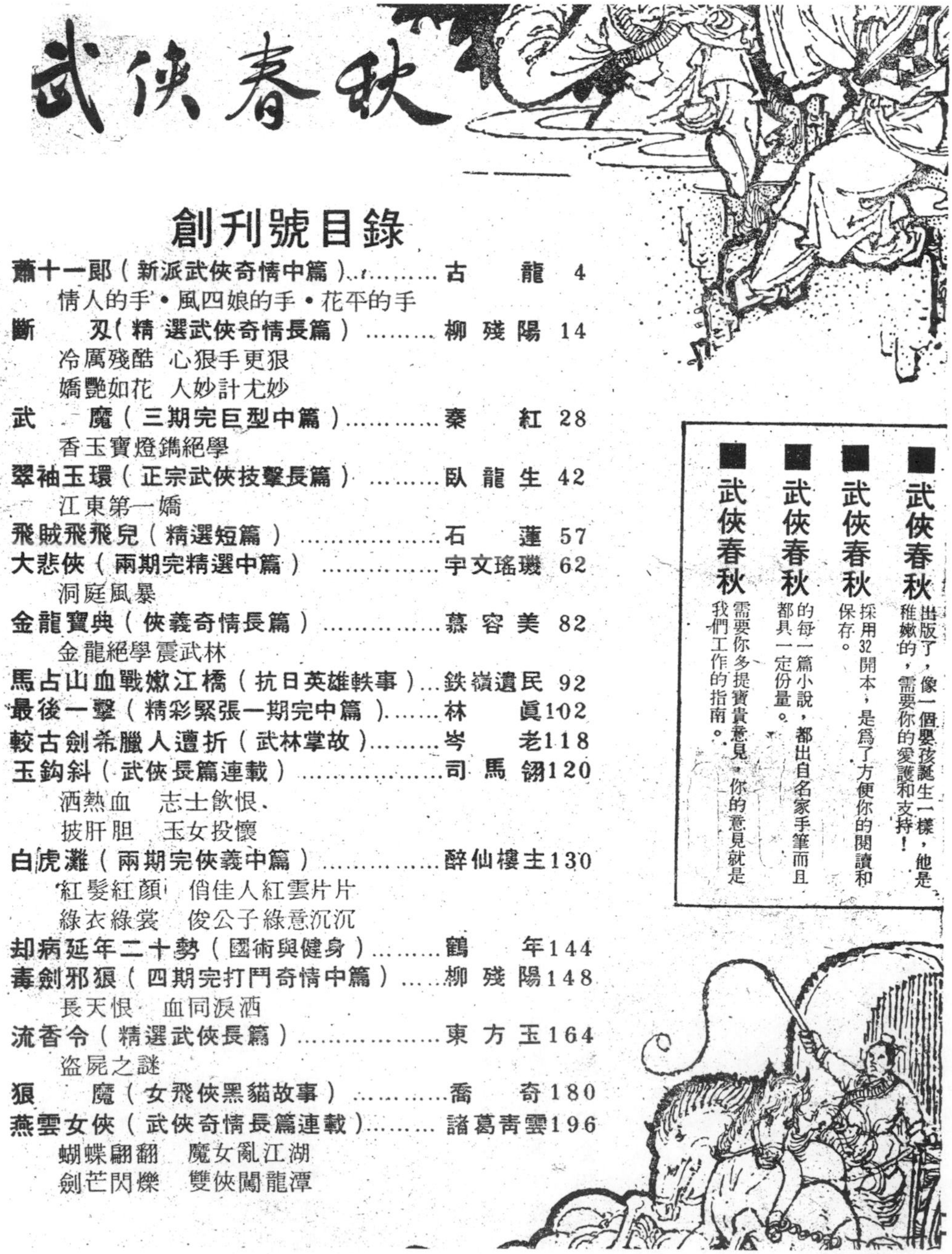

武俠春秋

創刊號目錄

■武俠春秋出版了，像一個嬰孩誕生一樣，他是稚嫩的，需要你的愛護和支持！

■武俠春秋採用32開本，是爲了方便你的閱讀和保存。

■武俠春秋的每一篇小說，都出自名家手筆而且都具一定份量。

■武俠春秋需要你多提寶貴意見，你的意見就是我們工作的指南。

▲《武俠春秋》創刊號目錄，頭題刊登古龍的《蕭十一郎》，此時古龍已穩坐台灣武俠頭把交椅，將「三劍客」甩在身後。目錄中只有古龍的武俠小說被冠以「新派」字樣

●武俠春秋本採用長短不一的新式標題，如「情人的手」、「飛大夫的腳」、「夜半歌聲」、「樽前論英雄」、「呆子」等，新派特色濃郁，概括準確生動，但並非全部處於情節或時空轉換之際。此情形與《鐵膽大俠魂》和《蝙蝠傳奇》類似，與連載性質有關，不再贅述。

春秋本亦爲新式標題，但與春秋本不盡相同，分章大多未處於情節或時空轉換之際。

●兩本在文字、分段、情節分隔符上有少量差異，例：

蕭十一郎若是真的來了，她決定再也不顧一切，投入他懷抱中，永不分離，就算要她拋棄一切，要她逃到天涯海角，她也願意。

她回過頭。

她的心沉了下去。

× × ×

樹林裡的光線很黯，黯淡的月色從林隙照下來，照着一個人的臉，一張英俊、秀氣、溫柔的臉。

來的人是連城璧。

他也憔悴多了，只有那雙眼睛，還是和以前同樣溫柔、同樣親切。

他默默凝注着沈璧君，多少情意，盡在無言中。

沈璧君的喉頭已塞住，心也塞住。

——武俠春秋本

沈璧君盼望着蕭十一郎回來，她心想：「蕭十一郎若是真的回來了，她決心不顧一切的投入他的懷抱，永不分離……」

她回過頭來，她的心沉了下去，回來的卻是連城壁。

沈璧君的喉頭已塞住，心也塞住了！

——春秋本

春秋本文字正處在「我對不起你」章開頭，編輯增加了銜接套語，這類套語在春秋本全書中不曾少見。另外，春秋本還遺漏了三段文字、一個情節分隔符，以及有兩處併段，其餘文字也有細微差異。這個例子很好地代表了春秋本的缺陷，亦有可能是偶爾的校對失誤，那就另當別論了。

三、《蕭十一郎》是漢麟「古龍小說專輯」的首部，也是修訂較爲成功的一部。漢麟本重分爲廿五章，標題均採自春秋本，分章均處於情節或時空轉換之際，甚爲合理。而且漢麟在此本上並無之後其他作品的併段、刪除情節分隔符的動作。更爲難能可貴的是，上述例子中的文字，漢麟本和武俠春秋本一模一樣，可見其同時參考了武俠春秋的文本。這樣嚴謹的修訂在漢麟本中是不多見的。此本流傳至今，廣受歡迎。

收藏推薦

在保持作品原貌上，武俠春秋本強於春秋本，但兩本均標題太多，略顯凌亂。漢麟本修訂時同時參考了兩本，取兩本之優點，並將全書根據情節重劃爲廿五章，處理得當，修訂較爲成功。簡體本大多承自漢麟本，可選北方文藝、太白文藝等本。其中北方文藝本是大陸最早引入的古龍小說之一，有一定的收藏意義，只可惜該本缺少了後記，並將書中的「割鹿刀」悉數改爲「刈鹿刀」，訛傳了多年。

歡樂英雄

已知首載

香港《武俠春秋》連載（一九七一年二月十七日至一九七二年二月九日，四十六至九十七期）

作品簡介

古龍代表作之一。全書圍繞郭大路、王動、燕七、林太平四人的友情而展開。四個人棲居在一幢破房子裡，有著不同身世、不同性格，每人都有一個秘密，四個秘密的背後有著各自的故事。他們堅持著自己做人的原則，在貧窮中獲得歡樂。

《歡樂英雄》是古龍唯一一部拋棄了復仇、破案、爭霸等類型套路，把敘事中心放在關注俠客生存狀態，以生活細節串聯故事的作品，樸素自然，明朗陽光，曾被一些評論家譽為超越《多情劍客無情劍》的古龍小說第一神品。從《歡樂英雄》、《流星・蝴蝶・劍》等作品開始，簡潔明快、長短結合、富有節奏和意境的「古龍文體」漸趨成熟，該書也是古龍首部嘗試分部式架構[42]（未能完成）和章內劃分小節的作品。

42 《多情劍客無情劍》雖然亦分兩部，但開篇並無分部字樣，且兩部故事可相對獨立，非同一故事內的分部式架構。

文本延續

原刊本：

香港《武俠春秋》連載↓香港武俠春秋本（一九七一年九月至一九七二年三月，三冊、四十七章）↓港澳翻印本（「春秋」，少量文字脫漏；武功甲本，三冊，名《歡樂英雄》和《遊俠江湖》，均無代序，存在漏印、標題錯排或篡改）

台灣春秋本（一九七一年八月至一九七二年四月，廿六冊、六十六章）↓港澳翻印本（武藝）

修訂本：

台灣漢麟本（一九七八年五月，二冊、四十七章）↓台灣萬盛本↓港澳翻印本（「華新」；武功乙本，二冊；「桂冠」，名《英雄不寂寞》；快澤／壽山；學文，名《歡樂群英》）

⇩簡體本（四川民族，一九九三年二月）

原貌探究

一、關於序言

武俠春秋本、春秋本、漢麟本正文前刊均有古龍〈說說武俠小說〉的代序，可以看出古龍對創作的高度自覺性，文中寫道：

「歡樂英雄」又是個新的嘗試，因為武俠小說實在已經到了應該變的時候。

……

有人說，應該從「武」，變到「俠」，若將這句話說得更明白些，也就是說武俠小說中應該多寫些光明，少寫些黑暗。

多寫些人性，少寫些血！

也有人說，這麼樣一變，武俠小說根本就變了質，就不是「正宗」的武俠小說了，有的讀者根本就不願意接受，不能接受。

這兩種說法也許都不錯，所以我們只有嘗試，不斷的嘗試。

我們雖然不敢奢望別人將我們的武俠小說看成文學，至少總希望別人能將它看成「小說」，也和別的小說有同樣的地位，同樣能振奮人心，同樣能激起人心的共鳴。

× × ×

「歡樂英雄」每一小節幾乎都是個獨立的故事，即使分開來看，也不會減少它的趣味——如果它還有一點趣味，這嘗試就不能算失敗了。

而今事實證明，古龍很多作品早已達到純文學的高度，有些甚至更深刻、更優秀。

二、武俠春秋本與春秋本差異如下：

● 兩本開篇都有一句引言：「誰說英雄寂寞？我們的英雄就是歡樂的！」緊接「第一部　英雄們」字樣，前四章（「郭大路與王動」、「燕七與螞蟻」、「林太平」、「元寶‧女人‧狗」）分章、標題完全一致，每章分（一）（二）（三）等小節，分章（節）均處於情節或時空轉換之際，應爲作品原貌。

但春秋本在「林太平」、「元寶‧女人‧狗」兩章之間很突兀地插入了「第二部　偉大的友情」字樣，而在武俠春秋本的第五章「劍和棍子」處，春秋本則爲「第三部　劍和棍子」，此部一直到第四集結束，貫穿了武俠春秋本的五至八章（「劍和棍子」、「送不走的瘟神」、「床底下的秘密」、「麥老廣和他的燒鴨子」），中間沒有任何標題。

誰說英雄寂寞？

我們的英雄就是歡樂的！

第一部：英雄們

郭大路與王動

（一）

郭大路人如其名，的確是個很大路的人。「大路」的意思就是很大方、很馬虎，甚至有點糊塗

無論對甚麼事都不在乎。

王動却不動。

（二）

大路的人通常都很窮。郭大路尤其窮，窮得特別，窮得離了譜。

他根本不該這麼窮的。

他本來甚至可以說是個很有錢的人。一個有錢人如果突然變窮了，只有兩種原因：第一是因爲

• 3 •

▲《歡樂英雄》是古龍首部嘗試分部式架構和章內劃分小節的作品。武俠春秋本很好地保持了原貌

按常理來說，一部長篇小說，不可能在「第一部」短短兩三章過後就接「第二部」、「第三部」的。合理的推測是：古龍一開始是要分部的，即第一部「英雄們」確實存在，但後面由於某些原因未繼續分部，武俠春秋本順其自然，而春秋本爲「配合」第一部，擅自繼續分了二、三部。

「三部」之後，春秋本亦不再分部，但分章、標題已和武俠春秋本完全不同，標題改爲舊式，如「生死難分」、「友情無價」、「意料之外」等，捨棄了古龍原稿的新式標題，走

回編輯自擬的老路，（一）（二）（三）等小節也隨之胡亂劃分，大多未處於情節或時空轉換之際。而武俠春秋本始終保持風格統一的章節設置，大多處於情節或時空轉換之際，少數例外，此情形與連載性質有關，有些小節號被挪動至當期連載開頭位置，而在結集時編輯未將這些小節號按原稿調整至正確位置，導致情節割裂，是爲美中不足。例：

誤會

（一）

燕七道：「因為我親眼看到的。」

王動道：「看到什麼？」

燕七道：「看到他跟活剝皮嘀咕了半天，活剝皮拿出了錠銀子給他，他就跟活剝皮走了。」

……

● 兩本文字和情節分隔符基本一致，春秋本有少量編輯添加的章回體銜接套語，武俠春秋本有少量併段。

二、漢麟本在武俠春秋本基礎上修訂，兩者章節、情節分隔符幾乎完全一致，僅個別標題有改動（「神出鬼沒」改爲「菩薩和臭蟲」，「攝魂鈴」改爲「心如蛇蠍的紅娘子」），漢麟本併段稍多。

遺憾的是，漢麟本除在開篇處略去了「第一部　英雄們」字樣外，全書還存在多處刪改和脫漏，以「王動的秘密」章爲例（劃線部分被漢麟本刪除）：

例一：

風箏就是風箏，跟別的風箏並沒有什麼不同。

例二：

燕七道：「我們坐在這裡行不行？」
郭大路道：「為什麼不行，這裡既不是人家的屋子，也不擋路。」
林太平道：「對，無論誰高興坐在這裡，都可以坐在這裡。」
燕七道：「而且高興坐多久，就坐多久。」

例三：

林太平道：「誰說我受了傷？我只不過被條小蟲咬了一口而已。」
王動忍不住問道：「什麼蟲？」
林太平道：「一條小小的蜈蚣。」
王動忽然衝過去，將酒罈子搶了過來，鐵青着臉，道：「你們究竟想在這裡坐到什麼時候？」

漢麟本雖然沒有大段的刪節，但還是在一定程度上影響了作品原貌。

收藏推薦

作爲古龍首部嘗試分部式架構（未能完成）和章內劃分小節的作品，武俠春秋本遵從了原貌，美中不足是略有併段。春秋本章節劃分凌亂，標題新舊混雜，不推薦。

漢麟本雖以武俠春秋本爲底本，但有多處刪改和脫漏，而今傳本大多承自漢麟本，所以我們現在看到的《歡樂英雄》，已並非完全是作品面貌了，對於這樣的超一流名著而言，是件令人惋惜的事。簡體本中四川民族本品質較好，可選。

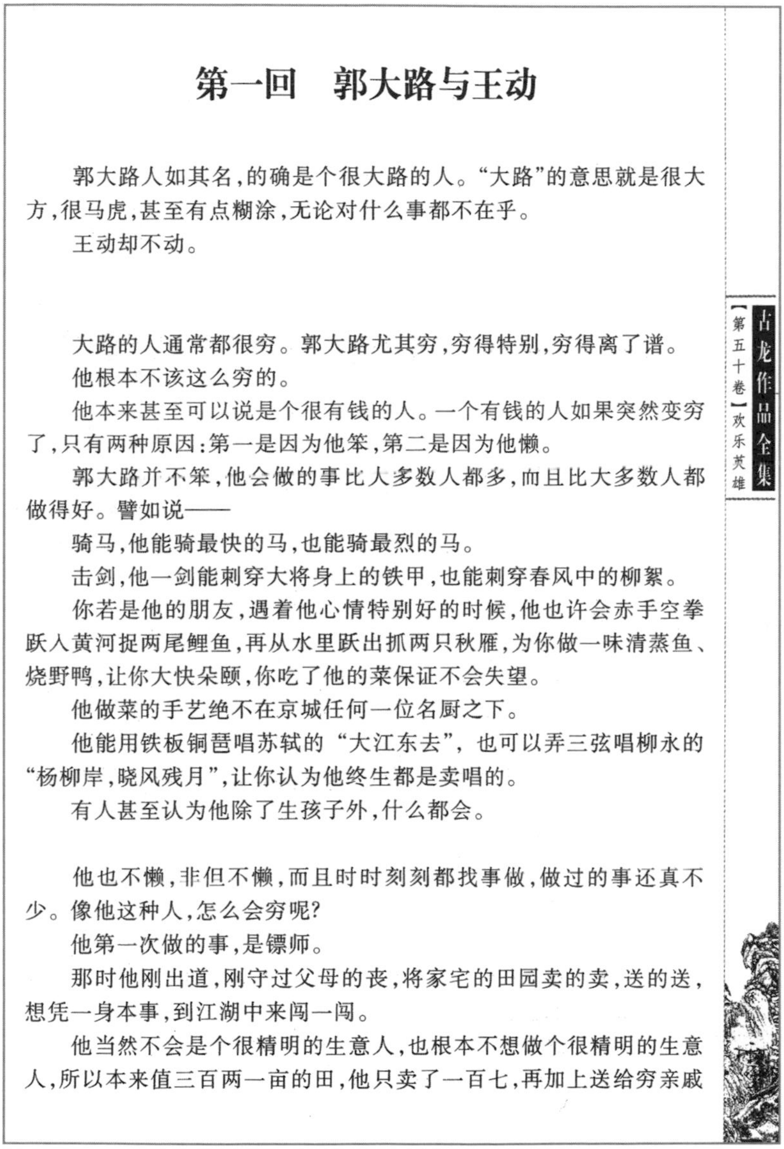
第一回　郭大路与王动

郭大路人如其名，的确是个很大路的人。“大路”的意思就是很大方，很马虎，甚至有点糊涂，无论对什么事都不在乎。

王动却不动。

大路的人通常都很穷。郭大路尤其穷，穷得特别，穷得离了谱。

他根本不该这么穷的。

他本来甚至可以说是个很有钱的人。一个有钱的人如果突然变穷了，只有两种原因：第一是因为他笨，第二是因为他懒。

郭大路并不笨，他会做的事比大多数人都多，而且比大多数人都做得好。譬如说——

骑马，他能骑最快的马，也能骑最烈的马。

击剑，他一剑能刺穿大将身上的铁甲，也能刺穿春风中的柳絮。

你若是他的朋友，遇着他心情特别好的时候，他也许会赤手空拳跃入黄河捉两尾鲤鱼，再从水里跃出抓两只秋雁，为你做一味清蒸鱼、烧野鸭，让你大快朵颐，你吃了他的菜保证不会失望。

他做菜的手艺绝不在京城任何一位名厨之下。

他能用铁板铜琶唱苏轼的“大江东去”，也可以弄三弦唱柳永的“杨柳岸，晓风残月”，让你认为他终生都是卖唱的。

有人甚至认为他除了生孩子外，什么都会。

他也不懒，非但不懒，而且时时刻刻都找事做，做过的事还真不少。像他这种人，怎么会穷呢？

他第一次做的事，是镖师。

那时他刚出道，刚守过父母的丧，将家宅的田园卖的卖，送的送，想凭一身本事，到江湖中来闯一闯。

他当然不会是个很精明的生意人，也根本不想做个很精明的生意人，所以本来值三百两一亩的田，他只卖了一百七，再加上送给穷亲戚

古龙作品全集【第五十卷】欢乐英雄

▲太白文藝出版的古龍作品全集將作品中的（一）（二）（三）等小節號悉數刪除，用雙空行代之，與單空行（情節分隔符）並存，導致視覺凌亂。圖為精裝本《歡樂英雄》

流星・蝴蝶・劍

已知首載

香港《武俠世界》連載（一九七一年二月廿五日至十一月十一日，六〇一至六三八期）

作品簡介

古龍代表作之一。厭倦了殺手生涯的孟星魂，奉恩人「高老大」之命刺殺「老伯」孫玉伯，卻意外愛上了老伯之女小蝶，並在老伯的人格魅力影響下，明白生命和愛情的可貴，最終完成自我覺醒和救贖。

該書具備極高的思想性、藝術性和可讀性，也是古龍首部完整分部式架構的作品。

文本延續

原刊本：

香港《武俠世界》連載↓香港武林本（一九七一年夏季至秋季，三冊、四十章）[43]

台灣春秋本（一九七一年八月至一九七二年四月，十九冊、四十九章）↓港澳翻印本（武功甲本，五冊）

43 香港武林本於一九七七年春季再版，面貌與初版有很大不同，多為編輯改動，故不列入探討。

修訂本：

台灣華新本（一九七七年三月，三冊、廿九章）↓ 台灣桂冠本↓ 港澳翻印本（「華新」；武功乙本，二冊；「桂冠」；快澤／壽山）⇩ 簡體本（中國城市經濟社會，一九八九年八月；長江文藝，一九九三年六月）

原貌探究

《流星・蝴蝶・劍》的創作發表與《歡樂英雄》齊頭並進，難分先後，其連載開始時間僅比《歡樂英雄》晚了八天。

一、武林本和春秋本差異如下：

●《流星・蝴蝶・劍》是古龍首部完整分部式架構的武俠小說，共分「流星」、「蝴蝶」、「劍」三部，此點從書名便可看出，其後創作的《風雲第一刀》、《天涯・明月・刀》、《三少爺的劍》等多部作品亦沿用分部式架構。該書在《武俠世界》連載時，在每一部的首末都有分部的標注。第一部「流星」行文至「他問自己：『有些人的生命，是不是也和流星一樣？……』」結束，第二部「蝴蝶」行文至「一陣秋風，捲起了落葉，雖已是深秋，但他們卻似看到了一雙蝴蝶在落葉中飛翔，那麼自由，那麼美麗，連落葉都彷彿被染上了芬芳……」結束，餘下便是第三部「劍」。結集爲武林本時，雖未注明分部，但三冊各對應連載中的三部，且在第一冊和第二冊結束時，分別注明「欲知後事如何，請看第二集『蝴蝶』篇」、「本篇完，請看下集『劍』篇」字樣。春秋本僅在開篇注明了「第一部　流星」字樣，後面的分部即不知所踪。

●前文多次提及，《武俠世界》有一慣例，每期連載編輯都會擬一舊式標題。該書連載時，前六期標題分別爲「終生只有殺人路」、「一言判曲直　鐵腕掌存亡」、「梟雄恃力大霸主逞陰謀」、「仿是蓬萊謫降仙」、「爲防被殺唯有殺」、「血腥沖鼻淚長流」，之後開始插入「死的面目」、「鬥智」等新式標題，下分（一）（二）（三）等小節，形成舊式標題、新式標題、小節號（時有時無）並存的混亂局面。

該書結集爲武林本時，估計是考慮到連載的標題過於混亂，故統一成七字，如前五章爲「終生只有殺人路」、「老伯一言判曲直」、「鐵腕掌下盡存亡」、「蓋世梟雄恃力大」、「武林霸主懲陰謀」，並去除了零星的小節號，代之以情節分隔符。

春秋本前八章可能參考過《武俠世界》連載和武林本，均爲七字標題，如前五章爲「終生只有殺人路」、「私心怎可斷曲直」、「江湖道義今安在」、「鋤強扶弱真英豪」、「英勇果敢真豪傑」，未分小節。從第九章開始出現新式與舊式標題（四字五字七字不等）並存的情況，如「死的面目」、「救人的結果」、「替罪羔羊」、「生命

蝴蝶·劍

第二部、蝴蝶。

天若有情天亦老

一

蝴蝶永遠只活在春天裏。

春日雖易逝，但却必將再來。

只要你活着，就有春天。

二

這蝴蝶已死去了，至少已死了三個月，但牠翼上的色彩却幾乎還是和活着時同樣鮮艷。

蝴蝶夾在一本李後主的詞集裏。那雙美麗的彩翼雖已被夾得薄如透明，身體的各部位都還完整無缺，所以看起來還是翩翩如生，彷彿隨時都可能展動雙翼，乘風而去。

她翻開這本詞集，就看到了這隻蝴蝶。

那一頁恰巧是她最心愛的一首詞。

「林花謝了春紅，太匆匆……」

花謝了還會再開，春天去了還會再來。

可是這蝴蝶呢？

「林花謝了春紅，太匆匆……」

這首詞幾乎和蝴蝶同樣美，足以流傳千古，永垂不朽。

可是這塡詞的人呢？

這塡詞的人，生命是不是也和蝴蝶一樣？

人若太多情，是不是就會變得和蝴蝶一樣？

多情人總是特別容易被人折磨，多情人的痛苦總是比較多。

多情人的生命也總是比較脆弱短促。

「小姐，水已經打好了。」

▲《武俠世界》第二部「蝴蝶」的開篇處，殘留著與今傳本不同的原稿風格，讀來非常有意境

若流星」、「忠心耿耿一巨人」等，每章下分（一）（二）（三）等小節，但絕大部分都未處於情節或時空轉換之際，應爲編輯隨手亂分。

● 武林本和春秋本雖章節各異，頗爲混亂，但文字差異細微，分段和情節分隔符也保持連載時的原貌。

二、華新本在春秋本的基礎上，對章節設置進行了大調整，以「一」、「二」、「三」等代替標題，將全書重劃爲廿九章，分章均處於情節或時空轉換之際，並去除了分部和凌亂的小節號。此舉反倒簡潔明瞭。

華新本雖在章節修訂上可圈可點，但合併段落、刪除分隔符現象比較嚴重，影響了閱讀的美感。

收藏推薦

該書複雜之處在於章節設置，原貌應該是：分「流星」、「蝴蝶」、「劍」三部，每部分若干章，有長短不一的新式標題，每章又分（一）（二）（三）等小節，這些都是古龍文體的組成要素，不可缺少和改換。但《武俠世界》完全無視古龍的這番匠心，編輯自擬標題，重新分章，刪除大部分小節號，徹底打亂了原稿面貌，導致各結集本莫衷一是，混亂不堪。華新本雖簡潔處理，方便閱讀，但終非古龍原意，加之嚴重併段和刪情節分隔符，故不足以在眾本中脫穎而出。

由於台港各本均以《武俠世界》連載而非古龍原稿爲底稿各自整理章節，故《流星・蝴蝶・劍》的原貌已不可復原了。

今傳本大多承自桂冠本，簡體本有中國城市經濟社會、長江文藝等本，擇校對較好者收之，聊勝於無。

大人物

已知首載

香港《武俠春秋》連載（一九七一年三月十七日至十月廿七日，五十至八十二期）

作品簡介

爲了逃婚，世襲鎮遠侯田二爺的獨生女兒田思思離家出走，尋找她心目中的三個大人物。在經歷了一系列曲折的遭遇後，她發現大人物們的真面目並沒有想像中那麼可愛和值得崇敬，而真正的大人物原來就在自己身邊。

該書情節輕鬆愉快，語言生動幽默，是一篇富含哲理的佳作。

文本延續

原刊本：

香港《武俠春秋》連載 ↓ 香港武俠春秋本（一九七一年九至十二月，三冊、卅四章[44]）↓ 港澳翻印本（「華新」；精武，名《紅巾俠侶》；大南，名《英雄本色》）⇩ 簡體甲本（文化藝術，一九八八年六月；寧夏人民，一九九四年二月）

台灣春秋本（一九七一年十月至一九七二年一月，十四冊、四十二章）↓ 港澳翻印本

44 武俠春秋本目錄在「安排」和「不是好事」間漏印了「魔鬼與情人」、「好事」兩章，但正文中不缺。

（武功）

修訂本：

台灣漢麟本（一九七八年十一月，一冊、十三章）↓台灣萬盛本↓港澳翻印本（「桂冠」；快澤／壽山）⇩簡體乙本（太白文藝，二〇〇一年十月，與《憤怒的小馬》合刊）

其他早期連載：

南越《遠東日報》（一九七二年一月十一日至十一月二十日，名《劍冷脂香錄》）

原貌探究

前文提及，《流星・蝴蝶・劍》歷經《武俠世界》荼毒，原貌盡失。從此，古龍的後期佳作基本都在《武俠春秋》上首載。慶幸的是，《武俠春秋》的連載和結集本，在文字、章節、標題、分段、情節分隔符等方面，均遵從或基本遵從作品原稿，保留了古龍文體獨特的韻味和美感。

一、關於序言

武俠春秋本、春秋本、漢麟本正文前刊有名爲〈「新」與「變」〉[45]的代序，文中寫道：

> 要新、要變，就要嘗試，就要吸收。
> 有很多人都認為當今小說最蓬勃興旺的地方，不在歐美，而在日本。
> 因為日本的小說不但能保持它自己的悠久傳統，還能吸收。
> 它吸收了中國的古典文學，也吸收了很多種西方思想。

45 春秋本為〈談談「新」與「變」〉，漢麟本改為〈談「新」與「變」〉，三本個別字詞有異。

日本作者能將外來文學作品的精華融化貫通，創造出一種新民族風格的文學，武俠小說作者為什麼不能？

有人說：「從太史的遊俠列傳開始，中國就有了武俠小說。」

武俠小說既然也有自己悠久的傳統，若能再盡量吸收其他文學作品的精華，總有一天，我們也能將武俠小說創造出一種新的風格，獨立的風格！讓武俠小說也能在文學的領域中占一席地，讓別人不能否認它的價值。

讓不看武俠小說的人也來看武俠小說！

這就是我們最大的願望。

現在我們的力量雖然還不夠，但我們至少應該向這條路上去走，掙脫一切縛束往這條路上去走。

現在我們才起步雖已遲了些，卻還不太遲！

二、武俠春秋本與春秋本差異如下：

● 武俠春秋本標題長短不一，新派特色濃郁，概括準確生動，如前五章爲「紅絲巾」、「一百零八刀」、「金絲雀和一群貓」、「優雅的王大娘」、「王大娘的真面目」，每章分（一）（二）（三）等小節，分章（節）大多處於情節或時空轉換之際，但也有少數例外，依然與連載性質有關。全書情節分隔符完整。

春秋本標題新舊混雜，後三分之二多爲四五字舊式標題，如「賭場起風雲」、「賭場變寺廟」、「金錢難買」、「視同陌路」、「對面不識」，等等，較爲老套隨意，甚至兩次出現「誰是兇手」，或爲編輯隨手擬之。春秋本雖亦分小節，但絕大部分都未處於情節或時空轉換之際，或爲編輯隨手亂分。

● 兩本文字和情節分隔符基本一致，春秋本有少量編輯添加的章回體銜接套語。

三、漢麟本在春秋本基礎上修訂，將全書重劃爲十三章，標題亦取自春秋本，但分章竟仍未處於情節或時空轉換之際，漢麟本還將（一）（二）（三）等小節號悉數去除，且多處併段，章回體銜接套語依然存在。此本的修訂可謂一無是處。

收藏推薦

同爲原刊本，武俠春秋本在章節設置上維持了作品面貌，遠勝春秋本。而漢麟本修訂極爲粗糙，與同爲修訂本的《蕭十一郎》差距很大。武俠春秋本（包括翻印本）爲收藏首選。簡體本可選文化藝術、寧夏人民等本，承自港澳「華新」本，真實反映了作品原貌。幸甚。

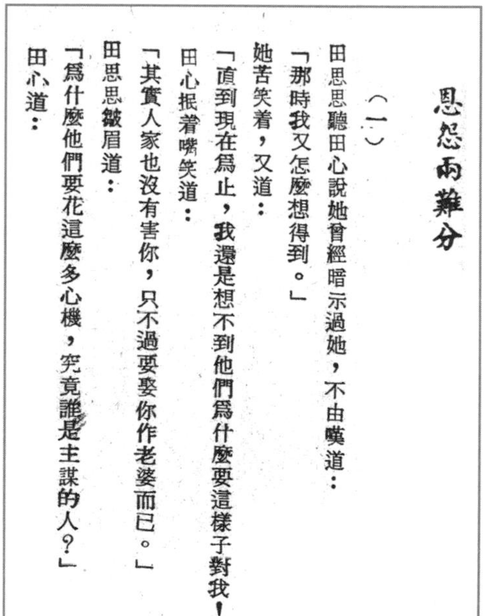
恩怨兩難分

（一）

田思思聽田心說她曾經暗示過她，不由嘆道：

「那時我又怎麼想得到。」

她苦笑着，又道：

「直到現在爲止，我還是想不到他們爲什麼要這樣子對我！」

田心抿着嘴笑道：

「其實人家也沒有害你，只不過要娶你作老婆而已。」

田思思皺眉道：

「爲什麼他們要花這麼多心機，究竟誰是主謀的人？」

田心道：

—433—

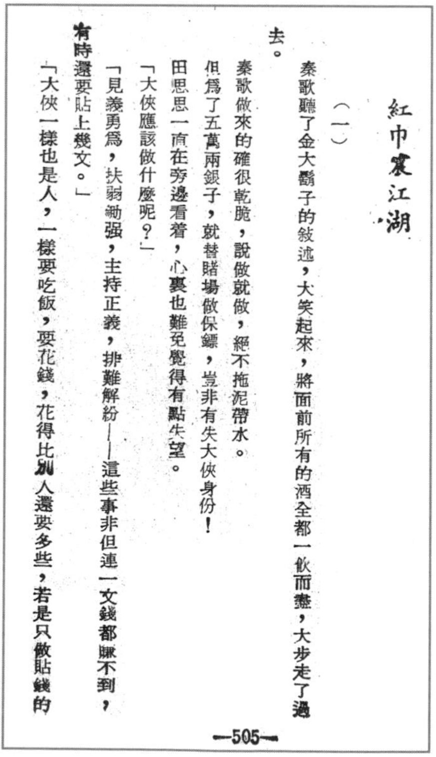
紅巾震江湖

（一）

秦歌聽了金大鬍子的敍述，大笑起來，將面前所有的酒全都一飲而盡，大步走了過去。

秦歌做來的確很乾脆，說做就做，絕不拖泥帶水。

但爲了五萬兩銀子，就替賭場做保鏢，豈非有失大俠身份！

田思思一直在旁邊看着，心裏也難免覺得有點失望。

「大俠應該做什麼呢？」

「見義勇爲，扶弱鋤强，主持正義，排難解紛——這些事非但連一文錢都賺不到，有時還要貼上幾文。」

「大俠一樣也是人，一樣要吃飯，要花錢，花得比別人還要多些，若是只做貼錢的

—505—

▲春秋本《大人物》，編輯隨意分章斷節，添加章回體銜接套語，沒有遵從作品原貌

楚留香系列（六）：桃花傳奇

已知首載

台灣《武藝》連載（一九七一年五月十六日至一九七二年一月一日，一至廿一期）

作品簡介

古龍代表作之一，楚留香系列之六。一向風流瀟脫的楚香帥深深愛上了張潔潔，一夕繾綣後，伊人竟不知所踪。白髮老嫗指點他去找一個神秘家族的聖壇，楚留香找到了聖壇和張潔潔，但他卻必須面對感情的取捨和生死的抉擇。

《桃花傳奇》中楚留香的形象變得更爲真實和立體，語言也比前幾部更爲簡潔流暢。

文本延續

原刊本：台灣《武藝》雜誌連載↓台灣春秋本（一九七二年五至六月，分前言、廿一章，併入《俠名留香》，成爲後續的廿三至廿七冊）↓港澳翻印本（「華新」；武功甲本，有插圖[46]）⇩簡體甲本（雲南人民，一九八八年七月，總書名《楚留香傳奇》，有較大改動）

修訂本：台灣漢麟本（一九七八年一月，共三冊，總書名《楚留香傳奇續集》，第三

---

46 武功乙本即《楚留香傳奇續集》第三冊，翻印自武林本（一九七六年春季），屬於向春秋本跟進的版本，在「前言」和「勾魂玉手」中加了標題「萬福萬壽園」。

冊，分楔子、十四章）↓台灣萬盛本↓港澳翻印本（「桂冠」，總書名《風流楚香帥》，第六冊；快澤／壽山）⇩簡體乙本（中國藏學，一九九四年十月）

其他早期連載：南越《遠東日報》（一九七二年四月三十日至十一月十九日，名《胭脂陣》）

原貌探究

春秋本和漢麟本差異很大，具體表現在：

● 春秋本結集於《武藝》連載，一改前幾部小薄本如《歡樂英雄》、《流星・蝴蝶・劍》、《大人物》等存在的重大缺陷，保持了作品原貌。標題長短不一，新派特色濃郁，概括準確生動，如前五章爲「勾魂玉手」、「一線曙光」、「好夢難成」、「再一次栽在女人手裡」、「花非花　霧非霧」，每章分（一）（二）（三）等小節，分章（節）大多處於情節或時空轉換之際，但也有少數例外，應與連載性質有關。全書情節分隔符完整。漢麟本整合章節，分楔子、十四章，將小節號悉數去除，部分段落合併，部分情節分隔符刪除。

● 如果說以上是漢麟本常見的陋習，那麼在文字方面，漢麟本的做法就可謂「令人髮指」了，全書十餘處被大段刪節，至於零星刪改，更是數不勝數。略舉幾例（劃線部分被漢麟本刪除）。

例一：

騾子已搖着尾巴，得意洋洋的去找牠的親戚朋友去了。

楚留香卻只有一個人站在那裡發怔。

過了很久，他才能笑得出來，苦笑着喃喃道：「這騾子一定也是頭母騾子。」

× × ×

騾子既沒有公的，也沒有母的。

騾子只有一種——騾子。

呆子也只有一種。

無論是男呆子也好，女呆子也好，都是呆子。

（二）

騾馬號斜對面有家酒樓，五福樓。

楚留香坐在樓上靠窗的位子上，喝到第五杯酒的時候，猛然發現自己原來是個呆子。

一個不折不扣的呆子。

不錯，他現在已知道有個人想殺他，但他總算還是活着的。

「他既然想殺我，我為什麼不等他來殺我呢？我為什麼要辛辛苦苦的找他？」

被刪文字並非可有可無，有承上啓下的作用：其一，當然是說明騾子沒有公母，楚留香所謂「這騾子一定也是頭母騾子」，是在發懵下的自嘲。其二，將騾子的公母類比呆子的男女，其實是爲下文楚留香喝酒時「猛然發現自己原來是個呆子」作鋪墊。

例二：

楚留香手裡抱着人家的孩子，下面又有張凳子擋住了他的腳。孩子哭得好傷心，他怎麼能將一個正在哭着的嬰兒甩開的？

楚留香當然不是那種人。

所以他就倒了霉。

（七）

楚留香是那種人呢？

一種突然交了桃花運的人。

這種人只要一遇見女人，立刻就有麻煩上身。

再一次栽在女人手裡

（一）

楚留香自己說沒有孩子，也沒有抱過孩子。

沒抱過孩子的男人，一抱起了孩子，就會弄得笨手笨腳的。

所以楚留香一抱起孩子，也弄得笨手笨腳的。

他本來早已決定，一看見對他笑的女人就躲遠些，越遠越好。

這次他躲得不夠快，只因為這女人手裡抱着個孩子，女人手裡抱着孩子時，豈非總是顯得比較沒有危險。

他忘了八十歲的女人是女人，抱孩子的女人也是女人。

對他來說，所有的女人好像都危險得很。

× × ×

楚留香躺在那裡，看來好像舒服得很。

這張床很軟，枕頭不高也不低，何況旁邊還坐着個笑容如春花般的女人，正在餵他吃東西。

古龍後期佳作中，經常會有作者跳出故事來評價主人公或事件的哲理性警句，是古龍文體的特色之一，不可刪除。

例三：

楚留香捧着魚翅回來時，張潔潔已不見了。

（七）

「她一定會回來的。」

「你永遠不知道她什麼時候會走，也永遠不知道她什麼時候會來。」

楚留香知道她一定會回來。

她以前也曾走過，每次楚留香都以為自己永遠再也見不到她。

可是她忽然間又出現了。

這次她當然一定會回來，她已答應永遠不離開他。

她隨時隨地都會在他眼前出現的。

× × ×

她從此沒有再出現。

這個人就似已突然消失了，消失在風裡，消失在雨裡，消失在人們仲夏夜的夢裡！

無論如何，這場夢總是美麗奪目的。美麗得就如同水中的明月一樣……明月是在水裡？還是在天上？

玉人何處

她的人雖然走了，可是她的風神，她的感情，她的香甜，卻彷彿依舊還留在枕上，留在衾中，留在這屋子的每一個角落裡。

楚留香的心裡，眼裡，腦海裡，依舊還是能感覺到她的存在。

深愛的女人突然不辭而別，這是何等的痛苦！原著很恰當地把楚留香失落傷感甚至抓狂的情緒表現出來。而刪節後，銜接明顯變得生硬突兀。

● 春秋本的不足之處，是漏卻了《武藝》連載中的一個「注」，位於連載第一期（即創刊號）「他們曾經躺在棺材裡在大海上漂流，也曾在暗無天日的地獄中等死，他們遇到過用漁網從大海中撈起的美人魚，也遇到過終生不見光明的蝙蝠人」一句之後，「注」的詳細內容位於篇末，現轉引全文如下：

（註）：楚留香的故事我一共寫了五個，上面提起的那些事，就是在以前那些故事中發生的，上面提起的那些人，就是那些故事的主角。

那五個故事是：「血海飄香」，「大沙漠」，「畫眉鳥」，「借屍還魂」，「蝙蝠島」，加上現在這「桃花傳奇」就是六個。

只有六個，假如還有第七個，那也許是另外一個楚留香的故事，只不過據我所知，楚留香的確是獨一無二的。

也許有人很喜歡楚留香這名字，一定要用這名字寫故事。對這種事楚留香自己當然毫無辦法，我更沒有辦法，幸好很多人都能看得出，那些故事絕不像是真正楚留香做的事。

臺灣也有家雜誌在登載[47]楚留香的故事，但卻是從海外的報紙上轉載[48]來的，所以我不怪他，因為我相信這家雜誌並不知道這故事並不是真正楚留香的故事。

這段「注」，是其他連載和結集本不曾見到的，從中可以獲悉當年古龍創作時的一些資訊，非常有價值。

收藏推薦

通過比對，發現春秋本原汁原味，而漢麟本刪除大量文字，極大地損傷了作品原貌。鑒於《武藝》連載和春秋本均稀有，故推薦閱讀收藏「華新」本。簡體本大多承自漢麟本，目前僅發現雲南人民本承自春秋本（抑或武林本），但文本改動頗大，只能看個大概。

47 原文「載」誤作「戴」。
48 同上。

第十章　神秘老媼

夜更冷，水也更冷。

楚留香伏在地上，將頭埋入冰冷的流水裏。

他想使自己清醒些，他實在需要清醒些。

水流過他的臉，流過他的頭髮，他忽然想到胡鐵花說的一句話。

「酒唯一比水好的地方，就是酒永遠不會使人太清醒。」

胡鐵花說的話，永遠是這樣子的，好像很不通，又好像很有道理。

奇怪的是，他在這種時候，想到的既不是那個死去了的女孩子，也不是張潔潔，而是胡鐵花。

因爲他只有在胡鐵花面前，才能將自己所有的痛苦完全說出來。

因爲他的痛苦只有胡鐵花才能瞭解。

因爲胡鐵花是他的朋友。

「我爲什麼不去找他？」

楚留香抬起頭，忽然發現水中的月已看不見了。

清澈的流水上，不知何時已升起了一片淒迷如烟的薄霧。

水在流動，霧也在流動。

他忽然發現流動如烟的水中，不知何時已出現了一條黑色的人影。

第十章　神秘老媼　八九五

魔嫗魔咒

㈠

水在流動，月也在流動。

有水，所以水中有月。

沒有水也有月。

月根本不在水裡，月在天上。

雖然有時你會在水中看到它，有時會在樹梢看到它，但無論你是在什麼地方看到的，月還是在天上，永遠都在天上。

㈡

夜更冷，水也更冷。

楚留香伏在地上，將頭埋入冰冷的流水裡。

他想使自己清醒些，他實在需要清醒些。

水流過他的臉，流過他的頭髮，他忽然想到胡鐵花說的一句話。

「酒唯一比水好的地方，就是酒永遠不會使人太清醒。」

胡鐵花說的話，永遠是這樣子的，好像很不通，又好像很有道理。

奇怪的是，他在這種時候，想到的既不是那個死去了的女孩子，也不是張潔，而是胡鐵花。

因爲他只有在胡鐵花面前，才能將自己所有的痛苦完全說出來。

▲「華新」本（翻印自春秋本）和漢麟本（右）的一處文字對比，漢麟本有明顯刪節

邊城浪子（風雲第一刀）

已知首載

香港《武俠春秋》連載（一九七二年二月十六日至十一月廿四日，九十八至一三八期，名《風雲第一刀》）

作品簡介

古龍代表作之一。少年傅紅雪爲報父仇遠赴邊城，然而當他歷經苦難，面對一個個仇人時，卻迷惘了：爲什麼那麼多武林中極有身分的人，都孤注一擲要去殺他的父親白天羽？一直在他身邊保護他的少年高手葉開，又是什麼身分？

《風雲第一刀》秉承古龍關於仇恨和寬恕的理念，將人性的衝突寫到了極致，同時也將文字的美感和張力發揮到了極致，讓讀者不自覺地融入到漫天的黃沙、蕭殺的秋風、蒼涼的草原和洶湧的情感中去，感覺自己也是邊城中的一個普通生命，在旁觀著一切的恩怨情仇。

文本延續

原刊本：

香港《武俠春秋》連載↓香港武俠春秋本（一九七二年六至十二月，四冊，分楔子、四十五章，名《風雲第一刀》）↓港澳翻印本（中原，名《風雲第一刀》；武功；「桂冠」甲本，三冊；國際文化，名《風雲浪子第一刀》）⇩簡體甲本（農村讀物，一九八八年二月）

台灣南琪本（一九七三年十至一九七四年七月，廿六冊，分楔子、七十八章）

修訂本：

台灣漢麟本（一九七八年一月，二冊，分楔子、四十六章）↓台灣萬盛本↓港澳翻印本（「華新」，名《風雲第一刀》和《邊城浪子》；「桂冠」乙本，二冊；快澤／壽山）⇩簡體乙本（四川文藝，一九八八年二月，名《風雲第一刀》；花山文藝，一九九三年九月）

其他早期連載：

南越《遠東日報》（一九七二年十一月四日至一九七四年七月十五日，名《復仇刀》）

原貌探究

一、關於後記

武俠春秋本刊有後記，文中寫道：

風雲第一刀終於已結束。

近年來，我已很少寫這麼長的故事，太長的故事總難免蕪雜沉悶。

我這麼樣寫，是因為我一心希望能在這故事裡，寫出一點新的觀念來，一心希望這故事能有一個在新觀念中孕育成的主題。

仇恨和報復，雖然並不可恥，但也絕不值得尊敬。

仇恨雖然是種原始而古老的情感，但卻絕不是與生俱來的，愛和寬恕，才是人類的本性。

這就是我這故事的主題。

我不知道這故事是不是已能將它的主題表達明白，我只知道，假如每個人都能以「寬恕」代替「報復」，這世界無疑就會變得更美好些。

……

古龍　一九七二・九・二十

後記證實了《邊城浪子》原名《風雲第一刀》，完稿於《九月鷹飛》和《天涯・明月・刀》之前，可以說非常珍貴。而南琪本、漢麟本及大部分今傳本均缺失，導致讀者對此書產生許多誤解。

二、武俠春秋本和南琪本差異很大，具體表現在：

●兩本在第一章之前都有名爲「紅雪」的楔子。武俠春秋本有「第一部　邊城」字樣，但之後再無分部，推測是連載和結集時遺漏，研究者普遍認爲「第二部」應分在「第二次拔刀」（漢麟本「出鞘一刀」）處，也即故事空間轉移到「邊城之外」處。南琪本無分部字樣。

●武俠春秋本的標題長短不一，新派特色濃郁，概括準確生動，如「不帶刀的人」、「萬馬堂」、「第二次撥刀」、「陌生人的短棍」等；每章分（一）（二）（三）等小節，分章（節）大多處於情節或時空轉換之際，但也有少數例外，依然與連載性質有關。全書情節分隔符完整。

南琪本使用四五六字標題，雖長短不一，但新舊參雜，如「不帶刀的人」、「閣下那裡來」、「力挽狂瀾」、「刀光劍影」。全書小節號被悉數刪除，分章均未處於情節或時空轉換之際，割裂情節甚至對話。此外尚有不少併段，嚴重影響閱讀感受。

三、漢麟本修訂自南琪本，除延續南琪本的上述缺點外，更於多處大量刪除文字和情節分隔符，大幅併段，極大地破壞了原著面貌，其程度甚至超過了同樣被摧殘得面目全非的《桃花傳奇》。

●武俠春秋本多章開頭都有一小段話（劃線部分）：

（一）

「我不想走的，可是我不能不走。」

× × ×

凌晨。

窗紙剛剛被染成乳白色，遠處還有雞啼。

秋寒滿衾。

翠濃已醒了。

她醒得很早，可是她醒來的時候，已看不見她枕畔的人。

——鬼血

（一）

「那總是低着頭，跟在你身後的女孩子呢？」

× × ×

秋風蕭索，人更孤獨。

傅紅雪慢慢地走着，他知道後面已永遠不會再有人低着頭，跟着他了。

這本不算什麼，他本已習慣孤獨。

但現在也不知為了什麼，他心裡總覺得有些空空洞洞的，彷彿失落了什麼在身後。

——轉變

（一）

陌生人是絕不能信任的，因為他們[49]通常都是很危險的人。

這個人是個陌生人。

×　×　×

這裡的人從來沒有看見過他，也從來沒有看見過類似他這樣的人。

其實他並不怪。

他看來很英俊，很乾淨，本來應該是個到處受歡迎的人。

——陌生人

（一）

「人生豈非本就是一個大戲台，又有誰不是在演戲呢？」

問題只不過是看你想怎麼樣去演它而已！

你想演的是悲劇？還是喜劇？

×　×　×

你想獲得別人的采聲？還是想別人用爛柿子來砸你的臉？

49 原文「他們」誤作「他倒」。

這柿子不是爛的。

秋天本是柿子收穫的季節。

丁雲琳剝了個柿子，送到葉開面前，柔聲道：「柿子是清冷的，用柿子下酒不容易醉！」

葉開淡淡道：「你怎知我不想醉？」

——陌生人的短棍

這是一種嶄新的表現手法，古龍後期作品中常見，類似人物內心獨白和畫外音，或承上啓下，或感悟哲理，讀來讓人耳目一新，意味雋永。而漢麟本將這段話或歸到前一章，或乾脆刪除，閱讀感受和文學意境大為缺失。

●武俠春秋本的「第二次拔刀」章，開頭是這樣的：

（一）

每個人都想活下去。

每個人都應該有理由活下去。

（二）

秋。

秋色剛染紅這片楓林。

楓林在群山深處。

× × ×

三十四匹馬，二十六個人。

人在馬上歡呼，歡呼着馳入楓林。

馬是快馬，人更慓悍。

他們的臉上卻帶着風霜，有的甚至已受了傷，可是他們不在乎，因為這一次出獵的收穫很豐富[50]。

他們獵的是人，人的血汗。

別人的血汗。

他們的收穫就在馬背上，是四十個沉重的銀箱子。

對應漢麟本「出鞘一刀」章開頭：

秋。秋色染紅了楓林。楓林在群山深處。

三十四匹馬，二十六個人。人在馬上歡呼，歡呼着馳入楓林。馬是快馬，人更慓悍。

他們的臉上卻帶着風霜，有的甚至已受了傷，可是他們不在乎，因為這一次出獵的收穫很豐富。

他們獵的是人，別人的血汗。他們的收穫就在馬背上，是四十個沉重的銀箱子。

50 原文作「豐澈富」，「澈」疑為冗字。

比對可知，漢麟本的併段現象非常嚴重，而且通篇如此。漢麟本還刪除了部分文字、小節號和情節分隔符。

收藏推薦

武俠春秋本處處遵從作品原貌，而作爲南琪出版的第一部古龍作品，其粗製濫造程度比起之前的一些春秋本來，有過之而無不及。在南琪本基礎上「修訂」的漢麟本，刪除大量文字，大大損傷了作品原貌，導致閱讀感受天差地別，可視作古龍小說原貌考究中的典型案例。

武俠春秋本（包括翻印本）均爲值得收藏的珍本。簡體本中，推薦農村讀物版，此本簡化自武功本，真實地反映了作品原貌，排版美觀，印刷清晰，是難得的精品。唯參照武功本錄入時有少數漏頁，甚爲可惜。

釋疑解惑

問：《風雲第一刀》、《九月鷹飛》、《天涯・明月・刀》三部曲創作的先後順序？

答：順序爲：《風雲第一刀》（一九七二年），《九月鷹飛》（一九七三年），《天涯・明月・刀》（一九七四年）。少年傅紅雪和葉開的邊城故事在先，葉開、傅紅雪單飛後的故事在後。至今仍有一些讀者認爲古龍先寫中年傅紅雪（即《天涯・明月・刀》），回頭再寫少年傅紅雪復仇故事（即《風雲第一刀》），實則受了舊創作年表的誤導[51]（將《風雲第一刀》標注爲一九七六年出版）。

51　一九九四年左右，于志宏推出了一份古龍武俠小説的創作年表，流傳甚廣，但在發表年月、刊載情況、代筆情況等方面存在諸多訛誤。

問：《風雲第一刀》和《九月鷹飛》中的女主角到底名叫「丁靈琳」還是「丁雲琳」？

答：《風雲第一刀》一九七二年首載於《武俠春秋》時，女主角爲「丁雲琳」，結集本（武俠春秋）亦是。一九七二年至一九七四年在南越《遠東日報》連載時亦爲「丁雲琳」。一九七三年南琪出版時則爲「丁靈琳」。漢麟修訂後亦爲「丁靈琳」。

《九月鷹飛》一九七三年由《武俠世界》連載時，女主角爲「丁靈琳」，結集本（武林）亦是。一九七三年南琪出版時爲「丁靈琳」。漢麟修訂後亦爲「丁靈琳」。一九七四年至一九七五年在南越《遠東日報》連載時卻爲「丁雲琳」，但其標題和《武俠世界》連載基本一致，且於《風雲第一刀》連載結束後次日即開始連載，故可推測此處的「丁雲琳」是報紙編輯爲了與《風雲第一刀》相統一而作的改動。

綜上，《風雲第一刀》的原稿是「丁雲琳」，《九月鷹飛》的原稿應是「丁靈琳」。至於爲什麼改名，也許是古龍後來發現了「丁靈琳」更好，諧音比「丁雲琳」更像「叮鈴鈴」吧。

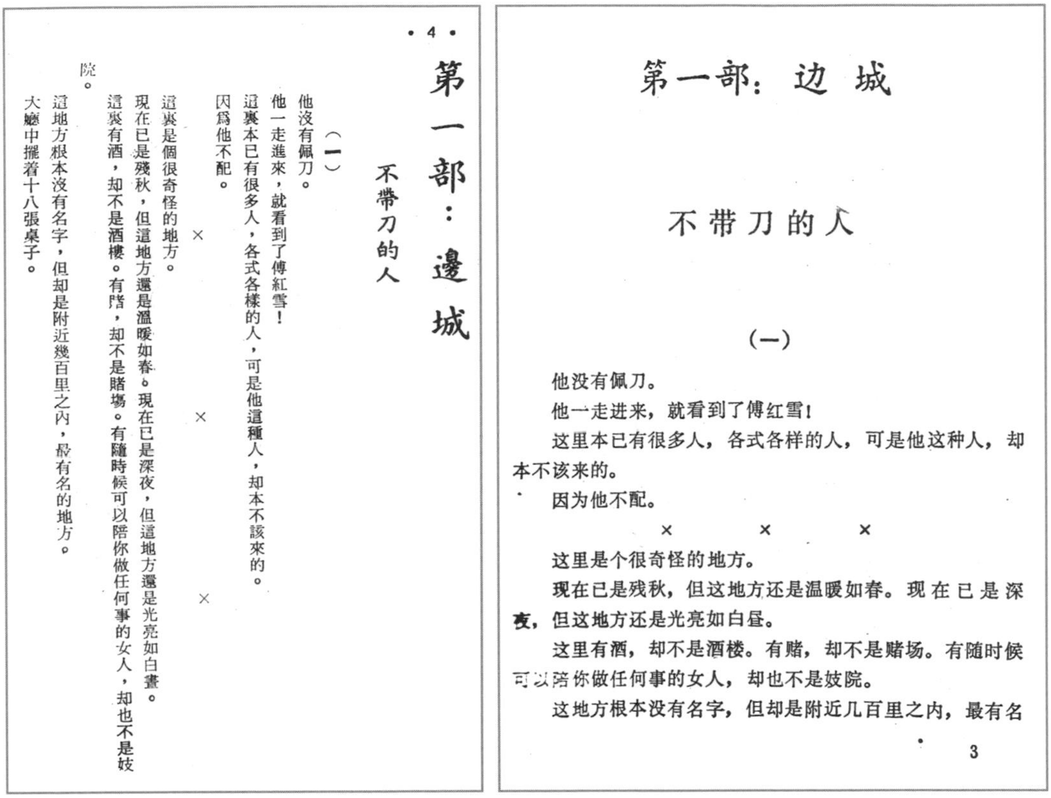

•4•

第一部：邊城

不帶刀的人

（一）

他沒有佩刀。

他一走進來，就看到了傅紅雪！

這裏本已有很多人，各式各樣的人，可是他這種人，却本不該來的。

因爲他不配。

× × ×

這裏是個很奇怪的地方。

現在已是殘秋，但這地方還是溫暖如春。現在已是深夜，但這地方還是光亮如白晝。

這裏有酒，却不是酒樓。有賭，却不是賭場。有隨時候可以陪你做任何事的女人，却也不是妓院。

這地方根本沒有名字，但却是附近幾百里之內，最有名的地方。

大廳中擺着十八張桌子。

第一部：边城

不带刀的人

（一）

他没有佩刀。

他一走进来，就看到了傅红雪！

这里本已有很多人，各式各样的人，可是他这种人，却本不该来的。

因为他不配。

× × ×

这里是个很奇怪的地方。

现在已是残秋，但这地方还是温暖如春。现在已是深夜，但这地方还是光亮如白昼。

这里有酒，却不是酒楼。有赌，却不是赌场。有随时候可以陪你做任何事的女人，却也不是妓院。

这地方根本没有名字，但却是附近几百里之内，最有名

3

▲武俠春秋本（左）與農村讀物本，文本一脈相承，原汁原味

七種武器系列（一—五）：長生劍、孔雀翎、碧玉刀、多情環、霸王槍

已知首載

《長生劍》：香港《當代武壇》連載（一九七二年六至十月，一至六期）

《孔雀翎》：香港《當代武壇》連載（一九七二年十一月至一九七三年四月，七至十三期）

《碧玉刀》：新加坡《南洋商報》連載（一九七三年一月三十日至六月五日，名《春滿江湖》）

《多情環》：新加坡《南洋商報》連載（一九七三年六月廿二日至九月二十日，名《邊城浪子》）

《霸王槍》：新加坡《南洋商報》連載（一九七四年一月一日至七月五日，名《青色山崗》）

作品簡介

古龍代表作之一，七種武器系列之一至之五。每部均以神秘組織「青龍會」爲背景。

《長生劍》：主人公白玉京，真正的武器：笑。

《孔雀翎》：主人公高立，真正的武器：自信。

《碧玉刀》：主人公段玉，真正的武器：誠實。

《多情環》：主人公蕭少英，真正的武器：仇恨。

《霸王槍》：主人公丁喜，真正的武器：勇氣。

通過一個個精彩絕倫而又相對獨立的故事，寫出了武器之外人性與精神的力量。

文本延續

原刊本：

香港《當代武壇》連載（《長生劍》，一九七二年六至十月，一至六期；《孔雀翎》，一九七二年十一月至一九七三年四月，七至十三期；《碧玉刀》，一九七三年五至十一月，十四至廿四期；《多情環》，一九七三年十二月至一九七四年七月，廿五至卅六期；《霸王槍》，一九七四年七月至一九七五年十一月，卅七至五十七期）↓香港武俠春秋本（《長生劍》，一九七三年三月，一冊，七章；《孔雀翎》，一九七三年四月，一冊，六章；《碧玉刀》，一九七三年八月，一冊，三章；《多情環》，一九七三年八月，一冊，九章；《霸王槍》，一九七五年四月，一冊，十四章）↓港澳翻印本（「華新」，與《拳頭》、《離別鈎》合刊）；中原／春秋[52]⇩簡體甲本（華文，一九八八年三月；中國華僑，一九九三年十二月。均與《拳頭》、《離別鈎》合刊）

台灣南琪本（一九七四年二至十月，共二十冊、六十章，總書名《武林七靈》，合刊《長生劍》、《孔雀翎》、《七殺手》、《碧玉刀》。《長生劍》，一至四冊、一至十二章；《孔

52 其中《多情環》更名《雙環門》，除《中原四鏢局》（《霸王槍》）翻印自武林本外，其餘均翻印自武俠春秋本。

雀翎》，四至九冊、十二至廿五章；《碧玉刀》，十五至二十冊、四十三至六十章）＋台灣南琪本（一九七四年十月至一九七五年三月，共四十八冊、一四四章，總書名《多情環》，合刊《多情環》、《霸王槍》、《血鸚鵡》、《吸血蛾》。《多情環》，一至六冊、一至十六章；《霸王槍》，六至十五冊、十六至四十三章）↓港澳翻印本（武藝，名《七大神劍》，即《武林七靈》）

修訂本：

台灣漢麟本（《長生劍》，一九七八年九月，一冊、八章；《孔雀翎》，一九七八年九月，一冊、六章；《碧玉刀》，一九七八年九月，一冊、六章；《多情環》，一九七八年八月，一冊、十章；《霸王槍》，一九七八年八月，一冊、十四章）↓台灣萬盛本↓港澳翻印本（武功；快澤／壽山）⇩簡體乙本（瀋陽本，一九九五年四月，與《拳頭》、《離別鈎》合刊）

其他早期連載：

香港《武俠世界》（《霸王槍》，約一九七五年三至四月，八一三至八一五期）

南越《遠東日報》（《龍蛇會》即《霸王槍》，一九七五年三月七日至三月十三日，未刊完）

原貌探究

一、武俠春秋本和南琪本差異如下：

● 武俠春秋本每章分（一）（二）（三）等小節，分章（節）均處於情節或時空轉換之際，情節分隔符完整。但遺憾的是，由於錄入和校對疏忽，五部單行本存在遠遠多過其他作品的錯字、漏字、漏句，《長生劍》、《碧玉刀》、《多情環》三部還遺漏了幾處分章，如

《碧玉刀》首章「江湖少年春衫薄」共五個小節，但小節（五）完畢後竟又接小節（一）（二）（三）（四），然後再接「血酒」章，可見中間有章遺漏。因筆者手頭的《當代武壇》連載資料不全，無法判斷是原稿如此還是連載疏忽導致。

●南琪本《武林七靈》和《多情環》隨意結合各部作品（有些是毫無關聯的作品），並僅冠以一個總書名。通篇採用編輯自擬的四字舊式標題，如《武林七靈》前五章為「人外有人」、「失而復得」、「是福是禍」、「最長之夜」、「無疤和尚」，老套乏味。全書小節號被悉數刪除，分章均未處於情節或時空轉換之際，割裂情節甚至對話，嚴重影響閱讀

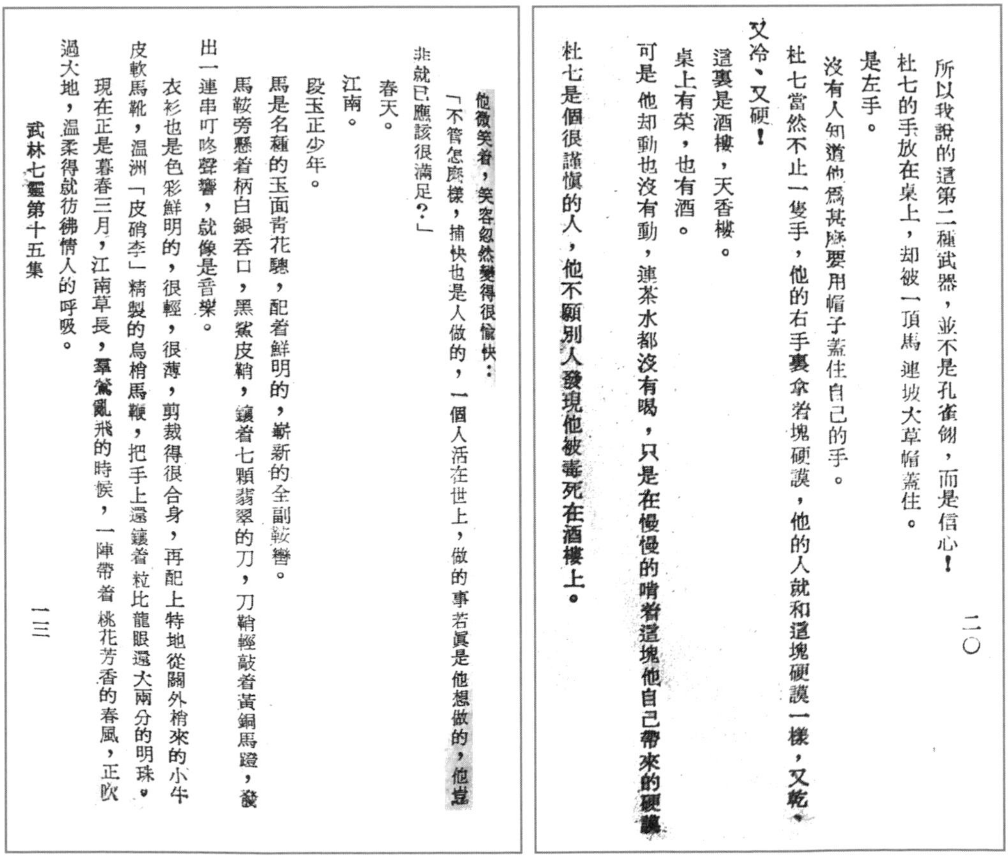

所以我說的這第二種武器，並不是孔雀翎，而是信心！

杜七的手放在桌上，却被一頂馬連坡大草帽蓋住。

是左手。

沒有人知道他為甚麼要用帽子蓋住自己的手。

杜七當然不止一隻手，他的右手裏拿着塊硬饃，他的人就和這塊硬饃一樣，又乾、又冷、又硬！

這裏是酒樓，天香樓。

桌上有菜，也有酒。

可是他却動也沒有動，連茶水都沒有喝，只是在慢慢的啃着這塊他自己帶來的硬饃。

杜七是個很謹慎的人，他不願別人發現他被毒死在酒樓上。

二〇

他微笑着，笑容忽然變得很愉快：

「不管怎麼樣，捕快也是人做的，一個人活在世上，做的事若真是他想做的，他豈非就已應該很滿足？」

春天。

江南。

段玉正少年。

馬是名種的玉面青花驄，配着鮮明的，嶄新的全副鞍轡。

馬鞍旁懸着柄白銀吞口，黑鯊皮鞘，鑲着七顆翡翠的刀，刀鞘輕敲着黃銅馬蹬，發出一連串叮咚聲響，就像是音樂。

衣衫也是色彩鮮明的，很輕，很薄，剪裁得很合身，再配上特地從關外梢來的小牛皮軟馬靴，溫洲「皮硝李」精製的烏梢馬鞭，把手上還鑲着粒比龍眼還大兩分的明珠。

現在正是暮春三月，江南草長，羣鶯亂飛的時候，一陣帶着桃花芳香的春風，正吹過大地，溫柔得就彷彿情人的呼吸。

武林七靈第十五集

一三

▲南琪本《武林七靈》中，《孔雀翎》、《七殺手》、《碧玉刀》首尾相接，連起碼的書名或說明文字都沒有

感受。更離譜的是，合刊的這五部書，都是開頭緊接上一部書的結尾（共用一章），甚至連起碼的書名或說明文字都沒有。南琪本素質之低劣，可見一斑。

雖然南琪本存世量稀少，但「物以稀爲貴」的理論，是無法脫離其文本價值而獨立存在的。

二、漢麟本在武俠春秋本基礎上修訂時，將遺漏的標題補上。如《碧玉刀》中，在「江湖少年春衫薄」和「血酒」之間補上「顧道人」，在「月夜釣青龍」後補「天公作美」和「誠實」，雖然這些標題並非古龍自擬，但至少可以看出漢麟注意到了武俠春秋本的這一問題。遺憾的是，每章結束處依然多見併段。

漢麟本將《孔雀翎》和《碧玉刀》的順序倒置，即將《孔雀翎》標作「七種武器」之三，而其結尾依然爲「所以我說的這第二種武器，並不是孔雀翎，而是信心！」造就了個不大不小的烏龍。

三、不少讀者反映《多情環》和《霸王槍》的結尾倉促突兀，莫名其妙，一些出版社甚至自行對兩書的結尾作了修改。經調閱《碧玉刀》、《多情環》、《霸王槍》這三部在《南洋商報》的首載，發現文字頗有不同。

●《多情環》的結尾文字爲（劃線部分台港原刊本無）：

桌子翻倒，燈也翻倒，倒在烈酒上，烈火忽然間就已將他們的人吞沒。

他們的恩怨、仇恨、愛情和秘密，就這麼樣全都埋葬在火焰裡。

等到火焰熄滅時，天已亮了……

×　×　×

這才是我們這故事的結局，這故事給我們真正的教訓是：

仇恨雖然是種很可怕的武器，可是它不但能毀滅別人，也同樣能毀滅你自己。

所以你若懂得這道理，就應該學會用寬恕來代替報復，用愛來代替仇恨。

《霸王槍》的結尾文字爲（劃線部分台港原刊本無）：

丁喜在前面走，王大小姐在後面跟着。

他們已走了很久，已走了很遠，誰也不知道他要走到那裡去？誰也不知道她要跟到幾時？

丁喜終於忍不住回頭：「你為什麼一直跟着我？」

王大小姐的回答很簡單：「因為我高興。」

▲南洋商報《邊城浪子》（即《多情環》）最後一期連載，比今傳本多出一段文字

夕陽艷麗，遠山如畫。

丁喜又開始往前走，卻已走得慢多了，因為他知道自己反正已逃不了的。

因為她有信心，也有勇氣。

因為她有愛。

很明顯，《南洋商報》的這兩處結尾要完整和合理得多，應爲古龍親筆，至於爲何台港原刊本會有上述文字的缺失，尚待考證。

●《南洋商報》連載解決了武俠春秋本中的一些訛誤和脫漏，如武俠春秋本《多情環》中有如下對話：

葛新道：「所以你自己不願出手。」

蕭少英並沒有否認。

蕭少英道：「現在你已準備殺人？」

細心的讀者肯定會感覺這裡明顯不對，似乎少了一句葛新的話，少了什麼話不得而知。而在《南洋商報》連載中，這段文字是這樣的：

葛新道：「所以你自己不願出手。」

蕭少英並沒有否認。

葛新又倒了杯酒，一飲而盡，忽然笑了笑，道：「我殺人前，通常都是要喝點酒的！」

蕭少英道：「現在你已準備殺人？」

顯然，問題迎刃而解。

雖有研究價值，但《南洋商報》連載也存在著很多缺陷。一是沒有「七種武器」的提法，也沒有結集本「所以我說的第×種武器，並不是×××，而是××」這樣總結性的結尾。二是存在標題改動、小節號遺漏錯標、情節分隔符刪除等問題。三是最嚴重的，《多情環》從第四章「盤問」一下子就跳到了第七章「暗殺」，中間有兩章多的內容被縮寫成了兩三百字的「故事梗概」。所以，只有以武俠春秋本爲底本，再輔以《南洋商報》連載進行參校，才能將這三種武器的文本最大可能地復原。

收藏推薦

各本均有優缺點。武俠春秋本大致保持作品原貌，但校對疏忽導致訛誤不少。南琪本胡亂合刊，章節粗糙，整體素質低劣，但在文字上，可以與《南洋商報》連載同時作爲武俠春秋本的參校。漢麟本以武俠春秋本爲底本修訂，但併段問題依然存在。簡體本中，可選承自武俠春秋本的華文本、中國華僑本和承自漢麟本的瀋陽本。其中華文出版社在漏章處用遞增小節的方法解決。

釋疑解惑

問：七種武器系列，古龍究竟完成了哪幾部？

答：目前公認的有六部，即：《長生劍》、《孔雀翎》、《碧玉刀》、《多情環》、《霸王槍》、《離別鈎》，前五部於一九七二年至一九七五年陸續完成和發表，風格統一；

一九七八年創作的《離別鈎》，雖然風格變化較大，但依然有青龍會的背景設定，且武器「離別鈎」寓意深刻，故一般亦將其納入七種武器系列。

問：《拳頭》、《七殺手》算不算七種武器系列？為什麼？

答：不算。

一九七五年一月，《拳頭》於《武俠春秋》二二九期首次連載時，下注「又名狼山」，並未注明和「七種武器」有任何關係。一九七三年，《七殺手》於《武俠春秋》首次連載，同年出結集本，亦未注明和「七種武器」有任何關係。

《長生劍》等六部有兩個非常關鍵的共同點：以青龍會爲背景設定；武器蘊含哲理、反映人性。《拳頭》和《七殺手》並不具備這兩個共同點。

所以，雖然《拳頭》和《七殺手》在《武俠春秋》重載時（一九七八年至一九七九年）分別列爲「七種武器之六」和「七種武器之七」，卻只不過是雜誌社硬湊罷了。

一九九七年和二〇〇八年，台灣風雲時代出版新編全集和精品集時，兩度修改《七殺手》結尾[53]，將青龍會「帶入」，將其列爲「七種武器之七」，恰恰也反證了《七殺手》原作的獨立性。

---

53 陳曉林〈對風雲時代版《古龍全集》的一些回答〉（一九九八年四月九日）：至於《七殺手》，是我作主將之列為「七種武器」之末，我並略為改寫了《七殺手》的結尾，將青龍會「帶入」。這是因為要給「七種武器」補起缺了一本的遺憾，而且《七殺手》本來無法歸類，我想，古龍既授權我修訂，應會同意我作的小小「挪移」。

陸小鳳系列（一—六）：陸小鳳、鳳凰東南飛、決戰前後、銀鉤賭坊、幽靈山莊、隱形的人

已知首載

香港《明報》連載：
《陸小鳳》一九七二年九月廿一日至一九七三年二月十五日；
《鳳凰東南飛》一九七三年二月十六日至六月六日；
《決戰前後》一九七三年六月七日至十月十日；
《銀鉤賭坊》一九七三年十月十三日至一九七四年三月廿八日；
《幽靈山莊》一九七四年三月廿九日至九月九日；
《隱形的人》一九七四年九月十日至一九七五年二月四日

作品簡介

古龍代表作之一，陸小鳳系列之一至之六。
《陸小鳳》：陸小鳳受西域的丹鳳公主委託，爲金鵬王朝追尋被叛臣侵吞的寶藏，並大

破「青衣樓」組織。

《鳳凰東南飛》：陸小鳳應六扇門邀請，偵破蒙面繡花大盜劫案，但陸小鳳的每一步似乎都在對方的算計之中……

《決戰前後》：劍神西門吹雪與白雲城主葉孤城相約在「月圓之夜，紫禁之巔」進行決戰，被陸小鳳查出決戰背後的驚天陰謀。

《銀鈎賭坊》：西方魔教教主之子玉天寶被殺，銀鈎賭坊主人藍鬍子栽贓陸小鳳。爲自證清白，陸小鳳不得不遠赴寒冷的松花江。

《幽靈山莊》：爲躲避西門吹雪的追殺，陸小鳳被迫逃入與世隔絕的幽靈山莊，發現其中隱藏著一個蓄謀已久的秘密。

《隱形的人》：一百零三個精明幹練的武林好手，三千五百萬兩的金珠珍寶，竟在一夜之間全都神秘失踪，陸小鳳能否偵破此案？此部古龍未寫完，後交由好友薛興國代筆續完，更名《鳳舞九天》。該部春秋本第十五章「仗義救人」中，自「一張由四十九個人，三十七柄刀織成的網」開始，由薛興國代筆（詳見本書下篇〈隱形的人，隱形的文——《鳳舞九天》〉一文）。

陸小鳳是繼楚留香之後又一個經典的遊俠形象，在此系列中，古龍將偵探推理武俠寫到了極致。由於是連續創作，各部水準相當，風格統一。

文本延續

原刊本：

台灣南琪本（一九七三年五月至一九七五年六月，共卅九冊、一一七章，總書名《大遊俠》。《陸小鳳》，一至十二冊、一至卅四章；《鳳凰東南飛》，十二至二十冊、卅四至六十章；《決戰前後》，二十至廿九冊、六十至八十四章；《銀鈎賭坊》，三十至卅五冊、八十五至一〇五章；《幽靈山莊》，卅五至卅九冊、一〇五至一一七章，未刊完）

香港武俠春秋本（《陸小鳳》，一九七三年六月，一冊，楔子、十二章；《鳳凰東南飛》，一九七三年十月，一冊、十一章；《決戰前後》，一九七三年十月，一冊、十章，未刊完；《銀鈎賭坊》，一九七四年十一月，一冊、五章；《冰國奇譚》，一九七四年十二月，一冊、六章；《幽靈山莊》，一九七五年一月，一冊、七章；《武當之戰》，一九七五年二月，一冊、十章；《隱形的人》，一九七五年二月，一冊、六章；《女王蜂》，一九七五年二月，一冊、十章）↓港澳翻印本（「華新」，章節等有改動；中原／精武／春秋，書名有改動）[54]⇩簡體甲本（華文，一九八八年二月；甘肅人民，一九八八年五月；花城，一九九一年十一月。均有較大改動）

修訂本：

香港武林本（《陸小鳳》，一九七七年夏季，一冊，楔子、十二章；《鳳凰東南飛》，一九七七年夏季，一冊、十一章；《決戰前後》，一九七七年夏季，一冊、十三章；《銀鈎賭坊》，一九七七年秋季，一冊、十一章；《幽靈山莊》，一九七七年秋季，一冊、十八章；《隱形的人》，一九七七年秋季，一冊、十八章）

台灣春秋本（《陸小鳳傳奇》，一九七八年十二月，一冊，前言、十二章；《繡花大盜》，一九七九年二月，一冊、十一章；《決戰前後》，一九七九年三月，一冊、十三章；《銀鈎賭坊》，一九七九年三月，一冊、十一章；《幽靈山莊》，一九七九年五月，一冊、

54 中原／精武／春秋本的分冊名為：《陸小鳳》、《鳳凰東南飛》／《鎮遠鏢局》、《兩雄相遇》、《江湖浪子》、《冰國神童》、《幽靈山莊》、《血染武當山》、《大力神鷹》，未見翻印《隱形的人》。

十八章；《鳳舞九天》，一九七九年七月，一冊、廿二章）↓台灣皇鼎本↓港澳翻印本（「桂冠」；快澤／壽山；「四維」）⇩簡體乙本（讀客，二〇一三年五月，分章稍有改動）

其他早期連載：

香港《武俠與歷史》（一九七二年十二月至一九七五年二月，六二一期至七三三期，後不詳）↓港澳翻印本（武功、「南琪」，有漏印）⇩簡體丙本（簡體「香港武功」本，名《情聲動武林》，署名金庸）

泰國《世界日報》、《世界晚報》（前五部，一九七二年九月三十日至一九七四年十一月五日，其中《幽靈山莊》未刊完）

南越《遠東日報》（《金剛劫》即《幽靈山莊》，一九七四年七月八日至一九七五年三月十三日，未刊完）

台灣《武藝》（《銀鈎賭坊》、《幽靈山莊》，一九七四年七月五日至一九七五年十月十五日，八六至一二七期，版式同《武俠與歷史》連載）

原貌探究

因此書文本面貌過於複雜，特將《明報》連載、《武俠與歷史》連載和流傳較廣的武功、「華新」翻印本納入比對，並將各本單列分述。

●《明報》連載：最早，但非最好

一九七二年，古龍應金庸之邀，爲香港《明報》撰寫武俠連載，「陸小鳳」因此橫空出世。連載長達約兩年半，共連載《陸小鳳》、《鳳凰東南飛》、《決戰前後》、《銀鈎賭坊》、《幽靈山莊》、《隱形的人》六部，其中《隱形的人》未寫完，明報的終了之處爲：「地窖裡沒有風，門外已沒有活人。」

由於連載期數較多，每期開頭必放置一標題，故標題總數龐大，絕大部分應爲編輯所擬。每期配一幅雲君所繪插圖，非常精美。

雖爲最早本，亦有大量插圖，但文本並非盡美，最令人遺憾的是，連載沒有保留原稿中的（一）（二）（三）等小節號，情節分隔符以空一行代之，且不完整。

●《武俠與歷史》連載：略勝《明報》

《武俠與歷史》連載時間稍晚於《明報》，亦爲六部[55]，各部書名同《明報》連載，其中《隱形的人》已知連載到七三三期，「地窖的門果然又關了起來，二公主居然還在裡面上了栓」，七三六期便無連載，可知結束於七三三至七三五期其中的一期。

連載每期標題大多採用對仗式，如「人性何殘　小樓隱怪傑」、「求死不得　原是斷腸人」、「第一富人　木屋非等閒」等，每期連載篇幅要遠大於《明報》，每期亦配插圖。

雖由編輯自擬標題，亦無（一）（二）（三）等小節號，但情節分隔符基本完整，併段也較少，總體略勝《明報》。

●武功本：佚文完整，優缺點明顯

武功本封面統一書名爲《陸小鳳》，早期出六冊，後補出第七冊和第八冊（書背顏色不同於前六冊），其中第七冊翻印自春秋本《鳳舞九天》「重回島上」之後的篇章（屬薛興國續筆），第八冊則翻印自萬盛本「劍神一笑」。此處重點討論前六冊。

前六冊每冊一部，內頁有各部書名，正文翻印自《武俠與歷史》連載，排版爲連載時的分欄，標題、情節分隔符亦同。第一部和第六部中加入了少許雲君插圖，可見翻印時曾參

---

55 武功本前六冊共出過三版，其中以第三版文本最全，此處專指第三版。

考過《明報》連載。

武功本最爲珍貴之處，是第六部《隱形的人》中，保留了一段長達四十餘頁（一萬三千餘字）的古龍親筆佚文，因薛興國代筆之故，這段佚文並未收錄在春秋本《鳳舞九天》中。開始之處爲：「一張由四十九個人，三十七柄刀織成的網。」，終了之處爲：「司空摘星道：『這些刺客的行踪，是不是很秘密？』」從版式看，一部分佚文（兩欄）翻自《武俠與歷史》，另一部分（不分欄）則翻自武俠春秋本。

關於此段佚文的挖掘和研究，筆者在下篇〈隱形的人，隱形的文——《鳳舞九天》〉一文中亦有詳述。

可惜的是，武功本有多處脫漏大段文字，這些文字在《武俠與歷史》中並無缺少，計有：第一冊，頁九、頁廿六文字被廣告覆蓋；第三冊，頁一六五與頁一六六之間缺少大段文字；第四冊，頁九十文字被廣告覆蓋，頁一二三與頁一二四之間、頁一六八與頁一六九之間均缺少大段文字。

筆者推測，此種情況應爲翻印時找不到《武俠與歷史》某期以及插入廣告頁所致。這些文字的缺少，給武功版的價值打了一個很大的折扣。

●南琪本：殘五缺六，乏善可陳

南琪本冠以總書名《大遊俠》，各部書名不全，其中第五部《幽靈山莊》還未刊完，未含第六部《隱形的人》。

南琪本開篇部分雖也使用新式標題，但不同於武俠春秋本，有些太過隨意，如「保證不讓老闆娘做寡婦」、「居然還是不聞不問」、「天生看來就像會說謊」等等，之後大部分標題採用一貫的四字舊式。此外，章節劃分依舊隨心所欲、混亂無比，並未遵從原稿。

●武俠春秋本：佚文完整，嚴重併段和脫漏

此書並未在《武俠春秋》雜誌連載，而是直接出結集本，共九冊，其中後三部被拆分，《銀鉤賭坊》分出《冰國奇譚》，《幽靈山莊》分出《武當之戰》，《隱形的人》分出《女王蜂》。

武俠春秋本將第一部開篇的人物介紹單獨列出，類似「楔子」，各部照例使用古龍原稿的新式標題，如第一部《陸小鳳》前五章爲「有四條眉毛的人」、「丹鳳公主」、「大金鵬王」、「盛宴」、「悲歌」。每章分（一）（二）（三）等小節，分章（節）均處於情節或時空轉換之際，各部情節分隔符完整。

武俠春秋本亦保留了完整的古龍親筆佚文，《女王蜂》終了之處爲：「司空摘星道：『這些刺客的

·151·

武官們冷眼看著他。

他在笑，客客氣氣的拱著手笑道：「各位勞師動衆，遠道而來，爲的就是來抓這兩個人的？」

沒有人回答，沒有反應。

陸小鳳道：「他們犯了什麼罪？」

還是沒有人回答，沒有反應。

陸小鳳忽然覺得自己的胃在收縮，就像狂醉後的第二天早上又被人在胃上踢了一脚。

倒在血泊中的人忽然已站起來，掛在窗台上的死魚忽然又變得生龍活虎。

鷹眼老七和老狐狸脖子上的刀已逼住了他的胸膛和咽喉。

他忽然發現自己已落入了一張網裏。

一張由四十九個人，三十七柄刀織成的網。

老狐狸在看著他苦笑，道：「他們勞師動衆，遠道而來，只不過是爲了來抓一個人的。」

陸小鳳道：「誰？」

老狐狸道：「你。」

（三）

陸小鳳現在總算知道自己究竟是什麼了。

——我是隻自投羅網的呆鳥。

·192·

用兵貴在神速。

這一次他們行動之迅速，計劃之周密，幾乎已打破了鏢局史上所有的記錄。

可是這趟鏢還是被劫了。

陸小鳳道：「難道劫鏢的人在事先就已知道這趟鏢的秘密？所以早就準備好那批佛像和木魚，難道他不但能隱形，還能先知？」

這問題沒有人能答覆。

陸小鳳凝視著小王爺，道：「眞正要殺你的人，也許並不是這些刺客，而是劫鏢的主謀！」

小王爺道：「哦？」

陸小鳳道：「因爲你很可能有了線索，很可能已經發現了他的秘密！」

小王爺又閉上了嘴。

現在他臉上的表情不但奇怪，而且顯得很痛苦。

陸小鳳盯著他，眼睛裏也露出種奇怪的表情，彷彿已從他的神色間，看出件可怕的事。

司空摘星道：「這裏面還有一點可疑！」

陸小鳳道：「你說！」

司空摘星道：「這些刺客的行踪，是不是很秘密？」

（完）

▲武俠春秋本《女王蜂》，佚文的起止處

行踪，是不是很秘密？』」

令人遺憾的是，一向貴在保持古龍作品原貌的武俠春秋本，在陸小鳳系列這樣的超一流名著中，卻意外地「發揮失常」，嚴重併段和脫漏。以《決戰前後》爲例。

例一：

秋。西山的楓葉已紅，大街的玉露已白。秋已漸深了。

九月十三。凌晨。李燕北從他三十個公館中的第十二個公館裡走出來，沿著晨霧瀰漫的街道大步前行，昨夜的一罎竹葉青和半個時辰的愛嬉，並沒有使得他看來有絲毫疲倦之色。

——武俠春秋本

× × ×

秋。

西山的楓葉已紅，天街的玉露已白。

秋已漸深了。

× × ×

九月十三，凌晨。

李燕北從他三十個公館中的第十二個公館裡走出來，沿着晨霧瀰漫的街道大步前行，昨夜的一罎竹葉青和半個時辰的愛嬉，並沒有使得他看來有絲毫疲倦之色。

——《武俠與歷史》連載、武功本

失。

比對可見，古龍原稿長短句交錯，讀來從容不迫，意境十足。而併段後，節奏感全武俠春秋本還存在不少脫漏，尤以《決戰前後》爲甚（劃線部分爲脫漏文字）。

例二：

陸小鳳臉色變了，失聲道：「快救歐陽……」

四個字沒說完，他的人已穿窗而出，再一閃已遠在十丈外！

× × ×

吹竹聲是從西南方傳來的，並不太遠。

從這座宅院的西牆掠出去，再穿過條窄巷，就是個看來已荒廢了很久的庭園。

園中荒草沒徑，往昔繁華如錦的亭台樓閣，如今也早已成了狐鼠之穴。

像這麼樣的地方，豈非本就時常發生些怪事？

例三：

陸小鳳嘆了口氣，道：「難道你一定要去找葉孤城？你找到他也未必能報得了仇。」

唐天縱已站起來，瞪着他，一句話也不說，一個字也不說。

陸小鳳只有從腰上解下條緞帶遞過去，他說出來的話，從來也沒有不算數的。

唐天縱接過緞帶，回頭就走，既沒有再看陸小鳳一眼，也沒有回頭。

陸小鳳卻還在看着他，看着他走過這條街。

> 看到這種年青人，陸小鳳才深深瞭解到仇恨的可怕，直到現在才瞭解。
> 因為他從來也沒有真的恨過一個人，他的心裡通常都只有愛，沒有仇恨。

更爲離奇的是，武俠春秋本《決戰前後》到第十章「月圓之夜」便戛然而止，最後的文字停留在「門外月明如水」，餘下近二萬字竟不見影踪。究竟爲何，尚待考證。

●「華新」本：改頭換面

華新本分六冊本與七冊本兩種。六冊本出版較早，均翻印自武俠春秋本，第六冊（共二八二頁）含古龍佚文。七冊本出版較晚，第六冊（共二三六頁）不含古龍佚文，與第七冊（翻自春秋本，從「仗義救人」開始）合在一起是《鳳舞九天》的全部內容。研究時以早期六冊本爲準。

「華新」本將武俠春秋本的九冊合併爲六冊（部），封面統一書名爲《陸小鳳》，內頁無各部書名。「華新」曾屢次翻印武俠春秋本，但這次的翻印卻有很多特別之處，歸納如下：

1 標題全改。但各章起止處基本相同，能一一對應。如第二部：

數十件大案、拜訪薛神針、爾虞我詐、一對紅鞋子、履險求證、詭計脫身、鍥而不捨、醉後比劍、功敗垂成、大盜伏誅、尾聲

對應武俠春秋本第二部：

繡花的男人、不繡花的女人、偷王的賭約、女盜人、繡花大盜、要命的約會、小樓鳳劫、千奇百變、田路、破案、尾聲

筆者發現，「華新」之各部標題皆是從武功本標題中抽離而來，如武功本第二冊標題

（劃線部分爲「華新」本標題）：

繡花男人　數十件大案、激將成功　拜訪薛神針、有女同行　酒店怪伙計、爾虞我詐　不是好東西、各逞心機　被人咬耳朵、辛酸往事　一對紅鞋子、履險求證　王府充衛士、惺惺相惜　酒窖的秘密、紅鞋出現　狡計脫追踪、詭計脫身　見衣不見人、鍥而不捨　饑餓最難耐、忍饑挨餓　醉後又比劍、比武獲勝　陰謀敗垂成、天網恢恢　真大盜伏誅

2　篡改小節。武俠春秋本各章是分（一）（二）（三）等小節的，但「華新」本翻印時將各章開頭的（一）全部隱去，後面的小節號也是時有時無。

3　增列減頁。「華新」本每頁文字比武俠春秋本多出幾列，致使各部總頁數要少於後者。

最漂亮的老闆娘

黃昏，黃昏後。這正是龍翔客棧最熱鬧的時候，樓下的飯廳裡每張桌上都有客人，跑堂的伙計小北京忙得滿頭大汗，連嗓子都有點啞了。

樓上是四六二十四間客房，也已全都客滿。

客人們大多數都是佩刀掛劍的江湖好漢，誰也不懂這平時很冷落的地方，怎麼會突然變得熱鬧了起來。

突然間，蹄聲急響，兩匹快馬竟從大門外直闖了進來。

健馬驚嘶，滿堂騷動，馬上的兩條青衣大漢却還是紋風不動的坐在雕鞍上。

一匹馬的雕鞍旁掛着一付銀光閃閃的雙鈎，馬上人紫紅的臉，滿臉大鬍子，眼睛就好像他的銀鈎一樣，鋒銳而有光。

他目光四面一閃，就盯在小北京臉上，沉聲道：「人呢？」

小北京道：「還在樓上天字號房。」

紫面虬髯的大漢又問：「九姑娘在那裡？」

小北京道：「也還在樓上纏着他。」

紫面大漢不再說話，雙腿一夾，繮繩一緊，這匹馬就突又箭一般竄上樓去。

另一匹馬上的人動作也不慢。這人左耳缺了半邊，臉上一條刀疤從左耳角直劃到右嘴角，使得他鐵青的臉看來更猙獰可怖。

有四條眉毛的人

（一）

黃昏，黃昏後。這正是龍翔客棧最熱鬧的時候，樓下的飯廳裡每張桌上都有客人，跑堂的伙計小北京忙得滿頭大汗，連嗓子都有點啞了。

樓上是四六二十四間客房，也已全都客滿。

客人們大多數都是佩刀掛劍的江湖好漢，誰也不懂這平時很冷落的地方，怎麼會突然變得熱鬧了起來。

突然間，蹄聲急響，兩匹快馬竟從大門外直闖了進來。

健馬驚嘶，滿堂騷動，馬上的兩條青衣大漢却還是紋風不動的坐在雕鞍上。

一匹馬的雕鞍旁掛着一付銀光閃閃的雙鈎，馬上人紫紅的臉，滿臉大鬍子，眼睛就好像他的銀鈎一樣，鋒銳而有光。

他目光四面一閃，就盯在小北京臉上，沉聲道：「人呢？」

小北京道：「還在樓上天字號房。」

紫面虬髯的大漢又問：「九姑娘在那裡？」

小北京道：「也還在樓上纏着他。」

紫面大漢不再說話，雙腿一夾，繮繩一緊，這匹馬就突又箭一般竄上樓去。

▲左圖為武俠春秋本，右圖為翻印時改頭換面的「華新」本，該翻印本流傳甚廣，曾被大陸很多不明所以的出版社當作底本

字。

4 《隱形的人》終了之處爲：「小王爺道：『如果情況沒有變化，我還是可以對付她，她若敢對我下手，我隨時都可以將她置之於死地。』」比武俠春秋本和武功本少了近三千字。

5 「華新」本唯一強於武俠春秋本的地方，是補上了後者《決戰前後》中缺少的二萬字，至於這二萬字翻印自何種版本，尚待考證。從這一點來看，「華新」翻印時還是很「負責任」的。

綜上，我們不難看出，「華新」本在翻印時非常謹慎，試圖通過改頭換面來避免可能發生的法律糾紛，此舉讓後世的版本研究者在追尋此本來源時，大爲頭疼了一陣。誰能想到，翻印也能如此辛苦！

●武林本：更為嚴重的併段

從文本格局來看，武林本應屬於武俠春秋的修訂本，將後者的九冊合併爲六冊（部），封面統一書名爲《陸小鳳》，內頁有各部書名但不全，《決戰前後》內容完整。武林本進一步將段落合併，造成大堆文字擠壓。而《隱形的人》只刊到「一張由四十九個人，三十七柄刀織成的網」之後數百字，至「兩個人的眼色裡多多少少都帶著點羞愧之色，出賣朋友畢竟不是件光榮的事」終了，僅存極少量古龍佚文。

●春秋本：薛興國續筆

春秋本共六冊（部），前五部以武林本爲底本修訂（可能也同時參考了武俠春秋本），其中《鳳凰東南飛》更名爲《繡花大盜》。第六部《隱形的人》由薛興國續寫，更名《鳳舞九天》於一九七八年至一九七九年在《民生報》[56]和《武藝》上重載，後由春秋出版。結尾爲：「沙曼道：『你不是人，也不是豬，你是鳳，是陸小鳳，是飛翔在幸福的九重天上的陸小鳳。』」不含古龍親筆佚文。

春秋本的併段依然嚴重，文字也有所改動。如開篇原稿及武林本均爲：「陸小鳳是一個人。是一個絕對能令你永難忘懷的人。」而春秋本改爲「陸小鳳是一個人。是一個絕對能令我們永難忘懷的人。」此外春秋本亦存在脫漏，例（劃線部分爲脫漏文字）：

西門吹雪白衣如雪，靜靜的站在西門裡，靜靜的在等着洪濤拔刀。

——《陸小鳳》

陸小鳳只有又用酥油泡螺塞住自己的嘴。現在他當然已看出，十三姨以前一定也是做這種事的。

所以她們才是好朋友。

像她們這種女人，一向都很少會和「良家婦女」交朋友的。

這並不是因為她們看不起別人，而是因為她們生怕被別人看不起。

——《決戰前後》

除《鳳舞九天》外，其餘五部的章節、標題、情節分隔符，春秋本與武林本、武俠春秋

56 一九七八年創刊，內容主要以民生、體育、影劇消息為主，屬聯合報系旗下。二〇〇六年起停刊。

本基本保持一致。此本流傳度最廣。

收藏推薦

上述八種文本各有短長，但無一完美。武俠春秋本章節設置、情節分隔符等均遵從原稿，並有完整的古龍佚文，但文字脫漏和併段嚴重，《決戰前後》甚至還未刊完。武功本擁有完整佚文，併段較少，但同樣嚴重的文字脫漏，又讓研究和收藏者們留下了無限的唏噓。「華新」本對武俠春秋本進行改頭換面，雖也保留大部分佚文，但搞成四不像的面貌。春秋本在武俠春秋本基礎上修訂，佚文已被薛興國續筆代替。今傳本大多承自春秋本和「華新」七冊本，很少有人能讀到那一萬三千餘字的佚文。簡體本中，僅有署名金庸的《情聲動武林》承自武功本，因而保留了這段寶貴的佚文；承自「華新」七冊本的華文、甘肅人民、花城本，存在大量併段和刪除情節分隔符的問題，均不推薦；承自春秋本的讀客本可選。

古龍作品中，若論版本之紛繁複雜，當以陸小鳳系列爲最。其版本的梳理、研究、比對過程，充滿了艱辛和痛苦。艱辛自是因其複雜程度，痛苦則是來自對優質文本的一次次找尋，和一次次失望。這也許是老天爺覺得這部光輝燦爛的巨著太過完美，而跟我們開的一個玩笑吧。

筆者理想中優質文本應該是：武俠春秋本的章節設置、情節分隔符，《武俠與歷史》的分段，各種連載和原刊本比對後的正確文字和完整佚文，如果能配上《明報》的插圖，那就更完美了。至於薛興國的續筆，附在書後作個對比，也未嘗不可。一笑二嘆。

絕不低頭

已知首載

香港《武俠春秋》連載（一九七二年十二月一日至一九七三年三月二日，一三九至一五二期）

作品簡介

波波、黑豹和羅烈是兒時玩伴，波波來到大都市尋找父親，巧遇已是黑社會老大金二爺手下保鏢的黑豹。她萬沒想到，金二爺就是她父親。黑豹因報奪妻之恨設計扳倒了金二爺，並將波波囚禁。此時，能救波波的只有羅烈了。

古龍唯一一部現代題材的動作小說，頗具實驗性質。該書情節緊湊，人物的內心衝突和性格變化刻畫得入木三分，是現代武俠的成功之作。

文本延續

原刊本：

香港《武俠春秋》連載↓香港武俠春秋本（一九七三年六月，一冊、十四章）↓港澳翻印本（中原；一鳴）

修訂本：

台灣漢麟本（一九七八年一月，一冊、十四章）↓台灣萬盛本↓港澳翻印本（「華新」、快澤／壽山）⇩簡體甲本（北岳文藝，一九九三年十一月，與《槍手・手槍》合刊）

台灣風雲時代本（一九九九年五月，新編全集）⇩簡體乙本（讀客，二〇一三年七月）

原貌探究

前文已述，《武俠春秋》有時當期連載未能刊完一整段情節，下期續載時開頭必放置一標題，而在結集時編輯未將這些標題調整至正確位置或刪除，導致情節割裂。

從《絕不低頭》開始，武俠春秋本在結集時注意到了這個問題，將這些標題調整至正確位置或刪除，使分章（節）均處於情節或時空轉換之際，進一步提高了對原稿的忠實度。

▲為突出題材的現代感和獨特性，漢麟將《絕不低頭》單獨出版，沒有收入「古龍小說專輯」，也沒有採用名家題字，但封面依然由龍思良繪製

武俠春秋本和漢麟本差異如下：

●武俠春秋本共分十四章，大多採用二字標題，凌厲乾脆，符合動作武俠的特質。如前五章爲「大都市」、「黑豹」、「大亨」、「手槍、槍手」、「火併」，每章分（一）（二）（三）等小節，分章（節）均處於情節或時空轉換之際，情節分隔符完整，顯得有條不紊，閱讀感受極佳。

漢麟本修訂自武俠春秋本，章節、文字、情節分隔符一致無二，只是在有幾章的結尾處有一些併段，這是漢麟的老毛病了，好在此書的章數不多。有趣的是兩本版式雖不同，但均爲三一四頁，可謂極少有的巧合。

●武俠春秋本第八章「報復」中有一段文字錯排，將「對面的三個人全都笑了，現在他們已經可以放心大膽的笑」與「這不可一世的首號大亨，在他們眼中，竟似已變成了個死人」之間的文字錯排到了「喜鵲的神情反而變得鎮定了下來，冷笑道：『你既然可以殺我，爲什麼還不動手？』」與「金二爺沉下了臉，忽然在煙缸裡撳滅了他手上那根剛點燃的雪茄」這兩句之間。在此列出正確的行文（劃線部分爲錯排文字），供參考：

> 喜鵲的神情反而變得鎮定了下來，冷笑道：「你既然可以殺我，為什麼還不動手？」
>
> 金二爺沉下了臉，忽然在煙缸裡撳滅了他手上那根剛點燃的雪茄。
>
> 這是他們早已約定了的暗號。
>
> 一看到這暗號，黑豹和高登本就該立刻動手的。
>
> 但現在他們卻一點反應也沒有。
>
> 金二爺已開始發現有點不對了，忍不住回過頭，去看黑豹。
>
> 黑豹動也不動的站着，臉上帶着種很奇怪的表情，就跟他眼看着壁虎爬入他的手心時

的表情一樣。

金二爺忽然覺得手腳冰冷。

他看着黑豹黝黑的臉，漆黑的眸子，深黑的衣裳。

喜鵲豈非也是黑的？

金二爺忽然明白了這是怎麼回事，他的臉立刻因恐懼而扭曲變形。

「你……你才是真的喜鵲！」

黑豹既沒有承認，也沒有否認。

金二爺忽然伸手入懷，想掏他的槍。

但他立刻發現已有一根冰冷的槍管貼在他後腦上。

他全身都已冰冷僵硬，冷汗已從他寬闊的前額上流了下來。

對面的三個人全都笑了，現在他們已經可以放心大膽的笑。

金二爺咬了咬牙：「你們就算殺了我，你們自己也逃不了的。」

「哦？」

「這地方裡裡外外都是我的人。」

黑豹忽然也笑了。

他輕輕拍了拍手，小無錫立刻帶着那八個穿白號衣的茶房走出來，臉上也全都帶着微笑。

「從今天起，你就是這地方的老闆！」黑豹看着小無錫：「我說過的話一定算數。」

小無錫彎腰鞠躬。

他身後的八個人也跟着彎腰鞠躬。

「去告訴外面的王阿四，他已經可以帶他的兄弟去喝酒了。」黑豹又吩咐，「今天這裡已不會有事。」

「是。」小無錫鞠躬而退，從頭到尾，再也沒有看金二爺一眼。

這不可一世的首號大亨，在他們眼中，竟似已變成了個死人。

金二爺身上的冷汗已濕透衣服。

「現在我也有句話想問問你，」那穿着黑衫的大漢瞇起眼睛看着他，道：「你究竟是個人？還是個豬？」

此錯排漢麟本修訂時未糾正，導致大部分今傳本均存在此問題。而風雲時代本（新編全集）將此書中的錯排基本糾正（僅「對面的三個人全都笑了，現在他們已經可以放心大膽的笑」一句未糾正），且沒有進一步改動文本。

收藏推薦

武俠春秋本的文本面貌當屬最佳，美中不足有小段文字錯排。漢麟本在修訂時，未將錯排文字糾正，倒是在漢麟本基礎上進一步修訂的風雲時代本（新編全集），基本糾正了錯排。筆者在綜述中說過，一般不將台港新修本（如風雲時代、天地圖書本等本）納入文本比對，但如果是糾正了明顯訛誤，還是會提及的。簡體本中，讀客本無錯排，可供選擇。

九月鷹飛

已知首載

香港《武俠世界》連載(一九七三年一至八月,六九八至七三一期,副題:小李飛刀第二代故事)

作品簡介

《多情劍客無情劍》後傳,小李飛刀第二代故事。懷有武功秘笈和寶藏的上官金虹之女上官小仙,成為江湖中人爭逐的獵物,李尋歡傳人葉開受阿飛所托保護上官小仙,因而引發一場武林紛爭。

《九月鷹飛》是古龍後期成熟佳作,對於丁靈琳和上官小仙正、反兩位女主的刻畫尤為出色,缺點是部分情節過分離奇,斧鑿痕跡太重。

文本延續

原刊本:

香港《武俠世界》連載↓香港武林本(一九七三年秋季,三冊、廿七章)↓港澳翻印本(「華新」甲本;「桂冠」、武叢,名《金刀情俠》)⇩簡體甲本(四川文藝,一九八八年二月,名《金刀情俠》)

台灣南琪本(一九七三年五月,二十冊、六十章)

修訂本：

台灣漢麟本（一九七八年五月，二冊、卅五章）↓台灣萬盛本↓港澳翻印本（「華新」乙本；武功；快澤／壽山）⇩簡體乙本（中國民間文藝，一九八八年二月；春風文藝，一九九一年二月）

其他早期連載：

南越《遠東日報》（一九七四年七月十六日至一九七五年三月十三日，名《鐵血冰魂》，未刊完）

原貌探究

前文提及，古龍後期佳作大多在《武俠春秋》雜誌首載，並由武俠春秋結集出版。但因古龍創作力正值巔峰，佳構頻出，加之《武俠世界》強力相邀，故有少數亦在《武俠世界》開稿，並由武林結集出版。《九月鷹飛》便是其中一部。

一、武林本和南琪本在文字、分段、情節分隔符上基本一致，主要差異在章節：

武林本沿用連載時的五字對仗標題，南琪本採用四字標題，均爲舊式。如武林本前五章爲「長街互拚命　梅園競割股」、「貌如芙蓉艷　功若禪機玄」、「探秘驚巨變　操刀殺同僚」、「桃源驚絕色　虎窟攏殺機」、「攝魄勾魂法　魔術殺人刀」。南琪本的標題則拙劣得讓人大跌眼鏡，如「現在就殺」、「再等一等」、「抱他一下」、「心往下沉」、「竟要殺我」等。兩本分章均較隨意，均未處於情節或時空轉換之際，割裂情節甚至對話，嚴重影響閱讀感受。

《風雲第一刀》、《七種武器》以降，古龍對章節設置已極爲講究，而編輯自擬標題和隨意斷章爲武林本和台灣小薄本一貫作風，故原稿面貌應非如此。截至目前尚未找到遵從原貌的版本，作品原貌的復原機率渺茫，甚爲可惜。

二、漢麟本在南琪本基礎上修訂，重分爲卅五章，仍用四字標題（大多取自南琪本），每章均處於情節或時空轉換之際，這種情形同《蕭十一郎》的修訂本，值得稱道。但漢麟本存在大幅併段。例：

門房裡雖然生了盆火，卻還是很寒冷。楊軒靜靜地坐在火盆旁，看來已顯得有些焦急不安。他在等丁麟的消息。丁麟竟直到現在還沒有消息。就在這時，一個人慢慢的推開了門，慢慢的走了進來。一個很美的女人，滿頭烏黑的青絲，挽着個時新的墮馬髻，髮髻上還插着鳳頭釵。

上述自然段由六句組成，而此六句在武林本和南琪本中均爲一句一段，可見漢麟本明顯是併段了。

收藏推薦

武林本、南琪本的分章均不合理，南琪的標題尤爲拙劣，推測兩本均未遵從作品原貌。繼《流星・蝴蝶・劍》之後，《九月鷹飛》原貌再遭荼毒。漢麟本從南琪本修訂而來，分章合理，但有大幅併段。武林本和漢麟本均有簡體本相承，前者如四川文藝本，後者如中國民間文藝、春風文藝等本，可比對閱讀。

在這一瞬間，她只知道一件事。

——她絕不能就這麼樣看着葛病死在她面前，只要能救他，就算要她去嫁給一隻豬，一條狗，她也會毫不考慮就答應。她本就是個情感豐富的女孩子，她做事本就常常是不顧一切的。別人欺負了她，她很快就會忘記，可是你只要對她有一點好處，她就會永遠記在心裏。

她做的事也許很糊塗，甚至很荒謬，但她却絕對是個可愛的人，因爲她有一顆絕對善良的心。

□　□　□

「你要嫁給我？」葛病在笑，笑容中帶着三分辛酸，三分感激，還有三分是什麼？他自己也不知道，自己也分不清他不是個十分清醒的人。

丁靈琳跳起來，她忽然發現這裏唯一亮着的燈火，就是那對龍鳳花燭。這本是爲他和郭定而準備的；就在這對龍鳳花燭前，郭定穿着一身新郎的吉服，倒了下去。

現在，這對花燭還沒有燃盡，她却已要嫁給另外一個人。

若是別人要做這種事，無論誰都會認爲這個人是個荒唐無情的瘋子。可是丁靈琳不是別人，無論誰對她都只有憐憫和同情；因爲她這麼做，不是無情，而是有情，不是報復，而是犧牲，她不惜犧牲自己一生的幸福，爲的只要報答別人對她的恩情。除此之外，她實在不知道還有什麼別的法子能救葛病。

這法子當然並不一定有效，這種想法也很荒謬幼稚。可是一個人若是肯犧牲自己，去救別人，那麼她做的事無論多荒唐，多幼稚，都值得尊敬。

因爲這種犧牲才是眞正的犧牲，才是別人既不肯做，也做不到的。

第二十四章　悲歡離合

▲大部分漢麟本有統一左頁起章的習慣，使排版時每章被強制在右頁結束，這是導致其併段的原因之一。如《九月鷹飛》第廿三章末，有多處併段

火併蕭十一郎

已知首載

香港《武俠春秋》連載（一九七三年三月二日至十月廿四日，一五二至一八六期）

作品簡介

《蕭十一郎》續集。蕭十一郎再次出現在風四娘和沈璧君面前時，已從不修邊幅的落拓浪子，變成了富可敵國的大亨，囂張跋扈，濫殺無辜。蕭十一郎怎麼會變成這個樣子的？在風四娘和沈璧君之間，他會作何選擇？一個又一個謎局將故事推向高潮。

該書對風四娘、沈璧君等人的性格進行了深化，情愛描寫感人肺腑，但佈局過於詭譎，情節刻意逞奇，打亂了全書的節奏，而且草草收尾。故整體而言，其藝術高度遠不及《蕭十一郎》。

文本延續

原刊本：

香港《武俠春秋》連載 ↓ 香港武俠春秋本（一九七三年八年至一九七四年一月，二冊、卌一章）↓ 港澳翻印本（中原）

台灣南琪本（一九七三年十月，十八冊、五十四章，名《火併》）↓ 港澳翻印本（武功甲本，四冊，名《火併十一郎》；武藝，名《火併》）

修訂本：

台灣漢麟本（一九七八年七月，二冊、卅四章）↓台灣萬盛本↓港澳翻印本（「華新」；武功乙本，三冊；快澤／壽山、桂冠，名《鐵膽柔情》）⇩簡體本（江蘇文藝，一九九四年四月；太白文藝，二〇〇一年十月。均與《蕭十一郎》合刊）

原貌探究

一、武俠春秋本和南琪本差異如下：

●經比對，南琪本第五十一章存在嚴重漏印，在「他從來也沒有見過發財發得這麼快的人，也從未見過窮得這麼快的」和「劍的形式，精緻而古雅」之間漏掉六千餘字。武俠春秋本內容完整，現將漏印情節簡述如下：

蕭十一郎一夜間由富可敵國的大亨，變回了囊空如洗的窮光蛋。他取走了賬上僅存的一文錢，買了一包花生，就著一壺濁酒，和那個名叫趙大的船夫在小酒鋪裡對飲交談（此處有談及蕭十一郎姓名的來歷、鐵中棠的故事等），身無分文的蕭十一郎要趙大去幫他當割鹿刀，但趙大取走刀後，再也沒有回來。

天宗瓦解後，連城璧收復了無垢山莊，他在暖閣裡一邊喝茶，一邊聽著手下蕭十二郎關於蕭十一郎現狀的彙報，當得知一名叫連白的隨身侍從曾用三兩銀子打發了上門的蕭十一郎後，連城璧斥責其玷污了蕭十一郎的尊嚴，連白驚嚇之下，自斷一臂。隨後連城璧囑咐手下一定要找到蕭十一郎。

俠義無雙連城璧

（一）

船家眨了眨眼，道：「還可以買一大包花生。」

蕭十一郎用兩根手指，小心翼翼的拈起這枚銅錢，居然也笑了笑，道：「花生正好下酒，這錢我當然要拿走。」

船家笑道：「一點也不錯，一文錢雖不多，總比一文也沒有好。」

他們大笑着走出去，掌櫃的却在輕輕嘆息。

他想不通這個人還有甚麽值得開心的，因爲他知道這個人已在一夜間由富可敵國的大富翁，幾成了囊空如洗的窮光蛋。

他知道，因爲他的確剛査過這個人的帳簿。

他從來也沒有見過發財發得這麽快的人，也從未見過窮得這麽快的。

帳簿也在櫃子裏，他又拿出來看了一遍，又忍不住嘆了口氣，喃喃道：「看來老天一定是在跟這個人開玩笑，開得還眞不小。」

× × ×

老天是絕不會開這種玩笑的，因爲這玩笑非但太殘酷，而且也不好笑。

一點也不好笑。

一文錢居然眞的可以買一大包花生，因爲賣花生的，就是這船家的老表。

剝一顆花生，喝一口酒，花生剝了一大堆，酒也喝了好幾壺。

渾濁的酒，簡直好像比醋還酸，可是喝到肚子裏之後，也就跟最好的酒沒甚麽分別了。

無論是好酒、是劣酒、是甜酒、是酸酒，都一樣可以令人醉倒。

船家還沒有醉倒，他的酒量居然不錯，但他却像是已變了個人。變成個多嘴的人。

他看着蕭十一郎，忽然道：「我姓趙，別人都叫我趙大。」

蕭十一郎道：「這名字不錯。」

趙大道：「你呢？你眞的叫蕭十一郎？」

蕭十一郎道：「眞的。」

趙大道：「你爲甚麽不叫蕭一郎、蕭二郎，爲甚麽要叫蕭十一郎？」

蕭十一郎道：「因爲我本來就叫蕭十一郎。」

趙大歪着頭想了想，這解釋對他說來已夠好，所以他又喝了一杯酒：「我也聽見過有人叫你大俠。」

蕭十一郎道：「你聽過。」

趙大道：「還有人叫你大爺。」

蕭十二郎道：「莊主要不要弟子把他帶來？」

連城璧又沉下臉，道：「此人是當世英雄，我們怎能對他如此輕慢。」

蕭十二郎道：「是。」

連城璧道：「你找到他的行踪，就回來告訴我，我去見他。」

蕭十二郎道：「是。」

他也嘆了口氣，道：「弟子現在才明白，爲甚麽江湖中人人都說連莊主非但胸懷大度，而且俠義無雙。」

（四）

小院中的積雪未掃，梅花的新枝上已綻開了幾點初紅。

暮色漸深，暖閣裏已燃起了燈。

連城璧坐在燈下，已不知坐了多久，燈光照着他的臉，他看來彷彿也很疲倦。

人生豈非本就是段令人疲倦的旅程？

在這初雪來臨時的黃昏，就連這溫暖如春的小閣，却顯得說不出的淒涼寂寞。

連城璧輕輕嘆息了一聲，慢慢的站起來，放下了手裏的茶碗。茶已涼了。

屋裏面的梨花几上，一爐香却剛燃起。

他走出去，將几上的香爐慢慢的旋轉了三次，壁上掛着的一幅吳道子的大江風物忽然捲起，露出了一道暗門。

門後是間小而幽靜的秘室，也燃着一爐香，點着一盞燈。燈光淒清。

風顯然吹不到這裏，屋子裏却顯得陰森森的，彷彿很冷。

小桌上黃幔低垂，隱約可以看到裏面供着個神主木牌。

木牌上寫着的竟是：

「亡妻連沈璧君之靈。」

——難道連城璧也不知道沈璧君沒有死在西湖的一湖秋水裏？

——難道沈璧君現在已眞的死了？死在無垢山莊？

連城璧慢慢的走進來，掩起了門，面對着香烟繚繞中的靈位，痴痴的站着。

他就這麽樣動也不動的站着，又不知站了多久，冷漠蒼白的臉上，漸漸露出種奇怪的表情，就彷彿他的心正漸漸被人絞緊。

他的雙拳也已握緊。

「我一定會找到他的，一定。」

他的聲音很輕，每個字都彷彿用了很大力氣才說出來。

冷汗已開始從他額上流下。

他忽然彎下了腰，身子忽然痙攣收縮，就像是有條看不見的鞭子，正在不停的鞭打着他。

▲武俠春秋本《火併蕭十一郎》中，南琪本和漢麟本遺漏的部分文字

●武俠春秋本標題長短不一，新派特色濃郁，概括準確生動，如前五章爲「風四娘」、「金菩薩」、「花如玉」、「洞房裡的風波」、「薄命佳人」等；每章下分的（一）（二）（三）等小節亦有名稱，如第一章「風四娘」下分六小節，分別爲：（一）七個瞎子、（二）六個血字、（三）花平的手、（四）怪物、（五）人上人、（六）可怕的跛子。但從第九章「第二戰」開始，小節的名稱消失，直至全書結束再也沒有出現過。這種章節設置在古龍作品中首次出現，應該是古龍的新嘗試，只是沒有從一而終。武俠春秋本分章（節）均處於情節或時空轉換之際，情節分隔符完整，顯得有條不紊，閱讀感受極佳。

南琪本標題均被篡改爲四字，如「溫柔極了」、「給它一刀」、「說來話長」、「容光煥發」、「讓你三招」等等，隨手胡謅，宛如兒戲；全書小節號被悉數去除，代之以情節分隔符；分章均未處於情節或時空轉換之際，割裂情節甚至對話，嚴重影響閱讀感受。

二、漢麟本修訂自南琪本，重分爲卅四章，分章基本處於情節或時空轉換之際，新式標題與四字舊式標題互相夾雜，比南琪本稍有改觀，但依舊不分小節。最主要的是，南琪本的漏印也延續到了漢麟本，漏印文字處在卅二章「龍潭虎穴」結尾與卅三章「俠義無雙」開頭之間，可見漢麟在修訂此書時沒有參考武俠春秋本。

收藏推薦

武俠春秋本完美保留了作品原貌，讀來令人賞心悅目。南琪本除篡改章節，刪除小節號外，還漏印大量文字，令人無法原諒。漢麟本雖在南琪本基礎上勉力修訂章節，使閱讀略微順暢，但漏印問題依舊存在。簡體本中僅有承自漢麟的江蘇文藝、太白文藝等本可選，故讀者無法見到完本的《火併蕭十一郎》。

七殺手

已知首載

香港《武俠春秋》連載（一九七三年五月四日至六月廿七日，一六一至一六九期）

作品簡介

講述武功高強卻默默無聞的捕快柳長街，與「天下第一英豪」龍五合謀揭開京城附近三百三十二件巨案主謀真面目的故事。

《七殺手》的精彩之處是刻畫了柳長街這一獨特的人物形象，其不足之處是情節轉折過多，合理性欠缺。

文本延續

原刊本：

香港《武俠春秋》連載→香港武俠春秋本（一九七三年八月，一冊、九章）→港澳翻印本（中原；「華新」，與《劍・花・煙雨江南》合刊，標題有改動）⇩簡體甲本（農村讀物，一九八八年二月；寧夏人民，一九九四年二月。均與《劍・花・煙雨江南》合刊）

台灣南琪本（一九七四年二至十月，共二十冊、六十章，總書名《武林七靈》；本部爲九至十五冊、廿五至四十三章）→港澳翻印本（武藝，名《七大神劍》）

修訂本：

台灣漢麟本（一九七九年四月，一冊、八章）↓台灣萬盛本↓港澳翻印本（武功、快澤／壽山）⇩簡體乙本（珠海，一九九五年三月，與《七星龍王》合刊）

原貌探究

一、武俠春秋本和南琪本差異如下：

● 武俠春秋本的章節設置與《火併蕭十一郎》類似但又有不同，如前五章並無標題，而下分的（一）（二）（三）等小節卻有名稱；但第六章往後，又恢復了以往慣用的設置，即每章有標題，下分（一）（二）（三）等小節，分章（節）均處於情節或時空轉換之際。「華新」本在翻印時，去除了武俠春秋本「第一章」、「第二章」……的字樣，將前五章的小節名稱單列出來作爲標題。但如此一來，「小節」就變成了「章」。同時「華新」本亦對標題進行了細微改動（有趣的是，有些改得還不錯），如「月兒彎彎照長街」改爲「月色映長街」，「衝出火焰　衝入黑暗」改爲「脫險陷危」。除對章節略作調整外，「華新」的文本面貌同武俠春秋本完全一致。

● 南琪本《七殺手》上接《孔雀翎》的結尾，不但無書名，連最起碼的說明文字或分隔符都沒有。標題均被篡改爲四字，如前三章爲「帽中隱密」（與《孔雀翎》結尾部分共用）、「縮骨秘技」、「三把奇手」，老套乏味；小節號被悉數去除，或代之以情節分隔符；分章均未處於情節或時空轉換之際，割裂情節甚至對話，嚴重影響閱讀感受。

二、漢麟本修訂自武俠春秋本，文字不變，章節調整幅度較大，重劃爲八章，每章下分（一）（二）（三）等小節，如第一章「奇人之約」就包含了武俠春秋本「帽中秘密」、「一手七殺」、「第二隻手」、「第三隻手」、「天下英豪他第一」、「三隻手」六節內容，標題也有改動，但各章（節）起止處基本能與武俠春秋本一一對應。此書漢麟本併段較少。

收藏推薦

武俠春秋本完美反映了作品原貌，體現了古龍在章節設置上新的嘗試。「華新」本欲「統一」章節設置但不得要領。漢麟本以武俠春秋本爲底本修訂，章節設置較爲合理，且併段較少，基本不損原貌，可算是一次成功的修訂。早期簡體本大多承自「華新」本，如農村讀物、寧夏人民等本，後期才出現承自漢麟本的版本，如珠海本。

釋疑解惑

問：為何少數版本（如太白文藝本、讀客本）的結尾與今傳本不同？

答：前文已述，台灣風雲時代出版公司爲將《七殺手》列爲七種武器系列之末，兩度改寫結尾，將青龍會「帶入」。

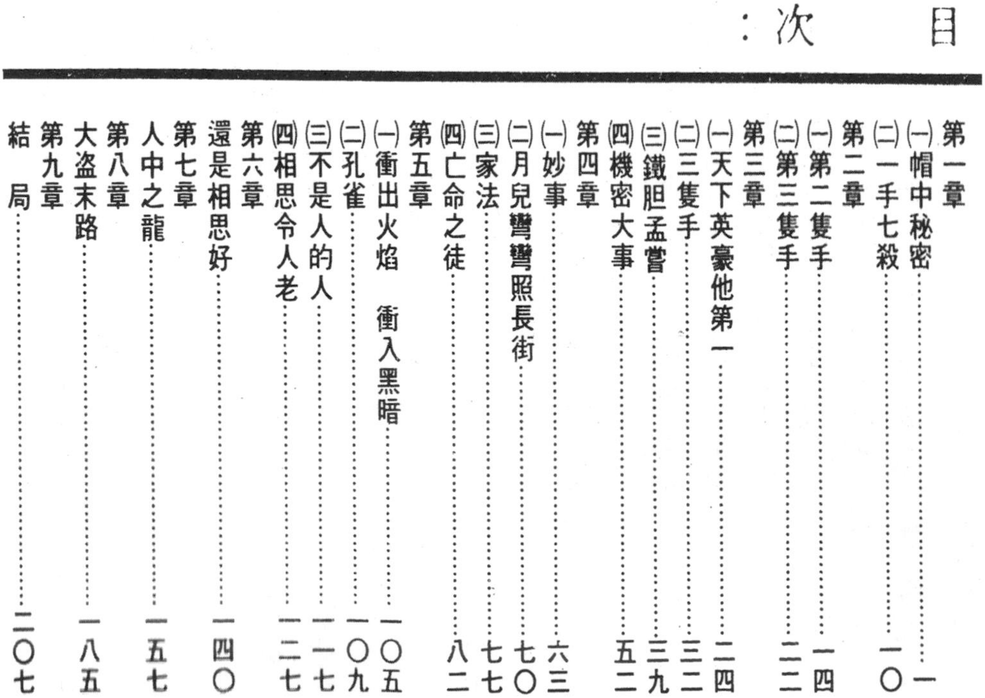

目次：

▲武俠春秋本《七殺手》的章節設置

改後結尾一：

柳長街道：「但世上的英雄豪傑卻已太多了，也應該有幾個像我這樣的人，出來做做別人不想做，也不肯做的事了。」

他微笑著，笑容忽然變得很愉快：「不管怎麼樣，捕快也是人做的，一個人活在世上，做的事若真是他想做的，他豈非就已應該很滿足？」

龍五道：「看來，像青龍會這樣的組織，也只有像你這樣的人去對付了。」

柳長街笑道：「捕快豈非本就是應去對付這些事的？」

——風雲時代本（新編全集）

改後結尾二：

柳長街笑道：「捕快豈非本就是應去對付這些事的？」

龍五嘆道：「或許，『長生劍』白玉京、『霸王槍』王大小姐的夫婿丁喜與他的搭擋小馬、『碧玉刀』段玉、孔雀山莊莊主秋鳳梧、『多情環』蕭少英、『離別鈎』楊錚，都只能小挫青龍會的勢焰，卻不能直搗青龍會的核心，正是因為他們都沒有你的耐心和韌性。」

柳長街悠然道：「耐心和韌性，豈非自古就是捕快應有的本事？」

龍五推杯欲起，忽又莞爾道：「當初你在天香樓捧上杜七的『七殺手』見我，其實只是一個幌子，真正的『七殺手』也就是你？」

柳長街道：「真真假假，假假真真，你又何嘗不是早已安排了許多個身外化身？」

龍五拊掌大笑，道：「青龍會果真遇到了對手，卻不知七殺手對上青龍老大，鹿死誰手？」

柳長街揮了揮衣袖，也大笑道：「說不定，七殺手就是青龍老大哩！」笑聲未止，已起身揚長而去。

× × ×

所以，我說的第七種武器，也不是七殺手，而是耐心——沉著堅韌的耐心。有了沉著而堅韌的耐心，常會在逆境中爭取到最後的勝利。

——風雲時代本（精品集）

太白文藝本承自風雲時代本（新編全集），故呈現改後結尾一中的面貌。讀客本採用改後結尾二，但將最後一段「所以，我說的第七種武器……」刪除。

劍・花・煙雨江南

已知首載

香港武俠春秋本（一九七三年六月，一冊、七章）

作品簡介

在雷奇峰六十大壽上，人面桃花蜂之女丁殘艷前來報復。雷奇峰之子小雷為了不連累情人纖纖，提前將她氣走。劫後餘生的小雷開始漂泊江湖，他是否還有和纖纖破鏡重圓的一天？

該書從今傳各本終章「血雨門」（有版本作「尾聲」）中，自「小雷輕輕『哦』的一聲，對這名字似乎很熟悉，又像是非常陌生」左右開始，由他人代筆續完，代筆者疑為上官鼎（詳見本書下篇〈浪費一個好書名——《劍・花・煙雨江南》〉一文）。

文本延續

原刊本：香港武俠春秋本↓港澳翻印本（「華新」，與《七殺手》合刊，標題有改動；武俠書店）⇩簡體甲本（農村讀物，一九八八年二月；寧夏人民，一九九四年二月；均與《七殺手》合刊）

修訂本：台灣漢麟本（一九七八年十月，一冊、七章）↓台灣萬盛本↓港澳翻印本

（武功；「桂冠」；快澤／壽山）⇩簡體乙本（珠海，一九九五年三月，名《劍花・煙雨・江南》，與《獵鷹・賭局》合刊；讀客，二〇一三年七月，與《獵鷹・賭局》合刊）

早期連載：香港《武俠春秋》（一九七七年九月廿一日至十二月一日，三二七至三三三期）

原貌探究

一、關於創作年月

南琪在一九七二年五月曾有關於此書的預告，但未見有小薄本面世。陳曉林表示：

古龍生前即曾向筆者提及，他的早期作品《劍・花・煙雨江南》的主角小雷，便是蕭十一郎的原型。（雖然《劍・花・煙雨江南》正式出版日期在《蕭十一郎》之後，但撰稿時間卻遠遠在前。）[57]

但從該書古龍親筆部分的成熟文風來看，不太可能。也許故事構思在前，但創作應不早於一九七一年。

二、此書的武俠春秋本存在較大問題，除了頻繁併段外，從第一章第五小節開始直到結尾，情節分隔符全部缺失。漢麟本修訂自武俠春秋本，導致這一情況延續到今傳本中。筆者查閱《武俠春秋》連載，發現雖然沒有併段的問題，但情節分隔符卻同樣缺失。

57 陳曉林〈蕭十一郎的原型：《劍・花・煙雨江南》中的小雷〉，刊於《蕭十一郎》，風雲時代出版公司，二〇〇九年三月。

三、章節設置和文字，武俠春秋本和漢麟本基本無差異，都採用新式標題（第三章前者「血性男兒」對應後者「美人如玉」，餘皆相同），每章下分（一）（二）（三）等小節，分章（節）均處於情節或時空轉換之際。

收藏推薦

各結集本均併段嚴重，大部分情節分隔符缺失，故無好本推薦。早期簡體本大多承自「華新」本，如農村讀物、寧夏人民等本，後期才出現承自漢麟本的版本，如珠海、讀客等本。

釋疑解惑

問：《劍・花・煙雨江南》、《劍花・煙雨・江南》、《劍・花・煙雨・江南》，哪個才是該書的原名？

答：武俠春秋本出版時間最早，名《劍・花・煙雨江南》，《武俠春秋》連載晚於結集本，三二七至三二九期名《劍花・煙雨・江南》，從三三〇期開始糾正爲《劍・花・煙雨江南》，直至連載結束。故原名應爲《劍・花・煙雨江南》。「華新」、漢麟等本均爲該名。

問：書中小雷的好友金川，為什麼在第一章時被稱作「陶峰」？兩者是否為同一人？

答：陶峰即爲金川。第三章交代，中原四大鏢局的四位當家人分別爲風大、雲二、金三和龍四，鏢旗分取四人之姓，名「風雲金龍旗」。金川這個角色真名是金玉湖，爲金三之子，與歐陽急同爲龍五的左右手，因私吞鏢局八十萬兩紅貨而避走，後與小雷結交成爲摯友。開篇稱爲「陶峰」，推測是古龍尚未設定好後面的情節以及「風雲金龍」之稱呼，隨便起的名字。

「帶纖纖到那裏等我，無論等多久，都要等到我去爲止，她就算要走，你也得用盡千方百計留下她。」這是他昨夜交託給金川的話。

他並沒有再三叮嚀，也沒有說出這樣做是爲了什麼？金川也沒有問。他們彼此信任，就好像信任自己一樣。

遠山，好遠的山。小雷只希望能找到一輛車，一匹馬。沒有車，沒有馬。

他臉上流着血，流着汗，全身的骨骼都似已將因痛苦而崩散。

但無論多遙遠，多艱苦的道路，只要你肯走，就有走到的時候。

柳綠如藍。他終於已可望見柳林深處挑出了一角青帘酒旗。

夕陽絢麗，照在新製的青帘酒旗上。用青竹圍成的欄杆，也被夕陽照得像晶碧一樣。

欄杆圍着三五間明軒，從支起的窗子裏看進去，酒客並不多。

這裏並不是必經的要道，也不是繁榮的村鎮。到這裏來的酒客，都是慕名而來。

杏花翁酤的酒，雖不能說遠近馳名，但的確足以醉人。

白髮蒼蒼的杏花翁，正悠閑的斜倚酒櫃旁，用一根馬尾拂塵，趕着自柳樹中飛來的春蠅。

櫃上擺着五六樣下酒的小菜，用碧沙龕罩着，看來不但可口，而且悅目。

悠閑的主人，悠閑的酒客，這裏本是個淸雅悠閑的地方。

但小雷衝進來的時候，主人和酒客都不禁聳然失色。

看到別人的眼色，他才知道自己的樣子多麼可怕，多麼狼狽。

• 57 •

挑出了一角青帘酒旗。

這是他昨夜交託給金川的話。

他並沒有再三叮嚀，也沒有說出這樣做是爲了什麽？

金川也沒有問。

他們彼此信任，就好像信任自己一樣。

遠山，好遠的山。

小雷只希望能找到一輛車，一匹馬。

沒有車，沒有馬。

他臉上流着血，流着汗，全身的骨骼都似已將因痛苦而崩散。

但無論多遙遠，多艱苦的道路，只要你肯走，就有走到的時候。

柳綠如藍。

他終於已可望見柳林深處挑出了一角青帘酒旗。

夕陽絢麗，照在新製的青帘酒旗上。

用青竹圍成的欄杆，也被夕陽照得像翡翠一樣。

欄杆圍着三五間明軒，從支起的窗子裏看進去，酒客並不多。

這裏並不是必經的要道，也不是繁榮的村鎮。

到這裏來的酒客，都是慕名而來。

▲《劍・花・煙雨江南》的武俠春秋結集本（右頁）和連載，前者有大幅併段，後者正常，但兩者情節分隔符均缺失

天涯・明月・刀

已知首載

台灣《中國時報》[58]連載（一九七四年四月廿五日至六月八日，未刊完）

作品簡介

《風雲第一刀》後傳。已屆中年的傅紅雪拒絕當武林之首公子羽的替身，以其高超的刀法和堅忍不拔的毅力，識破層層陰謀，衝破重重阻礙，最後摧垮對方，回到心愛的女人身邊。

在《天涯・明月・刀》中，古龍嘗試用散文詩的筆法進行文體革新，因當時不爲大眾接受，自稱爲一生中「最痛苦，受挫折最大」的一部作品，但隨著時間的推移，這部作品被廣泛認同，甚至被譽爲古龍代表作之一。

文本延續

原刊本：

香港《武俠春秋》連載（一九七四年六月一日至一九七五年一月廿一日，二〇〇八至

58 創辦於一九五〇年，原名《徵信新聞》，一九六八年更名為《中國時報》，與《聯合報》、《自由時報》、《蘋果日報》並列台灣「四大報」。

二三一期)↓香港武俠春秋本(一九七五年四月,二冊,分楔子、三部廿六章)↓港澳翻印本(「華新」甲本,二冊)

台灣南琪本(一九七五年二月至一九七六年,共卅五冊、一〇五章,總書名《天涯・明月・刀》,合刊《天涯・明月・刀》、《拳頭》、《三少爺的劍》;本部爲一至十三冊、一至卅七章)

修訂本:

台灣漢麟本(一九七八年一月,一冊,分楔子、廿四章)↓台灣萬盛本↓港澳翻印本(「華新」乙本,一冊;武功;桂冠,名《傅紅雪》;快澤/壽山)⇩簡體本(天山,一九八六,署名金庸;貴州人民,一九九四年三月)

其他早期連載:

新加坡《南洋商報》(一九七四年七月六日至十二月廿七日,名《刀神》)

原貌探究

一、關於序言

武俠春秋本、南琪本、漢麟本正文前刊均有〈寫在「天涯・明月・刀」之前〉一文(南琪本爲「第一章　武俠始源」,有刪節),簡要回顧了武俠小說的起源和發展,並提出了以下重要觀點:

> 所以情節的詭奇變化,已不能再算是武俠小說中最大的吸引力。
>
> 但人性中的衝突卻是永遠有吸引力的。
>
> 武俠小說中已不該再寫神,寫魔頭,已應該開始寫人,活生生的人,有血有肉的人!

……

縱然是同樣的故事情節，但你若從不同的角度去看，寫出來的小說就是完全不同的。

人類的觀念和看法，本就在永遠不停的改變，隨着時代改變。

武俠小說寫的雖然是古代的事，也未嘗不可注入作者自己新的觀念。

二、武俠春秋本和南琪本差異如下：

● 武俠春秋本保留了原稿「第一部　天涯」、「第二部　刀」、「第三部　明月」的分部及引言，轉引如下：

第一部　天涯

枯藤。老樹。昏鴉。

小橋。流水。平沙。

古道。西風。瘦馬。

夕陽西下。

斷腸人在天涯。

（行文至「他的人現在豈非也正如洪爐裡的刀」結束。）

第二部　刀

刀是從洪爐裡煉出來的

無論什麼刀都是從洪爐裡煉出來的

若沒有經過洪爐裡烈火的鍛鍊，刀就不是刀，只是塊廢鐵

× × ×

有了缺口的刀，也許比沒有缺口的更鋒利

他的刀有了缺口

他的刀更鋒利

（行文至「他心裡忽然覺得說不出的平靜，因爲他知道黑暗來臨的時候，明月就將升起」結束。）

第三部　明月

明月幾時有？

把酒問青天，

不知天上宮闕，今夕是何年。

我欲乘風歸去。又恐瓊樓玉宇高處不勝寒，

起舞弄清影，何似在人間？

——蘇軾——

可見武俠春秋本的分部點非常合理。南琪本雖有這三段引言，但無「分部」字樣，與其他文字也沒有明顯區隔，且排版凌亂。

●武俠春秋本標題長短不一，新派特色濃郁，概括準確生動，如前五章爲「人在天涯斷魂處」、「天涯薔薇」、「高樓明月」、「黑手的拇指」、「孔雀」；每章分（一）（二）（三）等小節，分章（節）均處於情節或時空轉換之際，情節分隔符完整，顯得有條不紊，閱讀感受

極佳。南琪本標題均被篡改為四字，如「滄海桑田」、「陰魂不散」等，老套乏味；小節號被悉數去除，或代之以情節分隔符；分章均未處於情節或時空轉換之際，割裂情節甚至對話，嚴重影響閱讀感受。南琪本在《天涯・明月・刀》結束後，立刻接《拳頭》，沒有絲毫說明。

●武俠春秋本無併段，南琪本有少量併段。

三、漢麟本修訂自武俠春秋本，但分部字樣和引言全部被刪，分章、標題與武俠春秋本基本一致（少分了「賭命」和「明月何處有」兩章，首章改為「人在天涯」），漢麟本全書後三分之一有嚴重併段，如「脫出樊籠」一章，大幅併段不下幾十處。例：

傅紅雪醒來時，還是好好的坐在椅上。他也不知道自己睡了多久，醒來後第一眼就去看他的刀。刀還在手裡，漆黑的刀鞘，在燈下閃動着微光。也許他只不過剛閉上眼打了個盹而已。他實在太疲倦，他畢竟不是鐵打的人，這種事總難免會發生的。只要他的刀仍在手，他就一無所懼。可是等他抬起頭時，他的人又立刻又沉了下去，沉入了冰冷的湖底。他的人仍坐在椅子上，他的刀仍在手裡，可是這地方卻已不是荒山中那簡陋的木屋。

上述自然段由八句組成，在武俠春秋本和南琪本中均為一句一段，可見漢麟本併段非常明顯。

此外，漢麟本還有一些文字和情節分隔符的脫漏。

例一：

楔子

（一）

「天涯遠不遠？」

「不遠。」

「人就在天涯，天涯怎麼會遠？」

（二）

「明月是什麼顏色的？」

「是藍的，就像海一樣藍，一樣深，一樣憂鬱。」

「明月在那裏？」

「就在他心裏，他的心就是明月。」

（三）

「刀呢？」

「刀就在他手裏！」

「那是柄什麼樣的刀？」

「他的刀如天涯般遼闊寂寞，如明月般皎潔憂鬱，有時一刀揮出，又彷彿是空的。」

「空的？」

「空空濛濛，縹緲虛幻，彷彿根本不存在，又彷彿到處都在。」

「可是他的刀看來並不快。」

「是的。」

「不快的刀，怎麼能無敵於天下？」

「因爲他的刀已超越了速度的極限！」

（四）

「他的人呢？」

「人猶未歸，人已斷腸。」

「何處是歸程？」

「歸程就在他眼前。」

「他看不見？」

「他沒有去看。」

「所以他找不到？」

「現在雖然找不到，遲早總有一天會找到的。」

「一定會找到？」

「一定！」

第一部

天涯

枯籐，老樹。昏鴉。
小橋。流水。平沙。
古道。西風。瘦馬。
夕陽西下。
斷腸人在天涯。

人在天涯斷魂處

（一）

夕陽西下。

傅紅雪在夕陽下。

夕陽下只有他一個人，天地間彷彿已只剩下他一個人。

萬里荒寒，連夕陽都似已因寂寞而變了顏色，變成一種空虛而蒼涼的灰白色。

他的手裏緊緊的握着一柄刀。

蒼白的手，漆黑的刀！

蒼白與漆黑，豈非都正是最接近死亡的顏色！死亡豈非就正是空虛和寂寞的極限。

他那雙空虛而寂寞的眼睛裏，就彷彿真的已看見了死亡！

難道死亡就在他眼前！

×× ×× ××

他在往前走。

他走得很慢，可是並沒停下來，縱然死亡就在前面等着他，他也絕不會停下來。

他走路的姿態怪異而奇特，左脚先往前邁出一步，右脚再慢慢的跟上去，看來每一步艱苦。

▲武俠春秋本《天涯・明月・刀》考究的排版，完全忠於作品原貌

燕南飛輕輕的放下手裡的半片馬鞍，抬起頭，凝視着傅紅雪。
傅紅雪的手在刀柄，刀在鞘。
燕南飛又沉默良久，長長嘆息，道：「只恨我生得太晚，我沒有見過！」
傅紅雪道：「你沒見到葉開的刀？」
燕南飛道：「只恨我無緣，我……」
傅紅雪打斷了他的話，道：「你無緣，卻有幸，以前也有人見到他的刀出手……」

——漢麟本

燕南飛輕輕的放下手裡的半片馬鞍，抬起頭，凝視着傅紅雪。
傅紅雪的手在刀柄，刀在鞘。
燕南飛又沉默良久，長長嘆息，道：「果然是天下無雙的刀法。」
傅紅雪道：「你見過小李飛刀？」
燕南飛又不禁嘆息，道：「只恨我生得太晚，我沒有見過。」
傅紅雪道：「你見到葉開的刀？」
燕南飛道：「只恨我無緣，我……」
傅紅雪打斷了他的話，道：「你無緣，卻有幸，以前也有人見到他們的刀出手……」

——武俠春秋本

可見，漢麟本不但漏掉兩句，還印錯了行，不排除校對差錯。

例二：

他們就這樣互相默默的凝視着，很久都沒有開口，幸福就像是鮮花般在他們的凝視中開放。

此時此刻，世上還有什麼言語能表達出他們的幸福和快樂？

這時明月已升起。

明月何處有？

只要你的心還未死，明月就在你的心裡。

——漢麟本

他們就這樣互相默默的凝視着，幸福就像是春花般在他們的凝視中開放。

他們很久都沒有開口。

此時此刻，世上還有什麼言語能表達出他們的幸福和快樂？

這時明月已升起。

× × ×

明月何處有？

只要你的心還未死，明月就在你的心裡。

——武俠春秋本

此段文字位於結尾，很明顯漢麟本的編輯有意進行了改動。

收藏推薦

武俠春秋本原汁原味，以處處尊重原著勝出，爲最佳版本。南琪本篡改章節，刪除小節號，排版粗糙，並隨意與其他作品合刊。漢麟本以武俠春秋本爲底本，但缺少分部引言，頻繁併段，還有一些文字脫漏。因今傳本大多承自漢麟本，故只適合一般閱讀。簡體本可選天山、貴州人民等本。

釋疑解惑

問：《天涯・明月・刀》在台灣《中國時報》連載時為何被「腰斬」？

答：《天涯・明月・刀》首載於台灣《中國時報》人間副刊，連載四十五期後中斷，也就是傳說中的「腰斬」。綜合陳曉林、薛興國等人的說法，是因很多讀者不習慣古龍新嘗試的散文化文體，紛紛表示不滿，甚至要求退報，東方玉等人藉此向老闆余紀忠施壓，報社被迫停了古龍的連載。後丁情在《我的師父古龍大俠》[59]一書中如是陳述：

在當時三大報的副刊都有特定「武俠名師」的小說在連載著。《中國時報》率先推出古龍的武俠小說《天涯・明月・刀》，這麼一來，山頭本來的「名師」就得「遊山玩水」去了，這怎麼可以呢？於是報社就開始接到「很多讀者」投訴，說《天涯・明月・刀》這篇文章根本不倫不類，不是武俠小說，如果不停刊，就要退訂報紙。

四面八方各式各樣的壓力，使得編輯不得不「腰斬」古龍的《天涯・明月・刀》！

59 豐林文化傳播有限公司，二〇一六年十二月。

> 報社的這個「動作」，著實讓古龍驚愣住了。他不懂自己那麼用心去寫的一部創新武俠小說，為什麼會有如此待遇。
>
> 古龍很痛心，本想停筆不再寫《天涯・明月・刀》了，但他不相信這本創新的作品會得不到讀者的共鳴。
>
> 他雖然沮喪、痛心、挫敗，還是努力用心的寫完《天涯・明月・刀》。

丁情所指的「武俠名師」，想必便是東方玉之流了。所以《天涯・明月・刀》被「腰斬」，不單是由於讀者不習慣古龍文風，更是連載小說作者爭奪固有地盤所致。

《中國時報》連載開篇也有馬致遠的詞，第一章爲「人在天涯斷魂處」，而非漢麟本的「人在天涯」，與《武俠春秋》連載保持一致，但刪除了那段著名的「楔子」，而且幾乎每期連載都有不同程度的刪節，應爲編輯操刀。最後的內容停在孔雀要去暗殺燕南飛那裡：「孔雀終於走進了這屋子，走進來的時候，他的手已縮入衣袖，指尖已觸及了孔雀翎。」（漢麟本第七章「決鬥」第二小節中間）

問：《台灣武俠小說發展史》曾對該書猛烈批評，說傅紅雪在全書（共一〇五章）進行到三分之一（卅七章）時不告而別[60]，是否屬實？

---

60 葉洪生、林保淳《台灣武俠小說發展史》（遠流出版公司，二〇〇五年六月）：尤其是書主傅紅雪在全書（共一〇五章）進行到三分之一時突然失踪（卅七章），且留下半闋東坡詞〈水調歌頭〉，即不告而別。這種「引刀自宮」的作法，實重蹈其早年覆轍……然彼等所見的《天涯・明月・刀》，實為一九七八年萬盛出版社重排的刪節本（僅收原著卅七章），根本不足為憑。

答：此乃誤判。由於南琪本三書合刊之緣故，《天涯・明月・刀》在第卅七章結束，餘下章節刊登《拳頭》和《三少爺的劍》。細讀天涯結尾，高潮退止，故事終結，傅紅雪與周婷重逢，全書告一段落理所當然，並非傅紅雪「不告而別」。無論是《武俠春秋》連載、結集本、漢麟本，還是讀者能見到的所有版本，結尾處都和南琪本完全一致，爲：「明月何處有？只要你的心還未死，明月就在你的心裡。」這一誤判也側面反映了南琪本排版的粗糙程度。

萬盛接手漢麟成爲出版者後，重印該書多次，封面和內文版式均保持不變，亦非所謂的「刪節本」。

血鸚鵡

已知首載

香港《武俠世界》連載（約一九七五年二至十二月，八〇七至八五三期，副題「驚魂六記之一」）

作品簡介

據說幽冥中諸魔用魔血化成了血鸚鵡，只要你能看見它，就能滿足你三個願望。不爲名利專殺不法之徒的俠客王風，幫助名捕鐵恨等人追查太平王和失寶下落，最終解開血鸚鵡之迷。漢麟本第五章「開棺驗屍」中，自「秋日的陽光雖然艷麗如春，怎奈花樹已凋零」左右開始，由黃鷹代筆續完（詳見本書下篇〈半部驚魂——《血鸚鵡》〉一文）。「驚魂六記」除《血鸚鵡》外，其餘五記均爲黃鷹撰寫。

文本延續

原刊本：

香港《武俠世界》連載↓香港武林本（一九七五年秋季，二冊、廿二章）↓港澳翻印本（精武，名《鐵膽劍客》）

台灣南琪本（一九七四年十月至一九七五年三月，共四十八冊、一四四章，總書名《多

情環》；本部爲十五至卌二冊、四十三至九十五章）

修訂本：

台灣漢麟本（一九七八年九月，二冊、十六章）↓台灣萬盛本↓港澳翻印本（「華新」；武功：「桂冠」，名《十萬神魔十萬血》；快澤／壽山）⇩簡體本（作家，一九九三年二月）

其他早期連載：

香港《星島晚報》（一九七五年五月八日至七月十七日，名《狼山——憤怒的小馬故事之二》，未刊完）

原貌探究

一、關於序言

武林本、南琪本、漢麟本正文前刊均有代序，闡明了古龍嘗試創作「驚魂」武俠的初衷，文中寫道：

想寫「驚魂六記」，是一種衝動，一種很莫名其妙的衝動。

一種很驚魂的衝動——驚的也許並不是別人的魂，而是自己的。

因為這又是一種新的嘗試。

……

意境卻是屬於心靈的。

所以恐怖的故事才必須有意境。

因為只有從心靈深處發出的恐怖，才是真正的恐怖。

那種意境，絕不是刀光血影，所能表達的了。

那才是真正的驚魂。

……

有人說，鬼故事最恐怖，鬼魂的幽冥世界也最神秘。

可是又有誰真的見過鬼魂？

這種故事是不是也太虛幻？太不真實？

我總覺得在現代的小說中——無論是那一種小說，都一定要有真實性。

其觀點切中肯綮，令人嘆服，表明了古龍在武俠小說上，始終求新求變的創作態度。可惜「驚魂六記」系列古龍只寫了《血鸚鵡》這一記中的小半部，其餘都交由黃鷹代筆了。

二、武林本和南琪本差異如下：

●武林本依然沿用連載時的五字對仗標題，如前五章爲「虎穴戮蟊賊　墓地驚怪聞」、「鐵手踊巨案　劍客掘秘辛」、「血奴勾魂鈴　鸚鵡攝魄笑」、「巧笑勾人魂　媚語攝人魄」、「妖魔祟弱質　鐵漢護嬌娃」，與古龍新派文風格格不入，用詞亦多有重複，如第三章用到「勾魂」、「攝魄」，第四章又用「勾人魂」、「攝人魄」。武林版在全書開篇後曾有（一）（二）（三）等小節號，但隨後就消失無蹤。

南琪本《血鸚鵡》上接《霸王槍》結尾，用一個情節分隔符區分，無書名，只有「驚魂六記」字樣。相比武林本，南琪本的四字舊式標題更爲拙劣，如前五章爲「旦夕禍福」（與《霸王槍》結尾部分共用）「人死復活」、「鐵手無情」、「事出突變」、「目睹血奴」，小節號被悉數刪除。

兩本分章都較爲隨意，均未處於情節或時空轉換之際，割裂情節甚至對話，應非作品原貌。武林本還有少量併段。

●一些武林本、武俠春秋本有個很奇怪的現象，就是在對話時，將句號誤植爲驚嘆號，而且是連續出現，非常影響閱讀感受。此書的武林本亦是如此，南琪本則沒有這種情況。

三、這裡提一下香港《星島晚報》連載，連載的最後文字爲「那兩個戴著紅纓帽的捕快也是跟著他來的」，比古龍親筆部分少了近二百字。可能爲了避免版權糾紛，連載既篡改書名，又對主人公進行了人名替換（將「王風」改爲「小馬」，「血奴」改爲「紅奴」），文字還掐頭去尾。但難能可貴的是，《星島晚報》連載保留了被《武俠世界》連載抹去的章節劃分原貌，每章分（一）（二）（三）等小節，分章（節）均處於情節或時空轉換之際。這對於恢復此書原貌提供了很大的幫助。

四、漢麟本在南琪本基礎上修訂，重分爲十六章，擬新式標題，例如前五章爲「不要命的人」、「黑衣鐵恨」、「鸚鵡樓驚艷」、「魔刀與魔石」、「開棺驗屍」，風格簡潔脫俗，概括準確生動，即使不是古龍親自擬定，也應經過了古龍的肯定，且分章大多處於情節或時空轉換之際。這也算是漢麟修訂本中少有的亮點了。當然，漢麟本的併段依然嚴重。

文字差異主要在結尾處，與武林本和南琪本相較，漢麟本修訂時刪去了八段話共二百餘字（黃鷹代筆）。

收藏推薦

比對《星島晚報》連載可知，武林本、南琪本的章節設置均未遵從作品原貌，漢麟本的分章和標題修訂較爲成功，但有大幅併段，三本各有優劣。簡體本均承自漢麟本，可選作家本。

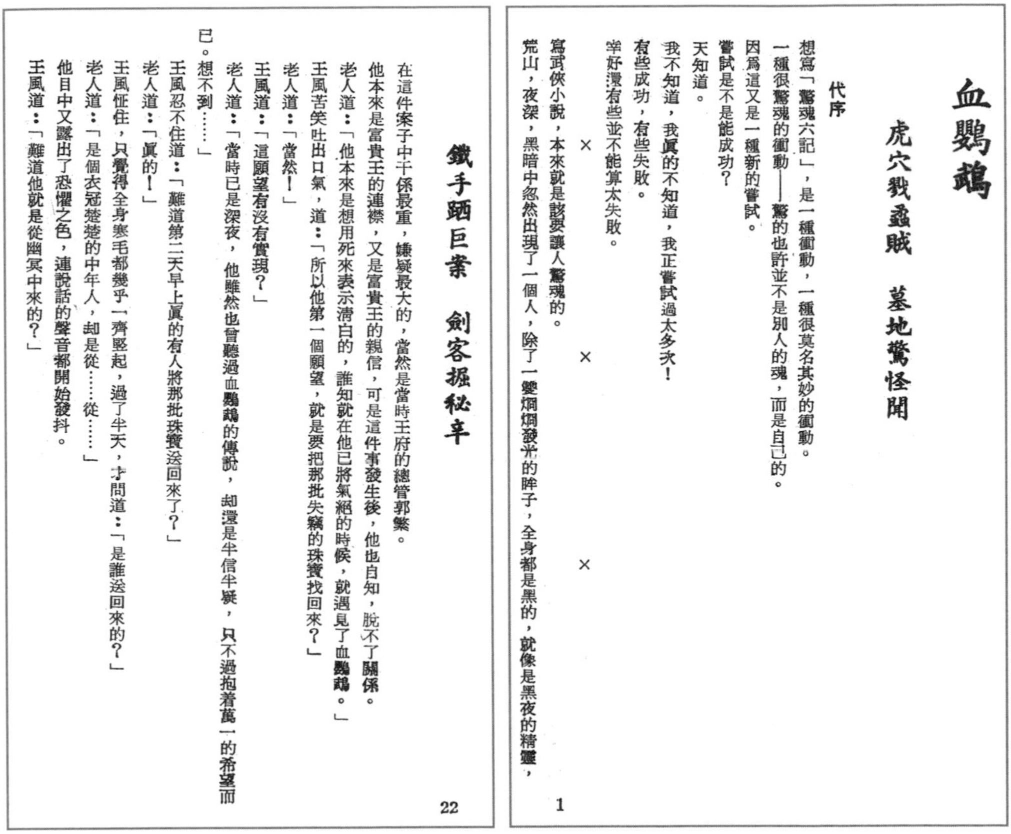

血鸚鵡

虎穴戮盜賊　墓地驚怪聞

代序

想寫「驚魂六記」，是一種衝動，一種很莫名其妙的衝動。

一種很驚魂的衝動——驚的也許並不是別人的魂，而是自己的。

因爲這又是一種新的嘗試。

嘗試是不是能成功？

天知道。

我不知道，我真的不知道，我正嘗試過太多次！

有些成功，有些失敗。

幸好還有些並不能算太失敗。

× × ×

寫武俠小說，本來就是該要讓人驚魂的。

荒山，夜深，黑暗中忽然出現了一個人，除了一雙烱烱發光的眸子，全身都是黑的，就像是黑夜的精靈，

1

鐵手踊巨案　劍客掘秘辛

在這件案子中干係最重，嫌疑最大的，當然是當時王府的總管郭繁。

他本來是富貴王的連襟，又是富貴王的親信，可是這件事發生後，他也自知，脫不了關係。

老人道：「他本來是想用死來表示淸白的，誰知就在他已將氣絕的時候，就遇見了血鸚鵡。」

王風苦笑吐出口氣，道：「所以他第一個願望，就是要把那批失竊的珠寶找回來？」

老人道：「當然！」

王風道：「這願望有沒有實現？」

老人道：「當時已是深夜，他雖然也曾聽過血鸚鵡的傳說，却還是半信半疑，只不過抱着萬一的希望而已。想不到……」

王風忍不住道：「難道第二天早上眞的有人將那批珠寶送回來了？」

老人道：「眞的！」

王風怔住，只覺得全身寒毛都幾乎一齊豎起，過了半天，才問道：「是誰送回來的？」

老人道：「是個衣冠楚楚的中年人，却是從……從……」

他目中又露出了恐懼之色，連說話的聲音都開始發抖。

王風道：「難道他就是從幽冥中來的？」

22

▲《武俠世界》連載時慣用編輯自擬的舊式標題（捨棄古龍原稿的新式標題），並破壞原著章節結構，而結集時又沿襲此陋習，故在保持作品原貌上不及武俠春秋本。圖為武林本《血鸚鵡》

拳頭（狼山）

已知首載

香港《星島晚報》連載（一九七四年十一月十六日至一九七五年五月八日，名《狼山》）

作品簡介

《霸王槍》衍生篇，曾被誤收入七種武器系列。小馬受藍蘭所托帶領一行人翻過「狼山」，為藍蘭病危的親弟弟求醫，在「狼山」被眾多不同身分的「狼」所阻截，最後揭破「狼山」老大朱五太爺的真面目，並與心上人小琳團聚。

古龍通過《拳頭》表達了對社會各群體的關注，彰顯了作者的悲憫情懷，是古龍小說中很特別的一部。

文本延續

原刊本：

香港《武俠春秋》連載（一九七五年一月一日至六月十一日，二三九至二四五期，下注「又名狼山」）→香港武俠春秋本（一九七五年四月，一冊、十四章）→港澳翻印本（「華

新」，《七種武器》第三冊[61]；精武，名《狼山風雲》）⇩簡體甲本（華文，一九八八年三月；中國華僑，一九九三年十二月）

香港武林本（一九七五年夏季，一冊，十四章，名《狼山》）

台灣南琪甲本（一九七五年三月至一九七六年，共卅五冊，一〇五章，總書名《天涯・明月・刀》；本部爲十三至二十冊、卅七至五十八章）

修訂本：

台灣南琪乙本（一九七八年八月，一冊，八章，名《憤怒的小馬》）↓港澳翻印本（武功，名《憤怒的小馬》；「桂冠」，名《神拳小馬》；文采，名《神拳小馬》）⇩簡體乙本（中州古籍，一九九四年一月，名《神拳小馬》；貴州人民，一九九四年一月，名《憤怒的小馬》）

原貌探究

一、武林本出版時間稍晚於武俠春秋本，但文本卻有早於後者之跡，故單列一脈，納入原刊本比對。三本差異如下：

● 武俠春秋本在連載時標注「又名狼山」，武林本名爲《狼山》，加之最早連載於《星島晚報》時亦名《狼山》，可見《狼山》應爲《拳頭》之原名。這一點也佐證了《狼山》與七種武器系列無任何關係，只不過主人公小馬曾在《霸王槍》中出現過而已。南琪本在《天涯・明月・刀》結束後直接接《拳頭》的正文，連書名都沒有。

61 「華新」本前半部排版和武俠春秋本有差異，但後半部（「疑雲」之後）與武俠春秋本相同。前半部來源不詳，待考。

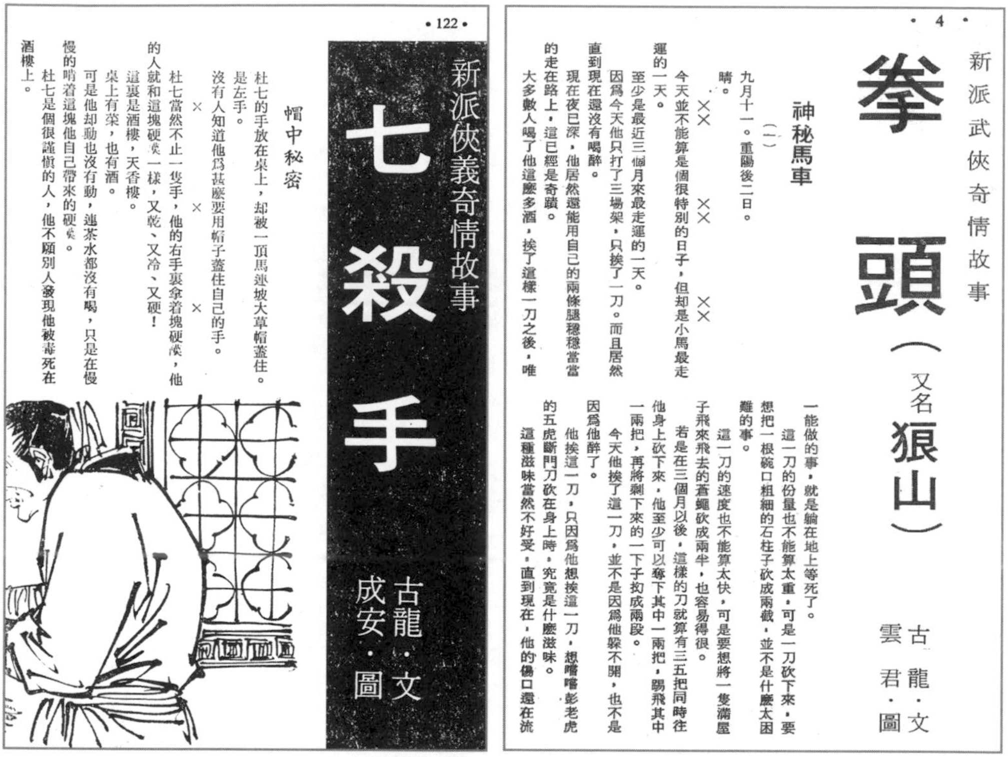
• 122 •

新派俠義奇情故事

七殺手

古龍・文
成安・圖

帽中秘密

杜七的手放在桌上，却被一頂馬連坡大草帽蓋住。是左手。

沒有人知道他爲甚麼要用帽子蓋住自己的手。

× × ×

杜七當然不止一隻手，他的右手裏拿着塊硬𥻘，他的人就和這塊硬𥻘一樣，又乾、又冷、又硬！

這裏是酒樓，天香樓。

桌上有菜，也有酒。

可是他却動也沒有動，連茶水都沒有喝，只是在慢慢的啃着這塊他自己帶來的硬𥻘。

杜七是個很謹愼的人，他不願別人發現他被毒死在酒樓上。

• 4 •

新派武俠奇情故事

拳頭（又名狼山）

古龍・文
雲君・圖

神秘馬車

（一）

九月十一。重陽後二日。晴。

×× ×× ××

今天並不能算是個很特別的日子，但却是小馬最走運的一天。

至少是最近三個月來最走運的一天。

因爲今天他只打了三場架，只挨了一刀。而且居然直到現在還沒有喝醉。

現在夜已深，他居然還能用自己的兩條腿穩穩當當的走在路上，這已經是奇蹟。

大多數人喝了他這麼多酒，挨了這樣一刀之後，唯一能做的事，就是躺在地上等死了。

這一刀的份量也不能算太重，可是一刀砍下來，要想把一根碗口粗細的石柱子砍成兩截，並不是什麼太困難的事。

這一刀的速度也不能算太快，可是要想將一隻滿屋子飛來飛去的蒼蠅砍成兩半，也容易得很。

若是在三個月以後，這樣的刀就算有三五把同時往他身上砍下來，他至少可以奪下其中一兩把，踢飛其中一兩把，再將剩下來的一下子拗成兩段。

今天他挨了這一刀，並不是因爲他躲不開，也不是因爲他醉了。

他挨這一刀，只因爲他想挨這一刀，想嚐嚐彭老虎的五虎斷門刀砍在身上時，究竟是什麼滋味。

這種滋味當然不好受，直到現在，他的傷口還在流

▲《七殺手》（左）和《拳頭》在《武俠春秋》雜誌首次連載時，均未注明與七種武器系列有任何關聯

●武俠春秋本和武林本均爲十四章，均用新式標題，新派特色濃郁，概括準確生動，如前五章爲「神秘馬車」（武林本爲「狼山」）、「第三個皮匠」（武林本爲「三個臭皮匠」）、「初遇狼人」、「戰狼」、「夜戰」，其餘均相同。每章分（一）（二）（三）等小節，分章（節）均處於情節或時空轉換之際，情節分隔符完整，顯得有條不紊，閱讀感受極佳。南琪本標題均被篡改爲四字，如前三章爲「月色寂靜」（與《天涯・明月・刀》結尾部分共用）、「一夕之歡」、「恩愛夫婦」等，老套乏味；小節號被悉數去除，或代之以情節分隔符，分章均未處於情節或時空轉換之際，割裂情節甚至對話。

●三本文字基本相同。武俠春秋本很多句號誤植成驚嘆號，武林本則存在較多錯字別句。

二、南琪乙本自南琪甲本修訂而來，重分爲八章，並以「一」、「二」、「三」……「八」代替標題，分章處依舊割裂情節。修訂本還刪改了很多文字，且併段頻繁，情節分隔符也不完整。例：

> 小馬站起來，說出了他從未說過的三個字。
>
> 他說：「謝謝你！」
>
> （三）
>
> 小琳已清醒。
>
> 夕陽照着她的臉，縱然在夕陽下，她的臉也還是蒼白的。
>
> 她沒有面對小馬，只輕輕的說：「我知道你在找我，也知道你為我做的事。」
>
> 小馬道：「那麼你——」
>
> 小琳道：「我對不起你。」
>
> 小馬道：「你用不着對我說這三個字。」
>
> 小琳道：「我一定要說，因為我已經永遠沒法子再跟你在一起，我們之間已經有了永遠無法彌補的裂痕，在一起只有痛苦更深。」
>
> 她在流淚，淚落如雨：「所以你若是真的對我還有一點兒好，就應該讓我走。」
>
> 所以小馬只有讓她走。
>
> 看着她纖弱的身影在夕陽下漸漸遠去，他無語，也已無淚。
>
> 藍蘭一直在看着他們，忽然問：「這世上真有永遠無法彌補的裂痕。」

常無意道：「沒有。」

他臉上還是全無表情：「只要有真的情，不管多大的裂痕，都一定可以彌補。」

——武林本、武俠春秋本

小馬站起來，說出了他從未說過的三個字。他說：「謝謝你！」

小琳已清醒，夕陽照着她的臉，縱然在夕陽下，她的臉也還是蒼白的。她沒有面對着小馬，只輕輕的說：「我知道你在找我，也知道你為我做的事……我對不起你。」

小馬道：「你用不着對我說這三個字。」

小琳淚落如雨：「你若是真的對我還有一點好，就應該讓我走。」

看着她纖弱的身影在夕陽下漸漸遠去，藍蘭忽然問：「這世上真有永遠無法彌補的裂痕。」

常無意道：「沒有，只要有真的情，不管多大的裂痕，都一定可以彌補。」

——南琪乙本

南琪從小薄本過渡到廿五開本時代後，依然保持著較低的素質，著實讓人無語。

收藏推薦

武俠春秋本稍好於武林本，南琪甲乙兩本均不推薦。今傳本大多承自武俠春秋本，故選擇餘地較大，簡體本可選華文、中國華僑等本。

三少爺的劍

已知首載

香港《武俠春秋》連載（一九七五年六月廿一日至一九七六年三月廿一日，二四六至二七三期，副題：江湖人故事之一）

作品簡介

古龍代表作之一。神劍山莊的三少爺謝曉峰，因厭倦殺戮比劍的生涯，詐死逃世，藏身於市井之中，最後迫於種種壓力，不得不重現江湖，與絕世劍客燕十三進行決戰。

《三少爺的劍》是古龍「江湖人」系列的第一部，也是唯一一部。書中道盡江湖人的悲哀與苦衷，深化了「人在江湖，身不由己」這一主題，全書瀰漫著灰暗悲情的基調，但又不乏人性的閃光點，是後期作品中立意深邃的佳作。

文本延續

原刊本：

香港《武俠春秋》連載 ↓ 香港武俠春秋本（一九七六年六月，二冊，分楔子、二部廿六章）

香港武林本（一九七六年夏季，二冊，分楔子、廿八章，名《邊城浪子》）

台灣南琪本（一九七五年三月至一九七六年，共卅五冊、一〇五章，總書名《天涯・明月・刀》；本部爲二十至卅五冊、五十九至一〇五章）↓港澳翻印本（毅力，名《劍客》）

修訂本：

台灣桂冠本（一九七七年八月，二冊，分前言、四十七章）↓港澳翻印本（「華新」，名《三少爺的劍》和《神劍山莊》；武功；「桂冠」；快澤／壽山）⇩簡體本（長江文藝，一九九二年十一月）

其他早期連載：

香港《星島晚報》（一九七五年九月一日至十月廿五日，名《劍客》，未刊完）

原貌探究

一、關於序言

武俠春秋本刊有古龍〈從絕代雙驕到江湖人一點感想〉一文，餘本皆無。文中再次表明了其求新求變的創作立場：

> 我總認為寫小說要有種原則——至少對得起自己的良心。
>
> 有人認為小魚兒和小李飛刀都是很成功的典型人物，可是，假如我每篇小說都寫這種典型人物，我就對不住自己的良心。
>
> 我總認為，看書的人思想、環境、成熟的程度都在變。所以寫書的人也要變。
>
> ……
>
> 所以我很想寫一篇「江湖人」。

我寫的並不是他們，而是一些特立獨行，敢愛敢恨的人。

二、武俠春秋本和武林本均於一九七六年出版，一個六月，一個夏季，難分先後。謹慎起見，單列一脈納入原刊本比對。三本差異如下：

●武俠春秋本封面有副題「江湖人故事之一」。武林本卻很奇怪地將書名改成了《邊城浪子》，極有可能是向武俠春秋跟進的版本，爲規避版權而改名。南琪本與《天涯・明月・刀》、《拳頭》合刊，在《拳頭》結束後直接接楔子，連書名都沒有。

●「楔子——寫在『江湖人』之前」，表達了古龍想寫「江湖人」系列的初衷，此文三本皆有，但南琪本無題目。

●武俠春秋本保留了原稿「第一部　名劍」、「第二部　浪子」的分部及引言，轉引如下：

第一部　名劍

劍氣縱橫三萬里

一劍光寒十九洲

（行文至「人仍在，可是人在何處」結束。）

第二部　浪子

今宵酒醒何處？

楊柳岸，曉風殘月。

分部點非常合理，但後面也再看不見分部字樣，蓋因古龍虎頭蛇尾抑或確已無再分必要，不得而知。其餘兩本有引言但無分部字樣。

●武俠春秋本標題長短不一，新派特色濃郁，概括準確生動，如「烏鴉」、「阿吉的劍」、「三少爺」等，每章分（一）（二）（三）等小節，分章（節）均處於情節或時空轉換之際，情節分隔符完整，顯得有條不紊，閱讀感受極佳。

武林本在下冊開始出現頻繁的亂加小標題現象，如在（一）和（二）小節中突然插入一小標題，甚至插在兩個人的對話間。如此，下冊文本被這些小標題搞得支離破碎。

南琪本標題均被篡改爲四字，老套乏味；小節號被悉數去除，或代之以情節分隔符；分章均未處於情節或時空轉換之際，割裂情節甚至對話。

●三本文字和情節分隔符基本相同。比對連載，武俠春秋本第二部「浪子」起直至結束，有頻繁併段之現象，這種情況和《劍・花・煙雨江南》一樣。

武林本有少量併段，主要出現在靠近章末位置。南琪本併段較少。

二、桂冠本修訂自南琪本，將「楔子」改名「前言」，但因南琪本胡亂分章，導致桂冠本在修訂時不慎丟失了位於第五十八章結尾的這段文字：

（一）

人在江湖，並不是件幸福的事。

人在江湖，就好像是風中的落葉，水中的浮萍，通常都是身不自主的。

有很多事他們很想做，卻不能做。

有很多事他們很不想做，卻非做不可。

因為他們一定要講義氣，一定要有原則，否則他們就混不下去。

用一句現在的話來說，他們通常都是性格巨星。

因今傳本大多承自桂冠本，故這段話已佚失。

此外，桂冠本盡數延續了南琪本的缺點，並頻繁併段，是一次失敗的修訂。

收藏推薦

《武俠春秋》連載最接近作品原貌，其結集本因頻繁併段稍遜。武林本下冊亂插標題，文本面貌被嚴重破壞。南琪本雖併段較少，但篡改章節導致閱讀感受大打折扣。三種原刊本可以說是各有優劣。桂冠本延續了南琪本的缺點，並有明顯併段，文本面貌上當屬最差。今傳本大多承自桂冠本，未見與武俠春秋本一脈相承者，故讀不出原汁原味。簡體本可選長江文藝本。

・82・

江湖人故事

三少爺的劍

古龍・文
耀基・圖

第二部 浪子

× × ×

今宵酒醒何處？
楊柳岸，曉風殘月。

× × ×

浪子無淚

(一)

秋殘，冬至。

酷寒。

冷風如刀，大地荒漠，蒼天無情。

浪子已無淚。

人仍在，可是人在何處？

□　□　□

今宵酒醒何處？

楊柳岸，曉風殘月。

□　□　□

秋殘，冬至，酷寒。

冷風如刀，大地荒漠，蒼天無情。

浪子已無淚。

□　□　□

阿吉迎着撲面的冷風，拉緊單薄的衣襟，從韓家巷走出來。他根本無處可去。

他身上已只剩下二十三個銅錢。可是他一定要離開這地方，離開那些總算以善意對待過他的人。

他沒有流淚。

浪子已無淚，只有血，現在連血都已幾乎冷透。

□　□　□

韓家巷最有名的人是韓大奶奶，韓奶奶在韓家樓。

韓家樓是個妓院。他第一次看見韓大奶奶，是在一張寒冷而潮濕的床舖上。

冷硬的木板床上到處都是他嘔吐過的痕跡，又髒又臭。

▲「第二部　浪子」處，《武俠春秋》連載（右頁）與桂冠本的差別

白玉老虎

已知首載

新加坡《南洋商報》連載（一九七六年二月三日至一九七七年七月廿二日，名《滿天蒼雨》）

作品簡介

古龍代表作之一。以「大風堂」少主趙無忌爲父復仇爲主線，講述了「大風堂」、「蜀中唐門」、「霹靂堂」三大組織相互爭鬥的故事。

該書情節曲折離奇，高潮迭起，大量精彩的細節描寫讓人嘆爲觀止。其中對「蜀中唐門」這一門派塑造的精彩程度，可謂前無古人。

文本延續

原刊本：

香港《武俠世界》連載（約一九七六年三至八月，八六三期至八九四期，後不詳）↓香港武林本（一九七六年冬季，三冊，分九章、後記）

台灣南琪本（一九七六年，廿五冊、七十五章）

修訂本：

台灣華新本（一九七七年三月，三冊，分九章、後記）↓台灣桂冠本↓港澳翻印本

（「華新」；武功；「桂冠」；快澤／壽山）⇩簡體本（華文，一九八八年五月；寶文堂，一九八九年六月）

其他早期連載：

泰國《世界日報》（一九七六年二月十九日至十二月卅一日）

原貌探究

一、後記之謎

一直以來，關於《白玉老虎》，古龍是否已寫完一直是一個謎。武林本結尾處有「上部完」字樣和後記，揭開了謎底：

> 「白玉老虎」這故事，寫的是一個人內心的衝突，情感與理智的衝突，情感與責任的衝突，情感與仇恨的衝突。
>
> 我總認為，故事情節的變化有窮盡時，只有情感的衝突才永遠能激動人心。
>
> 這故事中主要寫的是趙無忌這個人。
>
> 現在趙無忌內心的衝突已經被打成了一個結，死結。
>
> 所以這故事也應該告一段落。
>
> 但是趙無忌還要活下去，這個結遲早總是要解開的，所以這故事一定也還要繼續下去。
>
> 關心趙無忌的人，關心鳳娘、千千、憐憐、曲平、唐傲、唐缺，和那一雙奇怪而可愛的孿生子的人，也一定希望能看下去。所以我也一定會寫下去，再過幾期後，我一定會讓每個人滿意。
>
> ——至少我一定會盡力。

可見《白玉老虎》確實沒有寫完，而古龍也確實是想續寫下去的。據查，泰國《世界日報》連載後記完整，而南琪本無此後記。華新本修訂自武林本，砍去了劃線部分即關於續寫的承諾，但這樣一來，反而成就了一個絕妙而經典的結尾。

後記

「白玉老虎」這故事，寫的是一個人內心的衝突，情感與理智的衝突，情感與責任的衝突，情感與仇恨的衝突。

我總認爲，故事情節的變化有窮盡時，只有情感的衝突才永遠能激動人心。

這故事中主要寫的是趙無忌這個人。

現在趙無忌內心的衝突已經被打成了一個結，死結。

所以這故事也應該告一段落。

但是趙無忌還要活下去，這個結遲早總是要解開的，所以這故事一定也還要繼續下去。

關心趙無忌的人，關心鳳娘、千千、憐憐、曲平　唐傲、唐缺，和那一雙奇怪而可愛的孿生子的人，也一定希望能看下去。所以我也一定會寫下去，再過幾期後，我一定會讓每個人滿意。

——至少我一定會盡力。

1082

▲武林本《白玉老虎》的完整後記

二、武林本和南琪本差異如下：

●從《白玉老虎》開始，武林結集本摒棄了長期以來沿用連載時編輯自擬舊式標題的陋習，採用了古龍原稿的章節設置和新式標題，這無疑是一大進步。該本共九大章，其標題長短不一，新派特色濃郁，概括準確生動，如前五章爲「黃道吉日」、「兇手」、「賭」、「活埋」、「辣椒巷」。每章下設若干新式插題（小標題），如第一章「黃道吉日」下設「奪命更夫」、「三更前後」、「衛鳳娘與趙千千」、「黃道吉日」共四個插題，插題下再分（一）（二）（三）等小節，結構精密，各章、各插題、各小節均處於情節或時空轉換之時，情節分隔符完整，顯然是作品原貌。這是古龍在創作《遊俠錄》、《湘妃劍》十六年後再次使用「母章子題」的結構方式，但這次的水準已遠非同日而語。

南琪本標題均被篡改爲四字，如「打更斷魂」、「扶弱鋤強」、「香氣百毒」等，老套乏味；全書插題和小節號被悉數去除，或代之以情節分隔符；分章均未處於情節或時空轉換之際，割裂情節甚至對話。

● 武林本存在少量併段的情況，例：

柳三更接着又道：「你要不要再仔細看看？」趙無忌實在很想再仔細看看。柳三更道：「好，你拿去看。」他竟用一隻手指將自己的一個眼珠挖了出來，他的眼睛立刻變成了個黑洞。死灰色的眼珠子，也不知是用玻璃，還是用水晶做成的，不停的在他掌心滾動，就好像活的一樣。

上述併段，在南琪本中沒有存在。

● 武林本和南琪本在文字上幾無差異，前者大部分篇章稱「趙無忌」爲「無忌」，後者通篇爲「趙無忌」。

三、華新本修訂自武林本，除改動後記外，正文文本幾乎與武林本完全一致，僅更正了武林本一些明顯的訛誤（如錯排的章號）。

收藏推薦

《白玉老虎》的文本，在古龍小說中是延續較好、變動較少的。武林本忠實反映了作品原貌，雖有少量併段，但對閱讀感受影響不大，「上部後記」更有著不容忽視的研究價值。除對後記略作改動外，華新本很好地延續了武林本的文本面貌。南琪本雖無人爲併段現象，但由於對章節、插題上的隨意刪改，以及缺少後記，總體還是不能令人滿意。簡體本均承自華新本，可選華文、寶文堂等本。

釋疑解惑

問：《白玉雕龍》和《白玉老虎》是什麼關係，作者是誰？

答：《白玉雕龍》是《白玉老虎》的續集，講述趙無忌如何復仇成功，由古龍弟子申碎梅撰寫[62]。該書一九八五年由萬盛出版，署「古龍／申碎梅著」，實則完全是申碎梅的作品，古龍僅是掛名而已。因水準與古龍相差太大，後世對該書評價極低。

問：倪匡曾稱為《白玉老虎》代過筆，是否屬實？

答：各結集本均未見絲毫代筆痕跡，如確有代筆，應爲連載時的臨時代筆，結集時已刪去（與《絕代雙驕》情形相似）。尙待考證。

62 古龍〈一些問題，一些回答〉，刊於丁情《那一劍的風情》，萬盛出版社，一九八五年六月。另據陳曉林和翁文信證實，申碎梅乃薛興國的分身。

圓月・彎刀（刀神）

已知首載

香港《武俠春秋》連載（一九七六年六月廿一日至一九七八年五月一日，二八二至三四八期，名《刀神》）

作品簡介

少年劍客丁鵬以「天外流星」揚名江湖，卻被人設計騙去劍譜並身敗名裂，後被「狐女」青青所救，練就魔刀刀法，重回人的世界，捲入了魔教、神劍山莊、名門正派之間的紛爭。漢麟二冊本自第十一章「雙刀合璧」中，「天下有什麼比十七歲的少女對心目中的英雄的讚美更令男人動心」開始，由司馬紫煙代筆續完（詳見本書下篇〈刀在，神已不在——《刀神》〉一文）。

文本延續

原刊本：

香港《武俠春秋》連載→香港武俠春秋本（一九七八年二月，二冊，分前言、二部六十六章，名《刀神》）→港澳翻印本（時新，文本稍有改動，名《刀神》）

台灣南琪本（一九七六年至一九七七年，十七冊，分前言、五十六章[63]）

修訂本：

台灣漢麟甲本（一九七八年五月，十八冊、分前言、五十四章）[64]

台灣漢麟乙本（一九七八年四月，二冊，分前言、卅二章）↓台灣萬盛本↓港澳翻印本（「華新」；武功；快澤／壽山；「桂冠」，名《刀神》和《神劍魔刀》）⇩簡體本（陝西旅遊，一九九二年十一月；江蘇文藝，一九九三年三月）

原貌探究

一、武俠春秋本和南琪本差異如下：

● 該書在《武俠春秋》首載時原名《刀神》，後南琪和漢麟出版時均更名爲《圓月・彎刀》，此名延續至今。從故事情節和以下要說到的分部結構來看，確實是《圓月・彎刀》更爲貼切一點。

● 南琪本保留了原稿「第一部　圓月」、「第二部　彎刀」的分部及引言，轉引如下：

第一部　圓月

天有不測風雲，月有陰晴圓缺。

---

63 南琪本於一九七六年出版前四冊共計十七章，中斷，一九七七年繼續出版時誤從十六章開始，五十四章結束，故實際章數應為五十六章。

64 漢麟出版社成立後，除將原先的卅六開本的小薄本修訂為廿五開本的大厚本，自一九七七年起逐部向市場推出外，也以小薄本的樣式再版了幾部古龍小說，其中包括一九七八年四月的《俠名留香》和一九七八年五月的《圓月・彎刀》，此後，漢麟以及台灣其他出版社再也沒有以小薄本形式出過古龍小說。

此事古難全。
但願人長久，千里共嬋娟。
（行文至「這時旭日已升起，陽光正照耀著人間的錦繡大地」結束）

第二部　彎刀

圓月落，
刀光起。
縱橫大地十萬里。
刀光寒如雪，何處聽風雨。

武俠春秋本在結集時誤將「第一部」等字樣刪除，將「但願人長久，千里共嬋娟」作爲第一章的標題（連載原題爲「爲山九仞功虧一簣」），僅存第二部的引言。

●武俠春秋本標題長短不一，新派特色濃郁，概括準確生動，如「月圓之夜」、「青青」、「小樓一夜聽春雨」等；每章分（一）（二）（三）等小節，分章（節）均處於情節或時空轉換之際，情節分隔符完整。而南琪本標題均被篡改爲四字或二字，如「出類拔萃」、「溫柔陷阱」等，不如原稿標題生動準確，小節號大多被去除，或代之以情節分隔符；南琪本的分章雖和武俠春秋本不同，但大多亦處於情節或時空轉換之際。

●兩本各有不同程度的併段。

二、漢麟甲乙兩本均修訂自南琪本，只保留了第一部的分部引言，有關第二部的文字缺失。甲本將南琪本前十七章縮編爲十五章，標題略作改動，後面的章節標題則保持不變；乙本重劃爲前言及卅二章，標題大多採自南琪本和武俠春秋本。兩本情節分隔符、分段等基本一致，分章大多處於情節或時空轉換之際。

收藏推薦

武俠春秋本和南琪本各有瑕疵，但武俠春秋本勝在保留了原稿的章節和標題，當爲首選。南琪小薄本的文本一向以粗糙聞名，《圓月・彎刀》是南琪以小薄本形式出版的最後一部古龍小說，憑著完整的分部引言，總算爲其挽回一點點的顏面。今傳本大多承自漢麟乙本，可滿足普通閱讀，簡體本可選陝西旅遊、江蘇文藝等本。

碧血洗銀槍

已知首載

台灣《中國時報》連載（一九七六年九月二日至一九七七年二月十七日）

作品簡介

碧玉山莊選婿之日，武林四公子中三人相繼遭遇毒手，倖存的馬如龍被誣爲殺人兇手，在驚險的逃亡途中，他得到醜女大婉搭救，後易容爲雜貨店東家，暗中追查真凶。古龍後期佳作。男主人公馬如龍目空一切卻正直善良，昧於世故而容易衝動的獨特個性，在古龍小說中較爲少見，書中有關「雜貨鋪」的描寫彰顯世俗情懷，成爲該書經典橋段。

文本延續

原刊本：

香港《武俠世界》連載（約一九七七年三至六月，九二五至九三六期）↓香港武林本（一九七七年夏季，一冊，分前言、卌九章、尾聲）

修訂本：

台灣桂冠本（一九七九年三月，一冊，分前言、卌九章、尾聲）↓港澳翻印本（「華新」；「漢麟」；快澤／壽山）⇩簡體甲本（花山文藝，一九九四年五月）

台灣眾利／瑞如本（一九八一年七月，一冊，分前言、卅八章、尾聲）↓港澳翻印本（武功）⇩簡體乙本（長江文藝，一九九三年三月）

其他早期連載：

香港《新報》[65]（一九七六年九月至一九七七年）

原貌探究

此書首載於《中國時報》，無前言，正文也被編輯嚴重刪節，故其文本不足爲憑。幸好稍後出版的武林本保持了原貌。

武林本與修訂後的桂冠本、眾利／瑞如本差異如下：

●武林本比桂冠本、眾利／瑞如本多出了一些文字。

例一：

據說「小李探花」生平最好的朋友，天下第一快劍「阿飛」，就是他的祖先。因為江湖盛傳，沈浪和白飛飛之間曾經有一段孽緣，阿飛就是他們的兒子。前輩的風流，現在都已成過去，這些事從來也沒有人能證實。阿飛的身世，本來就是個謎，所以紅葉的身世也如謎。他也從來沒有說起過自己的來歷。

65 創刊於一九五九年十月，香港知名中文報紙。

例二：

馬如龍正在想，小婉卻忽然做出件他連做夢都想不到的事。

她忽然走了過來，坐到這個男人的腿上，摟住了他的脖子，輕輕的咬著他的耳朵，喘息着輕聲說道：「你要我死，我也要你死。」

現在這個「死」字的意思已完全不同了。

×　×　×

現在這個男人的手，已伸進了小婉的衣襟：「好，你要我死，我先捏死你。」

小婉喉嚨裡已發出了好像快要死了一樣的喘息和呻吟。

「你要捏死我，我也要捏死你。」

她也在捏他。

就算你看不見她捏的是什麼地方，也一定可以想像得到的。

兩個人好像真的都快要被捏死了，喘息聲更粗，呻吟聲更大。

她不但在捏，而且還在咬。

他也在咬她。

她的衣襟已散落，一件緊身的絲棉小襖裡面，只有一件鮮紅的肚兜，襯得她的皮膚更白。

馬如龍實在看不下去了。

劃線部分在眾利／瑞如本和桂冠本是沒有的，這些文字應為古龍親筆，而且在《武俠世界》連載中也同樣存在。

●武林本摒棄了連載時編輯自擬的舊式對仗標題，採用了原稿的章節設置和新式標題，每章（包括前言）分（一）（二）（三）等小節，分章（節）均處於情節或時空轉換之際，情節分隔符完整。而桂冠本和眾利／瑞如本雖標題基本不變，但均將小節號和大量情節分隔符刪除。此外，眾利／瑞如本少數分章沒有處於情節或時空轉換之際，而在之前或之後幾個自然段。

●武林本基本保持一句一段的原貌（僅部分章臨近結尾時有少量併段），而眾利／瑞如本的行文很是古怪，不該併段的地方併段了，而明明一句完整的句子，卻被硬生生地割裂開來。例：

他在馬鞍上坐了下來，仰面看着藍天，癡癡的出神。

眼睛裡帶着種說不出的悲痛和憂慮。

……

騎驢的人臉色蒼白，彷彿帶着病容。

但笑容溫和，舉止優雅，服飾也極華貴。

……

兩個人面對面站着，你看着我，我看着你。

眼睛裡都帶着種恐懼之極的表情。

以上劃線文字，應緊接上文才能組成完整的句子，從邏輯和語法上來說，是不應割裂分段的。經查，武林本和桂冠本均是緊接上文。如此古怪的斷句處理，絕非古龍原文。眾利／瑞如本為何會如此處理，目前尚無法定論，眾利／瑞如本發行於一九八五年，距離武林本已有八年，或許其文本源於另一種至今尚未露面的原刊本亦未可知。

桂冠本雖無眾利／瑞如本那種古怪的斷句現象，但是，大篇幅地併段，卻讓原文的節奏和韻味全失。例：

夜。漫長的寒夜剛開始。馬如龍拾了些枯枝，在這殘破的廢廟裡找了個避風的地方，生起了一堆火。火光很可能會把敵人引來，任何人都知道，逃亡中是絕不能生火的，就算冷死也不能生火。但是這個女人實在需要一堆火，他可以被冷死，卻不能讓這個陌生的女人因為他畏懼敵人的追踪而被冷死。他寧死也不做這種可恥的事。

——桂冠本

夜。

漫長的寒夜剛開始。

馬如龍拾了些枯枝，在這殘破的廢廟裡找了個避風的地方，生起了一堆火。

火光很可能會把敵人引來，任何人都知道，逃亡中是絕不能生火的，就算冷死也不能生火。

但是這個女人實在需要一堆火，他可以被冷死，卻不能讓這個陌生的女人因為他畏懼敵人的追踪而被冷死。

他寧死也不做這種可恥的事。

——武林本、《中國時報》連載

●武林本「尾聲」保持原始面貌，此點與《中國時報》連載一致（個別字不同），而眾利／瑞如本和桂冠本的「尾聲」被改寫，延續至今傳本。

兩種「尾聲」分別爲：

每件事都有結束的時候，這件事的結果是這樣子的——

邱鳳城當然得到了他應該得到的制裁，絕大師遠赴崑崙絕頂去面壁思過，鐵震天和馬如龍痛飲了三日之後，就在一個有風有月的寒夜飄然而去，不知所踪。

江南俞五依然領袖江南武林，玉大小姐依舊行踪飄忽，神出鬼沒。

大婉和謝玉崙呢？她們和馬如龍的結局應該是種什麼樣的結局？

× × ×

沒有人知道她們的結局究竟如何？可是關於他們的傳說卻有很多種。

有人說，大婉其實並不醜，卻故意扮成一個醜陋的女人，等到真相大白時，她才恢復本來的容貌，而且嫁給了馬如龍。

有人說，大婉本來就是個很醜的女人，可是馬如龍並不嫌棄她，還是娶了她，因為容貌是隨時都能改變的，愛情卻永遠不會變。

有人說，既然謝玉崙的清白之軀已經被馬如龍看見了，而且和馬如龍在一起生活了很久，當然非嫁給他不可。

在他們那個時代，沒有人會反對兩個女子同時嫁給一個丈夫的，只要她們自己覺得快樂，馬如龍也覺得快樂，她們為什麼不能一起做馬如龍的妻子？娥皇女英都能同事一夫，她們為什麼不能？

× × ×

關於他們的說法有很多種，誰也不知道究竟那一種是真的？在某一年的除夕之夜，曾經有一個人見到了馬如龍，曾經問過他。可是馬如龍並沒有回答，他只對那個人笑笑，只對那個人說：「恭喜發財。」他說：「恭喜大家明年都發財如意。」

——武林本

邱鳳城當然得到了他應該得到的制裁，絕大師遠赴崑崙絕頂去面壁思過，鐵震天和馬如龍痛飲了三日之後，就在一個有風有月的寒夜飄然而去，不知所踪。江南俞五依然領袖江南武林，玉大小姐依舊行踪飄忽，神出鬼沒。大婉和謝玉崙呢？她們和馬如龍的結局應該是種什麼樣的結局？

× × ×

幾年之後有人在江南碰到了馬如龍，據說身旁還多了二個如花似玉的美嬌娘，其中一個當然就是謝玉崙，但另一個是否就是大婉呢？沒有人知道。只是她的神韻和大婉為何如此神似呢？

——眾利／瑞如本、桂冠本

可以看出，原來的「尾聲」是爲了應景，因爲《中國時報》連載結束時正值農曆新年來臨，相比之下，後改的確實要更好一點，更含蓄，更像結尾。

收藏推薦

武林本基本維持作品原貌，原始「尾聲」頗具研究價值。眾利／瑞如本和桂冠本不但多處刪改文字，而且存在破壞語法邏輯割裂整句、大幅併段、刪除小節號和情節分隔符等問題，導致行文的韻味大打折扣，嚴重影響了閱讀感受。

今傳本均承自眾利／瑞如本或桂冠本，無從武林本者，故無法完全領略作品原味。坊間還有將「謝玉崙」改成「謝玉寶」、「崑崙」改成「飽寶」的版本，編輯用意不明，不推薦選購。

釋疑解惑

問：一九七四年，古龍在《中國時報》人間副刊連載《天涯・明月・刀》慘遭「腰斬」，為何兩年後會再次在該報連載新作，並再次遭到嚴重刪節？

答：當時陳曉林任《中國時報》人間副刊主編，「堅持古龍是最有才華和創意的武俠作家，仍請古龍開新稿《碧血洗銀槍》，並告知報社老闆，如不同意，我即辭職。」[66] 另據詹宏志回憶，當時詹初出茅廬，擔任副刊的助理編輯，授命向古龍約稿。因爲陪古龍痛飲而被其看好，從而約稿成功，「下車時我還步履不穩，古龍扶我下車，回到車上，又搖下車窗：『嘿，小朋友，你夠意思，我給你寫稿。』」[67] 兩相映證，很可能是陳曉林先向報社老闆（即余紀忠）爭取，再派詹向古龍約稿。

與書籍出版不同，報刊在連載小說時，受版面大小制約等因素，有對文字進行適當刪

66 陳曉林〈對風雲時代版《古龍全集》的一些回答〉，一九九八年四月九日。

67 詹宏志〈第一件差事〉，刊於《台灣壹週刊》二九三期。

改的權利，但實際操作中爲了尊重作者，編輯很少動用修改權，更別說大量改動了，《中國時報》副刊是個例外。當年《天涯・明月・刀》被腰斬前的連載文字幾乎每期都被刪改，就是很好的一個證明。

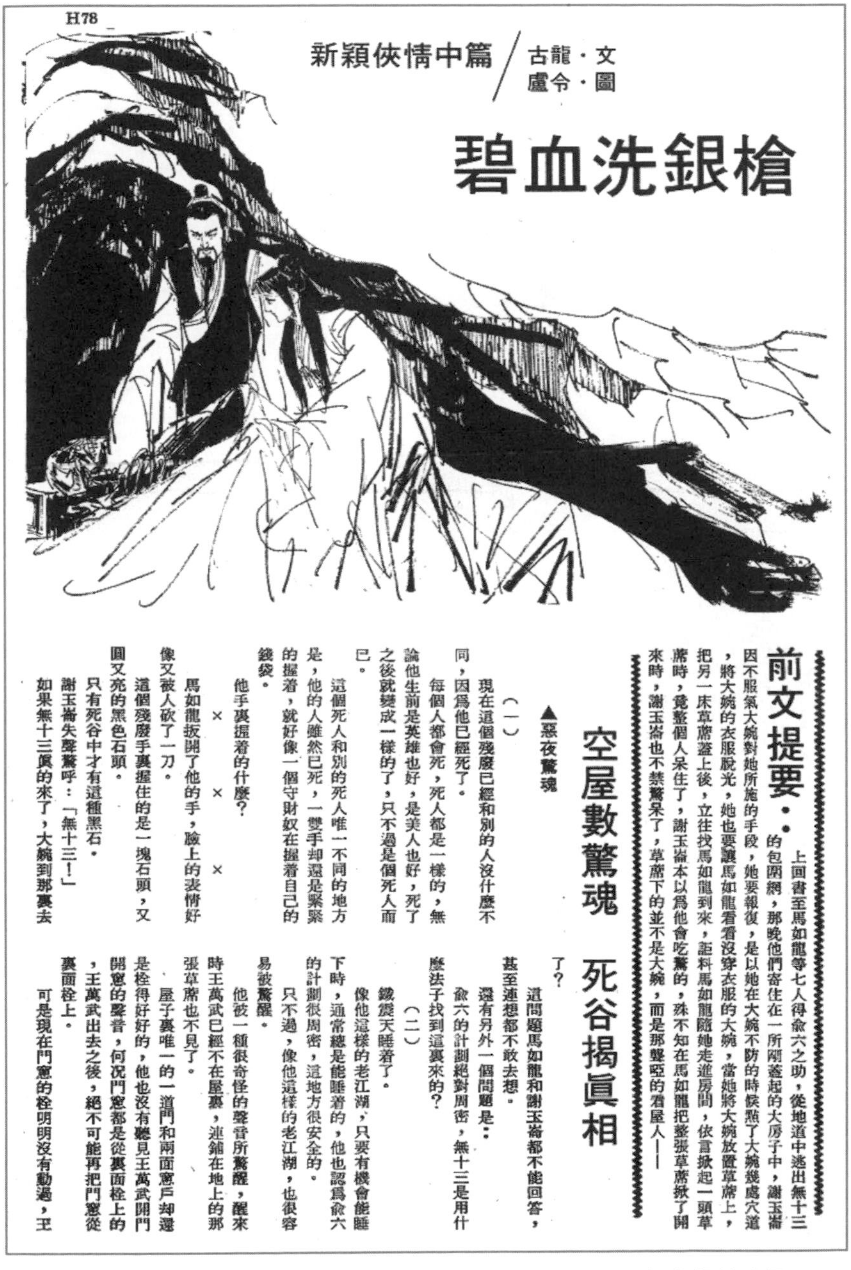

H78

新穎俠情中篇／古龍・文　盧令・圖

碧血洗銀槍

前文提要： 上回書至馬如龍等七人得俞六之助，從地道中逃出無十三的包圍網，那晚他們寄住在一所剛蓋起的大房子中，謝玉崙因不服氣大婉對她所施的手段，她要報復，是以她在大婉不防的時候點了大婉幾處穴道，將大婉的衣服脫光，她也要讓馬如龍看看沒穿衣服的大婉，當她將大婉放置草席上，把另一床草席蓋上後，立往找馬如龍到來，詎料馬如龍隨她走進房間，依言掀起一頭草席時，竟整個人呆住了，謝玉崙本以爲他會吃驚的，殊不知在馬如龍把整張草席掀了開來時，謝玉崙也不禁驚呆了，草席下的並不是大婉，而是那聾啞的看屋人——

空屋數驚魂　死谷揭眞相

▲惡夜驚魂

（一）

現在這個殘廢已經和別的人沒什麼不同，因爲他已經死了。

每個人都會死，死人都是一樣的，無論他生前是英雄也好，是美人也好，死了之後就變成一樣的了，只不過是個死人而已。

這個死人和別的死人唯一不同的地方是，他的人雖然已死，一雙手却還是緊緊的握着，就好像一個守財奴在握着自己的錢袋。

他手裏握着的什麼？

×　×　×

馬如龍扳開了他的手，臉上的表情好像又被人砍了一刀。

這個殘廢手裏握住的是一塊石頭，又圓又亮的黑色石頭。

只有死谷中才有這種黑石。

謝玉崙失聲驚呼：「無十三！」

如果無十三眞的來了，大婉到那裏去了？

這問題馬如龍和謝玉崙都不能回答，甚至連想都不敢去想。

還有另外一個問題是：

俞六的計劃絕對周密，無十三是用什麼法子找到這裏來的？

（二）

鐵震天睡着了。

像他這樣的老江湖，只要有機會能睡下時，通常總是能睡着的，他也認爲俞六的計劃很周密，這地方很安全的。

只不過，像他這樣的老江湖，也很容易被驚醒。

他被一種很奇怪的聲音所驚醒，醒來時王萬武已經不在屋裏，連鋪在地上的那張草席也不見了。

屋子裏唯一的一道門和兩面窗戶却還是栓得好好的，他也沒有聽見王萬武開門開窗的聲音，何况門窗都是從裏面栓上的，王萬武出去之後，絕不可能再把門窗從裏面栓上。

可是現在門窗的栓明明沒有動過，王

▲《武俠世界》連載的《碧血洗銀槍》，雖然每期依然由編輯自擬舊式標題，但原稿的章節設置和新式標題未被破壞。結集成武林本時，這些舊式標題被刪除。這是《武俠世界》和武林本的一大進步

大地飛鷹

已知首載

台灣《聯合報》[68]連載（一九七六年十月五日至一九七七年十一月十一日）

作品簡介

古龍代表作之一。講述江南俠士小方、武功蓋世的卜鷹和藏族青年英雄班察巴那共同抗擊妄圖在西藏稱霸的巨賈呂三的故事。

本書具有濃郁的傳奇色彩和西藏風情，並融入了宗教、神話、倫理、人與自然抗爭等元素。文字精煉剛健，意境蒼涼高遠，是古龍作品中極富特質和深度的一部佳作。結局過於草率，是爲白璧微瑕。

文本延續

原刊本：

香港《武俠世界》連載（約一九七七年六月至一九七八年一月，九三七至九六六期）

↓香港武林本（一九七七年冬季，三冊，分序幕、八十二章）⇩簡體甲本（花山文藝，

---

68 一九五一年創刊，由《民族報》、《經濟時報》、《全民日報》合併而來，一九五七年改名為《聯合報》，一直是台灣發行量最大、最具影響力的報紙之一。古龍多部後期作品於此報連載。

一九九四年四月，名《魔王天鷹》）

台灣南琪甲本（一九七八年一月，二冊，分序幕、七十章）⇩ 簡體乙本（寧夏人民，一九九四年三月，冠名「校訂本」）

台灣南琪乙本（一九七八年一月，五冊或三冊，分序幕、四十五章）↓ 港澳翻印本（武功）⇩ 簡體丙本（中國文聯，一九九一年十二月）

其他早期連載：

香港《明報》（一九七六年十一月至一九七七年）

新加坡《南洋商報》（一九七七年十月廿三日至十一月四日，名《大漠英雄傳》），未刊完）

原貌探究

武林本與南琪甲乙兩本差異如下：

● 武林本分序幕、八十二章，採用新式標題，如前五章爲「食屍鷹」、「怒箭」、「貓」、「要命的人」、「賭子」；每章（包括序幕）分（一）（二）（三）等小節，分章（節）均處於情節或時空轉換之際，情節分隔符完整。

南琪甲本分序幕、七十章，前四十五章（以下簡稱「上半部」）的章節設置和武林本一致，但從四十六章開始至結尾（以下簡稱「下半部」），分章完全不同，且不分小節，或代之以情節分隔符。

乙本分序幕、四十五章，上半部至前廿一章，其標題大多來自甲本，極有可能是在南琪甲本的基礎上合併章節；而下半部（廿一至四十五章）的章節設置和甲本一致。該本小節號被悉數去除，或代之以情節分隔符。

同爲下半部中的「木屋裡的秘密」章，南琪甲乙二本開頭爲：

「呂三要胡大麟他們三個人來試你的劍，就因為有獨孤癡在那裡。」

「哦？」

「如果說世上還有一個人能從他們致命的傷口上看出你的劍法出來，這個人無疑就是獨孤癡。」

而武林本開頭爲：

（一）

河流對岸的山坡上，岩石間，樹叢裡，有一棟隱秘的小屋。

一棟別人很難發現的小木屋。

就算有人發現了，也沒有人會注意的，因為從外表上看來，這棟小木屋絕沒有一點能夠讓人注意的地方。

就算有迷路的旅客獵人，在無意間闖了進去，也不會發現這間木屋有什麼特別之處。更不會想到「富貴神仙」呂三會在這裡。

很明顯，武林本標題和內容吻合，而南琪甲乙二本這樣硬生生地在兩人對話時分章肯定不是古龍的原意了。

● 上半部，無論是分小節的甲本還是不分小節的乙本，至少情節分隔符是完整的，同武林本保持一致。

但從下半部開始，情節分隔符大量缺失，尤其「交易」至「木屋裡的秘密」（甲本爲五十四至六十五章，乙本爲廿九至四十章），整整十二章，南琪本刪除了所有的情節分隔符，大段文字擠壓在一起，沒有一點空隙，筆者以往每每閱讀到這十二章，均感逼仄窒息，眾多讀者亦反應感受不佳。後購得武林本後再讀這些章節，便覺節奏舒緩，韻味十足，耳目一新。由此可見情節分隔符之重要性。

●南琪甲乙二本在下半部約全書四分之三處開始出現與眾利／瑞如本《碧血洗銀槍》一樣的古怪情形，即將一句完整的句子割裂開來，變成兩個以上段落。例：

> 他們的代號是：四號、十四號、三十四號。和「三號、十三號、三十三號」只差一號。
>
> ……
>
> 他的行動矯健而靈敏。
>
> 只不過顯得有一點點激動而已。
>
> 連蒼白的臉上都已因激動而現出了一點紅暈。
>
> 呼吸好像變得比平常急促一些。

以上劃線文字，應緊接上文才能組成完整的句子，從邏輯和語法上來說，是不應割裂分段的。經查，武林本和《聯合報》連載均是緊接上文。南琪本爲何有如此古怪的斷句處理，同樣不得而知。但以南琪一貫的「扯爛污」作風，細想也許就不足爲奇了。

南琪本書名由書畫家張大千所題，這或許是南琪本唯一的亮點了。

全面行動

（一）

暗夜、無星、無月、無雨、有風。

暗室、昏燈。

×　×　×

室暗，是因爲燈昏！

燈昏，是因爲小方特意將燈蕊擰到最小處。

他一向是個明朗的人，可是現在他却寧願在黑暗中獨處。

這不僅是因爲他有很多事要去想，也不僅是因爲現在他有一件決定性的計劃即將開始行動。

有些很開朗很不甘寂寞的人，在某種時候也會忽然變得寧願寂寞孤獨自處。

小方現在的心情就是這樣子，這幾天他都是這樣子的。

他有很多話要告訴「陽光」，也有很多事要問蘇蘇！

可是他沒有問，也沒有說，他根本沒有和她們單獨相處過。

——也許他是在逃避！

班察巴那的屬下無疑也已開始行動。

於是計劃的時期已結束，行動的時期已開始——當然是全面行動。

暗夜、無星、無月、無雨、有風。

暗室、昏燈。

室暗，是因爲燈昏。

燈昏，是因爲小方特意將燈芯擰到最小處。

他一向是個明朗的人，可是現在他却寧願在黑暗中獨處。

這不僅是因爲他有很多事要去想，也不僅是因爲現在他有一件決定性的計劃卽將開始行動。

有些很開朗很不甘寂寞的人，在某種時候也會忽然變得寧願寂寞孤獨自處。

小方現在的心情就是這樣子的，這幾天他都是這樣子的。

他有很多話要告訴「陽光」，也有很多事要問蘇蘇。

可是他沒有問，也沒有說，他根本沒有和她們單獨相處過。

——也許他是在逃避。

• 859

▲武林本（右頁）和南琪乙本的一處文字對比，後者小節號和情節分隔符被刪除

收藏推薦

南琪甲本的上半部面貌與武林本一致，但下半部胡亂分章，小節號全部被刪，大量情節分隔符缺失，而南琪乙本則全書都有這種情況。兩本在全書的後四分之一還存在著破壞語法邏輯割裂整句的現象。甲乙兩本在此書上的表現實可謂混亂無比。而武林本處處保持作品原貌，爲該書當之無愧的最佳版本，其珍貴程度與武林本《碧血洗銀槍》相匹。

簡體本中，推薦花山文藝本（易名《魔王天鷹》），此本是內地唯一簡體化自武林本的版本，值得收藏，只是錯別字稍多。另要提一下承自南琪甲本、冠名「校訂本」的寧夏人民本，雖然下半部增添了（一）（二）（三）等小節，小心翼翼地將割裂的從句用破折號連上，態度可嘉，但因沒有武林本作依據，全憑編輯主觀修訂，終究不能從根源上解決問題。

七星龍王

已知首載

香港《武俠小說週刊》連載（約一九七八年三至九月，一至廿四期）

作品簡介

濟南巨富孫濟城離奇死亡，但被發現死的只是替身；同時，平凡的小商人吳濤和古靈精怪的小叫花元寶，卻引發江湖各路高手紛紛登場。這是爲了什麼？

本書屬推理型武俠小說，語言風格深沉又不失幽默，對女性角色的設定也與其他小說頗爲不同，別具一格。

文本延續

原刊本：

香港《武俠小說週刊》連載↓香港武俠圖書雜誌本（一九七八年十一月，一冊、廿五章，以下簡稱「武圖本」）⇩簡體甲本（九洲圖書，一九九四年三月）

台灣《民生報》連載（一九七八年五月廿五日至九月十八日）↓台灣春秋本（一九七八年十二月，一冊、廿五章）↓港澳翻印本（武功；「桂冠」，名《李將軍》；快澤／壽山；「四維」）⇩簡體乙本（春風文藝，一九九三年一月）

其他早期連載：

新加坡《星洲日報》（一九七八年七月二日至十月十六日，名《龍旗鎮九洲》）

台灣《武藝》（一九七八年八月廿三日至十一月廿九日，二七六至二九〇期）

原貌探究

一、從文本延續可知，港台兩地連載和結集時間相差不大，但武圖本與春秋本尚有不少差異：

● 武圖本與春秋本均為廿五章，採用新式標題，除第五章外（兩本分別為「銀電針與霹

201

滿頭白髮插紅花

她們這樣也不敢吃，那樣也不敢吃，看見肥肉就好像看見活鬼一樣，拚命想保持自己的苗條身材，豈非就是爲了要別人欣賞？

可是現在她却只想把正在欣賞她的這個人的眼珠子挖出來。

最讓她受不了的是，這位雷大小姐不但眼睛在看，嘴裏還在不停的喃喃自語。

「不錯，保養得眞不錯，肉一點都沒有鬆，看起來也不像有什麼毛病，而且一定很會生孩子，將來一定多子多孫。」

湯大老闆終於沒法子再忍受了，終於忍不住叫了起來。

「我們無寃無仇，你爲什麼要這樣子對我？」她大叫：「你究竟是什麼人？究竟想幹什麼？你能不能告訴我？」

× × × ×

這種荒謬的事，有誰能解釋？有誰能想得通？雷大小姐非但沒有解釋，反而又說了句更莫名其妙的話。

她忽然用一種很愉快的聲音對湯蘭芳說：

「恭喜你！」

（一）

四月十九，午時前。

元寶在等死，可是等了半天還沒有死。

高天絕的手還被他緊緊握住，冰冷的手掌彷彿已漸漸有了暖意。就像是一座亙古以來就飄浮在極北苦寒之海上的冰山已漸漸開始溶化。

連冰山都有溶化的時候何況一個有血有肉的人。

元寶笑了。

▲武圖本連排版都照搬連載時的分欄，這在結集本中是少見的。第十八章「滿頭白髮插紅花」分章處情節割裂，可見結集時沒有注意調整標題位置

靂釘」和「銀電」），其餘均相同，如前四章爲「億萬富豪之死」、「元寶」、「花旗」、「彈三弦的老人」；每章分（一）（二）（三）等小節。

武圖本的第十八、十九章將上一章（即第十七、十八章）結尾處的部分文字納入了本章的開頭處，致使情節割裂，而春秋本分章均處於情節或時空轉換之際。

●兩本有多處異文，以第一章居多。

例一：

四月十五。晴。

這一天開始的時候也和平常一樣，孫濟城起床時，由昔年在大內負責整理御衣的宮娥柳金娘統領的一組十六個丫頭，已經為他準備好他當天要穿的衣裳。在他臥室外那間精雅華美的起居室裡喝過一碗來自福建武夷絕頂的烏龍茶之後，孫濟城就坐上他的專用馬車，開始巡視他在濟南城裡的七十九家商號。

……

孫濟城身長五尺十一寸……

——武圖本

四月十五日。晴。

這一天開始的時候也和平常一樣，孫濟城起床時，由昔年在大內負責皇上衣履袍帶的宮娥柳金娘統領的一組十六個丫鬟，已經為他準備好他當天要穿的衣裳。在他臥房外那間精雅華美的廳房裡喝過一碗來自福建武夷的烏龍茶之後，孫濟城就坐上他的專用馬車，開始巡視他在濟南城裡的七十九家商號。

……孫濟城身長六尺有奇……

——春秋本

例二：

還有最主要的一點是，大三元的生意很好，客人很多，各式各樣的客人都有。

——武圖本

還有最主要的一點是，大三元的生意好，客人多。

——春秋本

例三：

臥房外是一間精雅華美的小室，壁上懸掛着吳道子的畫和王羲之的字，架上擺着純白無瑕的漢玉鼎，近門的一張交椅據說是秦始皇帝阿房宮中碩果僅存的遺物。是喑噁叱咤不可一世的項王在火焚阿房宮前特地令人從宮中搬出來的，只為了要博他的愛妃虞姬一笑。

——英雄的霸業，美人的一笑，這其間的智愚成敗得失，又有誰能分得清？

——武圖本

臥房外是一間精雅華美的廳堂，壁上懸掛着吳道子的畫和王羲之的字，架上擺着純白無瑕的玉鼎，迎門的一張交椅，據說是皇宮裡流出來的御用之物。

——春秋本

上述幾例可看出，這種異文絕對不是錄入疏忽，而是有意改動。從春秋本將「四月十五」改成「四月十五日」這一明顯錯誤（陰曆改成了陽曆）來看，編輯改動的可能性要大一些。「五尺十一寸」應爲古龍筆誤，而後改成「六尺有奇」，以應「一尺等於十寸」之理。古龍向《民生報》供稿始於五月，比《武俠小說週刊》晚了兩個多月，所以不排除在此期間古龍對開篇部分略作修改的可能。

●兩本均有併段現象，但併段處均互不相同，春秋本還有少量情節分隔符遺漏。各舉一例。

例一：

「小星星，亮晶晶。

天上星多月不亮，地上人多心不平。」

× × ×

秋夜，繁星，一個小男孩，兩個小女孩，三個孩子只有一條心，也只有一顆星。

一顆很小很小的小星。

後來孩子們長大了，一條心變成了三條心，可是他們還是只有一顆星。

還是只有那一顆很小很小的小星。

長大了的孩子後來又老了，有的甚至已經死了，有的人雖然沒有死，心卻已死了。

——武圖本

× × ×

「小星星，亮晶晶。

天上星多月不亮，地上人多心不平。」

× × ×

秋夜，繁星，一個小男孩，兩個小女孩，三個孩子只有一條心，也只有一顆星。一顆很小很小的小星。後來孩子們長大了，一條心變成了三條心，可是他們還是只有一顆星。還是只有那一顆很小很小的小星。

長大了的孩子後來又老了，有的甚至已經死了，有的人雖然沒有死，心卻已死了。

——春秋本

例二：

田雞仔歪着頭想了想。「這當然是件很奇怪的事，但卻也不是不可能發生的。」他說：「如有十來個打暗器好手，每個人都同時打出十來件暗器來，燈就滅了。」他說得很有道理：「這裡本來就是個臥虎藏龍的地方，就算有一百多個這樣的暗器高手，我也不會覺得稀奇。」

——武圖本

田雞仔歪着頭想了想。

「這當然是件很奇怪的事，但卻也不是不可能發生的。」他說：「如果有十來個打暗器好手，每個人都同時打出十來件暗器來，燈就滅了。」

他說得很有道理：「這裡本來就是個臥虎藏龍的地方，就算有一百多位這樣的暗器高手，我也不會覺得稀奇。」

——春秋本

二、臨時代筆

●筆者在調閱《武俠小說週刊》第五期連載時發現，在「彈三弦的老人」和「銀電針與霹靂釘」之間，多出一章「血戰」。憑空出現「葉紅衣」這一人物，與另四名不明來歷的蒙面大漢廝殺，最後喪命。情節突兀，文筆平庸，而在稍後的《聯合報》連載中並無此章，此後結集出版的武圖本和春秋本亦無此章。「彈三弦的老人」與「銀電針與霹靂釘（銀電）」兩章情節連貫緊密，故可推斷此章應爲連載時古龍續稿未到，臨時找人代的筆。

▲血戰▼

（一）

夜更深。

大多數的人這時候已經在睡夢中。

嚴密的搜查仍然在濟南城裏進行。

茶樓酒肆大部份都已經停止營業，只有小部份例外，這部份的規模當然都是比較小。

也只有小規模的店子在乎這時候的生意。

在這種店子來說，如何小的生意也都是生意。

今夜的生意，却非獨小，而且是少得可憐。

× × × ×

娼寮的後巷，也仍然有娼妓在徘徊。

她們若不是太醜陋，就是太老。

所以她們都站在最黑暗的地方。

這其實並不是最好的掩飾辦法，她們也明白，可惜她們連生活都成問題，又那裏還有餘錢買脂粉來掩飾那滿面的皺紋，容顏的醜陋？

生活是那麼困苦，可是她們仍然忍受活下去。

每一夜都在等待幸運之神的降臨。

在她們心目中的幸運之神，也就是那些多金又醉得一塌糊塗的客人。

這種客人當然並不多。

尤其是今夜，連一般的客人也少得出奇。

× × × ×

消息已傳開。

孫濟城的手下到處在盤問搜查。

又有誰願意多惹麻煩？

▲《武俠小說週刊》第五期的「血戰」章，由他人臨時代筆，結集時刪去

根據文中粵式用詞的頻繁出現，代筆者極有可能是爲《血鸚鵡》代筆過的黃鷹，尙待實證。

●筆者在調閱報刊連載時發現，在第廿三章「鼓掌」第二小節中，從「『可是現在不同了，』田雞仔說，『我保證你看見的時候一定會嚇一跳。』」往後，有數百字爲今傳各本所無，轉引如下（劃線部分）：

「這年頭，能讓我嚇一跳的事情，已經不多了。」元寶說：「尤其是有關你財產的事，絕對嚇不着我。」

「那你就等着瞧吧！」

田雞仔大笑的聲音，漸去漸遠。

× × ×

寂靜，全然的寂靜！

一陣風，忽然又吹進船艙裡。

「你們猜，外面有人嗎？」元寶打破了寂靜。

「一定有。」蕭峻說：「田雞仔會這麼輕易讓我們離開嗎？」

「他會不會唱空城計？」

「絕不會，外面起碼有把這艘船抬上岸的人。」

「可是，他們不是我們的對手。」

「那你為什麼不出去試試？」

元寶笑了起來，說：

「我絕不做沒有百分之百把握的事。」

「你怕什麼？」

「暗器！在這種連鬼影都看不到的地方，最可怕的莫過於暗器了。」

「所以，我們只好等下去。」

「不錯，」元寶說：「等下去又有什麼不好？馬上我們就喝到好酒吃到好飯，這種等待，豈非很愉快？」

× × ×

燈。明亮亮的燈。

一盞二盞三盞四盞五盞……

一長列明亮亮的燈。

這是元寶最先看見的東西。

然後他就看見提着燈籠的女人。

美麗的女人，穿着繡花絲綢挽着高髻的女人。

元寶的眼睛愈瞪愈大。

因為提着燈籠的女人，每一個都明艷照人，彷彿一輪明月，清麗絕俗。

八個美女在洞外款擺腰肢，彎一下身，然後魚貫走入船艙。

她們分列兩行，每行四人的站着，動也不動的站着。

一陣清脆嘹亮的聲音，忽然自遠處傳來：

「二十年的女兒紅！」

四個同樣裝束同樣美麗的女人，二前二後抬着兩根竹桿，竹竿中央縛着一塊豹皮，豹皮中央放着一罎酒。
她們走入船艙，盈盈向元寶一笑，輕輕將酒罎放下，退出。
清脆嘹亮的聲音又從遠處傳來：
「二十年的貴州茅台！」
那四個女子以相同的動作，將茅台放在元寶面前。
然後是蓮花白、竹葉青、波斯葡萄酒……
然後忽然間進來的不是美女，而是一個上身赤條條的大漢。
這個大漢一言不發，在被打破的船洞旁量量度度，然後忽然出掌，如削豆腐般將原來的洞口削成方形。
這大漢再在洞口比比，就站到船艙正中央，兩手一上一下伸出。
元寶他們好奇地看着大漢，正想出言發問，忽然「嗖」的一聲，有物體破空聲自外傳入。
大漢馬步紮穩，「嗖」的一聲，落在他手上。
他手上已多了一張漆黑黑亮晶晶的木桌子。
他將木桌放在船艙中央，退出。
清脆嘹亮的聲音，又從遠處傳來：
「珍珠丸子！」
元寶皺起眉頭，説：「珍珠丸子也算名菜？」
蕭峻看着他説：「你不是説他財產不多嗎？我看這些酒也不知是真是假。」
元寶正想嘲笑一番，忽然閉起嘴，滿臉驚訝地注視着中央的木桌。
木桌上正放着一籠剛端進來的珍珠丸子，熱氣騰騰的還在冒煙。

蕭峻看看這一道菜，臉上的表情，絕對比元寶更加驚訝。其他人的表情也差不了多少。

因為這真是名副其實的「珍珠」丸子，每一個滾圓的丸子上，都有一顆直徑近一寸的珍珠在上面。

白亮亮滾圓圓的珍珠！

元寶真的嚇了一跳！

「你現在該相信我的話了吧！」田雞仔的聲音，忽然從洞外傳來。

然後，是他得意之極的大笑聲。

元寶嘆了口氣說：

「想不到，雞仔也有長大的時候！」

「雞仔本來就會長大的，」田雞仔愉快的說：「你沒有看過，公雞的冠，都非常美麗嗎？」

「你是會下蛋的公雞！」元寶說，「不但做事漂亮，還會變錢。」

「對，對極了！」

劃線段落完全是多餘的，屬於臨時湊數，結集時刪去理所應當。而後面從「燈。明亮亮的燈」到「『對，對極了！』」這段文字也無古龍神韻，頗似薛興國的手筆，尤其是「燈。明亮亮的燈。一盞二盞三盞四盞五盞……一長列明亮亮的燈」同《鳳舞九天》中薛代筆的「星星，滿天的星星。閃亮的星星。璀璀璨璨的星星」手法如出一轍。這段文字經過修改後（劃線部分被刪除），被保留在了結集本中。

薛興國說過曾爲《七星龍王》臨時代筆，但沒有說清是哪些文字。依筆者之見，當是以上轉引的這段文字。

全書其餘部分皆未發現有代筆痕跡，所以這樣的小幅代筆，不會對作品整體構成太大影響。

收藏推薦

武圖本與春秋本存在多處異文，均有併段且併段處互不相同，武圖本保留了完整的情節分隔符，但分章出現「失誤」。綜合來看，兩本在忠於作品原貌上可算打了個平手。簡體本中可選承自武圖本的九洲圖書本或承自春秋本的春風文藝本。

此外，台灣坊間有妄增情節、篡改文字並由李涼續貂的皇佳、皇鼎本，將好端端的原作搞得支離破碎，面目全非；另有書中人物「郭滅」均被改作「郭地滅」的香港天地、珠海等本，文本均不足爲訓，特此提醒。

七種武器系列（六）：離別鈎

已知首載

台灣《聯合報》連載（一九七八年六月十六日至九月三日）

作品簡介

七種武器系列之六。正直勇敢的縣城捕頭楊錚捨身追回被劫鏢銀，卻陷入「青龍會」的連環計，爲洗不白之冤，並與相愛之人永遠相聚，楊錚被迫舉起了其父留給他的武器——離別鈎。

與幾年前創作的《長生劍》等五種武器相比，《離別鈎》的文字更圓熟老道，敘事也更冷靜含蓄，有種包含滄桑的美，非常耐品。

文本延續

原刊本：台灣《聯合報》連載↓台灣春秋本（一九七八年十月，一冊，分楔子、二部九章）↓港澳翻印本（「華新」；「桂冠」；快澤／壽山）⇩簡體本（長江文藝，一九九二年十一月；華文，一九八八年三月）

其他早期連載：香港《武俠春秋》（一九七八年八月一日至十一月十一日，三五七至三六五期）

原貌探究

一、關於序言

春秋本正文前刊有古龍〈不唱悲歌〉的序言，回顧了古龍少年時代的一些往事以及創作的心路歷程，文中寫道：

武俠小說也是小說的一種，它能夠存在至今，當然有它存在的價值。

最近幾年來，海外的學者已經漸漸開始承認它的存在，漸漸開始對它的文字結構思想和其中那種人性的衝突，有了一種比較公正客觀的批評。

近兩年來，台灣的讀者對它的看法也漸漸改變了，這當然是武俠小說作者們共同努力的結果。

可是武俠小說之遭人非議，也不是完全沒有原因的，其中有些太荒謬的情節，太陳舊老套的故事，太神化的人物，太散漫的結構，太輕率的文筆，都是我們應該改進之處。

要讓武俠小說得到它應有的地位，還需要我們大家共同努力。

× × ×

從「蒼穹神劍」到「離別鈎」，已經經過了一個漫長而艱苦的過程，一個十八九歲的少年，已經從多次痛苦的經驗中得到寶貴的教訓。

可是現在想起來這些都是值得的，無論付出多大的代價都是值得的。

因為我們已經在苦難中成長。

二、春秋本保留了原稿「第一部　離別」、「第二部　鈎」的分部及引言，轉引如下：

第一部　離別

黯然銷魂者唯別而已。

（行文至「『既然我們已經享受過相聚的歡愉，爲什麼不能忍受別離的痛苦，未曾經歷過別離的痛苦，又怎麼會知道相聚的歡愉？』」結束）

第二部　鈎

鈎是種武器，殺人的武器，以殺止殺

三、春秋本採用新式標題，如第一部「離別」含「不愛名馬非英雄」、「一身是膽」、「暴風雨的前夕」、「鮮紅的指甲」、「九百石大米」、「黯然銷魂處」六章；每章分（一）（二）（三）等小節，分章（節）均處於情節或時空轉換之際，情節分隔符完整。

古龍絕大部分的作品，是邊寫邊刊載，但《離別鈎》卻是個例外，「還未開始連載，全書就已經寫成了」[69]。故該書篇幅雖然短小，但結構精巧嚴密，風格完整統一，讀來有種渾然天成的感覺。

此書未見武俠春秋本，春秋本與《聯合報》連載、《武俠春秋》連載的文本面貌一致（編輯臨時插題除外），春秋本僅有幾處併段，可忽略不計。

---

69 薛興國〈問「劍」於古龍〉，刊於《離別鈎》，春秋出版社，一九七八年十月。

收藏推薦

春秋本保持了作品原貌，今傳本均承自春秋本，故選擇餘地較大。簡體本可選長江文藝、華文等本。

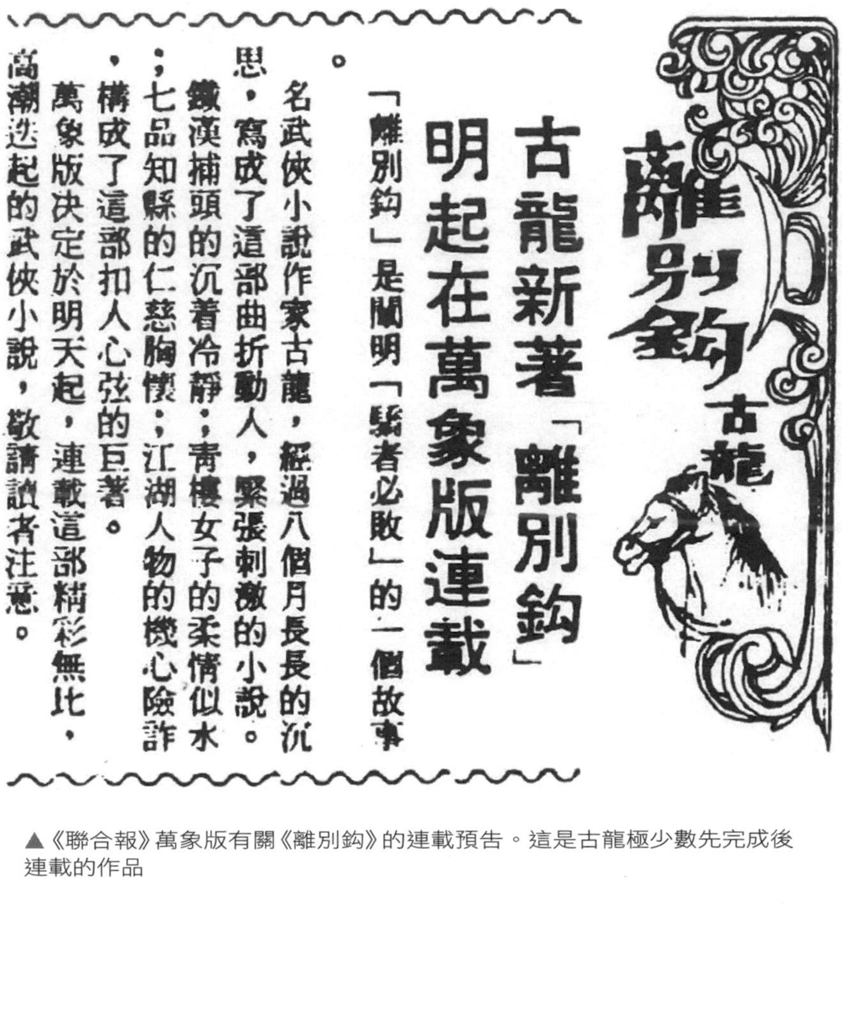

離別鉤 古龍

古龍新著「離別鉤」
明起在萬象版連載

「離別鉤」是闡明「驕者必敗」的一個故事。

名武俠小說作家古龍，經過八個月長長的沉思，寫成了這部曲折動人，緊張刺激的小說。鐵漢捕頭的沉着冷靜；青樓女子的柔情似水；七品知縣的仁慈胸懷；江湖人物的機心險詐，構成了這部扣人心弦的巨著。

萬象版決定於明天起，連載這部精彩無比，高潮迭起的武俠小說，敬請讀者注意。

▲《聯合報》萬象版有關《離別鉤》的連載預告。這是古龍極少數先完成後連載的作品

英雄無淚

已知首載

台灣《聯合報》連載（一九七八年十月一日至一九七九年四月廿四日）

作品簡介

古龍代表作之一，疑爲七種武器系列之七。講述了少年劍客高漸飛捲入長安大鏢局與洛陽雄獅堂殊死爭鬥的故事。

該書充滿蒼涼和悲壯的氣氛，結構、語言、技法均臻化境，情節也一改以往逞險逞奇的瑕疵，簡潔精煉，渾然一體，藝術價值極高，代表了用「蒙太奇」手法寫武俠的最高成就。

文本延續

原刊本：香港《武俠春秋》連載（一九七九年一月一日至七月一日，三七二至三九〇期）↓香港武俠春秋本（一九七九年五月，一冊，分序幕、十九章）↓港澳翻印本（武功）

修訂本：台灣漢麟本（一九七九年五月，一冊，分序幕、十八章）↓台灣萬盛本↓港澳翻印本（「華新」；快澤／壽山）⇩簡體本（民族，一九八八年五月；北岳文藝，一九九四年十月）

其他早期連載：新加坡《南洋商報》（一九七八年十月十一日至一九七九年五月十二日）

原貌探究

武俠春秋本和漢麟本差異如下：

●在《英雄無淚》中，爲配合「蒙太奇」手法，古龍使用了一種前所未有、準劇本式的章節設置，即將某段情節的時間地點單列於小節之前。如第一章「刺殺」下接「正月十五。長安。」然後才開始（一）（二）（三）等小節，表示該章所有小節內的情節均發生在正月十五的長安。其他如「正月十六。紅花集。」、「二月初一。李莊，慈恩寺。」、「二月初六。洛陽。」等均如是。武俠春秋本全書十九章全部採用這種設置。

意料之中的是，修訂自《聯合報》連載的漢麟本改動了這種章節設置，將各章（節）有關時間地點的說明文字均併入第一小節內。

以「大好頭顱」開頭爲例，武俠春秋本排法：

正月十六。

紅花集。

（一）

風雪滿天。

一騎快馬冒着風雪衝入了長安城西南一百六十里外的紅花集。

漢麟本排法：

（一）

正月十六。

紅花集。

風雪滿天。

一騎快馬冒着風雪衝入了長安城西南一百六十里外的紅花集。

雖然從閱讀感受來看兩者差異不大，但是漢麟本或多或少還是辜負了古龍的精心設計。

此外，漢麟本將開篇「一口箱子」、「刺殺」兩章合併，「高處不勝寒」和「一劍光寒」兩章分別對應武俠春秋本的「英雄無淚」和「英雄肝膽」，其餘各章標題均相同。

●文字方面，相對武俠春秋本，漢麟本還是有一些改動。

例一：

高漸飛的反應一向極快，可是這一次卻好像還不夠快。

他以右手提着的箱子和包袱擋住了左面射來的一蓬銀雨……

例二：

在某些方面來說，現在他雖然已取代了朱猛的地位，可是在他心底深處，他還是對朱猛存有一種說不出的畏懼。

刺殺

正月十五。
長安。

（一）

卓東來關上門，把這長安古城中千年不變的風雪斗篷，掛在他左手一個用紫檀木枝做成的衣架上，轉個紫銅火盆裡終日不滅的爐火撥得更旺些。

火盆旁就是一個上面舖着紫貂皮毛的紫檀木椅，

大好頭顱

正月十六。
紅花集。

（一）

風雪滿天。

一騎快馬冒着風雪衝入了長安城西南三百六十里

元宵夜已經過了，歡樂的日子已結束。

一盞殘破的花燈，在寒風中滾着積雪的街道，滾

奇襲

正月十七。
長安。

（一）

清晨，酷寒。

卓東來起床時，司馬超群已經坐在他臥室外的小上，用他的水晶杯喝他的葡萄酒。

只有司馬超群一個人可以這麼做，有一天有一個

七級浮屠

二月初一。
李莊，慈恩寺。

（一）

淩晨。

從昨夜開始下的雪，直到現在還沒有停，把這個

晨鐘已響過，寒風中隱隱傳來一陣陣梵唱，傳入了

司馬超群靜靜坐在一張禪床上聽着，靜靜的在喝

▲武俠春秋本《英雄無淚》，準劇本式的章節設置

劃線文字是武俠春秋本有而漢麟本沒有的，很明顯是漢麟本進行了刪節，而非錄入差錯，頻繁對一些自以爲可有可無的文字進行刪節，是漢麟修訂本一貫的「光榮傳統」，也是其廣爲詬病的原因之一。

另外，漢麟本在一開始提到「蝶舞」的時候，用的是「花舞」這一名字，經筆者調閱《聯合報》，也是「花舞」，後面才統一爲「蝶舞」。而武俠春秋本全文均爲「蝶舞」。

● 漢麟本有少數幾處併段，並刪去了部分情節分隔符。武俠春秋本保持原貌。

收藏推薦

武俠春秋本較漢麟本在文本上更尊重原著，保留了古龍在章節設置上新的嘗試和完整的情節分隔符，稍勝漢麟本一籌。今傳本大多承自漢麟本，可滿足普通閱讀。簡體本可選民族、北岳文藝等本。

釋疑解惑

問：現有《英雄無淚》是七種武器系列之七的新說法，是否屬實？

答：丁情在《我的師父古龍大俠》一書中如是陳述：

……就像我剛認識古龍不久，就問他為什麼不把《七種武器》寫完呢？

古龍回答說都寫完了。

寫完了？我怎麼看，就只有五種武器而已，《長生劍》、《孔雀翎》、《碧玉刀》、《多情環》、《霸王槍》，另外兩部呢？難道是《憤怒的小馬》和《七殺手》？

古龍說：「是《離別鉤》和《英雄無淚》。」

……

我還是不懂：「《離別鈎》算是武器的一種還可以接受，但《英雄無淚》？是英雄的淚？或是『淚痕劍』算是第七種武器？」

古龍笑了：「是那一口箱子。」

……

我還有一點不懂：「為什麼後面這兩部的結尾和前面五部不一樣，沒有一個主題式的結尾？」

古龍說：「寫完《霸王槍》後，隔了一段時間再寫《離別鈎》，所以就沒有刻意對後兩部再做說明和顧及跟前五部的關連性，或許就因為這樣才會讓《七種武器》有了少兩種的說法。」

丁情的這一說法，印證了筆者之前考證的兩點，即：《離別鈎》屬於七種武器系列；《拳頭》和《七殺手》本不屬於七種武器系列，是當年出版社爲了湊數而將兩書列入的。前不久，陳曉林先生在與筆者的通信中，證實古龍當年確實想將《英雄無淚》（一口箱子）列爲七種武器系列末篇。綜合古龍後期創作時欲將武俠傳奇性昇華，使其與「天道」、「命運」等相融合的求新傾向，筆者認爲，古龍要寫的「第七種武器」就是代表著「天道」、「命運」的「一口箱子」，做人須順天道而行，上天才會助你走出困境，戰勝敵人，這才是第七種武器的真正含義，也是前面六種武器含義的總結和昇華。但從完稿來看，全書沒有提及青龍會這一核心背景和伏線（或許古龍認爲，在天道和命運面前，即便龐大的青龍會也已不值一提），故暫不下定論。但是在再版該系列時，出版社倒不妨嘗試將《英雄無淚》列入，並附上有關說明，因爲它是最有資格被稱爲七種武器系列的末篇的。

楚留香系列（七）：新月傳奇

已知首載

台灣《時報周刊》[70]連載（一九七九年四月廿二日至九月九日，六十至八十期，副題：楚留香新傳）

作品簡介

古龍代表作之一，楚留香系列之七。朝廷許配給海上大盜史天王的新月公主突然失踪，楚留香爲證自身清白踏上尋找新月公主之路，從而陷入多方勢力的爭戰中。

該書情節撲朔迷離，敘事唯美從容，格調優雅浪漫。與九、十年前創作的《借屍還魂》、《蝙蝠傳奇》、《桃花傳奇》等故事相比，風格上有了明顯的變化。

文本延續

原刊本：

香港《武俠世界》連載（約一九七九年五月卅一日至十月廿五日，一〇四〇至一〇六〇期，名《玉劍傳奇》，副題：楚留香新傳）↓香港武林本（一九七九年冬季，一冊、十九

70 創刊於一九七八年，為台灣首創之大八開型綜合性雜誌，屬中國時報系旗下。古龍多部後期作品於此雜誌連載。

章，名《玉劍傳奇》，副題：楚留香新傳）

修訂本：

台灣漢麟本（一九八〇年一月，一冊、十三章）↓台灣萬盛本↓港澳翻印本（「華新」；武功；快澤／壽山）⇩簡體甲本（安徽文藝，一九九三年六月）

台灣風雲時代本（二〇〇五年六月，新編全集）⇩簡體乙本（太白文藝，二〇〇一年十月，與《桃花傳奇》、《午夜蘭花》合刊；讀客，二〇一三年五月，與《午夜蘭花》合刊）

原貌探究

一、關於序言

《時報周刊》五十九期（正文連載前一期）和《武俠世界》一〇三九期（正文連載前一期）刊有古龍〈關於楚留香〉一文，武林本和漢麟本均未收錄。古龍對楚留香的偏愛，溢於言表：

就算在武俠小說的人物中，楚留香無疑也應該算是一個很特殊的人，有很多值得別人歡喜佩服懷念之處。

因為他冷靜而不冷酷，正直而不嚴肅，從不偽充道學，從不矯揉做作，既不會板起臉來教訓別人，也不會擺起架子來故作大俠狀。

所以我也喜歡他。

所以我一直都想把他故事多寫幾個，讓別人也能分享他對人生的熱愛和歡樂。

他這一生中本來就充滿了傳奇，有關他的故事本來就是有很多還沒有寫出來，每一個故事中都充滿了冒險和刺激，充滿了他的機智與風趣，也充滿了他對人類的愛與信心。

不把這種故事寫出來，實在是件很遺憾的事，而且讓人很難受。所以我又決定要寫了。

（一）一碗奇怪的麵

夜，春夜，有雨，江南的春雨密如離愁。

春仍早，夜色却已很深了，遠在異鄉的離人也許還在殘更中懷念着這千絲萬縷永遠剪不斷的雨絲，城裡的人都已夢入了異鄉，只有一條泥濘滿途的窄巷裡，居然還有一盞昏燈未滅。

一盞已經被煙火燻黃了的風燈，挑在一個簡陋的竹棚下，照亮了一個小小的麵攤，幾張歪斜的桌椅，和兩個愁苦的人。

這麼樣一個淒涼的雨夜，這麼樣一條幽僻的小巷，還有誰會來照顧他們的生意？

賣麵的夫婦兩個人臉上的皺紋更深了。

想不到就在這時候，窄巷裡居然傳來了一陣腳步聲，居然有個青衣人冒着斜風細雨蹣蹣行來，臘黃的面色在昏燈下看來彷彿重病已久，看來應該躺在床上蓋着棉被吃藥的。

但是他却告訴這個小麵攤的老板。「我要吃麵，三碗麵，三大碗。」

這麼樣一個人居然有這樣好的胃口。

老板和老板娘都忍不住用懷疑的眼光看着他：「客官要吃什麼麵？」雖然已經有三十多歲，身材却還很苗條的老板娘問他：

「要白菜麵？肉絲麵？還是蹄花麵？」

「我不要白菜肉絲，也不要蹄花。」青衣人用低沉沙啞的聲音說：「我要一碗金花、一碗銀花、一碗珠花。」

他不是來吃麵的，他是來找麻煩的。

可是這對賣麵的夫妻臉上却連一點驚奇的表情都沒有，只淡淡的問：

「你有本事吃得下去？」

「我試試。」青衣人也淡淡的說：「我試試看。」

忽然間，寒光一閃，已有一柄三尺青鋒毒蛇般自青衣人手邊刺出，毒蛇般向這個神情木訥的麵攤老板心口上刺了過去。出手比毒蛇更快、更毒。

麵攤老板身子本轉，將一根挑麵的大竹筷當作了點穴鐝，斜點青衣人的肩井穴。

▲《時報周刊》上連載的《新月傳奇》

二、武林本與漢麟本差異如下：

●武林本每章並無標題，而下分的（一）（二）（三）等小節卻有名稱，如第一章分三小節，分別爲：（一）一碗奇怪的麵、（二）黑竹竿、（三）神龍一現。這種章節設置的雛形，最初出現在《火併蕭十一郎》中。武林本分章（節）均處於情節或時空轉換之際，情節分隔符完整。

漢麟本將全書重劃爲十三章，雖然分章亦處於情節或時空轉換之際，但小節號被悉數去除，代之以情節分隔符。標題亦基本上取自原來的小節名稱，如前三章爲「一碗奇怪的麵」、「純絲手帕上的新月」、「憐香惜玉的人」。

●漢麟本第十三章有一段文字錯排，將「這裡無疑又有什麼奇怪的事要發生了，可是楚留香現在已經完全沒心情管別人的閒事」和「楚留香苦笑。一個人倒楣的時候，真是什麼樣稀奇古怪的事都能遇得到」之間的文字錯排到了「他們喝的真不少。將醉未醉時，楚留香彷彿聽見史天王在對他說：『你一定要多喝一點，就當作是在喝我的喜酒」和「夕陽如火，海水彷彿也被映成紅色的，看起來就好像瓶紅的葡萄酒」兩句之間。在此列出正確的行文（劃線部分爲錯排文字），供參考：

他們喝的真不少。

將醉未醉時，楚留香彷彿聽見史天王在對他說：「你一定要多喝一點，就當作是在喝我的喜酒。」

× × ×

夕陽如火，海水彷彿也被映成紅色的，看起來就好像紅紅的葡萄酒。

楚留香已經醒了。醒來時雖然不在楊柳岸上，沙灘上的景色卻更壯麗遼闊。白雲生不知道是在什麼時候來的。

「你醒了？」

「一個人不管喝得多醉都會醒的。」楚留香說：「我醉過，所以我會醒。」

「那麼不醉的人呢？」白雲生帶着笑問：「沒有醉過的人是不是就不會醒！」

「是的。」楚留香說得很認真：「這個世界上確實有很多事就是這樣子的。」

白雲生的態度也變得很嚴肅：「是的，的確是這樣子的。」

「史天王是不是已經走了？」楚留香忽然問：「玉劍公主是不是已經被送到他那裡去？」

「是的。」白雲生說：「他們的婚禮也就在這兩天了。」

楚留香遙望着遠方逐漸暗淡的彩霞，過了很久，才慢慢地說：「我不能阻止玉劍公主，我也殺不了史天王，這一次，我是徹底失敗了。」他問白雲生：「你知不知道這還是我第一次失敗。」

「我可以想得到。」

楚留香又看了他很久，忽然又笑了笑：「那麼我告訴你，一個人偶而嘗一嘗失敗的滋味，也沒有什麼不好。」

「我知道。」

「你真的知道？」

「沒有敗過的人，怎麼會勝？」白雲生說：「這個世界上豈非有很多事都是這樣子的？」

× × ×

船已備好。

「送君千里，終有一別，今日一別，後會無期。」白雲生緊握楚留香的手：「你要多珍重！」

楚留香微笑：「你放心，我絕不會因為失敗了一次就會傷心得去跳海的。」

× × ×

海船靠岸的地方，本來也是個貧窮的漁村，可是今日這裡卻顯得遠比平時熱鬧得多，村子裡擺滿了賣小吃的攤子，每個攤子的生意都不錯，吃東西的人雖然都作漁民打扮，可是楚留香一眼就看出其中至少有一大半不是靠捕漁為生的人。

這裡無疑又有什麼奇怪的事要發生了，可是楚留香現在已經完全沒心情管別人的閒事。

他只想找個地方吃點東西喝點酒。

就在這時候，他忽然發現黑竹竿和薛穿心居然也混在這些人裡面。

他想去招呼他們，他們卻好像已經不認得他。

一個他從未見過的小女孩卻在拉他的衣角，求他照顧她家一次生意。

「我們家不但有飯有麵有酒，還有好大好大的螃蟹和活魚。」

她生得一副楚楚可憐的樣子，她的一雙小手幾乎把楚留香的衣裳都扯破了，看起來她家確實很需要楚留香這麼樣一個闊氣的客人。

薛穿心和黑竹竿已人影不見，不知道躲到那裡去了。

楚留香只有被她拉着走，拉到一個由普通漁戶人家臨時改成的小吃店裡。

這家人確實需要別人來照顧他們的生意。因為別的攤子雖然生意興隆，這一家卻連一個客人也沒有。

楚留香嘆了口氣，生意不好的店，做出來的東西通常都不會太好吃的。

可惜他已經來了。

「你們這裡有什麼魚？我要一條做湯，一條紅燒，一條乾煎下酒。」

小女孩卻在搖頭。「我們這裡沒有魚，也沒有酒。」她吃吃的笑：「剛才我是騙你的。」

楚留香苦笑。

一個人倒楣的時候，真是什麼樣稀奇古怪的事都能遇得到。

經調閱，錯排始於《時報周刊》，說明漢麟本是在此基礎上修訂的。值得慶幸的是，風雲時代本（新編全集）將錯排糾正了過來，且就此書沒有進一步改動文本。

● 武林本在第十九章脫漏以下文字（劃線部分）：

史天王目光炯炯：「那麼香帥現在準備怎麼做呢？」

× × ×

沒有人知道楚留香現在應該怎麼做，連楚留香自己都不知道。

他曾經有很多次被陷於困境中，每一次他都能設法脫身。

可是這一次不同。

這一次他是在一個四面環海的荒島上，這一次他連他真正的對手是誰都不知道。

楚留香又開始在摸鼻子了。

「我可以想法子先衝出去，我也可以跟你們拚一拚。」他苦笑：「只可惜這些法子都不好。」

……

白雲生不知道是在什麼時候來的。

「你醒了？」

「一個人不管喝得多醉都會醒的。」楚留香說：「我醉過，所以我會醒。」

「那麼不醉的人呢？」白雲生帶着笑問：「沒有醉過的人是不是就不會醒！」

「是的。」楚留香說得很認真：「這個世界上確實有很多事就是這樣子的。」

白雲生的態度也變得很嚴肅：「是的，的確是這樣子的。」

「史天王是不是已經走了？」楚留香忽然問：「玉劍公主是不是已經被送到他那裡去？」

經查，漢麟本無此脫漏。

● 此外，漢麟本與武林本有少數幾處異文，不影響閱讀，此不贅述。

三、增文分析

武林本全書多出六大段文字共計約一萬三千字，而這些文字在《時報周刊》連載及其餘各本中均不存在。筆者經仔細閱讀，認爲這六處增文均係僞文，依據如下：

● 莫名其妙地插入了「烏氏兄弟」和「絕命女」的故事，和全書人物情節格格不入，故事也是半途而廢。插入的這些文字導致銜接異常生硬突兀，而將這些文字去除，情節反而流暢自如。

● 情節前後矛盾。如第一段增文之前寫胡鐵花中了毒不能動彈，被楚留香救走；增文之後寫胡鐵花穿著衣裳泡在池水裡解毒，情節連貫合理。但增文中的胡鐵花不僅毫無中毒的樣子，還和楚留香聯合酒店老闆戲耍烏氏兄弟，實屬荒謬。

● 文字拙劣無比，與古龍優美簡潔的風格相去甚遠，甚至出現因刻意模仿古龍短句而導致的主從句割裂。

據查，這六段文字散佈在《武俠世界》一〇四一至一〇五二期之間，而《武俠世界》連載晚於《時報周刊》連載，故臨時代筆的可能性被排除，究竟爲何會插入六段僞文，尚待考證。

收藏推薦

武林本基本保持了作品原貌，但存在增僞文、文字小段脫漏的問題；漢麟本篡改章節，併段、情節分隔符遺漏現象頻仍，且有一段文字錯排，故兩者各有不足。倒是在漢麟本基礎上進一步修訂的風雲時代本（新編全集），既無脫漏又無錯排。簡體本中可選太白文藝、讀客等本，和風雲時代本基本一致。

衰退期

飛刀，又見飛刀

已知首載

台灣《聯合報》連載（一九八一年二月十四日至五月廿五日）

作品簡介

小李飛刀第三代故事。講述李尋歡後代李壞被疑爲大盜，遭各路高手追殺，並與女殺手「月神」之間萌生愛恨情仇的故事。情節簡單，文筆寫意，但回味悠長。

從《飛刀，又見飛刀》開始，古龍的創作進入晚期，即衰退期，文風較之前更爲從容舒緩、不帶煙火氣，把更多筆墨放在人性的感悟和意境的營造上，呈現出另一番況味。但由於健康原因，晚期作品大多草草收尾，或由他人代筆了結。

文本延續

原刊本：

台灣《聯合報》連載 → 台灣萬盛本（一九八一年七

月，一冊，分楔子、五部十二章、尾聲）↓港澳翻印本（「華新」；武功；快澤／壽山）⇩簡體本（陝西人民，一九七四年七月；北岳文藝，一九九四年十月）

其他早期連載：

新加坡《南洋商報》（一九八一年二月十四日至七月三日）

香港《武俠世界》（約一九八一年六至七月，一一四八至一一四九期）

原貌探究

一、關於序言

《飛刀，又見飛刀》是萬盛接手漢麟後出版的第一部古龍新作，文本面貌和《聯合報》連載一致，爲後者的結集本。正文前刊有古龍〈關於飛刀〉一文，文中寫道：

> 有關李尋歡和他的飛刀的故事是一部小說，「飛刀，又見飛刀」這部小說，當然也和李尋歡的故事有密不可分的關係。
>
> 可是他們之間有很多完全不相同的地方。
>
> ——雖然這兩個故事同樣是李尋歡兩代間的恩怨情仇，卻是完全獨立的。
>
> ——小李飛刀的故事雖然已經被很多次搬上銀幕和螢光幕，但他的故事，卻已經被寫成小說很久了，「飛刀」的故事現在已經拍攝成電影了，小說卻剛剛開始寫。
>
> ×　×　×
>
> 這種例子就好像蕭十一郎一樣，先有電影才有小說。
>
> 這種情況可以避免很多不必要的枝節，使得故事更精簡，變化更多。
>
> ……

還有一點我必須聲明。
現在我腕傷猶未癒，還不能不停的寫很多字，所以我只能由我口述，請人代筆。[71]

全書完全遵從古龍口述記錄，而非普通意義上的「代筆」，故應視作古龍親筆作品。古龍在功成名就、腕傷未癒的情況下，仍然堅持創作，讓人敬佩。

二、全書分楔子、五部十二章、尾聲，每部含若干章（並無標題），如第一部「浪子的血和淚」共含五章；每章分若干小節，分章（節）均處於情節或時空轉換之際，情節分隔符完整。部分章節設置存在問題，如第二部「九年往事如煙」和第三部「一戰銷魂」均只分了一章，可能與口述記錄有關。

很多讀者發現，該書行文至第三部「一戰銷魂」第十一小節，公孫太夫人與李壞在暗含殺機（準備出手）的對話中，突然插入了公孫無勝（瞎眼老頭子）的話，問李壞願不願意陪他出去，於是兩人出帳篷決戰，帳篷裡只剩下公孫太夫人和鐵銀衣兩人在對話。可是第十二小節卻在分析公孫太夫人和李壞的實力對比。而第十三小節，鐵銀衣卻又跟明明已經走出帳篷的李壞說起了話，然後公孫無勝又蹣跚著從角落裡走出來，問李壞願不願意陪他出去走走，最後兩人走出帳篷——整個情節顛三倒四，讓人完全摸不著頭腦。

筆者經過屢次細讀，最終發現是文字錯排所致。原文將「『我們出去走走好不好？』他問李壞：『你願不願意陪我出去走一走？』」與「他跟一個一生中從未勝過的人，無論是到什麼地方去，都應該是沒有危險的」之間的文字，錯排到了「『如果我說是你一定不信，如

71 一九八〇年十月廿三日，古龍在北投吟松閣因拒絕他人敬酒而遭砍殺，從此手腕落下後遺症，常用口述讓旁人記錄的方式創作，丁情是其中的主要記錄者。「吟松閣事件」是古龍身體狀況和創作生涯的轉捩點。

果我說不是你也一定不信。』」與「『那麼太夫人的意思，是不是應該試一試？』」這兩句之間。在此列出正確的行文（劃線部分爲錯排文字），供參考：

李壞眨眼，微笑，故意問：「找不出三個人，兩個人總是找得出來的，太夫人是不是這兩個人其中之一？」

「如果我說是你一定不信，如果我說不是你也一定不信。」

「那麼太夫人的意思，是不是應該試一試？」

「好像是。」

× × ×

無論誰也應該想得出，就算不用頭腦而用腳去想都應該想得出，這一次才是真正的生死關頭到了。

而且這一次還是非試不可的。

……

× × ×

李壞又笑了。

「為什麼有這麼多人都想死呢？其實我們誰都不必要死。」李壞對鐵銀衣說：「只要你能看住那位拉胡琴的老先生的手，我保證我們都不會死。」李壞說：「如果這位老先生不出手，那麼我相信這位公孫太夫人到現在為止最少已經死了十七、八次了。」

琴聲斷了，瞎眼的老頭子從角落裡蹣跚着走出來，他說話的聲音幾乎比他的琴聲更低黯沙啞。

「我們出去走走好不好？」他問李壞：「你願不願意陪我出去走一走？」

「我願意。」李壞的回答極誠懇。

「你願不願意一個人陪我出去？」

「我願意。」

於是瞎眼的老頭子就用拉胡琴的琴弓作明杖，一點一點地點着地走出了這個帳篷。

鐵銀衣振臂待起。

李壞用三根手指輕輕地拉住了他的時，輕輕的說。

「求求你，千萬不要這樣子，這樣子會讓別人笑話的，公孫太夫人留給你。就讓我跟這位老先生出去走走行不行。」

李先生和老頭子都走出去了，公孫太夫人卻坐了下來，坐下去的時候看起來好像舒服得很。

鐵銀衣盯着她。

「我相信我沒有看錯，我相信你一定就是公孫太夫人。」

「鐵總管，你不會看錯，什麼人你都不會看錯的，否則你怎麼能維護李老先生的安全至今？」

「那麼剛才那位老先生呢？」

「他是我的丈夫。」公孫大娘替自己倒了一杯酒喝下去：「他在他的家族裡輩份很高，所以我才會被稱為公孫太夫人。」

「公孫？太夫人？公孫家族？」鐵銀衣聲音中滿懷疑懼：「怎麼我從來都沒有聽說過？」

「因為這個家族現在已經只剩下我先生一個人。」公孫太夫人黯然說：「江湖人都知道我這一生中從來沒有失敗過一次，可是我的先生這一生中，卻從來沒有勝過一次。」

「從來都沒有？」

「從來沒有。」公孫太夫人的聲音中帶着種無可奈何的悲傷：「有些人好像命中註定就是個失敗的人，不管他怎麼驕，怎麼傲，怎麼強。可是他註定了命中就要失敗。」

鐵銀衣沉默。

在這種忽然間發生的沉默中，他無疑也感受到這一種無可奈何的悲傷與哀痛。所以過了很久很久之後他才能開口問公孫太夫人。

「我可不可以說一句話？」

「你說。」

「我可不可以問那位老先生的大名？」

公孫大夫人也沉默了很久：「你當然可以問，只可惜我說出來你也不會知道的。」

鐵銀衣閉着嘴，等着她說下去。

又過了很久，公孫太夫人才一個字一個字的說：「他的名字叫無勝。」

「公孫無勝？」

「是的，公孫無勝。」

× × ×

一個一生中從未勝利過一次的失敗者，在他夜深夢回輾轉反側不能成眠時，想到他這一生，他心裡是什麼樣的滋味？

做為這麼樣一個人的妻子，在夜深聽着她丈夫的嘆息聲，枕頭翻轉聲，擦拭冷汗聲。雖然想起來上個廁所，吃點東西，看點圖書，卻又不忍驚動他的時候，那種時候她心裡有什麼滋味？

一個失敗者，一個失敗者的妻子。

「我一點都沒法子幫助他。」公孫太夫人說：「因為他天生就是這麼樣一個人。」

還沒有說完這句話，她已滿面淚痕。

× × ×

李壞是跟着這麼樣一個無可救藥的失敗者走出去的，公孫無勝既然無勝，勝的當然應該是李壞。

李壞的運氣並不壞。

他跟一個一生中從未勝過的人，無論是到什麼地方去，都應該是沒有危險的。

奇怪的是，鐵銀衣的臉上卻露出了非常擔心的表情，遠比他看見李壞吞下那顆致命的豆子時更擔心。

該書歷經多次再版，有些版本將錯排照搬，有些雖發現行文異常，但編輯力有未逮，始終未能將其徹底糾正，僅通過刪改文字來使上下文「通順」。

蓋因口述記錄，加之校對疏忽，《聯合報》連載及萬盛本尚有多處文字、標點、語法的訛誤，涉及篇幅，不再一一列舉。

收藏推薦

今傳本均承自萬盛本，在延續作品原貌的同時，也延續了文字的錯排和訛誤。日後若有出版社再版，希冀能按上述行文將錯排糾正。簡體本可選陝西人民、北岳文藝等本。

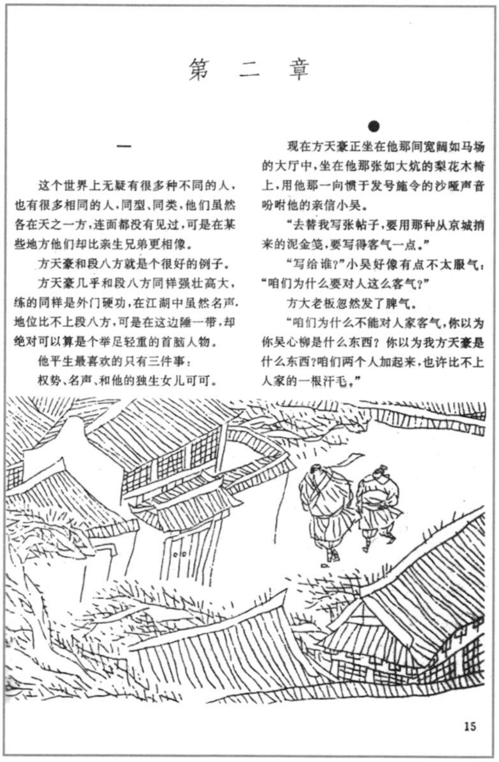

第 二 章

一

这个世界上无疑有很多种不同的人，也有很多相同的人，同型、同类，他们虽然各在天之一方，连面都没有见过，可是在某些地方他们却比亲生兄弟更相像。

方天豪和段八方就是个很好的例子。

方天豪几乎和段八方同样强壮高大，练的同样是外门硬功，在江湖中虽然名声，地位比不上段八方，可是在这边陲一带，却绝对可以算是个举足轻重的首脑人物。

他平生最喜欢的只有三件事：

权势、名声、和他的独生女儿可可。

●

现在方天豪正坐在他那间宽阔如马场的大厅中，坐在他那张如大炕的梨花木椅上，用他那一向惯于发号施令的沙哑声音吩咐他的亲信小吴。

“去替我写张帖子，要用那种从京城捎来的泥金笺，要写得客气一点。”

“写给谁？”小吴好像有点不太服气：“咱们为什么要对人这么客气？”

方大老板忽然发了脾气。

“咱们为什么不能对人家客气，你以为你吴心柳是什么东西？你以为我方天豪是什么东西？咱们两个人加起来，也许比不上人家的一根汗毛。”

15

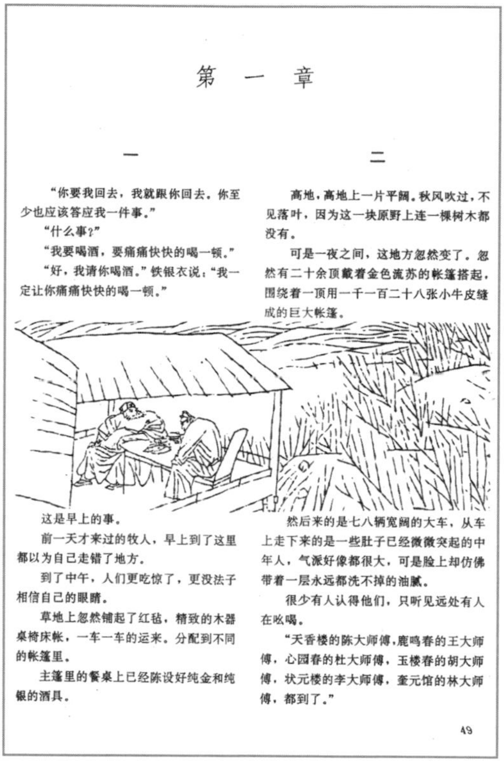

第 一 章

一

“你要我回去，我就跟你回去。你至少也应该答应我一件事。”

“什么事？”

“我要喝酒，要痛痛快快的喝一顿。”

“好，我请你喝酒。”铁银衣说：“我一定让你痛痛快快的喝一顿。”

这是早上的事。

前一天才来过的牧人，早上到了这里都以为自己走错了地方。

到了中午，人们更吃惊了，更没法子相信自己的眼睛。

草地上忽然铺起了红毡，精致的木器桌椅床帐，一车一车的运来。分配到不同的帐篷里。

主篷里的餐桌上已经陈设好纯金和纯银的酒具。

二

高地，高地上一片平阔。秋风吹过，不见落叶，因为这一块原野上连一棵树木都没有。

可是一夜之间，这地方忽然变了。忽然有二十余顶截着金色流苏的帐篷搭起，围绕着一顶用一千一百二十八张小牛皮缝成的巨大帐篷。

然后来的是七八辆宽阔的大车，从车上走下来的是一些肚子已经微微突起的中年人，气派好像都很大，可是脸上却仿佛带着一层永远都洗不掉的油腻。

很少有人认得他们，只听见远处有人在吆喝。

“天香楼的陈大师傅，鹿鸣春的王大师傅，心园春的杜大师傅，玉楼春的胡大师傅，状元楼的李大师傅，奎元馆的林大师傅，都到了。”

49

▲大陸簡體本中也有一些忠於原貌的優質版本，圖為陝西人民本，排版考究，插圖寫意

陸小鳳系列(七)：劍神一笑

已知首載

新加坡《南洋商報》連載（一九八一年七月四日至八月七日，未刊完）

作品簡介

陸小鳳系列之七。講述陸小鳳趕到邊陲小鎮替暴死的朋友柳乘風查明兇手、粉碎惡勢力的故事。

萬盛本第二部「西門吹雪」第七章「帳篷裡的洗澡水」第三小節開始由丁情代筆續完（詳見本書下篇〈沒能笑到最後——《劍神一笑》〉一文）。

文本延續

原刊本：台灣《時報周刊》連載（一九八一年十二月六日至一九八二年六月二十日，一九七至二二五期，名《陸小鳳與西門吹雪》）↓ 台灣萬盛本（一九八二年七月，一冊、二部二十章）↓ 港澳翻印本（「華新」；武功；快澤／壽山；「萬盛」）⇩ 簡體本（花城，一九九七年七月）

其他早期連載：香港《如來神掌》漫畫週刊（一九八二年二月十六日至十月十六日，一至卅六期，名《陸小鳳與西門吹雪》）

原貌探究

一、關於序言

萬盛本正文前刊有〈劍與劍神〉一文，表達了古龍創作此書的初衷：

可是每個人都知道一件事，西門吹雪從來不笑。

從來也沒有人看過他的一笑。

×　×　×

一個有血肉有情感的人，怎麼會從來不笑？難道他真的從來沒有笑過？

我不相信。

至少我就知道他曾經笑過一次，在一件非常奇妙的事件中，一種非常特殊的情況下，他就曾經笑過一次。

我一直希望能夠把這次奇妙的事件寫出來，因為我相信無論任何人看到這件事之後，也都會像西門吹雪一樣，忍不住要笑一笑。

二、《時報周刊》連載和《如來神掌》連載面貌基本一致，各章標題不全（有些有，有些沒有），小節次序也不準確。萬盛本修訂自《時報周刊》連載，書名爲《劍神一笑》，整理章節，分前言、二部（「陸小鳳」和「西門吹雪」）二十章、尾聲，採用新式標題，如第一部「陸小鳳」含「刺痛手指的黃土」、「一個窮得要死的人」、「王大眼的雜貨店」、「大戶人家裡的殺手」、「棉花七兩，面具一張」等十章內容；每章分若干小節，分章（節）均處於情節或時空轉換之際。

但萬盛本在修訂時也刪去了大量的情節分隔符，以「王大眼的雜貨店」爲例（摘自《時報周刊》連載）：

趙瞎子蒼白的臉在火摺子的火光照耀下，看起來已經有點像是鬼了，可是他卻搖着頭說：「棺材鋪裡是沒有鬼的，棺材鋪是照顧死人的。人死了就是鬼，照顧死人就是照顧鬼。我照顧他們，他們怎麼會到這裡來鬧鬼。」

× × ×

他說的這句話真是合情合理已至於極點了，陸小鳳想不承認都不行。

可是陸小鳳一走到這兩間屋子前面，就覺得有一種陰森森冷颼颼的涼意從背脊上涼了起來，一直涼到腳底。

陸小鳳當然不是一個膽小的人。

他的膽子之大，簡直已經可以用「膽大包天」這四個字來形容了，甚至連他的仇敵都不能不承認，這個世界上已經沒有什麼事是陸小鳳不敢去做的。

可是陸小鳳在趙瞎子的火摺子帶領下，走進這兩間屋子左邊的一間時，他自己居然覺得他的腳底心下面好像已經流出了冷汗。

× × ×

火摺子發出來的光，比燭光還要黯淡，這間屋子在這種火光的照耀下，看起來簡直就好像是一個墳墓的內部一樣。

他走進這間屋子時的感覺，就好像走進一座墳墓裡一樣。

墳墓裡當然有棺材。

這間屋子裡只有一口棺材，棺材擺在一個用暗紫色磚頭砌成的低枱上，枱前還供着一個簡單的靈位，靈牌上只簡簡單單地寫着：「故友柳如鋼。」

看到了這塊靈牌，陸小鳳才死了心。無論誰看到這塊靈牌，都可以確定柳乘風柳如鋼確實已經死了。

奇怪的是，也不知道是因為這裡這種陰陰森森慘慘淡淡的氣氛，還是因為陸小鳳心裡某一種奇奇怪怪神神秘秘的感覺，使得他總覺得柳乘風會隨時從棺材裡跳出來，隨時會復活一樣。

× × ×

「請你把棺材的蓋子打開來。」

「你說什麼？」趙瞎子怪叫：「你要我把棺材打開來啊？你憑什麼要我這樣做？」

「因為我已經告訴過你，我要看的是一個死人，不是一口棺材。」

× × ×

上述段落裡的四個情節分隔符，在《時報周刊》和《如來神掌》連載中均存在，可見是原貌，但在萬盛本中均被刪除。

古龍自《飛刀，又見飛刀》開始，文風漸變爲從容舒緩，情節分隔符也隨之增多。就上述段落而言，也許有些分隔符會給人可有可無之感，但細讀還是與文風契合的，爲尊重原稿，建議以後在再版時，出版社能參考連載將其保留。

收藏推薦

萬盛本對原稿的章節整理較爲合理，但因大量刪除情節分隔符，故離原貌尚有一定差距。今傳本均承自萬盛本，簡體本可選花城本。

釋疑解惑

問：此書原名為《劍神一笑》還是《陸小鳳與西門吹雪》？

答：此書首載並非在台港，而在新加坡《南洋商報》，原名即爲《劍神一笑》，承自同名電影劇本。但連載僅到卅五期即宣佈「續稿未到，暫停」，再也沒有恢復。直至三個月後，才開始在台灣《時報周刊》上重載，更名《陸小鳳與西門吹雪》。萬盛結集出版時恢復《劍神一笑》原名。

此外，《南洋商報》連載在前言、分部、標題、文字上與今傳本均有不同，如前言結束後、正文開始前多出一句：「劍不笑，劍神亦不笑。劍神一笑，笑在美人一淚中。」不見於其他版本；再如「第一部　劍」，不同於其他連載和結集本的「第一部　陸小鳳」，等等。但因《南洋商報》連載篇幅過少，一般還是把《時報周刊》和《如來神掌》連載視作作品原貌。

問：西門吹雪之前真的從沒笑過麼？

答：事實上，在古龍筆下，西門吹雪曾經笑過

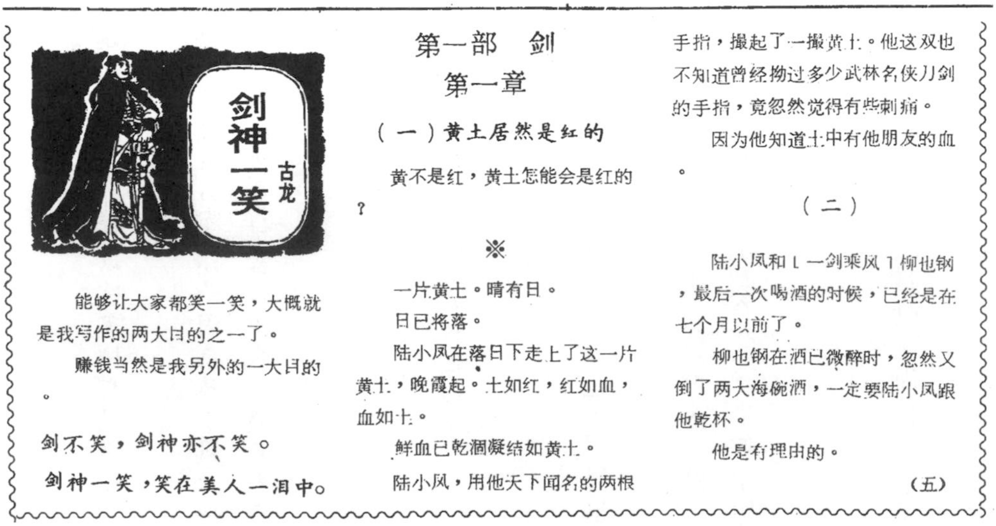
剑神一笑 古龙

能够让大家都笑一笑，大概就是我写作的两大目的之一了。

赚钱当然是我另外的一大目的。

剑不笑，剑神亦不笑。

剑神一笑，笑在美人一泪中。

第一部　剑

第一章

（一）黄土居然是红的

黄不是红，黄土怎能会是红的？

※

一片黄土。晴有日。

日已将落。

陆小凤在落日下走上了这一片黄土，晚霞起。土如红，红如血，血如土。

鲜血已乾涸凝结如黄土。

陆小凤，用他天下闻名的两根手指，撮起了一撮黄土。他这双也不知道曾经拗过多少武林名侠刀剑的手指，竟忽然觉得有些刺痛。

因为他知道土中有他朋友的血。

（二）

陆小凤和 L 一剑乘风 1 柳也钢，最后一次喝酒的时候，已经是在七个月以前了。

柳也钢在酒已微醉时，忽然又倒了两大海碗酒，一定要陆小凤跟他乾杯。

他是有理由的。

（五）

▲《劍神一笑》首載於《南洋商報》時，文本面貌與其他版本有多處不同

一次，是在《決戰前後》中：

「是孫姑娘？」

「不是。」西門吹雪眼睛裡又露出那種溫暖愉快的表情：「是西門夫人。」

陸小鳳喜動顏色：「恭喜，恭喜，恭喜……」

他接連說了七八個恭喜，他實在替西門吹雪高興，也替孫秀青高興。

朋友們的幸福，永遠就像是自己的幸福一樣。

——陸小鳳實在是個可愛的人。

西門吹雪也不禁笑了。

他很少笑，可是他笑的時候，就像是春風吹過大地。

但西門吹雪確實難得一笑，或許連古龍自己都忘了西門吹雪曾經笑過，所以讀者們也不會過於計較了。

問：《鳳舞九天》裡的老實和尚、牛肉湯是和宮九一伙的，陸小鳳和沙曼有情人終成眷屬，但到了《劍神一笑》裡，牛肉湯卻成了陸小鳳的情人，老實和尚依然是正面形象，幫著陸小鳳出生入死。這是怎麼回事？

答：因爲《鳳舞九天》的下半部是薛興國代筆的，薛並沒有按照古龍原本的構思寫下去。古龍不親自寫到最後，誰也不知道結局，不知道沙曼、牛肉湯和老實和尚究竟是正是邪。《劍神一笑》與《鳳舞九天》人物正邪定位的不一致，恰好反證了本書（親筆部分）才是古龍的原意。

風鈴中的刀聲

已知首載

台灣《聯合報》連載（一九八一年十月廿二日至一九八二年五月廿一日）

作品簡介

美麗的少婦花景因夢獨坐在小屋的風鈴下，等待著久去未歸的丈夫，卻等來了刀客丁寧，她錯以爲丁寧就是殺害丈夫的仇人。於是，一場因錯誤而引發的情仇故事便拉開了序幕。

《風鈴中的刀聲》是古龍最後一個長篇，構思奇巧脫俗，語言舒展自然，行文間毫無煙火氣，讓人耳目一新。但古龍最終還是沒有完成這部作品，萬盛本第八部「下場」第一章「恩怨似繭理不清」中，自「『你是不是認爲我對丁寧的感情也是一樣的？』花景因夢問慕容」開始，由于志宏代筆續完。

文本延續

原刊本：台灣《聯合報》連載↓台灣萬盛本（一九八四年三月，二冊、八部廿五章）↓港澳翻印本（「華新」；武功；快澤／壽山）⇩簡體本（寧夏人民，一九九四年八月；北岳文藝，一九九四年十月）

原貌探究

一、關於序言

萬盛本正文前刊有〈風鈴・馬蹄・刀──寫在「風鈴中的刀聲」之前〉一文，再次吐露了古龍求新求變的創作心聲，字裡行間令人感佩：

> 作為一個作家，總是會覺得自己像一條繭中的蛹，總是想要求一種突破，可是這種突破是需要煎熬的，有時候經過了很長久很長久的煎熬之後，還是不能化為蝴蝶，化作蠶，更不要希望練成絲了。
>
> ……
>
> 所以每一個作家都希望自己能夠有一種新的突破、新的創作。對他們來說，這種意境簡直已經接近「禪」與「道」。
>
> 在這段過程中，他們所受到的挫折辱罵與訕笑，甚至不會比唐三藏在求經的路途中所受的挫折與苦難少。
>
> ……
>
> 作為一個已經寫了二十五年武俠小說，已經寫了兩千餘萬字，而且已經被改編了兩百多部武俠電影的作者來說，想求新求變，想創作突破，這種欲望也許已經比一個沉水的溺者，想看到一根浮木的希望更強烈。

二、《聯合報》連載章節次序不準確。萬盛本修訂時整理，分八部廿五章，每部均有引言，如第一部「序幕」的引言是：

若說人生如夢，萬事萬物皆因夢而生，亦因夢而滅。夢如何？

萬盛本採用新式標題，如第一部「序幕」含「白色小屋中的白色女人」、「黑色的男人」、「死亡之前」、「死之戲」四章，每章分若干小節，分章（節）均處於情節或時空轉換之際。

筆者調閱《聯合報》連載時發現，除了常規的情節分隔符外，很多地方還用空一行來表示。細讀之下，大多數空行還是合理的，起到了類似情節分隔符的作用。萬盛結集時將這些空行統一轉換成分隔符。至於連載時爲何出現分隔符和空行並存的情況，是原稿如此還是編輯所爲，尚待考證。

《聯合報》共連載一九九期，停筆前最後幾期的文字（一九七至一九九期）同萬盛本不同，分野處爲：「『你是不是認爲我對丁寧的感情也是一樣的？』花景因夢問慕容。」也就是說，連載中斷後于志宏從該句開始續寫，完成後由萬盛結集出版，出版時間較晚，與連載最後一期相差近兩年。

收藏推薦

今傳本均承自萬盛本，基本保持了作品原貌。但《聯合報》連載一九七至一九九期中，亦有小部分古龍親筆文字在結集時佚失，故有獨特之研究價值（詳見本書下篇〈不如無尾——《風鈴中的刀聲》〉一文）。簡體本可選寧夏人民、北岳文藝等本。

他已經開始不能回憶，因爲他不敢，只要一想起往事，他的心就開始像刀割般痛苦。可是他仍然發誓要活下去，不管要付出多大的代價，他都要活下去。

第一章　死黨

一

諸葛仙，男，三十七歲，武林第一神醫諸葛無死的獨生子，還不到二十歲的時候，就已經被天下江湖中人尊稱爲諸葛大夫。

他的手指幾乎要比別人長一寸，而且感覺特別敏銳，閉着眼睛的時候，都能用手指的觸覺把一本宋版的木刻醫書上的每一個字都「讀」出來。

這雙手當然也很穩定，有人甚至說他可以用一把蟬翼般的薄刀，把一隻蚊子的每一個器官都完全支解分割，連蚊眼都不會破裂。

一個人要比一隻蚊子大多少倍？

對於人體上每一部份的結構，他當然更清楚得多，要支解分割一個人，當然更容易。

能支解，就能重組，能分割，就能縫合。

江湖中人大多數人都相信，如果你被人砍下了一條腿，只要你的腿還在，諸葛大夫就能

▲每部之前的引言好似提綱挈領，又好似有一些人生的感嘆，不吐不快

楚留香系列（八）：午夜蘭花

已知首載

台灣《中國時報》連載（一九八二年九月十七日至一九八三年三月廿六日，副題：楚留香新傳之一）

作品簡介

古龍代表作之一，楚留香系列之八。江湖上盛傳楚留香已經死了，神秘的蘭花先生，為了證實香帥生死，布下了奇絕古今的「飛蛾行動」……

《午夜蘭花》是楚留香系列中風格最為奇詭，寫法最為獨特的一部，很多情節用老人與少年之間的對話來回顧和交代，有著「多重敘述」的實驗性質，具有較高的研究價值。

文本延續

原刊本：台灣《中國時報》連載↓台灣萬盛本（一九八三年四月，一冊、五部十四章，副題：楚留香新傳之一）↓港澳翻印本（「華新」；武功；快澤／壽山；「萬盛」）⇩簡體本（江蘇文藝，一九九三年八月）

其他早期連載：香港《如來神掌》漫畫週刊（一九八二年至一九八三年，起止日期和期數不詳）

原貌探究

一、關於序言

萬盛本正文前刊有古龍〈楚留香和他的朋友們〉一文，部分內容同《新月傳奇》連載前刊登的〈關於楚留香〉。

二、《中國時報》連載和《如來神掌》連載面貌基本一致，各部、章標題不全（有些有，有些沒有），小節次序也不準確。萬盛本修訂自《中國時報》連載，整理章節，分五部十四章，每部均有引言，如第一部「盲者」的引言是：

——這個賣藥的郎中用一根白色的明杖點路，走入了這個安靜平和的小鎮，然後就開始敲起他那面小小的銅鑼，卻不知……

萬盛本採用新式標題，如第一部「盲者」含「鐵大爺」、「絲路」、「絲士　死士」、「決戰前夕」四章；每章分若干小節，分章（節）均處於情節或時空轉換之際。

《中國時報》連載的排版非常怪異，時常有一段段的楷體文字夾雜在宋體正文之間，而這些文字，有些是正常的情節敘述，有些是哲理性的感悟，特徵並不一致，這在古龍作品中是絕無僅有的。另外，與《聯合報》連載的《風鈴中的刀聲》類似，除了常規的情節分隔符外，很多地方還用空一行來表示。這兩種情形在萬盛結集被保留（僅少數空行被刪除）。但是，筆者調閱《如來神掌》連載，比對後發現並無上述兩種情形。究竟原稿如此或是編輯所爲，尙待考證。

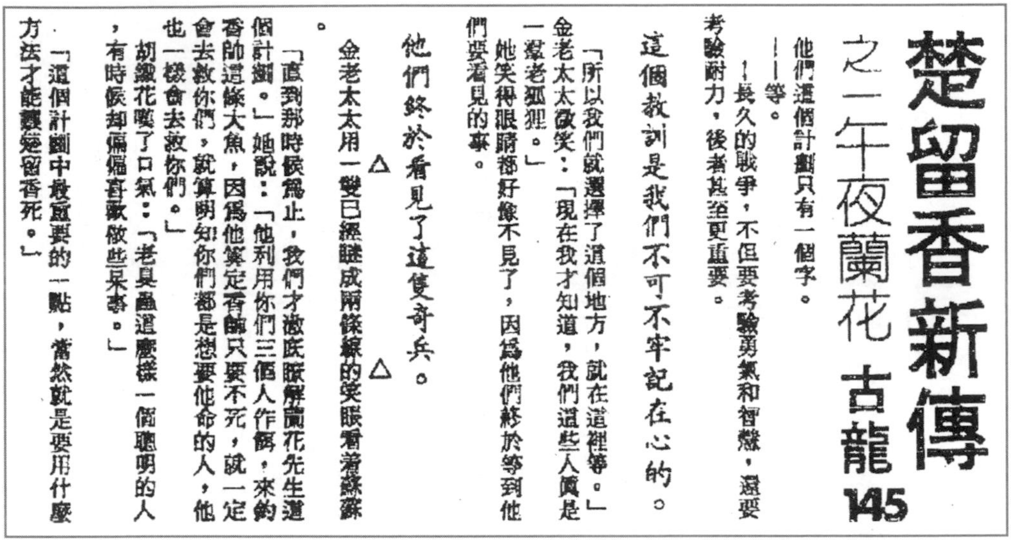
楚留香新傳之午夜蘭花 古龍 145

他們這個計劃只有一個字。

——等。

——長久的戰爭，不但要考驗勇氣和智慧，還要考驗耐力，後者甚至更重要。

這個教訓是我們不可不牢記在心的。

「所以我們就選擇了這個地方，就在這裡等。」

金老太太微笑：「現在我才知道，我們這些人真是一羣老狐狸。」

她笑得眼睛都好像不見了，因為他們終於等到他們要看見的事。

他們終於看見了這隻奇兵。

△　　△

金老太太用一雙已經瞇成兩條線的笑眼看着蘇蘇。

「直到那時候為止，我們才徹底瞭解蘭花先生這個計劃。」她說：「他利用你們三個人作餌，來釣香帥這條大魚，因為他算定香帥只要不死，就一定會去救你們，就算明知你們都是想要他命的人，他也一樣會去救你們。」

胡鐵花嘆了口氣：「老臭蟲這麼樣一個聰明的人，有時候卻偏偏喜歡做些呆事。」

「這個計劃中最重要的一點，當然就是要用什麼方法才能讓他留香死。」

▲《中國時報》連載《午夜蘭花》時怪異的排版

萬盛本第五部「後人」第二章「蘭花傳奇」第一小節中有一段文字被重複排在了「『心態。』」和「『心態的意思，就是一個人在處理一件事的時候，對這件事的想法和看法。』」之間，經查《中國時報》連載亦被重排，在此列出正確的行文（劃線部分為重排文字），供參考：

長者又問：「蘭花的香氣又能算是一條什麼樣的線索呢？」他說：「蘭花的香氣，並不是固定在某一個人身上的，也沒有誰規定只有某一個人身上才能帶着蘭花的香氣。」

少年承認。

無論你把從蘭花中提煉出的香氣精華灑在誰身上，那個人身上就會有蘭花的香氣，甚至你把它灑在一條豬身上，那條豬也會有蘭花的香氣。

——如果身上帶着蘭花香氣的就是蘭花先生，那麼一條豬也可能是蘭花先生了。

少年苦笑。

這一點他也從未想到過，現在他顯然也想

到了，他只覺得自己常常就像是一條豬。

× × ×

「如果連這兩點都不能算是線索，那麼等到那次飛蛾行動失敗，蘭花先生消失後，還有什麼人能夠找得到他？」

「至少還有一個人。」

「楚留香？」

「當然是他。」

老者笑：「當然是他，無論誰都可以想像得到，這個世界上如果還有一個人能夠找到這位神秘的蘭花先生，這個人一定就是楚留香。」

「一定是的。」少年承認。

「可是楚留香也只不過是一個人而已，在一種完全沒有線索的情況下，怎麼能找出一個幾乎好像完全不存在的人來？」

好絕的問題，誰能回答？

少年看着長者，忽然笑：「這個問題正是我想問你的，你怎麼反而問起我來了？」

老者也笑了，可是他的笑很快就結束，立刻用一種非常嚴肅的聲音說：

「這是一種心態的問題。」

「心態。」

（此處重複劃線部分）

「心態的意思，就是一個人在處理一件事的時候，對這件事的想法和看法。」

因重排段落相隔較近，較容易被發現，一些再版本進行了刪除。

收藏推薦

此書的連載和結集本存在宋體和楷體文字夾雜，情節分隔符和空行並存的古怪現象，今傳本均承自萬盛本，但大多對字體和情節分隔符進行了統一。各簡體本均有明顯瑕疵，江蘇文藝本遺漏了一些分隔符。

釋疑解惑

問：「楚留香新傳」第一篇是指《新月傳奇》還是《午夜蘭花》？

答：《新月傳奇》在《時報周刊》和《武俠世界》連載時均有副題「楚留香新傳」，可見古龍當時是想將《新月傳奇》列爲新傳之一的。

及至三年後的《午夜蘭花》，古龍改變了主意。《午夜蘭花》正文前刊有古龍〈楚留香和他的朋友們〉一文，其中特別寫道：

> 楚留香的故事，我只寫過七篇，有：「血海飄香」、「大沙漠」、「畫眉鳥」、「蝙蝠傳奇」、「桃花傳奇」、「借屍還魂」和「新月傳奇」……現在我就要寫他的第八個故事。以後有關楚留香的故事，我把他歸納於楚留香新傳……在「楚留香新傳」中，我準備再寫有關他的四個故事……所以現在我就要推出「楚留香新傳」的第一個故事——午夜蘭花。

古龍的言下之意已經很清楚，《午夜蘭花》才是其心目中真正的「楚留香新傳」。

就文體風格而言，《新月傳奇》同後期（成熟期）作品差異不大；而《午夜蘭花》爲晚期（衰退期）作品，風格變化較大。故將《午夜蘭花》看作「楚留香新傳」的第一篇，確實更為合理。

問：《午夜蘭花》是否存在代筆？

答：據許德成採訪丁情：這部小說開始仍是口述代抄的情況，故事內容兩人均有討論，其後幾乎是由丁情接寫至結束，後期因連載結稿在即，又急於出單行本，以致於改用一老一少兩人對話方式草草結束。

《午夜蘭花》筆者讀過多遍，雖情節紛繁複雜，難理頭緒，但行文從容飄逸，細節處的描寫已臻化境，若有代筆，以筆者對古龍晚期文風的熟悉程度，應能看出。丁情之文風和水準，在《劍神一笑》代筆部分及其他作品中均能窺見，與古龍有著很大的差距。《午夜蘭花》的最後一部「後人」幾乎全部是對話，卻寫得絲絲入扣、張弛有度，全書以「多重敘述」推進情節，沒有高超的文學造詣根本無法駕馭。就算故事草草結束，也應是古龍本人的意思。對於丁情接寫至結束的說法，筆者抱以存疑的態度。

問：蘭花先生究竟是誰？

答：關於蘭花先生的真實身分，古迷們一向眾說紛紜，支持率最高的是蘇蓉蓉和張潔潔。丁情曾問過古龍蘭花先生是否就是蘇蓉蓉，古龍微笑不語，丁情以為古龍默認，遂在《那一劍的風情》中點明蘭花先生就是蘇蓉蓉。二〇一五年丁情接受許德成採訪時表示：蘭花先生在書中並未交代是誰，當初古龍的設定是蘇蓉蓉。但因古龍生前未透露隻言片語，謹慎起見存疑。

大武俠時代：賭局、狼牙、追殺、海神、獵鷹、群狐、銀雕

已知首載

台灣《聯合報》連載（名「短刀集」）：

《賭局》：一九八五年三月一日至三月十六日

《狼牙》：一九八五年四月七日至四月廿四日

《追殺》[72]：一九八五年五月廿九日至六月十五日

《海神》：一九八五年七月二十日至八月八日

台灣《時報周刊》連載（名「大武俠時代」）：

《獵鷹》：一九八五年四月廿八日至五月十九日，三七四至三七七期

《群狐》：一九八五年五月廿六日至六月廿三日，三七八至三八二期

《銀雕》：一九八五年六月三十日至八月四日，三八三至三八八期

72 《聯合報》曾於一九八五年四月廿四日預告「短刀集」第三篇名為《白羽》，但連載時名《追殺》，主人公為「白荻花」，因荻花凋謝飄飛時酷似白色羽毛，故《白羽》應為《追殺》初名，並非另有篇章。

作品簡介

古龍短篇武俠作品集。它以明朝爲背景，圍繞「六扇門」、「賭局」、「財神」等組織，敷衍出一個個輕薄短小，卻又精采萬分的故事。每篇既自成段落，又前呼後應，結構嚴謹。語言上可謂惜墨如金，字字珠璣，處處留白，給讀者無盡的回味，是古龍晚期作品中的傑作。其中《銀雕》沒有寫完，與同期的《財神與短刀》並稱爲遺作。

文本延續

原刊本：

台灣《聯合報》連載→台灣萬盛本（一九八五年十一月，一冊，名《賭局》，合刊《賭局》、《狼牙》、《追殺》、《海神》，標「大時代武俠故事之二」[73]，內頁標「原名短刀集」）→港澳翻印本（快澤／壽山）⇩簡體本（中國文聯，一九九二年九月）

台灣《時報周刊》連載→台灣萬盛本（一九八五年八月，一冊，名《獵鷹》，合刊《獵鷹》、《群狐》，標「大時代武俠故事之一」）[74]→港澳翻印本（快澤／壽山）⇩簡體本（中國文聯，一九九二年九月）

香港玉郎本（一九八五年十月，一冊，名《賭局、狼牙、追殺》，標「大武俠時代之一」）

香港玉郎本（一九八五年十二月，一冊，名《紫煙、群狐》，標「大武俠時代之二」）

香港玉郎本（一九八五年十二月，一冊，名《銀雕、海神》，標「大武俠時代之三」）

---

73 應為「大武俠時代故事之二」之誤。

74 應為「大武俠時代故事之一」之誤。

原貌探究

一、結集情況

●台灣方面，《賭局》、《狼牙》、《追殺》、《海神》以「短刀集」之名先在《聯合報》萬象版連載，《獵鷹》、《群狐》、《銀雕》以「大武俠時代」之名先在《時報周刊》連載，前六部由萬盛結集出版二冊，《銀雕》未出版。

●香港方面，直接以「大武俠時代」之名出玉郎本三冊，第一冊含《賭局》、《狼牙》、《追殺》三篇，第二冊含《紫煙》（即《獵鷹》）、《群狐》兩篇，《海神》與《銀雕》合刊於第三冊。

二、序和引言

●《聯合報》連載時，有一段引言（萬盛本、玉郎本均無）：

有的刀雖然短，可是通常都比長刀更兇險，比長劍更毒惡，一擊致命，生死呼吸，殺人於方寸間。

有些人和故事也和短刀一樣，短、奇、險、絕。

現在我要說的，就是這一類的故事。

而玉郎本《賭局、狼牙、追殺》開篇有古龍手書的「大武俠時代」系列叢書序（《時報周刊》連載、萬盛本均無）：

我這些故事，寫的不是一個人，一件事，也不是一個家族。

我這些故事，寫的是一個時代，寫這個時代一些有趣的人和事，雖然每個故事全都獨立，彼此間卻又有着很密切的關係。

這個時代，就是我們的

——大武俠時代——

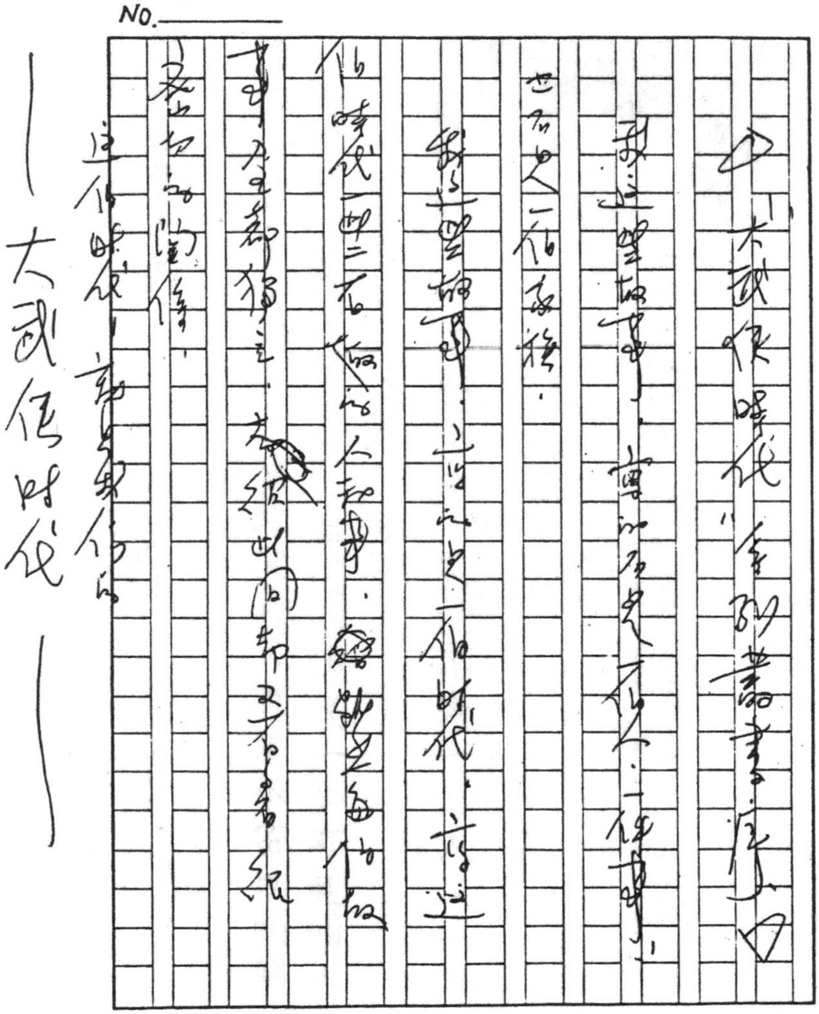

▲古龍手跡，刊於玉郎本《賭局、狼牙、追殺》

●《時報周刊》連載時，有一段標題爲「高手」的引言以及「大鷹，飛吧！你的獵物就在前方」字樣（萬盛本有、玉郎本無）：

高手

在我們這些故事發生的時候，是一個非常特殊的時代。

在這個非常特殊的時代裡，有一個非常特殊的階層。

在這個特殊的階層裡，有一些非常特殊的人。

這個時代，這個階層，這些人，便造成了我們這個武俠世界。

在我們這個世界裡，充滿了浪漫與激情。

充滿了鐵與血、情與恨、在暴力中的溫柔，以及優雅的暴力。

鐵血相擊，情仇糾結，便成了一些令人心動神馳的傳奇故事。

天空中有日月星辰，照出了人世間的醜陋和美麗，這個世界上也有些人亮如星辰，雖然明滅不定，但是它在某一刻發射出的光芒，已足照耀永世。

這些人當然都是高手，每一行每一業中都有高手，常常會用一些特別的方法，做出一些別人做不到的事，甚至令人難以置信。

現在我們要寫的，就是這一類的人的故事。

在「六扇門」裡，也有高手，他們的反應和嗅覺，似乎都要比別人高上一等，有時甚至會有一種野獸般的第六感，讓他們總能在千鈞一髮的關頭，逃過敵手致命的一擊。

可是當他們出手時，卻往往能一擊命中，那種準確的判斷，精密的計算，和無比快捷的動作，就像是一隻鷹。

——一隻獵鷹——

現在我們首先要說的，就是一個獵鷹般的高手和他的故事。

而玉郎本《紫煙、群狐》開篇多出一段引言（《時報周刊》連載、萬盛本均無）：

對於「賭局」，大家知道得已經不能算太少，可是「財神」呢？財神是個什麼樣的組織。

根據江湖中消息最靈通的一些人的說法，財神的主舵在山西，很可能只不過一棟平常的房屋而已，只不過誰也不知道它究竟在什麼地方？

財神一共有九位，其中大部份是山西的大地主和尊號錢莊的大老闆，他們的節儉和理財都是天下聞名的，其中只有一個人是例外。

這個人就是關西關二，就是名聞天下的關玉門。

這個人一身是病，卻又偏偏有一身神力，武功之高，無人能測，他一向獨來獨往，行踪不定，卻不知怎麼會加入了財神，更不知道財神怎麼接納了他。

他這一生中，唯一的一個真正的親人就是他的寡姐，和她辛苦守節撫養成人的獨子，他就是關二的嫡親外甥。

現在這個年輕人竟捲入了一連串神秘的殺人案件中，而所有的案件，全都開始於一股紫煙。

三、其他差異

●萬盛本和玉郎本均採用新式標題，如《獵鷹》篇（玉郎本爲《紫煙》）前五章爲「殺人的紫煙」、「又見財神」、「高牆內外」、「訊問」、「死者」，因篇幅短小，每章不另分小節，分章均處於情節或時空轉換之際，兩本情節分隔符基本一致。

萬盛本《賭局》的章節與玉郎本有差異，如《賭局》篇，萬盛本將玉郎本的三、四兩章合併爲「財神上門」（少分了「拆花的老人」）；《狼牙》篇，將玉郎本的一、二兩章合併爲「狼在火上」（少分了「殺人的人」）。經查，萬盛本的章節同《聯合報》連載，也就是說，在連載時上述章節就被合併了。《追殺》和《海神》，兩本分章相同。

萬盛本《獵鷹》和玉郎本章節相同，僅第十章「高手雲集」，萬盛本誤植爲「高手如雲」。

●萬盛本《獵鷹》篇第五章有一段文字錯排，將「『他們已經拿了應得的錢，而且已經拿的夠多。』凌玉峰說：『已經有人付給他殺人的代價，他就不會再拿別人一文，這是他們的職業道德。』」後的一段文字，錯排到了第四章「『按常理說，他平常用的當然也是左手。』『是的。』」之後，導致情節錯亂。經查，《時報周刊》連載和玉郎本均無此錯排。在此列出正確的行文（劃線部分爲錯排文字），供參考：

「由此可見，他是用左手吃麵的。」

「不錯。」

「按常理說，他平常用的當然也是左手。」

「是的。」

第五章　死者

死的五個人，果然是被五種不同的方法殺死，有的用刀斧，有的用絞索，有的一拳斃命，有的被拋入河裡淹死，殺人的手法乾淨俐落，唯一的線索是，殺死錢月軒的那一刀，刺的不是左邊心臟，而是右邊的肝臟。

……

×　×　×

「但是他們臨死前並沒有大量的錢支出，可見兇手並不是為了錢而殺他們。」邢總說。

「他們已經拿了應得的錢，而且已經拿得夠多。」凌玉峰說：「已經有人付給他殺人的代價，他就不會再拿別人一文，這是他們的職業道德。」

「那少年也是職業刺客？」

「大概是的。」

凌玉峰笑了笑，笑容中帶着種尖針般的光芒，接着又說：「如果我猜得不錯，現在我就可以把他的樣子大概說出來。」

邢總相信。

凌玉峰近年崛起於六扇門，被天下所有的名捕大盜公認為不世出的奇才，對於這一類的職業殺手，他當然搜集了一份極詳細的資料。

「在我的資料中，用左手的刺客並不多，能夠在一瞬間取宋天令性命的，最多不會超過三個，年紀在二十到三十之間的，只有一個人。」

「這個人是誰？」

「是個出生很優裕的世家子，平時很講究衣着，喜歡穿藏青色的衣服，身材大概跟我差不多，所學的武功很雜，所以才能用很多種不同的方法殺人。」

「這麼樣一個人，我相信我們很快就能找得到。」

這一點凌玉峰也相信。

邢總能夠成為江南名捕，決非僥倖，他在城裡布下的眼線一定極多，如果有一個這麼樣的陌生人來到城裡，他應該在十二個時辰內就能找到。

「還有。」凌玉峰說：「我還要你去查一查那幢大宅子的主人是誰，最近是不是換了主人，有關這個人所有一切的資料，我都想知道。」

× × ×

他很快就知道其中一點。

一個賣冰糖糯米甜藕的老婆婆，剛走過他們，到高牆後的窄巷中去叫賣。

後門忽然開了。

一個穿着紅衣裳，梳着大辮子的小姑娘，拿着一個青花瓷的大碗出來買糖藕，一雙好亮好亮的眼睛，一對好深好深的酒窩。

現在大家總算知道這幢巨宅的主人，有一個很漂亮的小丫頭。

收藏推薦

萬盛本和玉郎本在引言序文上有諸多不同，各有價值，可互爲補充。玉郎本章節更忠於原貌，萬盛本有大段文字錯排，而各再版本均未能糾正。日後若有出版社再版，希冀能參考玉郎本，並按上述行文將錯排糾正。

玉郎本收錄了《銀雕》，而萬盛本遺珠。因今傳本均承自萬盛本，致使《銀雕》曾二十餘年不爲人知曉（香港極少數讀者除外）。出版《銀雕》的玉郎本因此成爲絕世珍本。

釋疑解惑

問：「大武俠時代」和「短刀集」是什麼關係？

答：「大武俠時代」分爲狹義和廣義。狹義僅包括《獵鷹》、《群狐》、《銀雕》三篇，與「短刀集」中《賭局》、《狼牙》、《追殺》、《海神》四篇並列，廣義則將「短刀集」的四篇一併納入。萬盛本和玉郎本在出版時均統稱爲「大武俠時代」。

玉郎本《賭局、狼牙、追殺》開篇古龍手書的「大武俠時代」系列叢書序，證明古龍本人亦將「短刀集」四篇納入「大武俠時代」系列。

從情節看，《賭局》等四篇圍繞「賭局」、「財神」展開，《獵鷹》等三篇圍繞「六扇門」破案展開，雖各成系列，但主要角色同爲卜鷹、關二、程小青、聶家兄弟等人，情節亦有關聯，如《獵鷹》中的兇殺案與「財神」有關，《群狐》中亦描寫了唐捷、聶小雀決鬥輕功的賭局，故兩者應同屬「大武俠時代」這個大系，當然或許還有其他分系，古龍沒來得及寫出來。

問：《銀雕》為何會佚失？又是如何被挖掘出來的？

答：可能因爲篇幅過小或故事未完，萬盛沒有單獨出版過《銀雕》結集本。據丁情稱：「大武俠時代」（狹義）共有四篇，因時代久遠，已經忘卻第四篇的篇名。故可推測萬盛原想等《銀雕》下一篇出爐後合併出版，但後因古龍過世而作罷。今傳本均承自萬盛本，是《銀雕》佚失的主要原因。

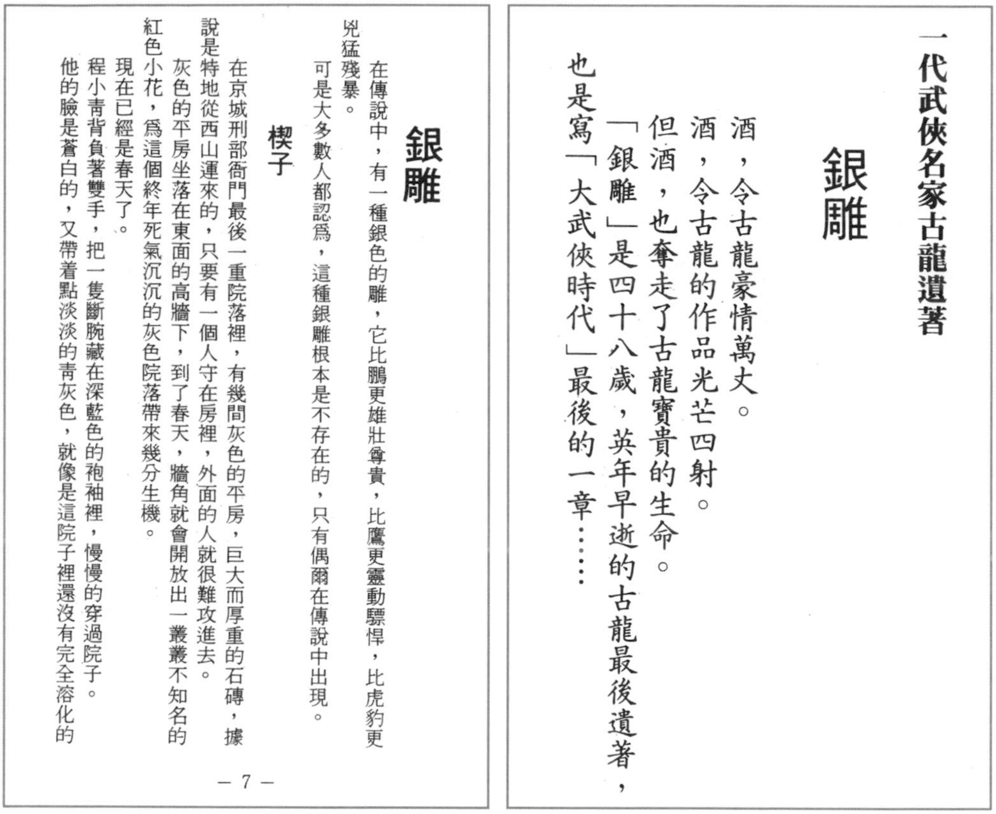

一代武俠名家古龍遺著

銀雕

酒，令古龍豪情萬丈。
酒，令古龍的作品光芒四射。
但酒，也奪走了古龍寶貴的生命。
「銀雕」是四十八歲，英年早逝的古龍最後遺著，
也是寫「大武俠時代」最後的一章……

銀雕

在傳說中，有一種銀色的雕，它比鵰更雄壯尊貴，比鷹更靈動驃悍，比虎豹更兇猛殘暴。

可是大多數人都認爲，這種銀雕根本是不存在的，只有偶爾在傳說中出現。

楔子

在京城刑部衙門最後一重院落裡，有幾間灰色的平房，巨大而厚重的石磚，據說是特地從西山運來的，只要有一個人守在房裡，外面的人就很難攻進去。

灰色的平房坐落在東面的高牆下，到了春天，牆角就會開放出一叢叢不知名的紅色小花，爲這個終年死氣沉沉的灰色院落帶來幾分生機。

現在已經是春天了。

程小青背負著雙手，把一隻斷腕藏在深藍色的袍袖裡，慢慢的穿過院子。

他的臉是蒼白的，又帶着點淡淡的青灰色，就像是這院子裡還沒有完全溶化的

— 7 —

▲玉郎本《銀雕、海神》的說明和正文

二〇〇六年，筆者在「古龍國」網站發現香港網友帖子：「其實香港玉郎出版社出版過關於『獵鷹賭局』的三本小書，我只買到兩本，其中已經包括了《銀雕》的故事，揭示了下五門傳送消息的秘技等等。現在的書非但收編不全，而且次序也不對。」筆者到香港圖書館網站搜索，果然查到《銀雕》的出版資訊。二〇〇七年六月，筆者在香港玉郎本《不是集》（一九八五年十月）中發現《銀雕》的出版預告和故事梗概。二〇〇八年七月，玉郎本《銀雕、海神》一書現身網路，隨後，陳舜儀在國家圖書館（台北）找到《時報周刊》上的《銀雕》連載，文本和玉郎本一致。《銀雕》在佚失二十多年後，終得以重新面世。

問：《銀雕》是否為古龍親筆？

答：據陳曉林言：《銀雕》確爲古龍所寫，但在創作《銀雕》時，古龍身體虛弱，加之發生煩心的家務事，故時寫時輟，有時發現文中有瑕疵或情節不理想之際，便要其時住在他家的徒弟丁情代筆補正。[75]

另據許德成採訪丁情：「大武俠時代」全部篇章均由古龍口述開頭，丁情代抄，期間故事情節兩人均有討論，時由古龍口述，時由丁情接寫，內容已分不出何人文筆，相當於共同創作。在第三篇《銀雕》開稿時，仍照往例由古龍口述了開頭，期間兩人斷續互相接寫至第十三章。到了第十四章，也就是本篇現存最後一章，完全是由古龍口述故事，由丁情代抄完成，這是古龍的要求，只可惜就差最後兩章，古龍突然過世。

從上述兩種說法可以得知，《銀雕》主要還是由古龍創作，丁情只是在古龍的口述和要求下代抄、接寫、補正而已。《銀雕》在《時報周刊》三八三至三八八期連載（一九八五年六月三十日至八月四日），緊隨《群狐》（三七八至三八二期）之後，與《聯合報》上的《海神》（一九八五年七月二十日至八月八日）處於同期。連載過程無脫稿，情節連貫，文字看不出有明顯代筆痕跡。故筆者認爲，《銀雕》就是古龍的親筆遺作，可惜並未完成。

至於《銀雕》之外的其他篇章，文筆渾然天成，字字璣珠，宛如神品，更不可能有丁情的代筆了，也許兩人在創作時有討論，丁情有代抄，但是嚴格來說，絕對不能說是「共同創作」。

75 陳曉林〈關於《銀雕》的一些回憶〉，二〇〇八年十一月。

財神與短刀

作品簡介

此書爲古龍遺作，原計劃寫成「大武俠時代」衍生的長篇故事，主人公爲浪子形象出場的朱動，但古龍僅撰寫了前三部便因病離世。在風中白（蕭瑟）代筆中，朱動變成了陸小鳳好友朱停的兒子，陸小鳳、花滿樓、老實和尚、李尋歡等前輩名俠如走馬燈般紛紛登場，且花費重墨描敘，應非古龍生前授意。

文本延續

連載：台灣《大追擊》雙週刊（一九八五年七月廿六至八月廿三日，六至八期由古龍撰寫序幕及一至三部；一九八五年九月二十日至一九八六年三月十二日，十至廿二期由風中白續寫四至十六部）[76]

原貌探究

一、親筆部分

《財神與短刀》僅在《大追擊》連載，沒有其他連載和結集本可供比對。

---

76 目前只找到六至七期（刊載一至二部），以及十至廿二期（刊載四至十六部），缺中間的八至九期；按照每期刊登一部的習慣並對照古龍臥病的時間，第九期理當暫停連載一次，但也不排除第三部分為兩期刊載的可能。

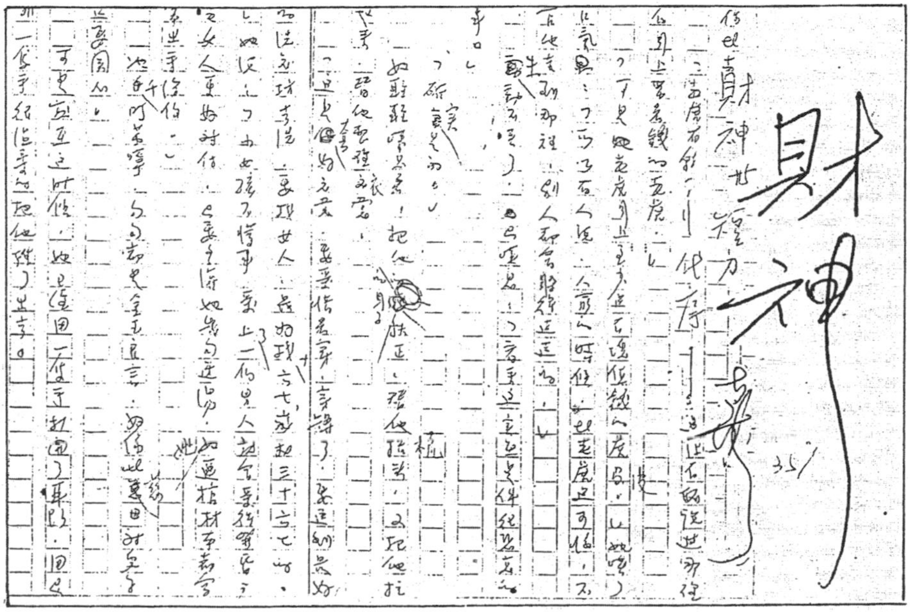

第一部

(一)九先生與小老闆

他們互相凝視著，一個熱情如火，一個冷酷如刀，過了很久九先生才開口。

「你不會知道的。」他淡淡的說，「你永遠都不會知道我真正覺得有趣的是什麼？」

(二)浪子

人在路上，小路，暗夜，有雨。看雨。

暗巷裡只有一盞燈，昏黃的燈光，照著一張昏黃的臉。

臉上已經佈滿皺紋了。這個正在抽著旱煙的老人已經渡過了他這一生中一大半艱難的歲月。現在他過的日子也不好受，每天晚上，不管颳風下雨，他都要提著舊鐵桶，出來賣茶葉蛋和燒肉粽。

一個跟他同樣衰老的老人，正坐在一個小板凳上，吃他的茶葉蛋和肉粽，咬一口蛋，吃一口粽，灌一口葫蘆裡的劣酒，苦難的日子，就被他們這樣一口又一口的咬掉。

朱動穿一件竹布衫，著一條犢鼻褲，從一扇陰暗窄小的後門裡被人趕了出來，一走進這條暗巷，就掉入了一條陰溝裡。

他沒有爬進來，一跌下陰溝，他就睡著了。

◎ ◎ ◎

兩個老人也沒有去理睬這個跌入陰溝的小伙子，可是遠處卻傳來了一陣很急遽的馬蹄聲，在靜夜裡聽來就好像是醉漢在打鼓。

蹄聲漸近，健馬馳來，馬上一條鬍鬚留得很美的壯漢，手提一把五尺多長的斬鬼刀，縱馬馳過陰溝，一刀砍了下去，從陰溝裡那個小伙子的腦袋上砍了下去，刀風急勁，小伙子卻仍睡得像是條死豬。

可是他這一刀並沒有砍中。

這位揮刀如風的壯漢一刀砍下時，忽然有個東西飛過來，打在他腰眼上，落下地時滿地亂滾，竟然只不過是半個茶葉蛋。

茶葉蛋落地時，這條壯漢居然也被打得落下了馬鞍，健馬驚嘶，飛馳而去，壯漢一手掠地，一個鯉魚打挺，翻身站了起來，又想追馬，又想竊人，又想撿刀再砍，這次卻不是砍那溝中甲的小伙子了，而是去砍那個吃蛋的老人。

老人正在等著他，冷冷的問：

「你就是斷鬼刀史敦。」

「我就是。」壯漢反問：「你是誰，怎麼知道我是誰？」

「我認得你！你的名氣近來已經很響了，可是你認不認得你要殺的那個人呢？」

「不認得。」

史敦說：「我只知道，有人肯出一萬兩要我來殺一個躺在陰溝裡的醉漢，這種生意總是做得過的。」

「這次你做不過！」

「為什麼？」

「因為我。……」

老人好像做了個手式，史敦的臉色立刻變了：

「陰溝裡這小子是誰，竟能勞動你老人家來保護他。」

抽旱煙的老人忽然冷笑。

「你連這小子是誰都不知道。」

「不知道。」

「混蛋，該打，」

說到打字，老人忽然張嘴吐出了一口濃煙，煙聚成形竟像是一個巴掌。

這個巴掌忽然間就到了史敦臉上，雖然只不過是隻「煙手」而已，可是史敦卻被這隻煙手一巴掌打得頭昏腦脹，好像連站都站不住了，失聲

▲(上)古龍遺作《財神與短刀》手跡，刊於《大追擊》第十一期
(下)古龍遺作《財神與短刀》第一部，刊於《大追擊》第六期

《大追擊》第六期刊載〈財神與短刀——代序〉一文，內容包括萬盛本《獵鷹》引言和玉郎本《紫煙、群狐》引言，略作改動。

古龍親筆部分共分序幕、三部（篇幅上相當於章），每部下分若干小節。如第一部無標題，下分三小節，分別爲：（一）九先生與小老闆、（二）浪子、（三）浪子的悲喜劇。第二部有標題「窮神」，下分五小節，卻無名稱。第三部因雜誌缺失面貌不詳。除章節設置較亂外，文字間的神采也逐漸渙散，可見當時古龍的身體狀態已很差。生死關頭還在堅持寫作，令人肅然起敬。

二、代筆部分

《大追擊》第十期刊出「接龍」啓事，確定了風中白續寫的起點：

「財神與短刀」因古龍病中不能執筆，這期起由風中白代打。風大俠，俠名不是一眼眼[77]，其對「財神與短刀」的故事，知之尤詳，由他來「接龍」，相信會讓讀者更具真實感，讀後津津有味。

就在第十期發行的第二天（一九八五年九月廿一日），新派武俠一代宗師古龍先生即告過世。

第十一期刊出小啓「古龍武俠絕筆」：

77 方言，意為一點點。

古龍寂寞走了，在他兩度入院前後，念念要對《大追擊》的讀者有一份交代，斷斷續續在病榻上寫完了「財神與短刀」遺作，並交由本刊繼續發表。

本刊為尊重死者遺意，乃情商風中白先作一番整理，連載完畢後，決出單行本。

當然，風中白的水準和古龍差距肯定不是「一眼眼」，「更具真實感」只是雜誌社的商業用語而已，不足爲論。「（古龍）斷斷續續在病榻上寫完」等說法，和「病中不能執筆」前後矛盾，同樣也是廣告手段，以古龍當時的身體狀況絕無可能完成，否則古龍必定會先完成只差兩章的《銀雕》。

第十一期還刊載了一篇名爲〈武林痛失龍泉古劍〉的紀念文章，其中第六頁有古龍的手稿影本，內容涉及第六期刊出的代序和第一部接近結尾的文字，基本可以佐證第三部之前爲古龍親筆。

直至第十六部，風中白也未能將故事寫完，「單行本」也隨之流產。

收藏推薦

目前挖掘的《大追擊》雜誌不全（缺第三部），禮失求諸野，希冀以後能找到完整的文本後付梓成冊，即使古龍親筆部分很少，即使故事不完整，也應讓讀者們感受古龍在病榻前的最後一點靈光。

釋疑解惑

問：《財神與短刀》為何會佚失？又是如何被挖掘出來的？

答：可能因爲風中白未將故事寫完，《財神與短刀》最終沒有結集，這是其佚失的主要原因。

二〇〇九年六月，距離《銀雕》發現一年左右，台灣《大追擊》雜誌第十二期（一九八五年十月十八日）現身網路，刊有《財神與短刀》第六部，署名為「古龍遺著，風中白整理」，但文字拙劣，毫無古龍神韻，被眾多資深古迷鑑定為僞作。隨後陳舜儀去國家圖書館（台北）查閱，發現該作品大部分連載（缺八、九兩期），其中六至七期載有《財神與短刀》的代序、序幕和前二部，均署名「古龍」，從第十期開始由風中白整理。在佚失二十多年後，《財神與短刀》終得以重新面世。

問：丁情有沒有參與此書的創作？

答：二〇一五年，許德成曾就此事採訪丁情，得到的答案是：開頭序文是古龍親筆無誤；一至三部，由古龍口述，丁情代抄，有些內容由丁情補筆；之後的文字，是由雜誌自行找人續寫，與他們兩人無關。第一、第三點無誤，但第二點存疑，因爲有書稿影本爲證，第一部文字當爲古龍親筆，而非丁情代抄，至於二至三部，即使是口述代抄，也應視同古龍親筆。從行文來看，可能存在丁情零星補筆的字句，但已同古龍的親筆部分混在一起，無法徹底辨別清楚了。

問：薛興國在〈古龍十章〉中提到，古龍除了「大武俠時代」之外，還有「楚留香新傳」之《死狐》與《菊花的刺》二部作品的故事設想，是否付諸筆墨？

答：《死狐》即電影《楚留香大結局》的故事，但是它沒有被寫成小說，真正被寫成小說者，其實就是《午夜蘭花》。那個死字，就是設定楚留香已經死了，而大家想把他找出來。

對於《菊花的刺》，原本的設想是延續《桃花傳奇》的情節，即楚留香登上天梯後所發生的故事，當然也因古龍過世而流產。後萬盛出版社擅自將武俠作家楚烈的一部作品改爲此名，並於一九八六年六月出版，書上說明古龍曾予出版社遺稿七萬餘字，在古龍逝世後，請楚烈整理遺稿並完成之云云，純屬子虛烏有。陳曉林後詢問萬盛，對方坦承並無所謂古龍遺稿，另詢問楚烈，楚烈也對出版社當時的做法感到不解，強調《菊花的刺》純粹爲他個人創作，與古龍無關。

問：坊間傳聞的《一劍刺向太陽》、《蔚藍海底的寶刀》、《明月邊城》，即所謂的「古龍江湖三部曲」的大綱和殘稿究竟是否存在？

答：二〇一四年六月，「古龍江湖三部曲」項目由台灣古龍著作管理發展委員會交由大陸聯合啓動，並開展《一劍刺向太陽》的續寫競賽活動。徵文啓事中公佈了《一劍刺向太陽》的大綱和殘稿（印刷體，非原件影本），但從內容來看，與古龍晚期文風相差甚遠，加之始終沒有公佈原件，故暫且存疑。

另一方面，《一劍刺向太陽》的劇本手稿倒確實存在，現完整地保存在古龍生前摯友楊鈞鈞女士手中，劇本由古龍構思、倪匡撰寫，但內容與上述大綱和殘稿完全不同。當年（一九八二年）楊鈞鈞是《一劍刺向太陽》的出資人和主演，看過劇本後不甚滿意，徵得古龍同意後，片名維持《一劍刺向太陽》不變，改用《飛刀，又見飛刀》的小說故事來拍攝。

《蔚藍海底的寶刀》是《來自海洋中的刀》（一說《來自海中寶刀》）的誤傳，最初（一九八三年）是古龍和邵氏公司合作的新片片名，古龍當時僅有構思，邵氏堅持要先出小說，才願意投資拍攝，但古龍事多纏身，無暇開稿，後來不了了之。去世前一段日子，古龍和丁情開始探討故事情節，準備將此書付諸筆墨，並將書名改爲《藍色湖泊中的刀》，但未及動筆古龍即告過世。二〇〇七年，丁情根據當年兩人的構思開始動筆寫作，斷續到近期方告完成。

丁情還表示，師徒在一起時，除了這所謂的三部曲外，構思和討論的故事還有很多，但只是止於討論而已，並沒有落實在文字上。

所以，真正能算得上古龍遺作的，只有《銀雕》和《財神與短刀》這兩部。

下篇 代筆考證

綜述

區分偽作與代筆作品

古龍一生究竟寫了多少部武俠小說，有多少是古龍親筆所著，有多少含有代筆成分，是讀者和研究者們多年來一直關注和探討的問題。

在分析考證代筆作品之前，務必先將「代筆」與「僞作」區分開來。爲便於理解，我們把通篇由他人寫作卻掛名「古龍」出版的作品，稱爲「僞作」；把既有古龍親筆又有他人代筆的作品，稱爲「代筆」。

因盛名之下，坊間所傳之古龍僞作多到可用英文字母排列成表，故不再一一列舉。

舊創作年表中一些掛名古龍的作品也都被證實非古龍所作。如《那一劍的風情》、《怒劍狂花》、《邊城刀聲》等標注爲「大部分由丁情代筆」，實則完全由丁情所作；《白玉雕龍》通篇由申碎梅撰寫；《菊花的刺》爲楚烈個人創作，根本無古龍遺稿成分；《吸血蛾》

爲黃鷹所作；《劍玄錄》實爲溫玉作品[78]；《飄泊英雄傳》由溫玉改寫自金庸《連城訣》；《劍毒梅香》續集即《長干行》由上官鼎執筆；武林本《鬼戀俠情》合刊的《生死結》和《黑蜘蛛》，也被證實由曹若冰等撰寫。故上述作品，全部納入僞作之列。

近年來挖掘出的電影故事《邊城》[79]和《掌門人之死》[80]，分別在《絕代雙驕》和《火併蕭十一郎》連載續稿未到時作臨時頂替，通篇僅對人物情節作簡單羅列和說明，類似劇本大綱，不能算作武俠小說，故不在本書探討之列。

簡而言之，本書上篇中所列七十二部書目即是已知古龍創作的全部武俠小說。其中的代筆作品，按不同情況酌分四類：

一．代筆部分和代筆者均有定論的作品：

《劍毒梅香》——古龍、上官鼎合著，國華／清華本共十五冊四十章加尾聲，其中一至四冊、一至十四章爲古龍著；五至十五冊、十五至四十章和尾聲爲上官鼎著。

《劍氣書香》——古龍、陳非合著，真善美本共八冊廿四章，其中第一冊、一至三章爲古龍著；二至八冊、四至廿四章爲陳非著。

---

78 據華源本《劍玄錄》第十一冊（一九六五年）的古龍「更名啟事」：「劍玄錄」這書名是我在五年前取的，當時我也曾有寫這本書的構思，但後來因為太忙而未曾動筆，實在是因為太懶，就借太忙的理由而寬恕了自己，於是過了五年，華源書局的芮發行人居然還未忘記這書名，這構思，而他的賢公子小芮先生，就執筆代我寫了這本書，承蒙他們看得起，還用了我那根本不響亮的名字「古龍」。

79 刊於《武俠與歷史》三七四期（一九六八年三月八日）。

80 刊於《武俠春秋》一八三至一八四期（一九七三年十月三日至十月十日）。

《財神與短刀》——古龍、風中白合著，《大追擊》雙週刊連載，序幕及一至三部爲古龍著；四至十六部爲風中白著。

二．代筆部分或代筆者未有定論的作品：

《蒼穹神劍》——疑第一本第廿六章「腥風血雨　辣手摧花；鞭影征塵　壯士失劍」後由正陽代筆續完。

《殘金缺玉》——疑萬盛本第六章「謎一樣的人」中由他人代筆三千餘字。

《飄香劍雨》續集——疑由溫玉代筆。

《劍客行》——疑今傳各本第十章以後由上雲龍代筆續完。

《護花鈴》——疑春秋修訂本最後三章由高庸代筆。

三．連載中途由他人臨時代筆，但結集時去除的作品：

《絕代雙驕》——《武俠與歷史》連載時由倪匡臨時代筆數萬字。

《七星龍王》——《武俠小說週刊》連載第五期「血戰」章由他人代筆，另台港連載第廿三章「鼓掌」第二小節中數百字由薛興國代筆。

四．曾疑有代筆，經過筆者考證後確定的作品：

《名劍風流》——漢麟本最後兩章由喬奇代筆。

《陸小鳳之鳳舞九天》——春秋本第十五章「仗義救人」中，自「一張由四十九個人，三十七柄刀織成的網」開始，由薛興國代筆續完。

《劍・花・煙雨江南》——今傳各本終章「血雨門」（有版本作「尾聲」）中，自「小雷輕輕『哦』的一聲，對這名字似乎很熟悉，又像是非常陌生」左右開始，由他人代筆續完，代筆者疑為上官鼎。

《血鸚鵡》——漢麟本第五章「開棺驗屍」中，自「秋日的陽光雖然艷麗如春，怎奈花樹已凋零」左右開始，由黃鷹代筆續完。

《圓月・彎刀》——漢麟二冊本第十一章「雙刀合璧」中，自「天下有什麼比十七歲的少女對心目中的英雄的讚美更令男人動心」開始，由司馬紫煙代筆續完。

《劍神一笑》——萬盛本第二部「西門吹雪」第七章「帳篷裡的洗澡水」第三小節開始由丁情代筆續完。

《風鈴中的刀聲》——萬盛本第八部「下場」第一章「恩怨似繭理不清」中，自「『你是不是認為我對丁寧的感情也是一樣的？』花景因夢問慕容」開始，由于志宏代筆續完。

上述一至三類代筆情形，筆者已在上篇「原貌探究」相關作品中提及，此不贅述。本篇主要分析考證第四類代筆情形。

當然，對於第四類代筆情形，一些讀者可能已經從各種新創作年表中獲悉，但因不知這些結論是如何考證得出的，尚存疑慮，為此有必要作詳盡的闡述。

理實結合，代筆「現形」

倘若讀者不清楚作品中親筆和代筆的部分，那麼在閱讀、理解的過程中就會有所偏差，就很難客觀公允地去評價這些作品，甚至影響到對作家本人的評價。從這一意義上來，代筆考證亦是揭示古龍小說原貌的必要環節。但要釐清代筆作品中哪些內容是古龍親筆，哪些是代筆，而且要精確到某段某句，實非易事。筆者經多年研究，將考證方法歸結爲「理實結合」四字。

一·理證

● **文體風格**。眾所周知，「古龍文體」是古龍小說的招牌之一，尤以後期作品更爲特徵鮮明，主要表現在簡潔詩化、長短結合、富有節奏感的語句和類似劇本的敘事手法上。此點代筆者很難模仿，有些代筆者（如黃鷹、薛興國）雖然刻意模仿，但至多只能得其「形」，無一能獲其「神」，總也寫不出古龍文體的靈氣和意境。至於那些完全按照自己風格代筆的人（如司馬紫煙、于志宏），其代筆部分則更容易分辨了。

然而，要以古龍文體來判斷代筆的篇章，首先要對這種文體非常熟悉和敏感，熟悉到當一看到他人代筆部分時，就會感到突兀和彆扭。這遠非一日之功，需長期反覆閱讀方能練就。

另外，古龍小說在語言風格和敘事手法經歷了早期、中期、後期、晚期四個階段的轉變，各階段差異較大，所以要鑒別代筆，還需要熟悉各階段的風格。現概括各階段文風如下：

早期（約一九六〇年至一九六三年）：有自己特有的文藝腔和書卷味，但總體仍侷限於舊派武俠小說半文不白的框框，描寫神態、動作、對話、心理、招式等頗費筆墨，讀來拖沓囉嗦，缺乏張力和想像力。

中期（約一九六三年至一九六八年）：開始嘗試運用較簡潔的短句和對話，新派語言的雛形開始呈現，蒙太奇手法漸趨成熟，但總體還沒有脫離舊派武俠的窠臼。

後期（約一九六八年至一九八〇年）：獨特的古龍文體成熟，概括起來有這麼幾點：文字簡潔精煉，無多餘的修飾詞；較少直接寫心理活動，而通過人物的言行反映；長短句有機結合，富有節奏感；每一個細節甚至每一句話都處理得很有趣味和美感，並給人以想像空間。

晚期（約一九八一年至一九八五年）：語言更爲圓熟自然，信手拈來而不帶絲毫煙火氣，節奏上從容舒展，但部分段落稍顯拖沓。

● **人物和故事**。古龍小說除了文體獨特之外，人物刻畫也堪稱一絕，他筆下的人物形象鮮明，個性突出。什麼樣的人說什麼樣的話，做什麼樣的事，差不得半點。正如西門吹雪不可能用陸小鳳的口吻說話，陸小鳳也不會像西門吹雪那樣一臉冷酷地往劍尖上吹氣。而在代筆過程中，代筆者往往做不到與原著人物形象特質完全一致，此點就很有利於代筆的辨別。

雖然古龍在情節處理上時常虎頭蛇尾、漏洞頻出，但不會過於誇張和曲變，而代筆者爲了儘快完成任務，往往不去細讀古龍前文，完全按照自己的思路撰寫，甚至胡編亂造，造成與前文的脫節和矛盾。即便有些代筆者遵循古龍授意的情節發展脈絡，撰寫起來亦如故事梗概，味同嚼蠟，故此點亦可作爲代筆辨別的輔證。

二‧實證

包括手稿、原刊本（連載）面貌、古龍好友的說辭等。由於古龍手稿絕大部分已佚失，而古龍好友的說辭每每存在記憶不清、含混矛盾的情況，所以原刊本和早期連載的面貌（包括斷稿處、續載處、作者或編輯小啓等）就成了代筆最爲關鍵的實證。

但實證也並非百分之百準確，如果拋棄對作品文體、人物情節的分析，只一味求實證，也會流於片面。只有理實結合，相互印證，才有足夠的說服力。

前期因少有人挖掘，原刊本資料十分匱乏，故筆者常以古龍之獨特文體，結合人物刻畫和故事情節，來判斷代筆的部分。筆者運用此理證法，於二〇〇五年至二〇〇七年間，先後分析了《圓月‧彎刀》、《名劍風流》、《血鸚鵡》、《鳳舞九天》、《劍神一笑》、《風鈴中的刀聲》等作品的代筆問題，以「讓你飛」之名撰文發表在了古龍武俠論壇上。

在筆者的拋磚引玉下，一大批古迷加入到古龍文本的研究中來，並挖掘出了大量原刊本和早期連載資料。這些資料幾乎完全印證了筆者之前的分析，充分說明在實證缺失的情況下，以文體和人物故事判斷代筆的可行性。

隨後，筆者陸續對之前的文章進行了修訂，加入實證內容，使其更爲嚴謹和精確。

接下來就對第四類代筆作品進行逐部分析。

此外，《龍吟曲》和《手槍》兩部作品未列入古龍創作年表，但經筆者分析考證，應有少量古龍親筆成分，亦將考證過程附上，以供商榷。

最後全都亂了套——《名劍風流》

《名劍風流》是古龍中期作品之一，雖然沒有《武林外史》、《絕代雙驕》那麼出色，但還是受到很多讀者的喜愛，也不時被評論家提起。注重運用懸疑恐怖手法，是該書的一大特色。

《名劍風流》結尾部分由喬奇代筆，已被公認，代筆語言平庸，情節混亂，使這本書的總體水準打了大大的一個折扣。

那麼代筆到底從何處開始呢，先請看各家說法。

葉洪生、林保淳《台灣武俠小說發展史》：古龍《名劍風流》最後約三萬字，即由喬奇代筆續完。

胡正群〈破繭之作，露業奠基——《名劍風流》創作前後〉：陸續寫了五年多的《名劍風流》雖近尾聲，又因應書商要求另開新作再度中輟，而無暇一鼓作氣的以竟全功，出版商在讀者迫不及待的催促下，請擅寫「時代動作」的作家喬奇相助續寫最後萬餘字，收結全書……依文筆思路看，第卅九章「風波已動」的後段——朱淚兒抽刀刺向靈鬼——以後的故事，即是另一位作家喬奇先生所代續。

翁文信《古龍一出，誰與爭鋒：古龍新派武俠的轉型創新》：《名劍風流》當時因與《絕代雙驕》撞稿，古龍不克依「武俠春秋」[81]的連載要求如期交稿，於是雜誌社就請喬奇代筆，寫了七千字左右，將之結束。

通過反覆閱讀，筆者確定代筆始於漢麟本第卅九章「風波已動」（春秋本七十七章「風波已動」）開頭。

首先，第卅九章文風和語感突變，俞佩玉和鳳三兩人的神態語氣對話，都與前文描繪的個性特徵不相吻合。

讓我們來看下面的一段（摘自漢麟本）：

俞佩玉道：「前輩的意思我明白，就是說我目前的功力還不夠，招惹不起江湖巨頭的聯手攻擊，對不？」

東郭先生將頭連點，道：「算你小子聰明，猜得一點也不錯。」

鳳三正色插口道：「四弟，這是很值得重視的，你雖有一手擎天的志氣，但有時也要量力而行。」

俞佩玉笑道：「三哥說得對，我當然有所憑藉才會作這樣的狂想，絕不是隨便說了而已的。」

眾人又面面相覷。

鳳三用眼盯着他問道：「那你所憑藉又是什麼呢？不妨說出來讓我們大家聽聽。」

俞佩玉將竹牌一揚，道：「這是東郭先生的『報恩牌』，有了它我就不再顧慮一切。」

---

81 疑為「春秋」之誤。

東郭先生驚的一哆嗦，道：「小伙子，你好狠？意欲將腥風血雨的事，完全扣在我糟老頭一個人的身上麼？」

俞佩玉肅穆道：「老前輩不要想歪了，我並非藉此『報恩牌』堅請你老人家出面和他們去拚生死，而是只想請前輩將『無相神功』傳授給我。」

東郭先生又是一怔，道：「你怎麼知道我有『無相神功』？」

俞佩玉說道：「乃是『墨玉夫人』姬悲情親口所說出，她說『無相神功』正是她『先天罡氣』的尅星。」

東郭先生怒道：「所以你就將目標對準我了，想仗『報恩牌』威脅我？」

俞佩玉躬身將「報恩牌」雙手奉上道：「前輩息怒，晚輩實在沒有仗物脅人的打算，只請前輩念今後江湖安定，賜予成全。」

東郭先生一聲冷哼，伸手將「報恩牌」奪了過去，並緊接着一掌朝他當胸推來。

鳳三先生和高老頭頓時發出驚呼。

可惜慢了，當他們發覺東郭先生施展的竟是「無相神功」時，只聽得俞佩玉一聲慘嗥，身子像斷了線的風箏，狂飆捲得穿屋而出，直朝一條溪畔飛去。

鳳三瞪大了驚駭的眼神：「東郭老鬼，你為什麼要對他下這樣毒手？」

東郭先生瞇着小眼咧嘴一笑道：「你是看兵書淌眼淚——替古人擔憂。」

只說了這麼句沒頭沒腦的話，人便疾竄而出，等到鳳三趕到屋外時，東郭先生和俞佩玉都消失不見了，只看到遠處有一條飛掠中的灰影，那速度之快像馭電追風，眨眼工夫便失去了蹤跡。

鳳三情急如焚，而就在此時身後傳出了高老頭的聲音：「暫且別急，憑你我的腳程是追趕不上的，我知道他將藏在什麼地方，等你身體完全康復了，我們一同去找他。」

鳳三猛的轉過身來：「還要等到我康復？……那四弟……」

高老頭忙用手式止住道：「放心，你是有點替古人擔憂，俞佩玉不是夭折像，他死不了的。」

鳳三用道茫然眼神在他臉上一掃……

朝陽緩緩升起，將原野景色映的一片金黃，而鳳三先生也就在晨曦普照下似乎醒悟了什麼，臉上愁雲隨風散去。

從中期開始，古龍在描寫人物的神態時，已經很少用「肅穆道」、「一聲冷哼」、「瞪大了驚駭的眼神」、「用道茫然眼神在他臉上一掃」這類多餘拙劣、大動聲色的修飾詞。從對話本身來說，也顯得俗不可耐，生澀繞口，讀來很不順暢，連古龍早期作品的水準都不及。

至於後面的行文則更爲粗糙，象聲詞濫用，什麼「颼！颼！颼！颼！」、「呼！呼！呼！呼！」、「嘭！」、「噗！」、「咔嚓」，宛如動漫配文，粗糙已極。

其次，最後兩章的情節，完全脫離了古龍的原意，純屬喬奇的自我發揮。例如俞獨鶴的情人是姬葬花的妻子，到喬奇的筆下卻變成了墨玉夫人。再如古龍前文已交代清楚靈鬼的把戲，乃是用刀圭術將不同的人易容成同一張臉孔，並非鬼神，在喬奇筆下靈鬼卻真的成了殺不死的鬼了。另外很多重要人物如紅蓮花、林黛羽等，對全書的故事情節起了很大的推動作用，但是到了結尾卻都沒有交代。

由此可見，喬奇代寫結局之前並未好好閱讀前面的內容，只求快速了結。

漢麟本最後兩章合計三萬一千字左右，也就是說，筆者確定的代筆部分同《台灣武俠小說發展史》中所述基本一致。

隱形的人，隱形的文——《鳳舞九天》

一、代筆研究

很多讀者都知道，陸小鳳系列之《鳳舞九天》是由薛興國代筆續完的，這一點也已得到薛興國本人的證實，他在〈握緊刀鋒的古龍——十七年後的懷念〉一文中對《鳳舞九天》的創作背景有這樣的交代：

> 於是古龍更加放浪了，在報上連載的小說時常脫稿，他便告訴編輯找不到他便找我代筆幾天。最厲害的一次是他寫了《陸小鳳之鳳舞九天》前面八千字，創造了一個武功天下無敵的大壞蛋之後，後面全交給我來續貂，要我想辦法把殺不死的壞人給殺死。
>
> 為了要我代筆代得順暢，他後來便在構思故事時把我叫到他身邊，把他的構想對我說了，以便他失踪時可以把故事發展下去……

按照薛興國的說法，從開篇八千字以後，就應該是薛的代筆。

可林保淳在關於該書的評論中寫道：

這是陸小鳳故事系列的第六部，題名「鳳舞九天」，是為了強調陸小鳳在經過「隱形人」事件後，浪子心定，終於得偕紅粉知己江沙曼，「是飛翔在幸福的九重天上的陸小鳳」，因而意欲歸隱江湖。但這是否為古龍所取的原名，是相當值得懷疑的。此書從寫作、出版到印行，頗有一些波折，主要是古龍實際上並未完成這部作品，而目前可以看到的有兩種版本：一是香港武功出版社所出的，題名為「隱形的人」，故事未完；一為台北皇鼎出版社所出，故事完整，據聞為薛興國所續，題為「鳳舞九天」。兩本相較，大抵從「仗義救人」的後半段，「他忽然發覺自己已落入了一張網裡。一張由四十九個人，三十七柄刀織成的網」以上，完全相同。由於兩種版本後面的情節發展互異，因此，究竟古龍原作寫到哪裡，頗有異議。

今傳本大多承自春秋本（皇鼎本爲春秋的重印本），是故事完整的《鳳舞九天》。按照林保淳的說法，「仗義救人」的後半段以降，應疑爲代筆部分。但「仗義救人」以前的篇章，卻有十餘萬字，遠不止八千字。這就和薛興國的說法不一致了。

到底哪一種說法準確呢？

筆者的看法接近於林保淳。因爲在「仗義救人」之前的篇章，從文筆、懸念設置、敘事手法來看，都是古龍的風格，毫無破綻。如果其中有代筆，不會如此天衣無縫。

從「仗義救人」的後半段，「一張由四十九個人，三十七柄刀織成的網」往後，則完全是不同的風格和水準，熟讀古龍小說的人，至少能從兩個方面分辨出是代筆。

●文風變化明顯

看一部小說是否古龍親筆，最站得住腳的證據就是文字。模仿古龍的文筆寫上幾頁大概還不是太困難，若是續寫幾千甚至幾萬字，總會露出蛛絲馬跡。

在眾多代筆者中，薛興國模仿古龍文筆的相似度比司馬紫煙、于志宏要高一點，所以能瞞過一些初讀古龍的人。但是，無論是文字的「形」和「神」，和古龍尚有不少差距。

列舉幾段代筆的文字（摘自春秋本）：

她站起就要往裡面衝。
有一個人卻不想她衝進去。
——誰？
老實和尚。
所以老實和尚就拉住沙曼的衣袖。
沙曼絕不會讓老實和尚拉住她的衣袖。
所以老實和尚只好擋在沙曼的面前。

（刻意模仿古龍的短句和分段，但是廢話太多，而且缺乏古龍文體的韻律和美感）

星星，滿天的星星。
閃亮的星星。
璀璀璨璨的星星。

（這幾句曾經被某些評論引爲古龍「騙」稿費的依據，其實是薛興國寫的，同樣是模仿

過頭了，古龍的景物描寫非常簡潔，不會如此重複囉嗦）

陸小鳳道：「因為我會在我下榻的旅館前面，畫上一個三角形的記號，所以，你要遵守你的諾言。」

宮九愣住。

陸小鳳得意的笑了笑，提高聲音道：「拿來……」

宮九面無人色。

陸小鳳道：「你要做個不守信用的人？」

宮九掏出一錠黃金，交給陸小鳳。

（描寫極不恰當，就因爲陸小鳳要了區區一點小聰明，冷酷高傲的宮九會「面無人色」？）

西門吹雪道：「你的人，就會和你的馬一樣下場。」

宮九冷嘿一聲：「你有自信嗎？」

西門吹雪道：「西門吹雪是江湖上最有自信的人。」

宮九道：「真的嗎？」

（兩大絕世高手，對話卻愚蠢可笑）

——西門吹雪會不會發生意外？

——沙曼會不會發生意外？

——他們全都發生意外？

……

——沙曼在那裡？

——老實和尚在那裡？

——宮九在那裡？

——他要到哪裡去尋覓沙曼的芳踪？

——他要走那個方向，才能尋覓到沙曼的踪跡？

（古龍親筆文字中沒有如此頻繁、隨意而囉嗦的自我發問）

陸小鳳拿起桌上的筷子和碗，用筷子敲在碗上，高聲唱道：

「誓要去，入刀山！

浩氣壯，過千萬！

豪情無限，男兒傲氣，地獄也獨來獨往返！

存心一闖虎豹穴，今朝去幾時還？

奈何難盡歡千日醉，此刻相對恨晚。

願與你，盡一杯！

聚與散，記心間！

毋忘情義，長存浩氣，日後再相知未晚。」

（此歌是一九七八年香港TVB出品的連續劇《陸小鳳武當之戰》的主題曲《誓要入刀山》，黃霑作詞，顧嘉煇作曲，薛興國竟搬至《鳳舞九天》中，可謂古今顛倒玩穿越，讓人啼笑皆非）

●情節安排有諸多不合理之處

僅是老實和尙一句「也許瞎子看得比我們還清楚」就特意讓花滿樓出場，委實有點說不太過去，好像只有瞎子才會推理。

花滿樓幫陸小鳳作了一番推理，陸小鳳就突然想通了，去找名醫葉星士追查崔誠等人的真正死因，卻遇上宮九。宮九表示不想立刻殺死陸小鳳，而要跟蹤他，和他玩玩貓捉老鼠的遊戲。

平時自信滿滿的陸小鳳靈犀指天下無敵，和宮九一次手都沒有交過，卻不敢和宮九交手，連滾帶爬到萬梅山莊去找西門吹雪幫忙。

宮九彷彿對絕世劍客西門吹雪從未有耳聞，巴巴地跟著陸小鳳到了萬梅山莊，而西門吹雪居然也沒有向他出手。

接著，宮九好像突然想通了西門吹雪的厲害之處，居然叫比自己武功差很多的鷹眼老七去對付西門。

鷹眼老七也蠢得可以，只因爲看到了「西門吹雪　長安」這幾個字就乖乖地起身到長安去了，絲毫不考慮以自己的武功，西門吹雪一劍就能洞穿他的咽喉。

然後，西門找到了小玉，陸小鳳又找了西門，然後又找到了鷹眼老七，好像大家都隨身佩帶了GPS定位系統那樣，一找就找到了。

再然後，老實和尙和鷹眼老七一樣，突然變成了個壞蛋，變成了宮九手下的走狗。

寫到這裡，故事已經寫得像捉迷藏般一團糟了，薛興國還不甘休，又把《決戰前後》的橋段搬出來，把宮九變成了意圖謀反的太平王世子，逼陸小鳳去殺皇上。陸小鳳當然不應。

奇怪的是，宮九沒有拿費盡心思抓來的花滿樓和沙曼來要脅陸小鳳，不但放了他們，還要和陸小鳳單獨決鬥。

最後陸小鳳和沙曼利用宮九的受虐癖，用鞭子搞死了宮九，還在宮九手下的重重包圍中全身而退，兩人雙宿雙飛，有情人終成眷屬。

縱觀這半部的情節，不但沒有懸念和張力，而且漏洞百出，代筆也就不難分辨了。

如此拙劣的情節編織，很難相信如薛興國所說，他是按照古龍的構想續寫下去的。

「仗義救人」之前有十萬餘字，那天衣無縫的佈局和行雲流水的文字，也並非薛能做到。「八千字後續貂」要麼是薛在吹噓，要麼是薛記憶失誤。

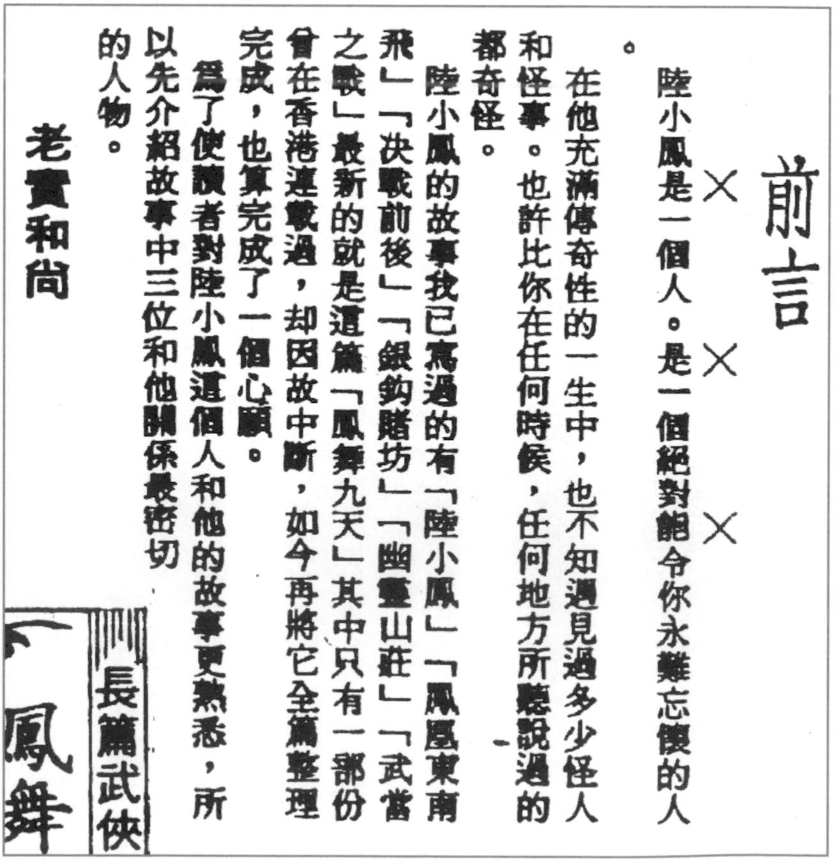
前言

×××

陸小鳳是一個人。是一個絕對能令你永難忘懷的人。

在他充滿傳奇性的一生中，也不知遇見過多少怪人和怪事。也許比你在任何時候，任何地方所聽說過的都奇怪。

陸小鳳的故事我已寫過的有「陸小鳳」「鳳凰東南飛」「決戰前後」「銀鈎賭坊」「幽靈山莊」「武當之戰」最新的就是這篇「鳳舞九天」其中只有一部份曾在香港連載過，却因故中斷，如今再將它全篇整理完成，也算完成了一個心願。

爲了使讀者對陸小鳳這個人和他的故事更熟悉，所以先介紹故事中三位和他關係最密切的人物。

老實和尚

長篇武俠

鳳舞

▲《隱形的人》易名《鳳舞九天》，一九七八年至一九七九年在《民生報》上重載，煞有介事地在前言中添加了說明，卻並沒有提及薛興國代筆

二、佚文考據

按照林保淳的說法，與皇鼎本相比，武功本雖然「故事未完」，但「後面的情節發展互異」，言下之意武功本後面還有一段與今傳本不同的文字？這段文字是古龍的親筆，還是別人代筆的呢？

爲揭此謎，二〇〇七年，筆者購入一套武功本《陸小鳳》，共八冊，其中第八冊爲《劍神一笑》，第七冊爲「重回島上」之後的篇章（屬薛興國續筆）。第六冊赫然正是《隱形的人》！且確如林保淳所說，自「他忽然發覺自己已落入了一張網裡。一張由四十九個人，三十七柄刀織成的網」之後，有約四十頁共一萬三千字，同大部分今傳本完全不同。

而這約四十頁的文字，經過筆者的仔細閱讀，基本可以確定爲古龍親筆。這一發現著實讓筆者又驚又喜！

筆者簡述一下這四十頁的情節：

「仗義救人」之後，陸小鳳被圍困，束手就擒。

導演這場好戲的主角太平工世子（並非薛興國續筆中的宮九）出場了，刀是有伸縮機簧的，鮮血是從雪囊裡擠出來的，鷹眼老七和老狐狸也是預先布下的棋子，武功超群的七品武官原來是司空摘星，死的人也是假死，也就是說，他們三個都出賣了陸小鳳。這場戲的目的只有一個：擒獲陸小鳳。

小王爺是受朝廷所托，將那車鏢銀委託給鏢局運送至京城的「代理人」，出了這樣的大事，自然無法向朝廷交代。而種種跡象又將疑凶指向了陸小鳳，因爲陸小鳳每年的花費在五萬兩銀子以上，但沒人見過他賺過一分錢；而且喜歡朋友和熱鬧的他，卻偏偏選在這個時候出海。

陸小鳳開始解釋，解釋出海是爲了排遣心頭的苦悶和寂寞，然後就說到那個神秘的島嶼，島上那些神秘的、隱形的人。

不料，唯一能證明陸小鳳的沙曼和小玉，卻都矢口否認有這樣的島，是島上的人。

陸小鳳被關進了地窖，這個時候，小王爺的義妹、父王剛收的義女，來到地窖要殺陸小鳳，而這個女人，赫然竟然是牛肉湯，她要殺陸小鳳的理由是：「我是個公主，高高在上，神聖不可侵犯的公主，但你卻能看得出我是個蕩婦。」

在生死攸關的刹那，陸小鳳又被老實和尚和司空摘星救走，小王爺再次現身，原來戲中還有戲，這一切其實是演給旁人看的，爲的是掩人耳目，尤其是掩牛肉湯的耳目，小王爺早就對這位父王剛收的義女有了戒心。

而且小王爺發現，一直跟隨自己左右的六大高手，已在不知不覺中被他人殺死後易容改扮，自己危在旦夕。而據說神秘島上有很嚴厲的規定：只殺人，不劫財。這規定從沒有人敢違背。

所以，劫鏢的應該另有其人，這人已發現小王爺知道了一些秘密，準備要刺殺他……撲朔迷離的懸疑就此戛然而止，古龍再也沒有寫下去。最後的文字爲：

陸小鳳盯着他，眼睛裡也露出種奇怪的表情，彷彿已從他的神色間，看出件可怕的事。

司空摘星道：「這裡面還有一點可疑！」

血泊中，有的死魚般掛在窗檻上。

武官們的刀鋒上都有血。

三柄帶血的刀鋒架住了老狐狸的脖子，另外四柄逼住了鷹眼老七的咽喉，他們看見陸小鳳衝進來的時候，就好像看見了天降的救星。

武官們看着他衝進來，却像是在看着隻自投羅網的呆鳥。

只有陸小鳳自己心裏知道自己究竟是甚麼。

——陸小鳳就是陸小鳳。一個既不能算太好，也不能算太壞的人，有時很聰明，有時很笨，有時很衝動，有時很冷靜。

一進了這屋子，他就忽然變得很冷靜，因爲他畢竟是來救人的，不是來送死的。

陸小鳳自己先替自己留了條退路——如果救不了別人時，只有先救自己。

二六二

武官們冷眼看着他。

他在笑，客客氣氣的拱着手笑道：「各位勞師動衆，遠道而來，爲的就是來抓這兩個人的？」

沒有人回答，沒有反應。

陸小鳳道：「他們犯了甚麼罪？」

還是沒有人回答，沒有反應。

陸小鳳忽然覺得自己的胃在收縮，就像狂醉後的第二天早上又被人在胃上踢了一脚。

倒在血泊中的人忽然已站起來，掛在窗台上的死魚忽然又變得生龍活虎。

鷹眼老七和老狐狸脖子上的刀已逼住了他的胸膛和咽喉。

他忽然發覺自己已落入了一張網裏。

一張由四十九個人，三十七柄刀織成的網。

老狐狸在看着他苦笑，道：「他們勞師動衆遠道而來，只不過是爲了來抓一個人的。」

陸小鳳道：「誰？」

老狐狸道：「你。」

× × ×

陸小鳳現在總算知道自己究竟是什麼了？

——我是隻自投羅網的呆鳥。

黑衣人和武官們都已退走。窗台上和地下的血泊都已被洗乾淨。

他們做這種事的效率，就好像一個熟練的厨子洗白菜一樣。

那當然不是眞的血，因爲沒有血腥氣。

——我爲甚麼沒有注意到這一點？是不是因爲我總是避免去嗅血腥氣？

陸小鳳很想用力去捏捏自己的鼻子。

他不能。

他的手已完全不能動，他至少已被人點了十三處穴道，

屋子裏只剩下三個人，另外兩個人都在看着他。

兩個人眼色裏多多少少都帶着點羞愧之色，出賣朋友畢竟不是件很光榮的事。

二六三

身繫囹圄　有冤無處訴

第一個開口的，是鷹眼老七。

他問：「你想不到？」

陸小鳳的確想不到。

鷹眼老七道：「如果是我，我也一樣想不到，一樣會上當的。」

陸小鳳承認，這實在是個很巧妙的圈套。

鷹眼老七道：「這不僅是個很巧妙的圈套，而且是齣很好的戲，每個人都演得很逼眞。」

老狐狸嘆了口氣，道：「我是個老狐狸，這個圈套却不是老狐狸做出來的。」

鷹眼老七道：「也不是我。」

陸小鳳很想閉着嘴，只可惜他的嘴還能動，舌頭也能動。

二六四

他忍不住問：「不是你們是誰？」

鷹眼老七沒有回答，老狐狸也沒有，內室裏却有個人替他們說了出來！

「是我。」

× × ×

說話的聲音很斯文，很有禮貌，却又偏偏帶着一種逼人的傲氣。

陸小鳳只聽了聲音，並沒有看見這個人。人還沒有走出來。

可是陸小鳳已經知道這個人是誰了。

——穿黑衣服的是王府侍衛，穿着武官衣服的也是。

——能調度他們，要他們爲他演戲的人只有一個人。

陸小鳳道：「據說皇族中最尊榮高貴的人，除了當今天子之外，就是太平安樂富貴王。」

鷹眼老七道：「是的。」

陸小鳳道：「據說這位王爺已立下了一位世子。」

鷹眼老七道：「是的。」

陸小鳳道：「據說這位小王爺年紀雖然輕，但却英明有爲，很得人重。」

鷹眼老七道：「是的。」

陸小鳳道：「現在他是不是已經在這裏？」

鷹眼老七沒有開口，老狐狸也沒有，內室中又有人替他們回答！

「是的。」

× × ×

這灰人終於走了出來。

一個人很斯文，很有禮貌的人，却又偏偏帶着種逼人的傲氣。

——人永遠都是充滿矛盾的，永遠。

陸小鳳的注意力並沒有完全集中在這位小王爺身上，因爲剛才在一瞬間就已手刃數人的武官，也跟着出來了。

小王爺道：「你們沒見過？」

陸小鳳搖搖頭。

小王爺道：「他知道你就是陸小鳳。」

陸小鳳道：「我也知道他。」

小王爺道：「哦！」

陸小鳳道：「我至少知道他有把怪刀。」

小王爺微笑，道：「你想不想看看他的刀？」

」

陸小鳳道：「想。」

小王爺揮了揮手，刀已出鞘。

二六五

▲武功本《隱形的人》中的部分佚文

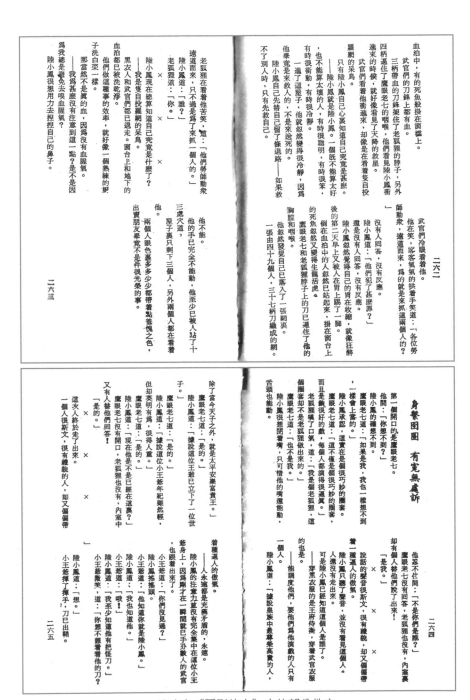

陸小鳳道：「你說！」

司空摘星道：「這些刺客的行蹤，是不是很秘密？」

古龍不親自寫到最後，誰也不知道結局，不知道沙曼、牛肉湯、老實和尚等人到底是正是邪。但從已有的佈局，我們不難看出後面的情節發展是精彩而有張力的，很「古龍式」，絕不會是薛興國那樣不合情理的編造。換句話說，薛興國不但沒有按照古龍的構想續寫下去，而且捨棄了古龍原本的構思和伏筆。

接續處文字對比如下：

他忽然發覺自己已落入了一張網裡。一張由四十九個人，三十七柄刀織成的網。

陸小鳳變成了一條魚，一條網中魚。

魚在落入網中時，會掙扎、會擺動想衝出網去。

陸小鳳不是魚。

所以他一動也沒有動。

——只要動一下，架在他胸膛和咽喉上的七把刀就會要去他的命。

——他怎麼能動？

他忽然變得更冷靜，冷靜的站着，像一座山那樣屹立。

× × ×

陸小鳳在遇到危機時，能夠冷靜，有一個人卻不能。

——誰？

沙曼。

陸小鳳已經進去很久了，他怎麼還不出來？

——薛興國續文（春秋本）

他忽然發覺自己已落入了一張網裡。

一張由四十九個人，三十七柄刀織成的網。

老狐狸在看着他苦笑，道：「他們勞師動眾遠道而來，只不過是為了來抓一個人的。」

陸小鳳道：「誰？」

老狐狸道：「你。」

× × ×

陸小鳳現在總算知道自己究竟是什麼了？

——我是隻自投羅網的呆鳥。

黑衣人和武官們都已退走。窗台上和地下的血泊都已被洗乾淨。

他們做這種事的效率，就好像一個熟練的廚子洗白菜一樣。

那當然不是真的血，因為沒有血腥氣。

——我為什麼沒有注意到這一點？是不是因為我總是避免去嗅血腥氣？

陸小鳳很想用力去捏捏自己的鼻子。

他不能。

他的手已完全不能動，他至少已被人點了十三處穴道。

屋子裡只剩下三個人，另外兩個人都在看着他。

兩個人眼色裡多多少少都帶着點羞愧之色，出賣朋友畢竟不是件很光榮的事。

——古龍原文（武功本）

三、結論

對以上的分析和考證作一下歸納，可以確定這樣幾點：

●《鳳舞九天》非此書原名，原名爲《隱形的人》。

●薛興國的代筆從春秋本第十五章「仗義救人」中，「一張由四十九個人，三十七柄刀織成的網」開始，而非八千字以後。之前十萬餘字均爲古龍親筆。

●「一張由四十九個人，三十七柄刀織成的網」之後另有一萬三千字的古龍親筆文字，沒有被收錄到春秋本中，而今傳本大多承自春秋本，所以絕大多數讀者對這段佚文毫不知情。

●古龍原本的情節構思同薛興國續寫的有很大出入。

二〇〇七年一月，筆者在古龍武俠論壇發表上述文字。幾年後，武俠春秋本《隱形的人》、《女王蜂》（《隱形的人》下冊）相繼現身網路，《女王蜂》終了之處赫然正是「司空摘星道：『這些刺客的行踪，是不是很秘密？』」文中考證觀點全部得以證實。

浪費一個好書名——《劍・花・煙雨江南》

有些讀者認爲，《劍・花・煙雨江南》前面寫得很好，但後面寫得很差，實在是浪費了一個好書名。其實，古龍根本沒有寫完這本書。

此書是後期作品，文筆洗練，極富詩意和美感，情節上變繁複奇詭爲簡單純粹，如此便可將更多的筆墨放在描寫人物和人性上，所以這本書一開始還是相當不錯的，從容優雅，漸入佳境。可惜不知道爲了什麼原因，古龍沒有繼續寫下去，而是托人代筆，草草收尾，很多情節根本沒有展開。

筆者認爲，該書的代筆起點應在今傳各本終章「血雨門」（有版本作「尾聲」）中途，具體應該在以下段落之間（摘自武俠春秋本，下同）：

> 她笑了笑，笑得很悽涼，接着又道：「就算我死了之後，他們還會把我從棺材裡拖出去，但我總算是死在棺材裡的。」
>
> 她輕描淡寫幾句話，就將那兩個人的兇惡和殘酷形容得淋漓盡致，無論誰聽了她的話，都不會對那兩人再有好感。

小雷卻還是冷冷道：「你可以死的地方很多，為什麼一定要到這裡來死？」

白衣少婦道：「因為我本來並不想死，所以才會逃到這裡來。」

小雷道：「為什麼？」

白衣少婦又嘆了口氣，道：「因為我本來以為，這裡有人會救我的。」

小雷道：「誰？」

白衣少婦道：「丁殘艷！」

小雷輕輕「哦？」的一聲，對這名字似乎很熟悉，又像是非常陌生。

白衣少婦又道：「我來的時候，她已不在，所以我以為她臨走交託了你。」

小雷幽幽道：「那你錯了，我也不知道她真的會走。」

他把「真」字說得特別重，彷彿那個陰魂不散的女人，永遠也不會放棄他而去似的。

但他寧願相信，丁殘艷是真的絕望而去了。她到什麼地方去了？這將永遠是個謎！

不過他更相信，像丁殘艷這樣的女人，無論到天涯海角，她都會照顧自己。因為在她的心目中，除了自己之外，根本沒有別人的存在。

再具體一點，在劃線那句話往後，就是他人代筆的了。因爲這句話讀上去已經不像是古龍寫的了。

再往下的文字，代筆的痕跡就更明顯：

鏢局的總管褚彪急步走入，上前執禮甚恭道：「總鏢頭，您交代的事全打點好了。」

龍四微微把頭一點，問道：「留下的還有多少人？」

褚彪道：「除了幾個有家眷的，全都願意留下。」

龍四又問道：「你有沒有把我的話說明？」

褚彪振聲道：「他們願與總鏢頭共生死！」

龍四道：「好！」

他突然站起身，眼光向各人臉上一掃，長嘆道：「唉！弟兄們雖是一片好意，可是，我又何忍連累大家……」

歐陽急猛一拳擊在桌上，激動道：「血雨門找上門來，大不了是一拚，今夜正好作個了斷！」

「執禮甚恭道」、「振聲道」、「激動道」這種多餘拙劣的修飾詞，古龍從來不用。像「總鏢頭，您交代的事全打點好了」、「你有沒有把我的話說明」、「唉！弟兄們雖是一片好意，可是，我又何忍連累大家」這類對話本身也太普通太粗糙，絲毫沒有古龍後期對話特有的神韻。

我們再看下面一段：

小雷懷着無比沉痛的心情，幫着歐陽急料理鏢局的善後。他們兩人成了朋友。

歐陽急忽然想起一個問題，那就是那天夜裡，司徒令為什麼突然下令收兵，放了小雷一條生路？小雷也想不出答案。這兩天他心情太壞，並不急於去見小侯爺。

可是，小侯爺派人送來了帖子，柬邀小雷赴王府一敘。小雷拿不定主意，徵詢歐陽急的意見。

歐陽急自告奮勇道：「我陪你去！」

小雷無法拒絕。他雖不願去巴結小侯爺，但龍四希望他去見見這個人，他就不得不去。

二人相偕來到王府，小侯爺聞報，立即親自出迎。

小雷對小侯爺的第一印象，是這個人並沒有架子。

在他的想像中，小侯爺一定是趾高氣揚，目中無人的花花公子，結果他的判斷錯了。

小侯爺對他敬若上賓，特地準備豐盛酒菜，慇懃招待他們。

上述描寫讀來如同故事梗概，純粹爲了交代情節，根本就不是在寫小說了。「小雷懷著無比沉痛的心情」等更如同小學生作文。

類似段落比比皆是，限於篇幅，不再列舉。

另外，許多情節沒有展開，情節變化缺乏可信度也是判斷代筆的輔助手段。關於此點，古龍研究者「邊城不浪」曾有這樣的分析和判斷：

●故事匆匆收尾。結局完全沒有說服力。血雨門雷聲大雨點小，輕易放過了主角。小侯爺居然要娶冷血觀音為妻，更是胡扯淡。古龍偶爾也會瞎編，但不會搞得這麼離譜。出現這樣的情節，只能解釋為古龍扔下筆桿子不管後，代筆者收尾心切，犧牲了小說的合理性。

●人物性格前後矛盾。小雷本來是個打掉牙齒肚裡吞的人物，但在這最後一章，忽然變得拖泥帶水婆婆媽媽毛躁衝動。血雨門蝦兵蟹將鋪墊半天，但沒人能看出這最後亮相的門主「司徒令」是個什麼玩藝——除了貪財之外。

●文字毫無神采。這也是最重要的理由。古龍後期小說，不管人物故事如何不堪，文字總能保持相當水準，可是《劍·花·煙雨江南》結局部分的文字卻差得可以。

無獨有偶，網路作家庹政在「古龍小說的一點小研究」中提到這本小說，其推測的代筆開始段落與筆者不謀而合：

《劍·花·煙雨江南》結尾可能是請人代筆。

小雷輕輕「哦？」的一聲，對這名字似乎很熟悉，又像是非常陌生。

白衣少婦又道：「我來的時候，她已不在，所以我以為她臨走交託了你。」

小雷幽幽道：「那你錯了，我也不知道她真的會走。」

……

最後一章「血雨門」中第二小節開始，這三句中很可能有一句開始是代筆的人從這寫起的，一直到結局。

因文筆和情節非常拙劣，故看出此書代筆部分應非難之事。二〇一二年，陳舜儀在整理的新版古龍小說創作年表中，亦標注該書「疑結尾由于志宏代筆續完，即漢麟本『血雨門』第一六六頁以後」，亦對應筆者和庹政判斷的代筆之處。

但是，筆者仔細閱讀代筆部分後，發現行文迥異於于志宏，而與上官鼎極爲相似，例如頻繁使用「忿聲道」、「振聲道」、「激動道」、「嗔聲道」等修飾詞，和上官鼎如出一轍。

總之，這是本非常令人惋惜的小說，因爲它本來應該可以成爲一部佳作的。

半部驚魂——《血鸚鵡》

一

高中時讀「古龍著」的《吸血蛾》，直看得心驚肉跳，冷汗直流，在懶洋洋的春日裡感到一股透骨的涼意。當時絲毫沒有懷疑這不是古龍的作品。

直到把古龍的每本小說都讀過三四遍以上，回頭再讀《吸血蛾》，文字風格立判高下，立刻看出並非古龍親筆。接著看《血鸚鵡》，發現部分章節風格與《吸血蛾》一致，開始懷疑代筆。

以前的資料和創作年表，都將「驚魂六記」中第一記的《血鸚鵡》認作古龍親筆，而後五記是由古龍創意黃鷹完成，這種說法流傳甚廣，似乎已成定論。

後來，有些讀者也覺得《血鸚鵡》「不太好看」、「下筆不夠乾淨，讀來很不痛快」，對《血鸚鵡》是否古龍創作提出了質疑。還有些網站已把這部書收入到黃鷹的作品集裡。

這無疑對筆者的看法已稍有印證，下面就對該書的代筆進行分析和考證。

二

可以肯定的是，序言和前面一部分確是古龍所作，和同期創作的《拳頭》、《三少爺的劍》等風格統一，無論是語言的錘煉、敘事的手法和氣氛的渲染，都非常高明。

由擊殺海龍王引出主人公王風，很吸人眼球，是古龍一貫擅長的手法。王風的人物性格獨特而鮮明。接下來，神秘老人的出場，血鸚鵡的出現，鐵恨和譚家三兄弟的暴斃，殺人的魔石，鸚鵡樓上的血奴，血奴的妖異，無不描寫得神秘而出彩，讓人不知不覺沉醉到故事中去。

然而，從漢麟本第五章「開棺驗屍」中段開始，這個近乎完美的佈局被打破了。這也是筆者認爲的代筆起點。具體大致在「秋日的陽光雖然艷麗如春，怎奈花樹已凋零」前後。

筆者並非認爲黃鷹的文筆差勁，事實上，他是眾多代筆者中寫得最像古龍的，短句多，對話密集，背景切割、時空轉換等蒙太奇的手法用得也不錯，文筆也較優美，擅用詩詞描寫景物。但是和古龍相比，還是弱了幾分。

大凡模仿古龍文筆的人，都喜歡用頻繁的分段和短句，認爲這樣才有古龍味道，而全然不管需不需要分段，更忽視了長短結合。黃鷹也存在這方面的問題，其短句雖多，但很多都是爲短而短，只有一個節奏，在長短句結合上功力不夠，寫不出古龍句子那種獨特的韻律和美感，讀過之後缺乏回味。

再者，黃鷹常年生活在香港，在模仿古龍的同時，文中夾雜很多粵式習慣用語。古龍也會粵語，但僅是在塑造人物時通過對話使用（如宋甜兒），平素行文極其純正，從來不使用這些粵式習慣用語。這是判斷黃鷹代筆的重要依據。下面列舉一些片斷，以供鑑別（摘自漢麟本）：

安子豪的面上立時露出了笑容。

（不說「立刻」，說「立時」，古龍自中期後很少用這詞，該書第五章以後大量出現）

他看出安子豪引來的常笑絕非普通人。

普通人根本就不會十二個官差追隨左右。

所以他非常合作。

他說的比安子豪更多，也更詳細。

安子豪只是聽說，他都是親眼目睹。

可惜他並沒有安子豪的口才，他的說話甚至沒有層次。

常笑聽的雖辛苦，仍耐着性子聽下去。

（爲短而短，拖沓囉嗦，缺乏古龍文體獨有的韻律和美感。不說「他的話」，說「他的說話」，粵式用語。）

常笑大笑道：「好像你這種昏花老眼，世上還不多。」

（不說「像」，說「好像」，粵式用語，古龍從無此用法，該書第五章以後大量出現）

安子豪隨又笑道：「據講僵屍只在晚間才出現。」

王風道：「據講是這樣。」

（不說「據說」，說「據講」，粵式用語，古龍從無此用法，該書第五章以後大量出現）

林平已倒在地上。

他整張臉龐都已扭曲，一臉驚懼之色。

這驚懼之色，你說有多強烈就有多強烈。

……

常笑沒有解釋，冷笑道：「誰知道鐵恨那七八天是否一直都釘在棺材裡？」

安子豪道：「最低限度還有個人知道。」

……

常笑點點頭，目光轉向放在那邊牆下的棺材，道：「最低限度你也得搬走那副棺材，難道你不知道那副棺材就是僵屍的窩，僵屍隨時都可能走回他的窩休息？」

（黃鷹式用語，「你說有多……就有多……」、「最低限度」）

王風笑應道：「我不是個聰明人。」

安子豪閉上嘴巴，再次舉起了腳步。

……

「看來我真的不是個聰明人。」

他喃喃自語，轉過身，亦舉起腳步。

（黃鷹式用語，「舉起腳步」）

上述例子頻繁出現於其他驚魂五記中，如果仔細閱讀，黃鷹的筆法還是不太難分辨的。

三

二〇〇六年，筆者在古龍武俠論壇發表上述文字，首次以文風入手，指出並分析了《血鸚鵡》代筆的起點，大致在「秋日的陽光雖然艷麗如春，怎奈花樹已凋零」前後，獲得眾多資深古迷認可。

約兩年後，代筆觀點從龔鵬程《俠的精神文化史論》[82]一書中得到印證：

古龍大笑：「以往寫小說也沒有什麼完整的故事或結構，只是開了個頭，就一直寫下來，寫寫停停，有時同時寫三、四本小說；有時寫得一半停了，出版社只好找人代寫，例如《血鸚鵡》就是；又有時在報上連載，一停好幾十天，主編只好自己動手補上，像《絕代雙驕》就曾被倪匡補了二十幾天的稿子……」

然而，據陳曉林說，他曾爲此作一訪談，再次向古龍確認，古龍又說《血鸚鵡》爲他親筆創作，雖然曾因有事想找黃鷹代筆，但最後還是由他親筆完成。

龔鵬程和陳曉林，誰的說法有誤？古龍前後兩種說辭截然不同，何種爲準？

隨著時間推移，另一實證被挖掘出來，該書從《武林世界》八〇七期開始連載，到八一四期中斷，一直到八四〇期才恢復連載，並於八五三期連載完畢。

---

82 山東畫報出版社，二〇〇八年五月。

八一四期最後的文字爲：

秋日的陽光雖然艷麗如春，怎奈花樹已凋零。

春已逝去，秋畢竟是秋。

走在秋日陽光下的花樹間，心裡總難免有些蕭索之意。

連載中斷處正好是筆者推測的代筆起點，足可說明筆者在當年資料缺失的情況下，用文風來推測代筆及起點的可行性與準確性，結合訪談，三者相互印證，該書代筆狀況遂成定論。

这個人當然就是附近數百里之內，官階最高的安子豪。

× ×

穿了官服之後，安子豪果然顯得威嚴得多，有氣派得多。

他跟王風並肩走在陽光下，仿佛正在考慮着，應該怎麼樣把自己想說的話說出來。

王風却已替他說了出來：「昨天晚上的事，你全都已知道？」

安子豪勉強笑了笑，道：「這裏是個小地方，人却不少，咀巴很多。」

王風道：「那官差是你派來的？」

安子濠立刻搖頭，道：「他是從縣城裏來的，據說已釘了你很久！」

王風道：「那兩個戴着紅纓帽的捕快也是跟著他來的？」

安子豪又搖搖頭，道：「他們是我驛站裏的人，我那驛站裏本來就只有他們兩把刀。」他苦笑：「現在只剩下一把了。」

王風只有聽著。

安子豪的表情忽又變得很嚴肅，道：「一把刀的力量雖單薄，却絕不容人輕犯，因為……因為它是官家的。」

——因為它代表的是法律，法律是絕不容人輕犯的。

雖然他並沒有將他的意思完全表達出來，王風却已完全明白，也明白了他為什麼要特地換上官服。

官服所象徵的權威，也同樣是絕不容人輕犯的。

秋日的陽光雖然豔麗如春，怎奈花樹已凋零。

春已逝去，秋畢竟是秋。

走在秋日陽光下的花樹間，心裏總難免有些蕭索之意。

（未完）

▲《武俠世界》八一四期連載結束處

刀在，神已不在——《圓月・彎刀》

關於《圓月・彎刀》（《刀神》），筆者曾經三次試圖把這部書讀完，但都沒有成功。每次讀到漢麟本（二冊）第十一章「雙刀合璧」中間，丁鵬一刀擊垮鐵燕長老的雙刀救了謝小玉之後，就再也讀不下去了。

原因是後續部分無論是語言還是情節，都讓我有種反胃的感覺。這樣說也許直白了一點，但這種感覺很好地幫助我辨別了代筆的部分。

當然，為了寫這篇考證文章，最後我還是硬著頭皮讀完了全書。

古龍小說情節大都很絕很懸，這部《圓月・彎刀》更是在鬼狐上做文章，可謂絕上加絕。該書在第十一章之前不乏精彩之處，尤其是丁鵬被陷害，藝成後的丁鵬與青青設計報復柳若松這兩段，文筆和故事雙絕，應為古龍親筆。

武俠研究者陳青眉因該書情節比較怪異、人物性格特殊、缺乏朋友間的激情等等，乾脆認為前十章也不是古龍寫的（即前後由兩人代筆），這種觀點無疑是站不住腳的。縱觀古龍後期作品，無一不遵循「求新求變求突破」的創作理念，《楚留香》、《陸小鳳》重人物創新，《歡樂英雄》重主題創新，《天涯・明月・刀》重文體創新，《絕不低頭》重背景創新，《血鸚鵡》重題材創新，《離別鉤》、《風鈴中的刀聲》、《午夜蘭花》重意境和筆法創新，甚至到遺作「大武俠時代」系列古龍都還在創新，難道《圓月・彎刀》就不能創新、不能獨特一點？

關於司馬紫煙的代筆部分，實在只能用「惡俗」兩個字來概括，相信有這樣感覺的人不在少數。在這方面，筆者又同意陳青眉的意見了：

> 其實最惡俗的當然還是司馬紫煙代筆的那部分，謝小玉動不動就脫衣服真是看得人想罵三字經；還有春花秋月香香小雲這些丫頭，簡直無聊得讓人不忍心看；我每次看到青青叫丁鵬「爺」的時候，胃裡都有些異樣……

確實，謝小玉在古龍筆下是那麼冰清玉潔，被偷看洗澡就要殺人，到了司馬筆下搖身一變就成了動不動就脫衣的蕩婦，委實有點說不過去。

曹正文在《古龍小說藝術談》中評價該書時說：「可惜的是，《圓月・彎刀》寫性愛太露骨了一些，文字不夠潔淨，這個毛病在金庸小說中是絕對沒有的。」嗚呼，冤死古龍也！

其次，丁鵬也突然像是變了個人，不但比以前狂傲了幾倍，而且色心大盛，對女人來者不拒。精神上也變得喜怒無常，壞起來突然就殺人，好起來對柳若松也是諄諄教導，廢話連篇。

謝小玉操縱連雲十四煞斂財的這段情節極不合情理，給人胡編亂造、敷衍了事之感，再往後，神劍山莊收集兵器這個情節的引入，以及龍嘯雲後人的出現，小李飛刀的再現江湖，使得這部作品完全偏離了主題。

敘事手法上，都是平鋪直敘的流水帳，如故事梗概；繞來繞去的廢話味同嚼蠟，讓人生厭；描寫決鬥場面缺乏氣氛烘托，平淡寡味。

著非常大的差距。

文字上更是惡俗無比，別說連古龍的「神」，就連「形」都差得太遠。

熟讀古龍小說的人，對該書的代筆起點應該不難看出，因爲司馬紫煙的文筆和古龍有

謝小玉也笑了。

她的聲音更溫柔：「就算他們真的是鬼，我相信你也不會怕他們的，我相信不管是天上，還是地下，都絕對沒有能讓你害怕的事。」

這兩句話是古龍寫的，從這兩句話往下，筆者認爲就是司馬代筆的了。

請看代筆起點的這段話：

天下有什麼比十七歲的少女對心目中的英雄的讚美更令男人動心？

而這個男人恰好又正是被她所讚美的英雄。

天下有什麼比無邪的少女的全心的信賴，更令男人覺得自豪？

而她又是個美麗絕倫的少女。

第一句和第二句語氣是連貫的，相當於一句話，但語意混亂。應該改成「天下有什麼比十七歲的少女對心目中的英雄的讚美更令男人動心？而這少女又是那麼的美麗」才算通順。而古龍的文字功底是非常扎實的，從不犯語法錯誤。此外這段話已和古龍的文風有了明顯差別，沒有了從容精確之感，顯得侷促造作。

再看下面的句子：

她只有惶恐地回答道：「是……是的！」

丁鵬更冷地道：「可是別人都說謝曉峰沒有女兒。」

……

謝小玉吞了一口口水，艱澀地道：「丁……丁公子，丁大俠，關於這件事，我……」

古龍描寫人物對話，從來不用「惶恐地回答道」、「更冷地道」、「艱澀地道」這類多餘拙劣的修飾詞，就算在早期作品中，也極少使用，更別說成熟的晚期作品了。「惶恐」這個詞是描寫心理的，而不是表情的。古龍描寫人物，會用「微笑」、「冷笑」、「怔住」、「嘆了口氣」、「瞳孔收縮」、「手已握緊」等能客觀感知的詞句，人物的心理活動完全可以通過這些詞句體現——類似海明威的「冰山原則」。[83] 讀者可以自行比對前十章的古龍親筆，一看便知。

在代筆的起點上，筆者又和陳青眉的判斷不謀而合：

如果依我又看了第四遍的判斷，我會說第二個人代筆是從鐵燕長老擊出雙刀合璧起，這一章的前半部分及之前的內容是第一個人寫的，後半部分及之後的內容是第二個人寫的。

---

83 對於「冰山原則」，海明威自己在《午後之死》中有一個解釋，他寫道：「如果一位散文家對於他想寫的東西心裡很有數，那麼他可能省略他所知道的東西，讀者呢，只要作家寫得真實，會強烈的感覺到他所省略的地方，好像作者寫出來似的。」

「鐵燕長老擊出雙刀合璧」，恰巧就是我上面分析的段落，由此，此書的代筆部分可謂是八九不離十。

旁證出現在幾年以後。資料顯示：《圓月．彎刀》以《刀神》之名首刊於《武俠春秋》二八二期，到二九三期中斷，直到二九八期才重新開始連載。而二九八期「別離」第二小節起始文字爲「天下有什麼比十七歲的少女對心目中的英雄的讚美更令男人動心」。

三者相互印證，分毫不差，該書代筆狀況遂成定論。

沒能笑到最後——《劍神一笑》

一

在《隱形的人》發表數年後，古龍又寫了一個有關陸小鳳的故事，就是《劍神一笑》，台灣《時報周刊》和香港玉郎漫畫雜誌《如來神掌》連載時均更名《陸小鳳與西門吹雪》。一九八二年七月由萬盛結集出版，改回原名《劍神一笑》。

書看似是寫西門吹雪的，其實主角還是陸小鳳。是古龍為了讓西門吹雪這個從來不笑的「劍神」笑一下，而炮製的一個故事。

故事講述陸小鳳趕到黃石鎮這個鳥不拉屎的地方，替暴死的朋友柳乘風查明兇手，結果在黃石鎮遇到了以沙大戶為首的一幫世外高手，未查明真相就被圍攻而亡。

然後，西門吹雪、老實和尚、牛肉湯、司空摘星等老朋友紛紛趕到黃石鎮，一番折騰之後，終於搞明白了柳乘風的死因，一舉粉碎了沙大戶集團的陰謀。陸小鳳沒有死，因為他是老實和尚假扮的；小老太婆是陸小鳳假扮的；西門吹雪是司空摘星假扮的，後來又扮成了小老頭。

所有的關鍵就是一個：易容術。除了西門吹雪外，其他主要人物都經過了易容。

關於這本書是否代筆，爭議很大，翁文信說是古龍口述，代筆者一字一句如實記錄下來，應視同古龍創作，陳曉林也認爲並無代筆，但葉洪生和林保淳認爲其純係僞作，而舊年表顯示「大部分由薛興國代筆」。

到底何種說法是正確的？此書到底有無代筆？代筆者究竟是誰？

二

書中牛肉湯和老實和尚是正面形象，和《鳳舞九天》中薛興國代筆的不一致，恰恰反證了此書是古龍原意。若是薛興國代筆，必定要與其在《鳳舞九天》寫的保持一致。所以僅此一條，已可推翻「大部分由薛興國代筆」的論調。

縱觀全書，大部分章節還是和古龍晚期文風相統一的，從容舒展，揮灑自如，不帶煙火氣，儘管有些地方情節進展緩慢，屢屢糾纏於細節和鬥嘴皮，但那種帶有古龍式幽默和靈氣的語言，那種獨特的節奏感，旁人是絕對寫不出來的。略舉幾例（摘自《時報周刊》連載，下同）。

例一：

「是不是你把刀拔出來的？」

「是我。」趙瞎子說：「是我親手拔出來的。」

「刀呢？」

「刀？」趙瞎子好像忽然之間就把剛剛說的那些話全都忘記掉了：「什麼刀？」

× × ×

陸小鳳笑了。

他當然很瞭解趙瞎子這種人，更懂得要用什麼方法來對付這種人。

對付這種人只要一個字就夠了。

——錢。

一錠銀子塞進趙瞎子的手裡之後，陸小鳳再問他眨眼前剛剛才問過的那個問題，趙瞎子的回答就已經和剛才完全不同了。

「刀呢？」

「刀當然已經被我藏起來了。」

「藏在什麼地方？」

趙瞎子一張本來好像已經僵硬了的白臉上，終於露出了一絲比較像是笑的表情：「我要藏一樣東西，當然是藏在別人找不到的地方。」

例二：

「看出你不是宮主。」陸小鳳說：「你全身上下連一點宮主的樣子都沒有。」

這個女人一張平平板板冷冷淡淡的臉居然被氣紅了，眼睛裡也射出了怒火，就好像煤球已經被點着。

陸小鳳卻還是要氣她。

「其實我並不怪你，你雖然一直在跟我大吼大叫，亂發脾氣，我也可以原諒你。」陸小鳳的聲音裡真的好像充滿了諒解與同情：「因為我知道一個女人到了你這樣的年紀還嫁不出去，火氣總是難免特別大的。」

如果陸小鳳的反應稍微慢一點，這句話就是他這一生中說的最後一句話了。

×　×　×

一把一尺三寸長的短刀，差一點就刺穿他的心臟。

這把刀來得真快，甚至比陸小鳳想像中還要快得多。

那個已經被陸小鳳氣得半死的女人，本來一直都站在丈餘外的花徑上，忽然間就到了陸小鳳面前，手裡忽然間就多了一把刀，刀鋒忽然間就已到了陸小鳳的心口。

她用刀的手法不但快，而且怪，出手的部位也非常詭異奇特。

這一刀實在很少有人躲得過，所以陸小鳳根本連躲都沒有躲。

他只不過伸出兩根手指來輕輕一夾——

例三：

牛肉湯端上來了，果然又滾又燙，而且是用特號大碗裝上來的，湯已經燉得比米湯還濃，湯裡的肉是用牛身上三個最精彩的部分集合到一起燉的，牛是一條最精彩的牛。

像這麼樣一碗牛肉湯，如果配上兩三個硬麵饝饝、一碟雲南大頭菜，再配上一碟蘭花豆腐乾和一包花生米來下山西老汾酒，就算有人用兩百八十六樣菜的滿漢大全席來換，你也會說：「不換。」

當然是不換的，換了就是烏龜了。

司空摘星不是烏龜，也不是王八，司空摘星是吃客、是行家，而且是個大行家。

他喝了幾口湯，吃了幾塊肉，就閉上眼睛，從鼻子裡慢慢地吐出了一口氣。

「腱子肉，小花卷腱子肉，三分肥的牛肋條，再加上一點白腩和牛筋。」司空摘星嘆着氣問牛小姐：「這條牛更精彩了，是不是從小用酒拌小麥餵大的？」

「是。」

「這碗牛肉湯是不是已經燉了四、五個時辰？」

「是。」

「可是我剛坐下，你的牛肉湯就端上來了！」

「我要去求人時，牛肉湯總是早就準備好了的，」牛小姐說：「因為我外婆常常對我說的一句話，我從來也沒有忘記過。」

「她說什麼？」

「她常常告訴我，要去抓一個男人的心，最快的一條路就是先打通他的腸胃。」

「她說得好，」司空摘星大笑：「你外公一定比這個世界上大多數男人都有福氣！」

牛小姐嫣然：「他也比這個世界大多數男人都胖。」

然而，從第二部「西門吹雪」第七章「帳篷裡的洗澡水」第三小節開始，文筆丕變，文字的靈氣和節奏感消失殆盡，平鋪直敘宛如流水帳，讀來味同嚼蠟。同樣舉例如下：

帳篷的前面敞開了一塊，可以看到裡面擺着一張桌子，桌子旁邊坐着兩個人。一個是面容冷峻的西門吹雪，一個是滿臉燦然嬌笑的牛肉湯。

……

牛肉湯指着黃石鎮上一個踽踽而行的人影，道：

「來了！來了！」

西門吹雪依舊是那副冷峻的表情。

牛肉湯似乎毫不介意那副冷峻的表情，仍然用她銀鈴似的嬌聲，道：

「我昨晚自作主張，要黃石鎮上所有的人，一個一個來這裡。你看，現在第一個人來了。」

……

棺材店老闆那張原本像個死人的臉上，忽然也有了血色，簡直像換了個人，由死人變成皇帝似的，他用極高興的口吻說：

「對呀，有了錢，咱們只管花天酒地去，還管他什麼劍法？」

（描寫人物對話、表情太動聲色，煙火氣重。「用極高興的口吻說」這類話，古龍即使在中期，也從不使用，更別說晚期）

「我姓趙，叫趙瞎子。」

「你眼睛也不瞎，為什麼叫趙瞎子？」

「這叫無理嘛，就跟姑娘身上一樣，既沒有牛騷味，也不是濕淋淋的跟碗肉湯一樣，為什麼叫牛肉湯？」

「唔，你的嘴巴很厲害，我也不跟你鬥嘴，我現在要問你，你給我聽清楚了，我問的話，不是我的話，是代表這位西門大俠的話，你必須老老實實回答，不然的話，哼哼，到時你如果果真是人如其名，就不太好玩了。」

（模仿古龍的幽默，但語言表述上太油滑，遠不及古龍內斂）

「唔，鱉已入甕了。」
「怎麼辦？」
「怎麼辦？看好戲呀。」
「這時候還看好戲？」
「不然，你想怎麼辦？」
「救人去呀。」
「救人？救誰？」
「他們呀。」

（這類對話很多，口吻像小孩子在鬧著玩，和古龍對話風格差距太大）

所以筆者認為，該書代筆部分應從第二部第七章第三小節開始，僅占全書的五分之一左右，其餘為古龍親筆。

三

再說說那個有名的「注」。

該書行文至第二部「西門吹雪」第二章「超級殺手雲峰見」時（《時報周刊》二二二期），古龍在「冰比冰水冰，雪更冰甚冰水」句後標「注」。「注」中寫道：

有一天深夜，我和倪匡喝酒，也不知道是喝第幾千幾百次酒了，也不知道說了多少烏不生蛋讓人哭笑不得的話。

不同的是，那一天我還提出了一個連母雞都不生蛋的上聯要倪匡對下聯。

這個上聯是：「冰比冰水冰。」

冰一定比冰水冰的，冰溶為水之後，溫度已經升高了。

水一定要在達到冰點之後，才會結為冰，所以這個世界上任何一種水，都不會比「冰」更冰。

這個上聯是非常有學問的，五[84]個字裡的居然有三個冰字，第一個「冰」字，是名詞，第二個是形容詞，第三個也是。

我和很多位有學問的朋友研究，世界上絕沒有任何一[85]種其他的文字能用這麼少的字寫出類似的詞句來。

× × ×

對聯本來就是中國獨有的一種文字形態，並不十分困難，卻十分有趣。

無趣的是，上聯雖然有了，下聯卻不知在何處。

我想不出，倪匡也想不出。

倪匡雖然比我聰明得多，也比我好玩得多，甚至連最挑剔的女人看到他，對他的批語也都是：

---

84 原文誤作「六」。
85 原文「一」誤作「三一」。

「這個人真好玩極了。」

可是一個這麼好玩的人也有不好玩的時候，這麼好玩的一個上聯，他就對不出。

這一點一點也不奇怪。

奇怪的是，金庸聽到這個上聯之後，也像他平常思考很多別的問題一樣，思考了很久，然後只說了四個字：

「此聯不通。」

聽到這四個字，我開心極了，因為我知道「此聯不通」這句話的意思，就是說：「我也對不出。」

× × ×

金庸先生深思睿智，倪匡先生敏銳捷才，在這種情況下，如果能有一個人對得出「冰比冰水冰」這個下聯來，而且對得妥切，金庸、倪匡和我都願意致贈我們的親筆簽名著作乙部，作為我們對此君的敬意。這個「註」，恐怕是所有武俠小說中最長的一個了。

緊接著，古龍又在《時報周刊》二一三期、二一五期、二一六期連載中（二一四期斷稿），分別刊登三則「小啓」，以回應讀者徵聯事宜。轉引如下：

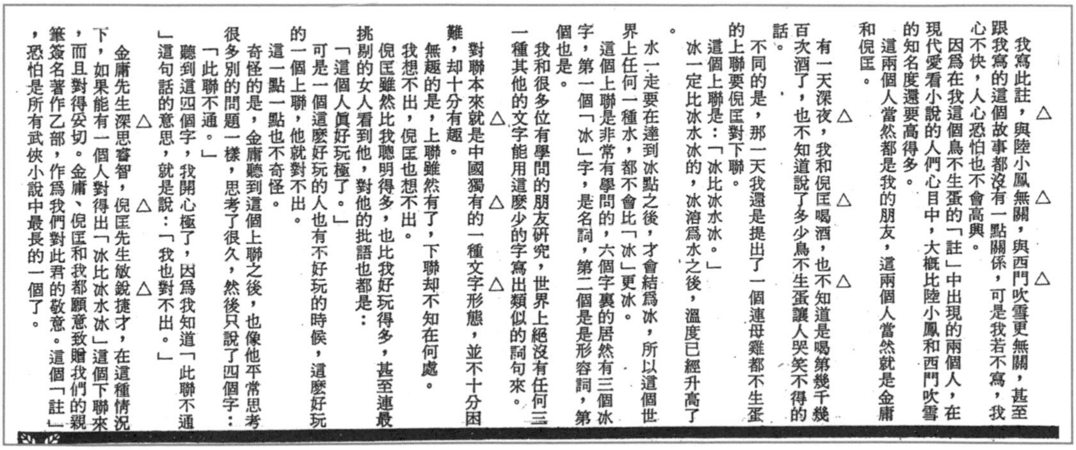

△ △ △

我寫此註，與陸小鳳無關，與西門吹雪更無關，甚至跟我寫的這個故事都沒有一點關係，可是我若不寫，我心不快，人心恐怕也不會高興。

因爲在我這個鳥不生蛋的「註」中出現的兩個人，在現代愛看小說的人們心目中，大概比陸小鳳和西門吹雪的知名度還要高得多。

這兩個人當然都是我的朋友，這兩個人當然就是金庸和倪匡。

△ △ △

有一天深夜，我和倪匡喝酒，也不知道是喝第幾千幾百次酒了，也不知道說了多少鳥不生蛋讓人哭笑不得的話。

不同的是，那一天我還是提出了一個連母雞都不生蛋的上聯要倪匡對下聯。

這個上聯是：「冰比冰水冰。」

冰一定比冰水冰的，冰溶爲水之後，溫度已經升高了。水一走要在達到冰點之後，才會結爲冰，所以這個世界上任何一種水，都不會比「冰」更冰。

這個上聯是非常有學問的，六個字裏的居然有三個冰字，第一個「冰」字，是名詞，第二個是是形容詞，第個也是。

我和很多位有學問的朋友研究，世界上絕沒有任何三一種其他的文字能用這麼少的字寫出類似的詞句來。

△ △ △

對聯本來就是中國獨有的一種文字形態，並不十分困難，却十分有趣。

無趣的是，上聯雖然有了，下聯却不知在何處。

我想不出，倪匡也想不出。

倪匡雖然比我聰明得多，也比我好玩得多，甚至連最挑剔的女人看到他，對他的批語也都是：

「這個人眞好玩極了。」

可是一個這麼好玩的人也有不好玩的時候，這麼好玩的一個上聯，他就對不出。

這一點一點也不奇怪。

奇怪的是，金庸聽到這個上聯之後，也像他平常思考很多別的問題一樣，思考了很久，然後只說了四個字：

「此聯不通。」

聽到這四個字，我開心極了，因爲我知道「此聯不通」這句話的意思，就是說：「我也對不出。」

△ △ △

金庸先生深思睿智，倪匡先生敏銳捷才，在這種情況下，如果能有一個人對得出「冰比冰水冰」這個下聯來，而且對得妥切。金庸、倪匡和我都願意致贈我們的親筆簽名著作乙部，作爲我們對此君的敬意。這個「註」，恐怕是所有武俠小說中最長的一個了。

▲古龍關於「冰比冰水冰」的注，刊於《時報周刊》二一二期

關於「冰比冰水冰」，雖然接到很多信，每封信都好玩極了，有的甚至比「好玩」更「好玩」。

病一周，病去竟真如抽絲，倪匡返港，赴機場前，為了讓[86]再見古龍，讓我「又見倪匡」。

除了看病，就看信了。

病不好看，信好看，我和他已經有了一點相同的意見，只不過為了再多等一點「好玩」，所以我們下周再談。

——二一三期「小啟」

大病一場，半死不活，脫稿一期，惹人生氣，只有一件事，覺得很高興。

大家對「冰比冰水冰」的反應，居然比剛燒開的熱水還熱，從各地來的信，已經有好大好大一大堆了，如果是這麼樣大的一堆錢，就算是十元小張的，也可以喝好幾個月的酒。

只不過錢是冷的，信卻是熱的，錢不可能永留袋中，溫情卻可以永存心裡——這不肉麻，這真是我的感覺。

信來自全省各地，還遠至金門澎湖離島，甚至有的來自「鐵窗」中。而且自稱「鐵窗中人」，而且連郵票都沒貼，因為在他那種情況下，他不能做的事好像通常都要比別人想像中多一點。

86 疑「讓」為冗字，或其後遺漏「他」字。

郵票雖未貼，也不能貼，可是他卻貼上了一種遠比郵票更能貼進人心的東西。他貼上了他的寂寞和關心，我回報他的只有祝福和感激。

× × ×

信也來自各種職業階層，所受的教育高至大學教授，低至國小國中，所受到的社會尊敬，也有天地之別。職業更是五花八門，有的甚至在三百六十行之外。

他們只有一點是相同的——

他們都是人。

只要是人，就喜歡「好玩」的事，好玩的事是沒有人不喜歡的，就正如好吃的東西大家都喜歡吃，好看的東西大家都喜歡看一樣。

× × ×

來信中有些下聯實在比我那鳥不生蛋的上聯好得多，有的有意思，有的有巧思，有的有哲理，可是我一定還要找我的朋友倪匡和我的前輩金庸商量商量，才能夠下決定，畢竟他們也是要送書的。

書可求，他們的簽名卻不是隨隨便便就可以要得到的。

所以這一點我一定要求來信的諸君原諒。

——二一五期「古龍小啟」

有關冰水，即見分曉。

簽名送書，決不賴皮。

請稍待。

——二一六期「小啟」

△△　　△△　　△△

西門吹雪的回答永遠是這樣子的，永遠如此簡單而直接，正如他殺人的那一劍。

（本章終）

△小　啓▽

關於「冰比冰水冰」，雖然接到很多信，每封信都好玩極了，有的甚至比「好玩」更「好玩」。

病一周，病去竟眞如抽絲，倪匡返港，赴機場前，爲了讓再見古龍，讓我「又見倪匡」。

除了看病，就看信了。

病不好看，信好看，我和他已經有了一點相同的意見，只不過爲了再多等一點「好玩」，所以我們下周再談。

（古

△△　　△△　　△△

如果司空摘星知道這個老人是誰，恐怕立刻就會暈倒。

——天上地下，有什麼事能讓司空摘星暈倒？

（下期待續）

△小啓▽

有關冰水，卽見分曉。

簽名送書，決不賴皮。

請稍待。

一個「注」和三個「小啓」，足可看出以下端倪：

首先，大報連載，白紙黑字，證明徵聯一事確實存在，亦可佐證此幾期連載當屬古龍親筆，倘若由他人代筆，斷不會再去費心一而再再而三地寫「注」和「小啓」。其次，「注」和「小啓」，字裡行間也充滿了古龍性情中人的親民筆調。

當事人之一的金庸，於古龍去世多年後的一九九四年一月，在其「金庸作品集」三聯版序中提到：

> 有些翻版本中，還說我和古龍、倪匡合出了一個上聯『冰比冰水冰』徵對，眞正是大開玩笑了。漢語的對聯有一定規律，上聯的末一字通常是仄聲，以便下聯以平聲結尾，但「冰」字屬蒸韻，是平聲。我們不會出這樣的

古龍小啓

大病一場，半死不活，脫稿一期，惹人生氣，只有一件事，覺得很高興。

大家對「冰比冰水冰」的反應，居然比剛燒開的熱水還熱，從各地來的信，已經有好大好大一大堆了，如果是這麼樣大的一堆錢，就算是十元小張的，也可以喝好幾個月的酒。

只不過錢是冷的，信卻是熱的，錢不可能永留袋中，溫情卻可以永存心裡——這不肉麻，這眞是我的感覺。

信來自全省各地，還遠至金門澎湖離島，甚至有的來自「鐵窗」中。而且自稱「鐵窗中人」，而且連郵票都沒貼，因爲在他那種情況下，他不能做的事好像通常都要比別人想像中多一點。

郵票雖未貼，也不能貼，可是他卻貼上了一種遠比郵票更能貼進人心的東西。他貼上了他的寂寞和關心，我回報他的只有祝福和感激。

△△　　△△　　△△

信也來自各種職業階層，所受的敎育高至大學敎授，低至國小國中，所受到的社會尊敬，也有天地之別。職業更是五花八門，有的甚至在三百六十行之外。

他們只有一點是相同的——

他們都是人。

只要是人，就喜歡「好玩」的事，好玩的事是沒有人不喜歡的，就正如好吃的東西大家都喜歡吃，好看的東西大家都喜歡看一樣。

△△　　△△　　△△

來信中有些下聯實在比我那鳥不生蛋的上聯好得多，有的有意思，有的有巧思，有的有哲理，可是我一定還要找我的朋友倪匡和我的前輩金庸商量商量，才能夠下決定，畢竟他們也是要送書的。

書可求，他們的簽名卻不是隨隨便便就可以要得到的。

所以這一點我一定要求來信的諸君原諒。

▲古龍於《時報周刊》二一三期、二一五期和二一六期連續刊登三則「小啟」

上聯徵對。大陸地區有許許多多讀者寄了下聯給我，大家浪費時間心力……

很多讀者據此認爲古金二人中有一人在說謊，分成兩派展開經年累月的爭論。其實二人均未說謊。

金庸說三人沒有合出，平仄不符常規，沒有錯。古龍在「注」中說得很清楚，對聯是自己提出的，也提到了金庸說「此聯不通」（當然機巧聯也有上聯末字爲平聲的先例，所以此上聯亦算成立），古龍也沒有錯。

兩種說法並不矛盾。爭論者無非是混淆了「古龍出」和「三人合出」的概念。但有一點金庸錯了，其說到的翻版本云云，事實上分明就是台灣大名鼎鼎的《時報周刊》上的白紙黑字。

丁情在二〇一六年十二月出版

的《我的師父古龍大俠》一書中，證實徵聯確有其事，「此聯不通」，是倪匡回到香港詢問金庸後，金庸給出的回饋。所以，金庸當時肯定是知道此事的，但有沒有答應古龍和倪匡共同參與徵聯和贈書，那就不好說了。數十年來，此機巧聯始終無人能破，金庸也許是怕讀者繼續寄聯給他或索取簽名本，就乾脆公開否認，省卻麻煩。

倪匡作爲和古龍、金庸交情都很好的「中間人」，處境很是尷尬，所以至今未對此事明確發表意見。此點亦是可以理解的。

古龍在「小啓」中屢次提到「病一周」、「大病一場」等，說明古龍當時身體狀況確實很糟糕，最後只能由他人代筆，徵聯一事也就不了了之。

最後一個「小啓」（二二一六期）已是第二部第五章，也就是說，代筆最早應從第二部第六章才開始，之前所述，筆者依文風判斷，代筆應從第二部第七章第三小節開始。經查閱，二二一七期斷稿，二二一八期續載，二二一九期最後一次斷稿，二二二〇期正好從第二部第七章開始，直至全書結束再也沒有斷稿，進一步佐證了筆者的推測。

四

代筆情況幾乎已成定論，那麼代筆者是否爲薛興國呢?答案是否定的，代筆者不是別人，正是古龍的弟子丁情。

二〇一五年，許德成採訪丁情，得知《劍神一笑》開始由古龍口述丁情代抄，期間因古龍身體狀況不穩定，《時報周刊》不能斷稿，丁情便按古龍的要求補筆接寫，古龍看了沒有異議後才交稿，等古龍狀況好轉又接著口述；直到本書後段，幾乎全由丁情接寫。

因年代久遠，丁情已記不清具體從哪一期開始完全接寫，但依上述分析，應是二二〇期無誤。至於零星補筆這一說法則比較含糊，或許並不存在，或許已經過古龍的修改潤色，總之已同古龍的親筆部分混在一起，無法徹底辨別清楚了。

不如無尾——《風鈴中的刀聲》

一

《風鈴中的刀聲》寫於一九八一年至一九八二年，是古龍最後一個長篇。古龍原本對這個靈感突來的故事是寄予很大希望的，寫得也非常用心。他在序言中寫道：

風鈴中的刀聲絕不會是一條及時趕來的援救船，更不會是一塊陸地。我最多只不過希望它是一根浮木而已，最多只不過希望它能帶給我一點點生命上的綠意。

這是一個詩一樣美麗、縹緲、捉摸不定的故事，也許是太美麗、太縹緲、太捉摸不定了，所以寫到最後古龍自己都陷入到迷霧中去了，不知道該如何收拾這個結局。身心交瘁的古龍又一次選擇了由他人代筆。這次代筆的是他的好友、漢麟出版社老闆于志宏。于志宏當然沒有古龍那樣的境界，刷刷幾筆就了結了這個故事。

問題又來了，代筆是從何處開始的？

二

結尾部分的情節完全是于志宏的安排，沒有一點古龍的意思。

書中要闡述的主題之一無疑是古龍在序中寫的「犧牲自己來阻止流血」，然而結尾處丁寧卻是因爲產生私情而饒恕了殘酷對待他的因夢，所以這個「犧牲」的主題就欠缺了說服力，更談不上震撼人心。

風眼與姜斷弦居然成了朋友，莫名其妙地比起拚酒來；姜斷弦和丁寧的實戰也落了空，成了遙遙無期的棋賽；因夢這個無比厲害的女人居然會被柳伴伴一劍刺死；最後是柳伴伴和丁寧成爲情人……

這些情節有的背離主題，有的前後矛盾，有的太落俗套。所以，絕大部分的讀者在創作年表關於「代筆」的提示下，都能看出這一段不是古龍親筆。如此潦草拙劣的代筆收尾，真是有還不如沒有。

具體到代筆的起點，還是要通過文筆來分析。《風鈴中的刀聲》中的文筆已臻化境，從容舒展，毫無煙火氣（雖然有些地方從容得有點過頭了，稍顯拖沓）。在這種情況下，于志宏相對拙劣的文筆就比較容易分辨了。

來看萬盛本第八部「下場」第一章「恩怨似繭理不清」中的文字：

慕容秋水氣色看起來已經比剛才好得多了。

「要瞭解這種情感，一定要舉例說明，」慕容說：「眼前就有一個很好的例子。」

「你和伴伴是不是一個很好的例子？」

「是的。」

慕容秋水說：「譬如說，我應該很恨柳伴伴的，因為她的確做了很多對不起我的事。」

「我知道。」

「可是我一點都不恨她。」慕容說：「如果說我想對她報復，也只不過想像以前一樣，把她緊緊的擁抱在懷裡。」

「你是不是認為我對丁寧的感情也是一樣的？」花景因夢問慕容。

「看起來的確一樣，」慕容秋水笑了：「可是當你發現事情真象之後，情形恐怕就不同了。」

「什麼事情真象？」花景因夢有點驚愕。

慕容秋水卻笑而不答，只將身子讓開一旁，說：「現在你可以走了。」

「你要放我走？」

「我總是要放你走的。」慕容注視着空曠的四周：「何況此地也非留客之所，你說是不是？」

「你不打算要回我輸給你的賭注了？」

「我當然要。」慕容秋水笑着，笑得有點邪惡：「反正它遲早總是我的，我又何必急於一時呢？」

花景因夢望着他邪惡的笑臉，遲遲疑疑的問：「難道你不怕我去找丁寧？」

「你只管去找他，你只管去愛他、去抱他。」慕容秋水好像一點也不在乎：「不過，如果你聰明的話，我勸你還是越早殺掉他越好。」

「為什麼？」花景因夢顯得更驚愕了。

慕容秋水卻得意的笑着：「因為你不殺他，他就會殺你。」

「為什麼？」花景因夢忍不住又問一句。

慕容秋水笑得益發得意說：「因為殺死你丈夫的兇手根本就不是他。」

花景因夢愕住了，過了許久，才問：「是誰？」

「姜斷弦。」慕容秋水儘量把聲音放輕，好像唯恐嚇壞了她。

花景因夢也講不出話來，臉上卻是一副打死她也不相信的表情。

「不相信是不是？」慕容秋水當然看得出來：「沒關係，姜斷弦雖然死了，丁寧卻還活着，你何不親身去問問他？」

（二）

花景因夢走了。

慕容秋水望着她遠去的背影，不禁哈哈大笑。

我們注意到，「有點驚愕」、「有點邪惡」、「笑得益發得意說」、「臉上卻是一副打死她也不相信的表情」、「不禁哈哈大笑」這類詞句粗糙直白，煙火氣太重，而且不符合書中人物的性格，已經明顯能看出不是古龍的文字了。筆者判斷于志宏的代筆應從劃線句開始。

三

後經考證，《風鈴中的刀聲》在台灣《聯合報》連載時（一九八一年十月廿二日至一九八二年五月廿一日，一至一九九期），並未完結。報紙於最後一期次日刊登啓事：「風鈴中的刀聲」因續稿未到，今日暫停。此後便再未見連載。

經查證，連載最後三期的文字（一九七至一九九期）同萬盛本不同，分野處正在筆者分析的代筆起點，現轉引如下：

（一九七期）

「你是不是認為我對丁寧的感情也是這樣子的？」花景因夢問慕容。

「情形當然會有一點不同，感覺卻是一樣的。」慕容秋水微笑着：「所以你就是不肯說出丁寧的下落，我們一樣可以找得到他。」

「哦。」

「因為我們已經知道你和丁寧的情感是怎麼樣發生的。」慕容秋水說：「我們現在當然也知道他和你相見時的那棟小屋。」

他悠悠的說：「我們甚至已經知道那棟小屋的屋簷下，有一串風鈴。」

× × ×

丁寧此刻正在風鈴下。

（十三）[87]

是破曉時分，不是黃昏。

曉色雲開，和黃昏薄暮雲收時，在某種方面來說，情況是很相像的。

它們都有一種縹縹緲緲，朦朦朧朧，虛虛無無，似無似有的虛幻的美。

87 原文誤作「（十二）」。

可是它們給人的感覺，卻是完全不一樣的。

——破曉時分，空氣清新，有人早起，走入曉色中，那種感覺是多麼美好，多麼新鮮，多麼令人振奮。

黃昏時候呢？

——黃昏時，美得也同樣縹緲朦朧虛無，甚至言詞都化做歌曲。

可是它給人的感覺卻是不一樣的。

黃昏時，優美的言詞，化做了歌曲，黃昏時，優美的歌曲，也化做了言詞。

黃昏時每一樣事給人的感覺都是美好的，甚至連竹籬茅舍上的炊煙都是美好的。是美好，但卻不能令人振奮，是一種美好的享受，但卻不是一種可以令人振奮的刺激。

×　　×　　×

現在不是黃昏，是破曉凌晨。

慕容秋水背負着雙手，施施然走在曉色中的道路上。

花景因夢跟在他後面。

她本來也想背負雙手，走在慕容前面的，只可惜她畢竟還是個女人。

一個女人背着手像一個故作瀟灑的男人一樣走路，總不是可以讓人愉快的。

所以她雖然是江湖中最有名的名女人，她也只有跟在男人後面走。

別的人呢？

沒有別的人，因為所有的別人全都走了，連賭贏了的韋好客都走了，雖然他輸掉了一雙腿，但卻沒有帶走他贏來的兩隻手。

為什麼呢？

（一九八期）

當然是為了慕容秋水。

現在，所有的事都已經告一段落，勝負也已分明，該做的事也都已經做了。

現在，大家都已經認為自己的工作已經完畢。

現在大家都認為花景因夢已經不是別人的問題，因為花景因夢已經是慕容秋水一個人的問題。

（十四）

現在有風。

風動，風鈴動。

現在丁寧已經聽見了風鈴的聲音，就在他聽見第一聲風鈴動的時候，他會想到什麼人呢？

——當然是花景因夢。

（十五）

花景因夢沒有聽見風鈴，慕容秋水的笑聲絕不會像風鈴。

慕容秋水的聲音像風，就像是現在吹在他們身邊的風聲。雖然有一點冷，卻冷得讓人很愉快，很高興。

高興的當然不是花景因夢。

「你要帶我到那裡去？」花景因夢問慕容：「你要帶我去幹什麼？」

「你猜呢?」

「照道理說,你當然應該要回我輸給你們的賭注。」因夢說:「殺人償命,欠債還錢。」

她說:「這種事是誰也賴不掉的,尤其是我,我在你面前,我更無法賴!」

「老實說,你真的不能。」

「這一類的事,本來就是這樣子的。」

「是的。」

「所以我就不懂了。」

「不懂?」慕容問:「不懂什麼?」

「不懂你現在究竟想帶我去幹什麼?」花景因夢說:「因為我看得出你現在連一點要債的樣子都沒有。」

慕容忽然大笑,笑得就像是個孩子。一個很不乖的大孩子。

一個很壞的大孩子。

「你笑什麼?」花景問這個已經不是大孩子的大孩子。「有什麼事讓你這麼好笑?」

「沒有什麼事能夠讓我這麼好笑。」慕容說:「只有一個人能讓我這麼好笑。」

「這個人當然就是我了。」

「當然是的。」

「我有什麼事能讓你這麼好笑呢?」因夢問。

(一九九期)

慕容不回答,只笑。

笑有很多種，有的笑很陰沉，有的笑很可怕，有的笑很可笑，有的笑很曖昧，有的笑很可以讓人恨不得打掉那個人的滿嘴牙齒。

當然也有的笑起來是真的笑，笑得讓人開心，讓人高興，讓人覺得他可愛得要命。有時候，有些人笑的時候，甚至有讓人覺得要哭出來。

笑完之後，慕容秋水忽然說：「你剛才說了一句話，有對，也有錯。」

「真的嗎？」因夢說。

「對的地方是，這一類的事，本來就是這樣子的。」慕容秋水說：「可是，你這句話也有可能說錯了。」

「哦？為什麼？」

「因為本來是那樣子的事，後來也許就不是那個樣子也說不定。」

「你是說你不想要回我輸給你們的賭注？」

「我沒有這樣說。」

「可是你這話裡面的意思……」

「我話裡面的意思，是說後來也許不一定。」

「你說的後來，不就是現在嗎？」

「你說呢？」慕容秋水說。

「我說？」因夢說：「假如我知道就好了。」

「你知道你有多美嗎？」

「這跟美麗有關嗎？」

「有。」

「我不懂。」

「美麗的人，通常都是冰雪聰明的。」

慕容秋水說：「冰雪聰明的人，通常都會知道事情的發展的。」

因夢笑了。

「你不以為嗎？」慕容秋水說。

「我以為，我當然以為。」

「那你為什麼發笑？」

因夢又笑了，笑得更燦爛。

慕容秋水卻不笑，也許是他不瞭解因夢為什麼會覺得那麼好笑吧。所以他說：「你覺得我的話那麼好笑嗎？」

「我不是笑你說的話。」

「那你笑什麼？」

「我笑你在江湖上待了這麼久，卻連這點道理也不懂。」

「什麼道理？」

「江湖的道理。」

「哦？江湖也有道理？」

「當然，像身在江湖，身不由己就是江湖的道理。」（完）

比對可知，萬盛本在劃線句往後，內容同連載完全不同。由此可推斷于志宏從該句開始代筆，直到結束。也就是說，于志宏在接寫時刪去了最後三期的連載文字，發生了和《隱形的人》類似的情況。

按理說，《聯合報》的這幾段異文（一九七至一九九期），應是萬盛本未曾收錄的古龍親筆佚文了。但筆者仔細閱讀後認爲，一九七期「是美好，但卻不能令人振奮，是一種美好的享受，但卻不是一種可以令人振奮的刺激」此句之前的四百餘字應是古龍親筆，此句之後包括一九八至一九九期的文字，繞來繞去廢話連篇，原地打轉硬湊字數，甚至還有一些語法錯誤，明顯不是古龍親筆，倒有點像《劍神一笑》代筆部分的風格。

二〇一五年，許德成採訪丁情，得知《風鈴中的刀聲》一書前面仍是由古龍口述，丁情代抄，後因古龍應酬多到無暇顧及，便由丁情代筆，但不久因丁情也忙於他事，連載被迫中斷。于志宏爲了能順利出書，經古龍許可後接寫至結束。

丁情代筆的幾段文字，無疑就是這最後兩期半的連載了。

「你是不是認為我對丁寧的感情也是這樣子的？」花景因夢問慕容。

「情形當然會有一點不同，感覺却是一樣的。」慕容秋水微笑着：「所以妳就是不肯說出丁寧的下落，我們一樣可以找得到他。」

「哦，」

「因為我們已經知道妳和丁寧的情感是怎麼樣發生的。」慕容秋水說：「我們現在當然也知道他和妳相見時的那棟小屋。」

他悠悠的說：「我們甚至已經知道那棟小屋的屋簷下，有一串風鈴。」

丁寧此刻正在風鈴下。

△△△　△△△

（十二）

是破曉時分，不是黃昏。

晚色雲開，和黃昏薄暮雲收時，在某種方面來說，情況是很相像的。

它們都有一種縹縹緲緲，朦朦朧朧，虛虛無無，似無似有的虛幻的美。

可是它們給人的感覺，却是完全不一樣的。

——破曉時分，空氣清新，有人早起，走入曉色中，那種感覺是多麼美好，多麼新鮮，多麼令人振奮。

黃昏的時候呢？

——黃昏時，美得也同樣縹緲朦朧虛無，甚至言詞都化做歌曲。

可是它給人的感覺却是不一樣的。

黃昏時，優美的言詞，化做了歌曲，黃昏時，優美的歌曲，也化做了言詞。

黃昏時每一樣事給人的感覺都是美好的，甚至連竹籬茅舍上的炊烟都是美好的。

是美好，但却不能令人振奮，是一種美好的享受，但却不是一種可以令人振奮的刺激。

△△△　△△△

現在不是黃昏，是破曉凌晨。

慕容秋水背負着雙手，施施然走在曉色中的道路上。

花景因夢跟在他後面。

她本來也想背負雙手，走在慕容前面的，只可惜她畢竟還是個女人。

一個女人背着手像一個故作瀟灑的男人一樣走路，總不是可以讓人愉快的。

所以她雖然是江湖中最有名的名女人，她也只有跟在男人後面走。

別的人呢？

沒有別的人，因為所有的別人全都走了，連賭贏了的韋好客都走了，雖然他輸掉了一雙腿，但却沒有帶走他贏來的兩隻手。

為什麼呢？

風鈴中的刀聲

古龍

197

▲《聯合報》一九七期中與萬盛本的異文

《龍吟曲》小考

《龍吟曲》一書由古龍和蕭逸合著，傳曾由真善美出版社出版，但因原刊本至今未曾現身，具體出版時間、合著情況、是否包含正續集等都無從知曉。謹慎起見，暫不列入古龍作品。筆者根據現存資料，對上述問題作初步梳理。

該書情節概要如下：

蘇州江寧世家子弟郭飛鴻在捉拿女飛賊唐霜青時，爲賊黨所圍，幸得中年文士鐵舒眉所救。

鐵舒眉不慎留下錦袋，郭飛鴻無意間窺得當中秘密，遂自告奮勇傳書與鐵舒眉之女鐵娥。鐵娥男扮女裝，以鐵娥表哥方和玉身分出現，並暗中取去錦袋，獲悉身世，後於病中得郭飛鴻照料，不知不覺對郭飛鴻產生愛意。

郭飛鴻因遺失錦袋，趕到九華山找鐵舒眉認錯。鐵舒眉見其誠實可嘉，遂收其爲徒，傳以上乘武藝。

郭飛鴻下山後仗劍江湖，在龜山遇三年一現的雲海大師。雲海大師指破郭飛鴻前世，實與鐵娥、唐霜青有緣，唯與鐵娥易好事好磨。亦有指點郭飛鴻招式，要其打敗爲惡多端的結拜兄弟花明和石秀郎。

《龍吟曲》最後又回應首章，謂唐霜青再到蘇州江寧找郭飛鴻，被人認出是女飛賊，因而琅璫入獄。續集《天龍地虎》接寫郭飛鴻如何對付花明及石秀郎，旁及郭飛鴻與鐵娥、唐霜青兩人的感情糾纏。

已知的情況是，《龍吟曲》並非如普通合著或代筆一樣，兩人分寫前後半部，而是採用一人寫一冊的「接龍」方式進行。《台灣武俠小說發展史》資料顯示：該書由古龍和蕭逸合著，古龍寫單冊，蕭逸寫雙冊，共十冊，一九六四年由真善美出版。但早在一九六〇年，《龍吟曲》的廣告就出現在成鐵吾的《年羹堯新傳》封底。

二〇〇九年，蕭逸在〈古龍，倪匡：當年的我們〉一文中曾說起過合著這件事：

> 古龍比我早寫兩三個月，我們一起成名，而且我們還是初中的同學，不是同班，是同年級，但是我們都還認識。當年我和古龍曾經合著一本書。這裡面有一個故事，那個時候他也出名了，我也出名了，但是由於用的是筆名當時都不知道對方原來是自己的朋友。出版社的老闆想兩個作家在他那都很叫座，他突發奇想，要請兩個人聯合寫一本書，於是他發帖子作東請我們兩個人吃飯。那時候我剛一下車就看到古龍也下車了，我說你來幹嘛，不是請吃飯嗎，他也驚訝得不得了。那一天特別高興，從那個時候兩個人就是焦不離孟，孟不離焦。
>
> ……
>
> 我結婚他還是伴郎，以後因為寫書很忙，他習慣夜裡寫，我是白天寫，所以這又是一個不能常在一起的原因。
>
> 出版社的宋先生說就寫個名字吧，這個名字是古龍起的，叫《龍吟曲》，我也非常贊

成。宋先生說蕭逸比你大幾個月，蕭逸寫第一集，你寫第二集。我寫了第一集，他寫第二集。他一個人寫了兩集都不到，就請人續下去了。

蕭逸說當時雙方都還不知道對方的筆名，可見合著之事應處於兩人成名之初，而兩人都是一九六〇年開始武俠創作的，所以一九六〇年打出廣告是合理的。文中又提及蕭逸結婚古龍作伴郎，而蕭逸結婚是在一九六四年，加上古龍斷稿，所以陸續拖到一九六四年的可能性很大。

目前所知最早的《龍吟曲》刊本，是由台灣大美出版社出版的小薄本（一九六八年五月，共廿八冊），筆者只見到第廿五冊和第廿八冊的書影，均署名蕭逸，其餘情況不明。不排除當初真善美未出完（甚或未出），後因故過繼到大美出版的可能性。後出的眾利本（一九八六年十一月）分《龍吟曲》和《天龍地虎》正續兩書，兩書合起來才是完整的故事。但當初真善美所出的十冊中是否包含《天龍地虎》，不得而知。

一集就是一冊，蕭逸所說和《台灣武俠小說發展史》正巧相反，即蕭逸寫單冊，古龍寫雙冊。

筆者閱讀此書後，可以確定開篇是蕭逸所寫，除了行文風格不同外，每個作家都有各自的習慣用語。例如蕭逸在描寫人的眼睛時，常用「瞳子」一詞。第一章「古樓艷妓」就出現了三次：

白淨的面皮上，襯着劍也似的一雙眉毛，那雙瞳子，雖帶有幾分含蓄，卻掩不住銳利的目光，他儒雅，但是魁悟，他英俊，又有些少年人的風流神采，令人望而生敬，卻又十分的想去親近他！

……

她說着話，那雙剪水瞳子，直直的逼視過來，似乎是極力的想由郭飛鴻臉上，看出些什麼來，對於這個人，她仍然是一個「謎」！

……

燈光閃閃，搖曳燈花中，似乎現出芷姑娘那一張微微長圓形的粉臉，由她那沉鬱的瞳子裡，似乎可以看出她那身世的不幸，她孤獨，她寂寞……

而古龍各階段所有的親筆作品，描寫眼睛從不用「瞳子」二字。約一萬三千字後，文風變得文藝而具書卷氣，人物心理活動描寫增多，頗似古龍早期特點。例：

他忽然感覺到自己太消沉了，不禁曲指在劍上噹！噹！彈了兩聲，顫動的劍光影裡，這位身負奇技的少年俠士，慨然唸道：「寶劍無恙，斯人沉醉……郭飛鴻呀，郭飛鴻，你的雄心壯志那裡去了。」

頓了頓，他接下去喃喃的又道：「芷姑娘呀芷姑娘……似你如此的花容月貌，卻又怎會屈身於下流的風月場裡？」

「嗆！」一聲，合上了劍鞘，他悲憤的唸道：「我們都是懷才不遇的人……我們都是囚於樊籠之內的……」

說到此，他苦笑了笑，把劍放回櫃內。

至兩萬字後，恢復爲蕭逸的文風。至近三萬字時，又轉成疑似古龍的文風。例：

只可惜兩船交錯的時間太短促，郭飛鴻所能看見的只是如此，這個人在他心目中留下了深刻的印象，在飛鴻的見識裡，這人是一個典型的讀書人，這種人，只知專心讀書，放情於詩書山水。

郭飛鴻忽然感覺到一種羞愧，因為自己就沒有這老書生那種悠閒淡泊的意態，甚至於連表現自我的勇氣都沒有！

……

嗖嗖江風，把這老書生身上一襲雪白的綢衣吹得飄起來，他那蒼白的面頰，沉鬱的一雙眸子，顯示出他內心深深蘊藏著某種仇恨，這種仇，是由於心和心在作對，絕非輕而易舉所能化解開的。

四萬餘字後，便很難找到古龍早期文筆的痕跡。

綜上分析，蕭逸之說頗爲可信，古龍確實是寫了一部分內容，依筆者的判斷，約一到兩萬字。但想要將古龍親筆部分進一步精確，還需要原刊本的實證。

至於替古龍代筆的是何人，代筆了多少文字，蕭逸是否寫完全書（續集部分不似蕭逸文筆），均尚待考證。

《手槍》小考

一

《手槍》（又名《槍手・手槍》）這部現代題材的動作小說，最早由萬盛出版社出版（一九八四年六月），主要寫香港太平山下四把槍之一的白朗寧，無故被捲入黑白兩道的仇殺之中，最後憑著自己的身手和機智，在好友幫助下擺脫危機的故事。該書出版時署名古龍，後被公認爲于志宏所作。筆者讀後，確感文句粗糙，筆法俗套，毫無古龍之風。上世紀九〇年代，此書重新發表於天津，于志宏承認自己是作者。

話已至此，似已再無可探討之處。但筆者認爲，這部作品其實還是有一小部分是古龍親筆寫的。極小的一部分。

這一小部分就是「前曲」和「白朗寧」的第一小節。這一部分文字相當精彩。轉引如下：

前曲

（一）

晴朗的秋天，中秋節前七日，上午九時三十分。

艷陽高照，空氣清新。

白朗寧從他的住處走出來時，覺得全身都充滿了歡愉和活力。

他想，今天必將是令人非常愉快的一天。

可是他錯了。

就在他看到三部黑色的林肯房車駛上這條山坡道的時候，他就知道他錯了。

× × ×

三部車在一種非常奇怪而優異的控制下，忽然間就像個巨大的鉗子一樣，把他鉗住了。

白朗寧不是不害怕。

他知道這部車上坐的是什麼人，如果知道這個人還能夠不害怕的話，那麼他恐怕就不是一個人了。

可是他臉上連半點害怕的樣子都沒有。

前後兩部車的六扇門忽然在一剎那間打開了，十個穿着同樣深色西裝，就像是從同一個模子裡做出來的大漢，忽然間就把他包圍住。

每個人的右手都像是拿破崙一樣，插在左邊的衣襟裡。

他們的手裡握着的是什麼？

這一點任何人用腳指頭去想，大概都應該能想得出。

能夠想得出這一點的，大概就笑不出了。

× × ×

白朗寧在笑。連眼睛裡都充滿了笑意，看看這十條隨時都可以把他腦袋轟掉的惡漢，他居然好像看着十個無錫泥娃娃一樣。

「你就是白先生？」其中一個臉帶刀疤的大漢，居然用很有教養的聲音問：「你就是太平山下四把槍裡的白朗寧先生？」

白朗寧點頭一笑。

「你知不知道那部車子上坐的是誰？」

白朗寧點頭一笑。

「今天早上，車上那位先生準備了一點黑海的魚子醬和鮭魚，還有用專機從揚州飛過來的干絲肴肉燻魚，當然還有一點香檳白蘭地和女兒紅。」這個臉帶刀疤的大漢對白朗寧說：「他想請你去喝杯早酒。」

這一次白朗寧不點頭，也不笑了。

他在嘆氣，搖着頭嘆氣。他說：「天下大概再也沒有比俄國魚子醬配揚州干絲更絕的美味了，只可惜我今天沒有這種口福。」

「為什麼？」

「因為今天我另外有個小小的約會。」白朗寧說：「除非你們能替我推掉這個約會，否則我恐怕只有讓你們的大老闆失望了。」

惡漢們的眼中有了凶光，有了殺機。

「今天約你的人是誰？」

白朗寧又笑了，只輕輕說了三個字：

「侯先生。」

「侯先生?」臉帶刀疤的大漢楞了一下:「那個侯先生?」

「你說呢?」

「是他?」

「除了他,還有誰呢?」

惡漢們眼中的殺機忽然變成了驚惶和恐懼,每個人都下意識的回頭去看中間那部車。

中間那部車子的引擎已發動。

三部車的引擎都已發動。

就在這瞬間,這十條凶神般的大漢,忽然又奇跡般的消失,走得甚至比來時還快。

(二)

他們為什麼如此懼怕?

那個侯先生究竟是個什麼樣的人物?

白朗寧

(一)

距離天星碼頭不遠的一條僻靜的橫街上,有一幢式樣古老的棕色大樓。

從表面看上去,這幢大樓與一般辦公大樓並沒有什麼兩樣,既沒有荷槍警衛,也沒有唬人的招牌,但卻絕少有人願意在這裡走動。

因為誰都知道,這幢大樓就是黑道聞名喪膽,連警方也對它頭痛三分的「天星小組」的總部。

白朗寧當然也不喜歡在這裡進出，但今天他卻非來不可。

因為約他的那位侯先生，就是這個小組的負責人。

當他走進電梯，還沒有按動門鈕，梯門已自動打開，他走上電梯，抬手剛想按動字鍵，電梯已自動的升了上去。

白朗寧只好將手臂放下來。在這種地方，碰上任何怪事，對他說來都已不足為奇。

他活動了一下臉部生硬的肌肉，強擠出個笑臉。

他是個很講究體面的人，在任何情況下，他都不願意失態，尤其在一個美麗的女人面前。

果然，電梯門一打開，美麗的秘書小姐已含笑向他招呼：「白朗寧先生，您真準時。」

「你也越來越漂亮了。」白朗寧笑眯眯的走上去，雙手習慣性的撐在桌沿上。

秘書小姐笑了，笑得很開心。

她曾經接待過不少賓客，看到的大都是面色鐵青、侷促不安的臉孔，從來沒有人像白朗寧這麼神色自若，居然還有心情讚美她一句。

她不得不打心眼裡佩服他。

她笑着站起來，繞過白朗寧身邊，姿態優美的朝裡間房門走去。

白朗寧跟在她身後，仔細的打量着她的身段，喃喃自語說：「三十五、二十二、三十五。」

秘書小姐推開房門，身子讓到一邊，細聲說：「錯了，三十六、二十二、三十五。」

白朗寧輕輕吹了聲口哨，朝驚人的尺碼上掃了一眼，依依不捨的走了進去。

這一小部分文字與另一部古龍親筆的現代動作小說《絕不低頭》風格一致，行文簡潔流暢，沒有多餘的修飾詞，有著獨特的節奏感。許多模仿古龍文筆的人或許能做到簡潔流暢，但要做到沒有多餘的修飾詞很難，要寫出這種獨特的節奏感，更是難上加難，這才是古龍語言的「神」。

我們不妨對比一下後面于志宏的文字：

車門慢慢打開了，裡面發出了一串嬌滴滴的笑聲。

那笑聲聽在白朗寧耳裡，使他汗毛都聳立起來，像個洩了氣的皮球一般，把槍揣進懷裡，渾身沒勁地走了出來。

「大家都說你白朗寧英雄了得，在我看來，倒活像條夾尾巴狗。」

白朗寧一向天不怕地不怕，就怕這位七海龍王的心肝女兒，快槍解超的寶貝妹妹，軟硬不吃的解大小姐解瑩瑩。

「瑩瑩，我又沒得罪你，何苦半夜三更來找我麻煩？」白朗寧苦兮兮問。

解瑩瑩冷哼一聲，說：「我才沒那麼大閒空專程來找麻煩哩。」

「那麼一定是太悶了，想叫我陪你散散心？」白朗寧不得不陪着笑臉。

「喲，你長得漂亮，害得我解瑩瑩睡不安枕，半夜二點多鐘來找你散心，呸，別不要臉了，我才不像那群女人那麼賤，看見你就倒胃口。」說完，還狠狠啐了一口。

白朗寧鬆了一口氣，說：「既然大小姐見了我就倒胃口，我這就走，免得惹您生氣，再見。不，最好永遠別見。」

說罷，回頭就想開溜。

「慢點，說走就走，哪有那麼容易？」解瑩瑩怒吼着。

白朗寧只好又轉回頭，苦眉苦臉說：「瑩瑩小姐，有什麼過不去，明天再找我算帳不遲，現在就請高抬貴手，放我一馬吧。」

「要走可以，先還我哥哥來。」

「我又沒見到他，如何還法？」

「他明明說來找你嘛。一定……一定是你把他謀害了。」解瑩瑩眼睛一翻，賴上了。

這段對話，雙方的表情和動作描寫，如「苦兮兮問」、「苦眉苦臉說」、「冷哼一聲」、「眼睛一翻，賴上了」等等，用詞粗糙直白，煙火氣太重，全無半點古龍之風，和《風鈴中的刀聲》的代筆部分如出一轍，

再如：

車子在一條暗暗的路邊停下，兩人跳下車子，矮身奔到街口，槍聲彷彿就在耳邊。

解瑩瑩取出紅外線瞄準鏡，正想安裝在槍上，白朗寧已一把搶過來，對好距離，朝暗街上望去。

只見快槍解超正伏在地上，四周已被二三十名大漢團團包圍住。

這幾段文字純粹交代情節，缺乏小說的味道，而古龍後期作品中的每一片段既能推動情節發展，又具有獨特的美感和意境，甚至可抽離出來欣賞、細品。

回過頭來看古龍寫的這幾段：

惡漢們眼中的殺機忽然變成了驚惶和恐懼，每個人都下意識的回頭去看中間那部車。

中間那部車子的引擎已發動。

三部車的引擎都已發動。

就在這瞬間，這十條凶神般的大漢，忽然又奇跡般的消失，走得甚至比來時還快。

多麼簡潔，多麼高明，只用了「中間那部車子的引擎已發動」短短十二個字，就把車中惡漢頭子聽到「侯先生」的大名後知趣而退的情形生動地表現出來，且給人留有很大的想像空間。

一比之下，高下立判。

二

再說說那個有爭議的代序。全文不長，轉引如下：

（一）

有很多署名「古龍」的小說，都不是古龍寫的，這是大家都知道的事。人在江湖，身不由己，這一類的事我相信大家也都知道，我當然也知道。

這個世界上本來就有很多事都是這樣子的，為了朋友、為了環境、為了錢、為了各式各樣不同的理由，有誰能完全拒絕去做一些他不想去做的事呢？

從另一方面去看，我常說：

——一個人就因為常常會去做些他不想做的事，他的生命才有價值。

（二）

可是也有些書明明是我寫的，大家卻否認。

我從十幾歲開始寫稿，先寫新詩、再寫文藝、再寫武俠，其中的悲酸歡苦，也只能比做如魚飲水了。

在我這三十年寫作生涯中，可以分作好幾個時期，「劍毒梅香」、「蒼穹神劍」，並不是第一個時期。更早，我還寫很文藝的「從北國到南國」（註：可惜原書已失）和這本「手槍」。

那時候我過得很充滿「生命」，所以我敢說，這本書也是很「生命」的。

雖然我寫的是距離現在很遠的一個時代，又很遠、又不很遠，比「武俠的時代」更難捉摸的時代，比起現代的暴力又溫和優雅刺激，但是我相信，這個故事還是會讓你在讀過之後覺得很開心，這個世界上，還有什麼比開心更好的？

有些學者據此序來批評古龍，說不應該幫于志宏掛名並寫序。然而細讀之下，此代序頗具疑點。

首先，序中說該書寫於《蒼穹神劍》之前，與《從北國到南國》同期，實在太過離譜。《從北國到南國》發表於一九五五年，是短篇小說而非「書」，此時古龍才十七歲左右，文筆稚嫩，且尚未開始武俠創作，如何能寫得出《手槍》這種題材的動作小說？別說上述「前曲」那樣高明老道的文字，就連後面于志宏的文字，他也寫不出。聰明的古龍，就算撒謊，也應該不會這麼拙劣吧。

其次，序中說代筆是「爲了朋友、爲了環境、爲了錢、爲了各式各樣不同的理由」，然而以古龍當時公眾人物和武俠大師的身分，怎會公然爲代筆開脫？

再次，序中說「可是也有些書明明是我寫的，大家卻否認」，這話更是有此地無銀之嫌。以古龍那麼響的名頭，只有別人假冒他的道理，哪有明明古龍寫的別人卻否認的道理？

「代序」真僞暫當別論，但關於《手槍》，以筆者之見，古龍確實是寫了個開頭，即「前曲」和「白朗寧」的第一小節，之後的內容全部爲于志宏所作。回過頭來說，古龍應該也不好意思在自己只寫了一個開頭的書前面，煞有介事地添一篇「代序」吧。

事實是否如筆者所言，尚待實證。

《龍吟曲》和《手槍》，作爲「代筆考證」中尚未板上釘釘的作品，就當是向古龍小說中常見的開放性結尾「致敬」，留待大家來討論吧。

——晨光雜誌——

從北國到南國

•古 龍•

『江水碧，江上何人吹玉笛，扁舟遠送瀟湘客，蘆花千里江月白，傷行色，來朝便是關山隔。』

……鏹走了，帶走了他憂鬱的笑容，頹傷的語調，單薄的行李，厚厚的書以及我對童年那一天眞，純潔，甜蜜而又悽涼的回憶。

昨天夜裡，他告訴我要去一個遙遠而未可知的地方，今天早上，我在岸邊送他，是一個多霧的淸晨，碼頭上籠罩着一片冷漠的白色，再襯上幾對斷腸的旅客，更是迷茫，淒淸……我緊握着他的手，站在靠海邊的欄杆旁，我們相傍而無言，那被霧色沉浸在灰藍色天幕裡幽淡而飄渺的遠山，似乎已表達了我們離別的情緒，那麼我們還有什麼話好說呢，說的越多愁更多。

最後，汽笛長鳴，是旅客上船的時候了，我再也無法忍住那已存留在我眼眶中很久的淚水，爲了不使他有更多的難受，我只得將頭轉了過去，低低的說：「今天的風眞大呀！，」……

（一）

現在認識我的人，很少會知道我還有個姐姐，一個最愛我，最疼我的好姐姐，雖然在年紀很小的時候，我們會不免鬧蹩扭，但我們畢竟還是互相愛護的。

大姐十歲的那年，我家由香港搬到北平，新居是一座又大又舊的四合院，據說還是淸朝的一位貝子留下的，可是在我家搬去的時候，那房子已被過多的時日失去了它當年的豪華，高高的屋脊上滿佈着厚厚的灰塵，偌大的一個院子裡到處都是空蕩蕩的，在每間房子的角落裡，充塞着的是蛛網，鳥巢和剝落的粉灰，你若是第一次走過它那扇笨重，臃腫的大門，你定會聯想到那裡面是否正在上演着一幕因皇朝的沒落而演出的悲劇，可是這院子裡也有溫暖的地方，那是大門那兒的門房，門房裡有一位始終照顧這宅院的老頭子，灰白的鬍鬚，眼角的魚尾紋，以及已經十多歲的孫子，都在證明着他已有太大的年紀。

那時我比大姐還小兩歲，在我們那時幼小的心靈中，這老頭無疑地代表了這座頹敗的巨宅裡整個的神秘與傳說，當然，無形中他就成了大人們威嚇我們的象徵，我和大姐只要稍有越軌行動，大人們就會輕輕地跟我們說：不要吵了，再吵門房裡的「鬍子伯伯」就要來捉人了。每次，他們都會滿意的收到預期的效果。

但日子過久了，我們和鬍子伯伯之間的距離也一天比一天縮短，終於，我們已接近到不怕他的時候了，我們才開始發覺所謂「鬍子伯

▲一九五五年十一月一日，年僅十七歲的古龍在《晨光》雜誌第三卷第九期（右頁）發表短篇文藝小說《從北國到南國》。幾年後，古龍選擇了武俠小說作為一生的創作追求，新派武俠宗師從此誕生

結語：吹盡狂沙始到金

上世紀五六十年代，武俠小說開始在台港盛行，當時少有人購買收藏，大多從租書店租來讀。武俠小說在文壇的地位較低，不登大雅之堂，出版社和編輯對作品文本缺乏重視，隨意分章擬題，修改文辭，排版和校對較爲粗糙。而作家大多爲稻粱謀，收錢同意出版了事，較少回頭來檢視出版後的文本品質。古龍的早期作品，亦是如此。但因古龍的早期作品未脫傳統武俠的窠臼，是以只要文本完整，刪節不多，對閱讀和理解影響不大。

一九七〇年前後，古龍進入高度創新自覺的寫作階段，將戲劇、詩歌、推理、哲學等元素融入其中，文字剛健洗練，韻味無窮。同時將作品每章擬制長短不齊的新式標題，下分若干小節，每章（節）對應一段情節，注意長短句的結合和情節分隔符的運用，將「古龍文體」的美感和意境發揮到了極致，大大提升了武俠小說的藝術性和文學性。

但遺憾的是，台港一些報刊和出版社無視（抑或是尙未意識到）古龍的這番匠心，如《武俠世界》、《中國時報》、春秋、南琪、武林等，都不同程度存在編輯自擬標題、重新分章、刪除小節號，甚至刪改文字的情況，徹底打亂了原稿面貌，使「古龍文體」的美感和意境大打折扣。所幸的是，一九七〇年至一九七九年，古龍有二十餘部後期佳作在香港武俠春秋出版社及旗下的《武俠春秋》雜誌出版或連載，武俠春秋給了古龍作品足夠的尊重，最大程度保持了原稿的面貌，爲後世研究者們留下了寶貴的資料。

古龍的努力，終使台灣文壇對其刮目相看。一九七六年起，古龍陸續受邀在《中國時報》、《時報周刊》、《聯合報》、《民生報》等知名報刊連載小說，除在《中國時報》連載的《碧血洗銀槍》被刪節外，《大地飛鷹》、《七星龍王》、《離別鈎》直至最後的「大武俠時代」系列等十幾部作品在文本上均維持了原貌。

同時，漢麟／萬盛、華新／桂冠、春秋、南琪等出版社從一九七七年開始，相繼將各自手中獲得授權的古龍作品，包裝成名家繪圖題字、裝幀精美、印刷考究的廿五開修訂本出版，引發購藏熱潮。平心而論，此舉確實爲古龍小說擴大了影響，提升了地位，使其得以登堂入室，與文學名著並列書櫃。但出版社只顧做裝幀等表面文章，卻忽視了最重要的文本，絕大部分修訂本非但沒有遴選對照優質的原刊本恢復作品原貌，而且進一步對文本動了各種手腳：章節重設、文字刪改、情節分隔符刪除、段落合併，等等，修訂後的面貌與作品原貌相去甚遠，很多作品甚至面目全非。這些修訂本成爲今傳本的主要來源。雖然經過修訂後的古龍小說依然魅力無窮，但凡是讀過作品原貌（如武俠春秋本一脈的文本）的讀者，紛紛表示無論在單純的文體美感，還是昇華後的文學性上，都比修訂本有著很大程度的提高。

時至今日，古龍新派武俠小說泰斗的地位早已得到公認，許多學者和評論家甚至呼籲將古龍寫進中國文學史。但對其很多作品，讀者還有著種種疑問和困惑，這些本可以在原刊本或原始連載中找到答案，卻被修訂本誤導了。

通過原貌探究，讀者不但能瞭解各部古龍作品的原始面貌，而且可以看到文本的刪改變化：大到幾千上萬字的大幅刪節，章節設置的全盤打亂，小到一節「引言」或「後記」的遺漏。對文本的延續情況，讀者也可一目了然，結合收藏建議，選擇最能反映原貌或最適合自己的版本。

通過原貌探究，讀者可以解決很多關於古龍作品的疑惑。如漢麟本《蒼穹神劍》、《飄香劍雨》令人莫名其妙的結尾，《大旗英雄傳》與《鐵血大旗》的文本差異，《畫眉鳥》中的「未碰見」迷團，《蝙蝠傳奇》中金靈芝的生死，《風雲第一刀》究竟是哪部作品的原名，七種武器系列末篇的新說法，《天涯・明月・刀》被腰斬的真相，《鳳舞九天》與《劍神一笑》中角色定位的不一致，《飛刀，又見飛刀》令人雲裡霧裡的錯排，「冰比冰水冰」的來龍去脈，《銀雕》的真僞和面世過程，等等。

通過原貌探究，讀者可以瞭解到哪些作品存有代筆，代筆作品中哪些內容是古龍親筆，哪些是旁人代筆，甚至可以精確到某段某句，還可以看到詳細的考證過程。

更重要的是，清楚這幾件事，便於我們重新認識古龍和古龍小說，客觀公允地評價每一部作品，見證古龍是如何從傳統武俠的創作，一步步求新求變，最後登上新派武俠巔峰的。

劉禹錫〈浪淘沙〉有云：千淘萬漉雖辛苦，吹盡黃沙始到金。筆者希望藉此《本色古龍》，拂去滯留在古龍作品上的浮塵和迷霧，讓其閃爍出更加燦爛耀眼的光芒！

目前反映作品原貌的版本數量已日漸稀少，筆者更希望有獨具慧眼的出版社，能夠在本書的指引下，參考優質文本，編校出一套真正原汁原味的古龍作品集，造福於廣大古龍愛好者和研究者，這必將是一件功在當代、惠澤千秋的壯舉！

雖已盡全力，但書中還有一些問題尚待考證和商榷，也不免有疏漏之處，尚祈讀者諸君不吝指正。

附錄

古龍小說原刊本與修訂本一覽表

作品名稱	原刊本	修訂本	備註
蒼穹神劍	台灣第一本 一九六〇年 十四冊	台灣漢麟本 一九七九年三月 一冊	・第一本八至十四冊由正陽代筆，疑從廿六章開始 ・漢麟本大幅刪節約十八萬字，並篡改結尾
劍毒梅香	台灣國華／清華本 一九六〇年六月—一九六一年 十五冊	台灣南琪本 一九七八年九月 二冊	・國華／清華本五至十五冊、十五至四十章及尾聲由上官鼎代筆 ・續集又名《長干行》，上官鼎著
殘金缺玉	台灣第一本 一九六〇出版 一至四冊，後不詳	台灣萬盛本 一九八一年六月 一冊	・疑萬盛本第六章「謎一樣的人」中由他人代筆三千餘字
劍氣書香	台灣真善美本 一九六〇年十月— 一九六三年四月 八冊		・真善美本二至八冊、四至廿四章由陳非代筆
遊俠錄	台灣海光本 一九六〇年十一—十二月 八冊	台灣漢麟本 一九八〇年三月 一冊	・採用「母章子題」形式

作品名稱	原刊本	修訂本	備註
湘妃劍	台灣真善美本 一九六〇年十月— 一九六三年七月 十五冊	・台灣南琪本 一九七四年十月，十六冊 名《金劍殘骨令》 ・台灣南琪本 一九七九年一月 二冊，名《金劍殘骨令》	・採用「母章子題」形式
孤星傳	台灣真善美本 一九六〇年十月— 一九六三年一月 十五冊	・台灣南琪本 一九七四年二月—十月 十五冊，名《風雲男兒》 ・台灣南琪本 一九七九年一月，二冊 名《風雲男兒》	・首部使用情節分隔符的作品
飄香劍雨	台灣中庸／華源本 一九六一年一月—四月 出版一至九冊，後不詳 共十二冊	台灣漢麟本 一九七九年一月 一冊	・續集非古龍作品，疑溫玉著 ・漢麟本大幅刪節約十二萬字，並篡改結尾
月異星邪	台灣第一／四維本 約一九六一年七月—十二月 十冊	台灣漢麟本 一九七九年七月 一冊	
神君別傳	台灣華源本 一九六一年二月—五月 三冊		・接續《劍毒梅香》前十四章古龍親筆部分

作品名稱	原刊本	修訂本	備註
劍客行	台灣明祥本 一九六三年— 一九六四年八月，廿一冊， 名《無情碧劍》	台灣南琪本 一九七九年十二月 二冊	・疑今傳各本第十章以後由上雲龍代筆
失魂引	台灣明祥本 一九六一年十月— 一九六二年六月，九冊	台灣漢麟本 一九七九年一月 一冊	
彩環曲	台灣春秋本 一九六二年六月 十一冊	台灣春秋本 一九七八年九月 一冊	
護花鈴	台灣春秋本 一九六二年十月 廿一冊	台灣春秋本 一九七八年六月 二冊	・疑春秋修訂本最後三章由高庸代筆
情人箭	・台灣真善美本 一九六三年四月— 一九六四年八月，廿六冊 ・香港武林本 一九六三年四月— 一九六四年九月，二十冊 名《怒劍狂花》	台灣漢麟本 一九七九年十二月 三冊，名《怒劍》	・首次嘗試長短不一的標題 ・漢麟本由古龍親筆修訂

作品名稱	原刊本	修訂本	備註
大旗英雄傳	・香港武林本 一九六三年七月— 一九六五年九月，廿一冊 名《大旗英烈傳》 ・台灣真善美本 一九六三年九月— 一九六五年十月，三十冊	台灣漢麟本 一九七九年十一月 三冊，名《鐵血大旗》	・漢麟本由古龍親筆修訂
浣花洗劍錄	・台灣真善美本 一九六四年十月— 一九六六年五月，三十冊 ・香港武林本 一九六四年十一月— 一九六六年六月 十九冊，名《紅塵白刃》	台灣漢麟本 一九八〇年一月 三冊，名《浣花洗劍》	
武林外史	・台灣春秋本 一九六五年二月— 一九六七年二月 出版七至四十四冊 前不詳，共四十四冊 ・香港武林本 一九六五年一月—不詳 廿四冊，名《風雪會中州》	台灣漢麟本 一九七八年四月 四冊	

作品名稱	原刊本	修訂本	備註
絕代雙驕	台灣春秋本 一九六六年九月— 一九六九年二月 六十四冊	台灣桂冠本 一九七七年八月 四冊	・《武俠與歷史》首載時由倪匡臨時代筆數萬字，出結集本時刪去 ・桂冠本由古龍親筆修訂
名劍風流	台灣春秋本 一九六七年六月— 一九六八年八月 一至卅四冊，後不詳 共四十冊	台灣漢麟本 一九七八年八月 三冊	・漢麟本最後兩章由喬奇代筆
楚留香系列 ・血海飄香 ・大沙漠 ・畫眉鳥	台灣真善美本 約一九六七年—一九六九年 共卅三冊 總書名《鐵血傳奇》 《血海飄香》一至九冊 《大沙漠》十至廿一冊 《畫眉鳥》廿二至卅三冊	台灣華新本 一九七七年一月 共三冊 總書名《楚留香傳奇》 《血海飄香》 《大沙漠》 《畫眉鳥》各一冊	・原名《鐵血傳奇》
多情劍客 無情劍	・台灣春秋本 一九六九年五月— 一九七一年二月，卅四冊 ・上部，香港武林本 一九六九年夏季至冬季，二冊 下部，香港武俠春秋本 一九七〇年九月— 一九七一年四月 三冊，名《鐵膽大俠魂》	台灣桂冠本 一九七七年九月 三冊	・從下部開始，新式標題定型 ・誤名《風雲第一刀》

作品名稱	原刊本	修訂本	備註
楚留香系列 ·借屍還魂 ·蝙蝠傳奇	·台灣春秋本 一九六九年十月— 一九七一年二月 共廿二冊 總書名《俠名留香》 《借屍還魂》一至七冊 《蝙蝠傳奇》七至廿二冊 ·香港武林本 一九六九年冬季 一冊，名《鬼戀俠情》 香港武俠春秋本 一九七一年三—四月 二冊，名《蝙蝠傳奇》	台灣漢麟本 一九七八年一月，共三冊 總書名《楚留香傳奇續集》 一至二冊，均名《蝙蝠傳奇》，實含《借屍還魂》、 《蝙蝠傳奇》兩部	·武林本《鬼戀俠情》與偽作《黑蜘蛛》和 《生死結》合刊
蕭十一郎	·香港武俠春秋本 一九七〇年七月—十二月 三冊 ·台灣春秋本 一九七〇年七月—十一月 十四冊	台灣漢麟本 一九七七年十二月 一冊	
歡樂英雄	·香港武俠春秋本 一九七一年九月— 一九七二年三月，三冊 ·台灣春秋本 一九七一年八月— 一九七二年四月，廿六冊	台灣漢麟本 一九七八年五月 二冊	·首部章內劃分小節的作品

作品名稱	原刊本	修訂本	備註
流星・蝴蝶・劍	・香港武林本 一九七一年夏季—秋季 三冊 ・台灣春秋本 一九七一年八月— 一九七二年四月，十九冊	台灣華新本 一九七七年三月 三冊	・首部完整實行分部式架構的作品
大人物	・香港武俠春秋本 一九七一年九—十二月 三冊 ・台灣春秋本 一九七一年十月— 一九七二年一月，十四冊	台灣漢麟本 一九七八年十一月 一冊	
楚留香系列・桃花傳奇	台灣春秋本 一九七二年五—六月 五冊	台灣漢麟本 一九七八年一月 共三冊 總書名《楚留香傳奇續集》，第三冊	・春秋出版時併入《俠名留香》，成為後續的廿三至廿七冊 ・漢麟本有較大幅度刪節
邊城浪子	・香港武俠春秋本 一九七二年六—十二月 四冊，名《風雲第一刀》 ・台灣南琪本 一九七三年十月— 一九七四年七月，廿六冊	台灣漢麟本 一九七八年一月 二冊	・原名《風雲第一刀》 ・漢麟本有較大幅度刪節

作品名稱	原刊本	修訂本	備註
七種武器系列 ・長生劍	・香港武俠春秋本 《長生劍》 一九七三年三月，一冊 《孔雀翎》 一九七三年四月，一冊 《碧玉刀》 一九七三年八月，一冊 《多情環》 一九七三年八月，一冊 《霸王槍》 一九七五年四月，一冊 ・台灣南琪本 一九七四年二—十月 共二十冊 總書名《武林七靈》 《長生劍》一至四冊 《孔雀翎》四至九冊 《碧玉刀》十五至二十冊 ・台灣南琪本 一九七四年十月— 一九七五年三月 共四十八冊 總書名《多情環》 《多情環》一至六冊 《霸王槍》六至十五冊	台灣漢麟本 一九七八年九月 一冊	・南琪本《武林七靈》合刊《長生劍》、《孔雀翎》、《七殺手》、《碧玉刀》 ・南琪本《多情環》合刊《多情環》、《霸王槍》、《血鸚鵡》、《吸血蛾》 ・漢麟本誤將《碧玉刀》標作「七種武器之二」，《孔雀翎》標作之三
七種武器系列 ・孔雀翎		台灣漢麟本 一九七八年九月 一冊	
七種武器系列 ・碧玉刀		台灣漢麟本 一九七八年九月 一冊	
七種武器系列 ・多情環		台灣漢麟本 一九七八年八月 一冊	
七種武器系列 ・霸王槍		台灣漢麟本 一九七八年八月 一冊	

作品名稱	原刊本	修訂本	備註
陸小鳳系列 ・陸小鳳傳奇	・台灣南琪本 一九七三年五月— 一九七五年六月 共卅九冊 總書名《大遊俠》 《陸小鳳》一至十二冊 《鳳凰東南飛》十二至二十冊 《決戰前後》二十至廿九冊 《銀鉤賭坊》三十至卅五冊 《幽靈山莊》卅五至卅九冊 ・香港武俠春秋本 《陸小鳳》 一九七三年六月，一冊 《鳳凰東南飛》 一九七三年十月，一冊 《決戰前後》 一九七三年十月，一冊 《銀鉤賭坊》 一九七四年十一月，一冊 《冰國奇譚》 一九七四年十二月，一冊 《幽靈山莊》 一九七五年一月，一冊 《武當之戰》 一九七五年二月，一冊 《隱形的人》 一九七五年二月，一冊 《女王蜂》 一九七五年二月，一冊	・香港武林本 一九七七年夏季，一冊 ・台灣春秋本 一九七八年十二月，一冊	
陸小鳳系列 ・鳳凰東南飛		・香港武林本 一九七七年夏季，一冊 ・台灣春秋本 一九七九年二月，一冊 名《繡花大盜》	
陸小鳳系列 ・決戰前後		・香港武林本 一九七七年夏季，一冊 ・台灣春秋本 一九七九年三月，一冊	・武俠春秋本短缺近二萬字
陸小鳳系列 ・銀鉤賭坊		・香港武林本 一九七七年秋季，一冊 ・台灣春秋本 一九七九年三月，一冊	・武俠春秋本拆分為《銀鉤賭坊》、《冰國奇譚》兩部
陸小鳳系列 ・幽靈山莊		・香港武林本 一九七七年秋季，一冊 ・台灣春秋本 一九七九年五月，一冊	・武俠春秋本拆分為《幽靈山莊》、《武當之戰》兩部 ・南琪本此部未刊完
陸小鳳系列 ・隱形的人		・香港武林本 一九七七年秋季，一冊 ・台灣春秋本 一九七九年七月，一冊 名《鳳舞九天》	・武俠春秋本拆分為《隱形的人》、《女王蜂》兩部，含古龍親筆佚文約一萬三千餘字 ・南琪本無此部 ・春秋本第十五章「仗義救人」中，自「一張由四十九個人，三十七柄刀織成的網」開始，由薛興國代筆，丟失古龍親筆佚文

作品名稱	原刊本	修訂本	備註
絕不低頭	香港武俠春秋本 一九七三年六月 一冊	台灣漢麟本 一九七八年一月 一冊	・古龍唯一現代題材動作小說
九月鷹飛	・台灣南琪本 一九七三年五月，二十冊 ・香港武林本 一九七三年秋季，三冊	台灣漢麟本 一九七八年五月 二冊	・副題：小李飛刀第二代故事
火併 蕭十一郎	・香港武俠春秋本 一九七三年八月— 一九七四年一月，二冊 ・台灣南琪本 一九七三年十月 十八冊，名《火併》	台灣漢麟本 一九七八年七月 二冊	・蕭十一郎續集
七殺手	・香港武俠春秋本 一九七三年八月，一冊 ・台灣南琪本 一九七四年二—十月 共二十冊，總書名《武林七靈》，本部為九至十五冊	台灣漢麟本 一九七九年四月 一冊	・誤被收入七種武器系列
劍・花・ 煙雨江南	香港武俠春秋本 一九七三年六月 一冊	台灣漢麟本 一九七八年十月 一冊	・今傳各本終章中，自「小雷輕輕『哦』的一聲，對這名字似乎很熟悉，又像是非常陌生」左右開始，由他人代筆續完，代筆者疑為上官鼎

作品名稱	原刊本	修訂本	備註
天涯・明月・刀	・香港武俠春秋本 一九七五年四月，二冊 ・台灣南琪本 一九七五年三月— 一九七六年，共卅五冊 總書名《天涯・明月・刀》 本部為一至十三冊	台灣漢麟本 一九七八年一月 一冊	・南琪本合刊《天涯・明月・刀》、《拳頭》、《三少爺的劍》
血鸚鵡	・台灣南琪本 一九七四年十月— 一九七五年三月，共四十八冊，總書名《多情環》 本部為十五至卅二冊 ・香港武林本 一九七五年秋季，二冊	台灣漢麟本 一九七八年九月 二冊	・驚魂六記之一 ・漢麟本第五章「開棺驗屍」中，自「秋日的陽光雖然艷麗如春，怎奈花樹已凋零」左右開始，由黃鷹代筆續完
拳頭	・香港武俠春秋本 一九七五年四月，一冊 ・香港武林本 一九七五年夏季，一冊 名《狼山》 ・台灣南琪本 一九七五年三月— 一九七六年，共卅五冊 總書名《天涯・明月・刀》 本部為十三至二十冊	台灣南琪乙本 一九七八年八月 一冊 名《憤怒的小馬》	・原名《狼山》 ・誤被收入七種武器系列

作品名稱	原刊本	修訂本	備註
三少爺的劍	・香港武俠春秋本 一九七六年六月，二冊 ・香港武林本 一九七六年夏季，二冊 名《邊城浪子》 ・台灣南琪本 一九七五年三月— 一九七六年，共卅五冊 總書名《天涯・明月・刀》 本部為二十至卅五冊	台灣桂冠本 一九七七年八月 二冊	・副題：江湖人故事之一
白玉老虎	・香港武林本 一九七六年冬季，三冊 ・台灣南琪本 一九七六年，廿五冊	台灣華新本 一九七七年三月 三冊	・續集《白玉雕龍》為申碎梅著
圓月・彎刀	・香港武俠春秋本 一九七八年二月 二冊，名《刀神》 ・台灣南琪本 一九七六—一九七七年 十七冊	・台灣漢麟本 一九七八年五月 十八冊 ・台灣漢麟本 一九七八年四月 二冊	・原名《刀神》 ・漢麟二冊本自第十一章「雙刀合璧」中，「天下有什麼比十七歲的少女對心目中的英雄的讚美更令男人動心」開始，由司馬紫煙代筆續完
碧血洗銀槍	香港武林本 一九七七年夏季 一冊	・台灣桂冠本 一九七九年三月，一冊 ・台灣眾利／瑞如本 一九八五年七月，一冊	・修訂本改寫「尾聲」

作品名稱	原刊本	修訂本	備註
大地飛鷹	・香港武林本 一九七七年冬季，三冊 ・台灣南琪本 一九七八年一月，二冊 ・台灣南琪本 一九七八年一月 五冊或三冊		
七星龍王	・香港武俠圖書雜誌本 一九七八年十一月，一冊 ・台灣春秋本 一九七八年十二月，一冊		・《武俠小說週刊》首載時第五期「血戰」章由他人代筆，另台港連載第廿三章「鼓掌」第二小節中數百字由薛興國代筆，出版時均刪去
七種武器系列 ・離別鈎	台灣春秋本 一九七八年十月，一冊		
英雄無淚	香港武俠春秋本 一九七九年五月，一冊	台灣漢麟本 一九七九年五月，一冊	・疑為七種武器系列之七
楚留香系列 ・新月傳奇	香港武林本 一九七九年冬季 一冊名《玉劍傳奇》	台灣漢麟本 一九八〇年一月 一冊	・副題：楚留香新傳 ・武林本夾雜約一萬三千字偽文
飛刀， 又見飛刀	台灣萬盛本 一九八一年七月 一冊		・古龍口述，先後由古龍好友和丁情記錄

作品名稱	原刊本	修訂本	備註
陸小鳳系列 ・劍神一笑	台灣萬盛本 一九八二年七月 一冊		・又名《西門吹雪與陸小鳳》 ・萬盛本第二部「西門吹雪」第七章「帳篷裡的洗澡水」第三小節開始由丁情代筆續完
風鈴中的刀聲	台灣萬盛本 一九八四年三月 二冊		・萬盛本第八部「下場」第一章「恩怨似繭理不清」中，自「『你是不是認為我對丁寧的感情也是一樣的？』花景因夢問慕容」開始，由于志宏代筆續完，丟失《聯合報》最後三期（一九七至一九九）的文字
楚留香系列 ・午夜蘭花	台灣萬盛本 一九八三年四月 一冊		・古龍將其定為「楚留香新傳之一」
大武俠時代 ・賭局 ・狼牙 ・追殺 ・海神	・台灣萬盛本 一九八五年十一月，一冊，名《賭局》，合刊《賭局》、《狼牙》、《追殺》、《海神》 一九八五年八月，一冊，名《獵鷹》，合刊《獵鷹》、《群狐》 ・香港玉郎本 一九八五年十月，一冊，名《賭局、狼牙、追殺》 一九八五年十二月，一冊，名《紫煙、群狐》 一九八五年十二月，一冊，名《銀雕、海神》		・《賭局》、《狼牙》、《追殺》、《海神》四篇原名「短刀集」系列 ・《追殺》原名《白羽》，《紫煙》即《獵鷹》 ・萬盛本封面和書背誤標為「大時代武俠故事」

作品名稱	原刊本	修訂本	備註
大武俠時代 ·獵鷹 ·群狐 ·銀雕			·《銀雕》未寫完，萬盛未出結集本
財神與短刀	台灣《大追擊》連載 一九八五年七月廿六日— 八月廿三日，六至八期 序幕及一至三部		·未寫完，四至十六部由風中白代筆 ·無結集本

誌謝

《本色古龍——古龍小說原貌探究》終於已付梓。

這本論著，固然是我十餘年來殫精竭慮的成果，但和各方助力亦是密不可分的。

感謝古龍武俠論壇提供了我施展考據「才華」的平台。回首這十年，在我的拋磚引玉之下，論壇很多研究者和愛好者陸續上傳書影和資料，撰文探討，互通有無。許德成、于鵬、陳舜儀、張世傑、劉鐵民、楊洪勇等主力的加入，使古龍版本學快速發展、漸成規模。

台北的許德成先生是古龍影視研究的專家，同時也研究小說。很多台灣報刊的連載，是他從圖書館和淡江大學一張張複印或拍照，發送給我用作研究的。感謝他的熱心和信任。拙作台灣版能順利付梓，也和他的穿針引線是密不可分的。

在修改定稿的這一年多時間裡，我還得到了張世傑、于鵬、顧臻、黃承昕、林春光、潘淳等諸位俠友的無私幫助，對書中尚存的一些疑問給予了核實。

我不敢保證這本書的所有細節都準確完美，但我至少盡力在往這個方向努力。

感謝武俠文學研究學者、台師大國文系的林保淳教授，爲拙作撰寫序文，這是對我多年來研究古龍小說的肯定。他深厚的學術功底和提攜後進的情懷，讓我感佩萬分。

感謝風雲時代出版公司的陳曉林社長，雖然在拙作中，我對風雲時代本古龍小說有所褒貶，但他還是堅持「原汁原味」地刊行，並在百忙之中撰寫了推薦序。其雅達的胸襟、客觀的學術態度，令人肅然起敬。

感謝古龍長子、古龍著作管理發展委員會會長鄭小龍先生對拙作的重視，並撰文分享他和委員是如何釐清古龍小說版權、進一步推薦「古龍文化」的。

最後，當然還要感謝家人長久以來的支持和付出，為我潛心研究和最終完成此書提供了可能。

謹此誌謝。

程維鈞

二〇一七年十一月

本色古龍──古龍小說原貌探究

作者：程維鈞
發行人：陳曉林
出版所：風雲時代出版股份有限公司
地址：10576台北市民生東路五段178號7樓之3
電話：(02) 2756-0949
傳真：(02) 2765-3799
執行主編：劉宇青
美術設計：許惠芳
校　　對：程維鈞、許德成
行銷企劃：邱琮傑、張慧卿、林安莉
業務總監：張瑋鳳

初版日期：2017年12月
版權授權：程維鈞
ISBN ：978-986-352-335-2
風雲書網：http://www.eastbooks.com.tw
官方部落格：http://eastbooks.pixnet.net/blog
Facebook：http://www.facebook.com/h7560949
E-mail：h7560949@ms15.hinet.net
劃撥帳號：12043291
戶名：風雲時代出版股份有限公司

風雲發行所：33373桃園市龜山區公西村2鄰復興街304巷96號
電話：(03) 318-1378
傳真：(03) 318-1378
法律顧問：永然法律事務所 李永然律師
　　　　　北辰著作權事務所 蕭雄淋律師

行政院新聞局局版台業字第3595號 營利事業統一編號22759935

國家圖書館出版品預行編目資料

本色古龍：古龍小說原貌探究／程維鈞 著. --
初版. -- 臺北市：風雲時代，2017.11-　面；公分
ISBN 978-986-352-335-2（精裝）

1.古龍　2.武俠小說　3.文學評論
857.9　　106016932